BASTEI
LÜBBE

Christian Wallner

Jahrgang 1948, geboren und aufgewachsen in Oberösterreich, lebt seit dem Studium (Geschichte, Pädagogik) in Salzburg. Nach verschiedenen Jobs, u. a. als Deutschlehrer und Dramaturg, arbeitet er als freier Autor vornehmlich für Rundfunk und Fernsehen und tritt mit seiner Gruppe »MotzArt« als Kabarettist auf. Wallner verfaßte zahlreiche Hörspiele, Fernsehfilme (»Der Zwiebelturm«, »Klausenberger Geschichten«), Spieldokumentationen (über Georg Trakl, Hans Makart), lieferte Beiträge für Zeitungen, Zeitschriften und Anthologien im In- und Ausland und publizierte das Buch »Freund und Feind« (Geschichte und Notate). Für seine literarische und kabarettistische Tätigkeit erhielt er mehrere bedeutende Preise in Österreich.
»Schatten über Herrenstein« / »Die Nacht des Schicksals« entstand als Kurzhörspielserie für die Unterhaltungsabteilung des SWF eine Adelsroman-Parodie, Baden-Baden und wurde von Sendern in der Bundesrepublik, der Schweiz und Österreich übernommen.

CHRISTIAN WALLNER

Das Glück ist ein Suchen

HILDEGARD –
Schicksalsroman einer
Chefsekretärin

– **Band 1** –

BASTEI
LÜBBE

BASTEI-LÜBBE-TASCHENBUCH
Band 10 576

Autor und Verlag danken Herrn Kikuto Sakagawa für die Übertragung der japanischen Passagen ins Lesbare.

Der Inhalt der beiden Bände entspricht dem Text der 381 Kurzhörspiel-Folgen, die 1984/85 ihre Erstsendung im SWF Baden-Baden erlebten.

Originalausgabe

Printed in Western Germany
Einbandgestaltung: Roberto Patelli
Satz: ICS Computersatz GmbH, Bergisch Gladbach
Herstellung: Ebner Ulm
ISBN 3-404-10576-1

Der Preis dieses Bandes versteht sich
einschließlich der gesetzlichen Mehrwertsteuer

»Glück ist die Erfüllung von Kinderträumen als Erwachsener . . .«

Sigmund Freud

Gewidmet
Klaus Langer, dem »Glücksteam« des SWF sowie allen, die ihr Glück mit mir versuchen . . .

Christian Wallner

Es war 5 vor 12 in Steilheim, jener liebenswürdigen, anheimelnd auf einen sanften Hügel hingeklatschten Kleinstadt, als das geschmeidige Trippeln wildkrokolederner Halbstöckelabsätze die Stille über dem mittelalterlichen Kopfsteinpflaster der Walzstraße durchbrach. Der helle Hall der quirlig näherkommenden Schritte stieg die schmucken Schluchten der Fachwerkhäuser empor und in das tiefe Himmelblau, das ein wolkenloses Firmament über die rotgeduckten Ziegeldächer der Steilheimer City spannte. Zwei Starfighter, die friedlich milchige Kondensstreifen in den mittäglichen Azur malten, vervollkommneten auf ihre Weise die reife Harmonie eines warmen Spätsommersamstags. Ein jugendliches, vergnügte Vor-sich-hin-Summen, das in ein halblautes »Ich düse, düse, düse . . .« mündete und das flotte Stakkato der Absätze begleitete, kündigte an, daß im nächsten Augenblick eine offenbar fröhliche Frau aus der schmalen Alpengasse – mit ihren Büros, Verwaltungsräumen und messingglänzenden Firmenschildern ein Zentrum der Steilheimer Handels- und Industriezone – in den lichtdurchfluteten Aurikelstieg einbiegen würde.
Und in der Tat folgte dem zierlichen, schlanken Schatten, der aus eben jener Einmündung fiel, eine ebensolche Frau. In ihrer makellosen Erscheinung, mit ihrem zielstrebigen Schritt, der weekendfrische Energie und kraftvolle Gelöstheit verriet, setzte sie einen anmutigen Kontrapunkt in den unmerklich wehmütigen Altweibersommer über Steilheim.
Folgte man den weichen Konturen dieser jungen Frau, sie konnte nicht älter als Mitte Dreißig sein, wurde man unweigerlich von der Bräune ihrer Fesseln und Beine gefesselt, die von viel Bewegung in Luft und Sonne erzählten. Nicht minder beredt, was sportliches Leben betrifft, erschienen ihre schmalen Hüften, deren geschmeidiges Muskelspiel einen zarten, olivgrünen Plisseerock von Verrucci luftig und lässig wippen ließ. Mit ihm baumelte, von eleganten Lederriemchen an den grazilen Schultern gehalten, eine Calfbox-Tasche, aus der – neben dem ›Steilheimer Morgen‹ – ein buntes Journal lugte: ›Langfinger – Fachzeitung für Kurzschrift‹, wie sein Titel besagte.
Die junge Frau wechselte, als sie die Straßenmitte erreicht hatte, den Schritt und mit ihm die Melodie auf ihren Lippen: »Warum hat

jede Liebe, ach, nur einen Mai . . .«, klang nun ihre kurze, gedankenverlorene, aber nicht traurig wirkende Zwiesprache mit der menschenleeren Mittagsstille der City. Als wüßte sie, daß es auf ihre dahingesummte Frage keine einfache Antwort geben würde, straffte sie seufzend ihren Oberkörper, der seine makellosen Formen unter einer lachsfarbenen, hochgeschlossenen Crêpe-de-Chine-Bluse nur andeuten konnte: Und als hätte der Eindruck einer durch und durch attraktiven Person noch irgendeiner Abrundung bedurft, fielen die kosenden Strahlen der tiefstehenden Herbstsonne nun vollends in ein ebenmäßiges Gesicht, das nicht anders als höchst apart und gleichzeitig feinnervig klug zu bezeichnen war. Ein amarenokirschroter Mund bildete dabei zusammen mit zwei wissenden, havannakatzengrünen Augen ein magisch anziehendes Bermudadreieck, in dem wohl so manche männliche Verschlossenheit kläglich Schiffbruch erleiden mußte. Volles, kohlrabenschwarz glänzendes Haar, bis in die sensible Stirnpartie zu neckischen Löckchen toupiert, umrahmte das Gesicht der schönen Unbekannten, deren gesamter Erscheinung auch ein belebterer Aurikelstieg schwerlich einen gleichwertigen Blickfang hätte entgegensetzen können.
In diesem Augenblick zerriß das Probealarm signalisierende Aufheulen der Sirene am nahen Dach des Berufsfeuerwehr-Zeughauses die Samstagstimmung in Steilheim. Ein Schatten von Mißbilligung legte sich auf die sonnige Stirn der schönen Unbekannten, doch kaum war der Probealarm verklungen, setzte sie gleichsam trotzig ihren federnden Gang gegen die Bastei fort, wo die alte Stadtmauer das hübsche Winkelwerk der Innenstadthäuser zu runder, efeuumrankter Geborgenheit einfriedete. Nun war auch wieder eine leise Melodie auf ihre kirschroten Lippen gelangt, und sie hörte sich an wie » . . . Es wird im Leben dir mehr genommen als gegeben, so ist's im Leben eben, das merke dir . . .«
Doch trotz dieses nachdenklich stimmenden Inhalts schien die sonnenumspielte, blendend weiße Zahnreihe, schien der samtene Mund, den sie so offen in den warmen Mittag setzte, unbeschwert wie das Turteltaubenpaar, das auf den Sirenenton hin aufgeflattert war und sich nun im linden Aufwind rund um den kupferhelmigen Turm der Steilheimer Stadtpfarrkirche wiegte. »Du mußt es lernen, es steht dein Schicksal in den Sternen . . .« Das grüne

Augenpaar der jungen Frau folgte dem Taubenflug, während ihre feingliedrige Hand, deren gepflegte Zartheit auf irgendeine höherqualifizierte berufliche Fingerfertigkeit, Goldschmiedekunst oder Maskenbildnerei etwa hätte schließen lassen, an den schlanken Hals griff, wo die chice Lagerhaus-Bluse in einen Rosettenkragen auslief. Behende und doch sorgsam lösten ihre zarten Nägel den Verschluß der dezenten Platinfibel mit einem nußgroßen Lapislazuli, die bis dahin anmutig das exquisite Lagerhaus-Einzelstück zusammengehalten hatte. Nun öffnete sich der edle Stoff dieses schmucken Oberteils einen Spalt, schmal genug, um seine Trägerin noch distinguiert erscheinen zu lassen, und doch gewissermaßen so keck, daß er dem unweigerlich angezogenen Blick eines Passanten, hätte es in dieser Minute einen solchen im Aurikelstieg gegeben, den zweifellos verführerischen Ansatz einer wohlgeteinten, mädchenhaft anmutigen Brust preisgegeben hätte. Doch die hintergründig verschmitzten Grübchen auf den glatten Wangen der jungen Dame schienen keinerlei Koketterie zu spiegeln, vielmehr einfache Lebensfreude nach getaner Arbeit und verdiente Vorfreude auf ein freies Wochenende. Wie zur Bestätigung dieses äußeren Eindrucks beschleunigte sie den beschwingten Gang vorbei an den geschlossenen Geschäften, an den herabgezogenen Rolläden des Optikers und des italienischen Schuhgeschäfts; lässig ließ die einsame Schwarzgelockte die eben abgenommene Platinfibel in die raffiniert in die Falten ihres Plisseerockes eingearbeitete Lendentasche gleiten, und der aufmerksame Beobachter konnte bemerken, daß dieses schmucke Stück die Form eines Widderkopfes hatte.
Die schöne Unbekannte war eben bei der kleinen Konditorei angelangt, die auf Nummer 10 stets die besten Esterhazy-Schnitten Steilheims anbot, nun aber bereits geschlossen war, was dem schmollenden Kirschlippenpaar der Schlendernden ein unhörbares »Hm . . . c'est la vie . . . Muß ich mich selbst versüßen, vielleicht mit Pfeffernüssen?« entlockte, als ein leises Knattern über ihrem in die süße Auslagenpracht vertieften Kopf die pumahafte Behendigkeit ihres jugendlichen Schritts verlangsamte: Ein breites, rosa Transparent aus Stoff war in der Höhe des ersten Stockwerkes quer über den Aurikelstieg gespannt, und beinahe überrascht entzifferten die sich im Gegenlicht mandelförmig verengenden grünen Augen die schwarze Schrift auf dem Spruchband:

Rennbahn Dagelfaust – Große Rennwoche, unter anderem: Internationales Haflinger-Handicap – Badener Bannmeile – Großer Preis des Werbefunks – Stuten-Gedenkrennen der Steeple-Chase-Manhattan-Bank
Sonntag: Deutsches Kaltblut-Derby! Bring your family! Wetten auch Sie! – Eine Großveranstaltung des Dagelfauster Zucht- und Rennvereins in Zusammenarbeit mit der ›Steilheimer Vereinskasse‹ und ›Planet‹ – der Zeitschrift für den Leser von heute!

Stumm überflogen die hübschen grünen Augen noch einmal die Ankündigung, und für einen Moment schien es so, als gäbe die Inschrift der aufschauenden jungen Frau vor dem Haus Aurikelstieg 10 zu denken. Doch sie setzte ihren Weg fort, bis sie das Haus Aurikelstieg 14 erreichte. Sie zog die Calfboxtasche von ihrer Schulter, klemmte den ›Steilheimer Morgen‹ und das Kurzschriftjournal unter die zierlichen Achseln und fand endlich den Schlüssel zur meerblau gestrichenen Eingangstür des alten Fachwerkbaus, der mit seinen schmalen Fenstern, honiggelben Gardinen und vollblütigen Geranienkästen spontane Heimeligkeit ausstrahlte.

Hier wohnte sie also! Und in der Tat paßte der Schlüssel, paßte überhaupt dieses gepflegte Heim, das trotz seines ehrwürdigen Alters auf unauffällig-modernen Komfort nicht zu verzichten schien, zum feinen Hauch von Verträumtheit, der irgendwo in den tiefsten Tiefen der Augen jener jungen Frau schwamm. Sie wollte eben die schwere Tür öffnen, die eine alte Kachel mit dem stilisierten Bild einer Schnecke mit Bremsklotz – dem Zunftzeichen der Steilheimer Maurerschaft – krönte, als ihr Blick auf den schmiedeeisernen Postkasten fiel, auf dem in klarer Fraktur zu lesen stand:

HILDEGARD BAMM – CHEFSEKRETÄRIN

Sollte dies etwa der Name der jungen Frau . . .? Und ihre Profession . . .? In der Tat hätte die sportliche Mittdreißigerin in der Lagerhaus-Bluse, die eben dabei war, die Post aus dem Kasten zu nehmen, auf eine diesbezügliche Frage sogleich in der ihr eigenen, warmtönenden und doch berufsmäßig präzisen Weise geantwor-

tet: »Jawohl – ich heiße Hildegard Bamm, Berta, Anton, zwomal Michael . . . Geboren am 30. 3. 1949 in Findelsingen. Vollwaise . . . Aufgewachsen im Institut für höhere Töchter der Ehrwürdigen Schwestern im Herrn. Besuch der achtjährigen Handelsakademie bis zur Vollen Reife, im Anschluß daran mehrjährige Perfektionskurse an der Londoner Basic-School for Advanced Talkers sowie an der École Fromage in Reims, beides als Werkstudentin.«
Sie blätterte rasch die Handvoll Kuverts durch, die sie im Postkasten vorgefunden hatte: Drucksachen, eine Telefonrechnung, Einladungen zu Vernissagen und ein Rundschreiben des Steilheimer Strick-, Stick- und Häkelverbandes; und sie schien ein wenig enttäuscht, keinen persönlichen, handgeschriebenen Brief zu entdecken.
»Tja . . . Nach dieser gründlichen Sprachausbildung, Englisch und Französisch perfekt in Sprache, Schrift und Kurzschrift, aus Geldgründen statt des angestrebten Sportstudiums Absolvierung der viersemestrigen Sekretärinnenschule in Schloß Tippsee, anschließend erste Stellung bei den Gebrüdern Beitz & Brauchitsch, Anlageberatung in Bonn. Vier Jahre Industrie- und Auslandserfahrung im Gegengeschäftsbereich der Vereinigten österreichischen Stinkstoffwerke Linz. Nach einem Zwischenspiel als Sekretariatsleiterin der Surf- und Segelschule Süd in Yngling an der Luv, Niederlande, kam ich vor sechs Jahren hierher nach Steilheim und bekleide seither die Stellung einer Chefsekretärin bei Dr. Alfons Spock, Inhaber der Firma ›Simplex Unlimited‹ – Lizenz- und Patentbüro, Export-Import, en gros, en detail . . .«
Hildegard Bamm schien tief durchzuatmen, so, als bedrücke sie heimlich etwas bei dem Gedanken an ihren doch sicherlich interessanten und abwechslungsreichen Job. Doch dann schob sie, wieder ganz die zielstrebige Person von vorhin, die Post in ihre Umhängetasche, ließ ihren Blick kurz über den glänzenden Mittelklassewagen gleiten, der adrett geputzt neben der Eingangstür parkte, und trat entschlossen ins Haus.
Chromblitzend und schwarzgelackt blieb der einsame GTI draußen vor der Tür, und das blütenweiße Surfbrett mit der steilen Heckflosse auf dem Wagendach schien die samstägliche Mittagsruhe vor dem Haus Aurikelstieg 14 wie ein Hai zu bewachen.

Hildegard Bamm ließ, noch ehe sie in der schmalen, terrakottagefliesten Diele ihres Hauses Licht machte, Schlüssel, Tasche und Post auf den kupfernen Spiegeltisch gleiten – einer akzeptablen Kopie eines gotischen Tableaus aus der Werkstatt des Donauschulen-Meisters Grünspan, die wie so vieles den ausgesuchten Geschmack dieser Chefsekretärin verriet. Wie überhaupt das gesamte Interieur bis hin zu den Gardinenstangen aus Messing einen tiefen Sinn für schlichte Schönheit, eigenwillige Eleganz und atmosphärische Geborgenheit ausatmete. Das Erdgeschoß des kleinen Fachwerkhauses umfaßte zwei mittlere Räume, deren weißgetünchte Wände manches alte Möbelstück, einen bäuerlichen Sekretär aus dem Salzkammergut etwa oder ein renoviertes Spinnrad aus dem Quellgebiet der Fürth, nobel zur Geltung kommen ließen. Waren es in dem einen Raum, dem Eßzimmer, die alten Mustern nachempfundenen Schonbezüge des Sofas, die blütenreine Farbigkeit verströmten, verlieh eine pinkfarbene Lithografie von Picasso, ›Surfregatta vor Malcesine‹, dem anderen Zimmer einen beschwingten Farbtupfer, der die spiegelnde Großflächigkeit einer nußdunklen Vitrinenschrankwand unaufdringlich dynamisierte.
Hildegard Bamm schaltete den in einem ostfriesischen Kästchen, das vordem zur Käselagerung gedient hatte, unauffällig verborgenen Plattenspieler ein, und schon bald war das ganze Erdgeschoß vom tenoralen Schmelz José Carraras erfüllt, dem unvergleichlichen Star aus der Stadt des weißen Marmors, dessen Interpretation altitalienischer Hirten- und Schifferlieder so ganz nach dem Herzensgeschmack Hildegard Bamms waren. Dann entledigte sie sich der Schuhe und öffnete die Tür zur überraschend geräumigen Küche. Sie hatte die Messingklinke noch kaum gedrückt, als sich aus dem Spalt eine seidig glänzende, allein schon durch das helle Braun ihres Fells ihre Reinrassigkeit verratende Siamkatze zwängte und sogleich an Hildegard Bamms nicht minder gebräunte Fesseln schmiegte. »Hab' ich dich heut morgen eingesperrt, Salome . . .?!« Die Sekretärin nahm das schnurrende Fellknäuel auf den Arm und kraulte es liebevoll zwischen den schwarzrandigen Ohren, die sich auf den Nachsatz »Warte, du kriegst gleich dein Kebab und deine Milch«, vertraut spitzten. Und wirklich mischte sich schon bald ein leises, zufriedenes Schmatzen

Salomes, ermuntert von Hildegard Bamms zärtlichem »Schmeckt's dir, mein Spatzl. . . . Wenigstens etwas, wenn du schon nicht zu deinem Nachbarskater darfst, mein blauäugiges Single . . .« in die kurzen Pausen der LP.
Hildegard Bamm selbst aber schien unruhig, räumte eine vom Frühstück übriggebliebene Mokkatasse in den Geschirrspüler, wischte imaginäre Stäubchen von der ohnehin blitzblanken Anrichte, besah eigentümlich lustlos den kleinen Vorrat an Salat, Joghurt, Schinken und angebrochenem Chablis in ihrem Kühlschrank, ließ dann jedoch plötzlich vom rotkarierten Geschirrtuch ab, das sie eben noch haarscharf hatte falten wollen, und ging, ohne sich weiter um die vor sich hinfressende Siamkatze und Carraras hohes C zu kümmern, geradewegs in den oberen Stock ihres Häuschens. Das leise Knarren der Wendeltreppendielen unter ihren schlanken Beinen hörte sich wie eine Entsprechung zum kurzen Seufzer an, der Hildegard Bamms verschlossener Brust entsprang.
Vielleicht waren es die vollkehligen Wohllaute, die José Carraras Liederplatte noch immer vom Erdgeschoß heraufklingen ließ, daß man jenem Raum unter dem spitzen Dach, in dem Hildegard Bamm eben die Bluse lockerte, nur mit dem Begriff »Eine kleine Symphonie von Brokat und Seide« einigermaßen gerecht werden konnte. In der Tat bildete dieses Obergeschoß ein wärmendes und dennoch elegantes Ambiente, wie man es in diesem schlichten Fachwerkhaus am Ende des Aurikelstiegs von außen niemals vermutet hätte.
Das weite, ganz in duftigem Olivgrün gehaltene Zimmer wurde von einem großen, mit honiggelber Seidendecke überworfenen Doppelbett dominiert. Das Gelb der Decke und der zahlreichen Kissen setzte sich in den Gardinen vor den kleinen Fenstern fort und tauchte den Raum, Salon für fröhliche Gästerunden und nestwarmes Boudoir in einem, in mildes Licht. Wo einmal unterteilende Mauern gewesen waren, setzte nun freistehendes, gebeiztes Gebälk einen kühnen Akzent gegen die sanft geschwungenen Formen und Lehnen der Biedermeier-Garnituren, die von viel frischem Grün aus gepflegten Blumen- und Pflanzenarrangements eingerahmt wurden. Ein antiker, weinroter Afghane, dessen kunstvolle Ornamentik die für südrussische Knüpfkunst typischen

Fruchtbarkeitssymbole aufwies, schluckte Hildegard Bamms Schritte, die sie hin an das kühle Bett trugen. Sie ließ sich schließlich, ohne auf die empfindlichen Falten ihres Plisseerockes zu achten, in die Kissen fallen und starrte für einige Augenblicke in die Weite der Dachschräge. Es schien, als wolle sie irgendeinem unbekannten Zuhörer noch mehr über sich erzählen, die bekannten Angaben über Waisengeschichte und Berufslaufbahn, über ihre Position in der ›Simplex Unlimited‹ des Dr. Spock durch einen kleinen Einblick in ihr wahres Wesen, ihr Leben als beherzte und seelenvolle Frau ergänzen.

»Bei allem Erfolg in diesem unserem Patentbüro, bei aller Liebe zum Lizenzexport . . . Der Sinn des Lebens ist doch mehr als nur die Erfüllung von Karrierewunsch und tüchtiger Betriebsamkeit«, zog stummes Sinnieren die kohlrabenschwarzen Augenbrauen über den müden grünen Augen der Liegenden unmerklich zusammen. »Was bleibt von aller Anerkennung, etwa durch Dr. Spock, den Guten, wenn mich an Samstagen wie diesem, wenn mich Weekend für Weekend die Tristesse einholt . . . Bei aller Freude am Büro: Es ist schon wahr – wir leben doch nicht, um zu arbeiten, sondern wir arbeiten, um zu leben . . .«

Während dieser Augenblicke fast existentiellen Grübelns, die Hildegard Bamm einmal mehr als durchaus nicht oberflächlich, sondern vielmehr als sensibles tief- und feinsinniges Geschöpf auswiesen, hatte unten die italienische Platte aufgehört zu spielen. Nun kam auch Salome vorsichtig auf ihren Siampfoten ans Bett, sprang mit wohligem Schnurren in die Kissen und rollte sich bald darauf direkt auf Hildegard Bamms Nabel zusammen, seidenfellige Wärme verbreitend. Die schwarzlockige Chefsekretärin betrachtete das treue Tier arglos, ja warf ihm, indem sie ihre Kirschlippen flüchtig in seine Richtung wölbte, noch den Hauch eines Kusses zum Mittagsschläfchen zu. Was ihre Überlegungen betraf, schien sie jedoch noch nicht am Ende zu sein.

Die Sonne stand an diesem Nachmittag noch immer hoch über Steilheim und schickte altweibersommerliche Grüße in das Obergeschoß des Hauses Aurikelstieg 14, als Hildegard Bamm nach einem kurzen Nickerchen wieder die Augen aufschlug. Sie war, angeregt vom friedlichen Schlummer ihrer Siamkatze Salome, auf dem honiggelben Doppelbett eingeschlafen und hatte sich süßen Träumen hingegeben. Nun aber ließ sie mit einem leichten schlaftrunken hingehauchten »Ach, nur Surfen ist schöner«, das auf eines ihrer liebsten Hobbys anspielte, ihre smaragdgrünen Augen über die kleine, aber feine Welt ihres Refugiums gleiten. Entspannt – und sorgsam darauf bedacht, die schlafende Katze auf ihrem Bauch nicht zu wecken, ging ihr Blick über die beiden kniehohen Porzellanelefanten, die das Bettende bewachten, hinüber zu den alten, mundgeblasenen Portweingläsern in der Biedermeier-Vitrine und verlor sich schließlich im Nachdruck eines Kupferstiches von Canaletto, ›Die Bleikammern von Stammheim‹. In diesem Augenblick fühlte sich Hildegard Bamm, diese doch äußerlich so lebensbejahende, schöne Mittdreißigerin unendlich einsam, und nicht ohne Grund verharrten ihre unergründlichen Augen so lange an Canalettos Vedute, die ihr wie eine Darstellung ihrer eigenen Seele erschien. Dann jedoch gab sie ihrem schlanken, braunen Körper gleichsam einen Ruck und setzte die erstaunt aufgewachte Katze nicht unzärtlich, aber doch energisch, auf ein herzförmiges Seidenkissen. »Du kannst ja ruhig liegenbleiben«, sagte sie freundlich in Richtung Salome, die sich verwundert streckte und wohlige Faulheit signalisierte, »aber ich will was unternehmen. Rumzulungern macht trübsinnig!« Und mit dieser unwiderlegbaren Einsicht war sie auch schon, sportlich wie eine Gazelle, auf den Beinen und wandte sich einem Stickrahmen zu, der wie eine Art Staffelei in der Ecke neben einem mannshohen Uhrkasten aus dem Vormärz stand, in dem eben das Pendel zum Vieruhrschlag ausholte. Blütenweißes Linnen war in den Stickrahmen eingespannt, und was an kunstvollem Muster in dezentem Zitronengelb und Aubergine bereits vorhanden war, ließ auf lange, geduldige und fingerfertige Arbeit daran schließen. *Liebe ist, den anderen . . .* stand da in handtellergroßen Lettern aus Kreuzstich und Querstich zu lesen, umrahmt von ebensolchen Kußröschen, feinen Girlanden und geschmackvollen kleinen rosa Wölkchen im Stile bäuerlicher Kleinkunst. Mit der Geduld eines Engels – oder einer Ameise – hatte sich Hildegard Bamm in dieses feine, begonnene Kunstwerk vertieft, hatte sich an jene noch unfertige Sentenz *Liebe ist, den anderen . . .* gesetzt und ließ die winzige Sticknadel mit der Präzision eines Metronoms hin und her wan-

dern, ab und an das entstehende Muster mit einer Lupe kontrollierend.
Sie mochte so eine schwache Stunde in voller Hingabe gestickt haben – und man merkte ihr trotz der Mühseligkeit an, daß sie viel Erfahrung im Sticken haben mußte –, als ihr Blick auf die neueste Ausgabe der Zeitschrift ›Planet‹, des berühmten ›Journals für den Leser von heute‹ fiel. Es hatte sich zufällig auf den Beistelltisch mit den Stickutensilien verirrt, doch bei seinem Anblick sprang Hildegard Bamm wie von einer Tarantel gestochen auf, ließ den roten Faden fahren und sagte nur noch immer wieder kopfschüttelnd: »Amely! Mein Gott, Amely, daß ich nicht früher daran gedacht habe!« Dann griff sie seltsam hastig nach dem Messingtelefon mit den elfenbeinfarbigen Muscheln im Stil Gelsenkirchner Barocks. Als sie dann, sichtlich aufgeregt, mit einem ungeduldigen »Na komm schon, gute Amely . . .!« gewählt hatte, sprach das monotone Tuten in der Leitung ihrer vorfreudigen Gespanntheit hohn. Erst nach einer geraumen Weile antwortete am anderen Ende der Leitung eine hörbar routinierte, aber doch warmherzige Stimme: »Redaktion Planet, Ressort Gesellschaft, Apparat Amely Gütlich . . . Hallo?«
Mit einem Male erschienen auf den Wangen Hildegard Bamms wieder die beiden Grübchen, und ihr beinahe reklameweißes Lächeln erhellte das Biedermeierzimmer. »Hier ist Hildegard, meine Gute«, übermittelte es seine Feundlichkeit, »da hatte ich ja endlich einmal Glück, dich zu erreichen! Ich scheine dir wohl gar nicht zu fehlen – so lange haben wir uns nicht gesehen . . .«
Für eine Zehntelsekunde der Überraschung rauschte Stille in der Leitung, dann kam es nicht minder herzlich zurück: »Hildegardchen . . . Mein schlechtes Gewissen! Und ob ich an dich gedacht habe! Aber was soll ich machen: Eine Gesellschaftskolumnistin muß auf Achse sein . . . Und der ›Planet‹ ist leider nicht der ›Steilheimer Morgen‹ . . . Ich komm' eben aus Mainz, von der Pressevorführung der neuen ›Raumschiff‹-Folgen. Ich bin mit den Kollegen von ›Schalt ab‹ geflogen . . .« Hildegard Bamm schien interessiert und hatte doch die freie Hand, Salome, die sich mit leisen Pfoten herangeschlichen hatte und so tat, als wollte sie unbedingt am Gespräch teilhaben, vom Telefontischchen zu drängen. »Du meinst die Fernsehserie?« fragte sie, »Wo diese vielen

Stars in einem Raumkreuzer auf den Mond geschossen werden?« »Genau«, kam es ebenso rasch zurück. »Einfach eine Superidee – und dann ganz scharf durchgezogen: Das macht Spaß . . . na ja, und vorher, wirst du ja gelesen haben, war ich für drei Tage in Grenada, wegen dieser Modenschau . . .« Die Chefsekretärin schien sich dunkel zu erinnern, denn sie nickte vor sich hin: »Richtig! Aber sind denn dort nicht furchtbar viele Russen und Kubaner?« Amely Gütlich schickte ein vollmundiges Lachen durch den Draht: »Das haben wir auch alle geglaubt. I wo: Stell dir vor – kein einziger! Aber dafür jede Menge Amerikaner . . . na ja, die Modenschau war jedenfalls ein voller Erfolg – ich sage dir: Die bringen diesen Marine-Look ganz groß raus. Nun ja: Im Anschluß daran«, und wieder begleitete ein herzhaftes, das weiche Herz in der rauhen Reporterinnenschale andeutendes Lachen den Satz, »im Anschluß daran machte ich vier Tage Urlaub – auf den Salmonellen!« Hildegard Bamm, die allein schon durch ihren beidbeinigen Stand im Berufsleben nicht von gestern war, war dennoch für einen Moment verwirrt von der wortgewandten Neigung Amely Gütlichs, auch über ernste Dinge des Lebens mit hintergründiger, journalistischer Ironie zu sprechen. Doch dann mischte sie auch ihr Lachen sorglos mit dem der nur noch ausgelasseneren Medienarbeiterin. »Aber jetzt bist du wieder okay, oder?« »Logo!« kam es postwendend zurück, »und aufgelegt zu allen möglichen feministischen Taten! A propos: Ich hab' hier noch eine Stunde zu tun – Endredaktion für unsre nächste Skandalstory. ›Macht der Regen unsern Wein sauer?‹. Was hältst du von einer gemütlichen Orgie bei Fettucini?«
Die Chefsekretärin zögerte, dann wandte sie ein: »Wenn ich ganz ehrlich sein soll, Amely –«
»Na hör mal: Gegen wen solltest du ehrlicher sein als gegen deine immerhin beste Freundin! Also?« wandte nun ihrerseits Amely gütlich ein.
»Hm . . . Dann bin ich heute nicht mehr aufgelegt für eine italienische Nacht . . . Mir ist mehr nach daheim, nach einem guten Glas Wein – und nach einem guten Gespräch mit dir, Amely. Du verstehst, mannhaft von Frau zu Frau.«
Amely Gütlich schwieg, und doch war ihr einfühlendes Verstehen unüberhörbar. Schließlich fragte sie – plötzlich fürsorglich warm,

wie es auch aus jeder ihrer Zeilen im ›Planet‹ sprach – nur noch leise: »Dein alter Kummer, was?«
»Mein alter Kummer, ja, wahrscheinlich . . .«
»Gut. Vielmehr traurig. Ich bin um sechs bei dir – und dann wirst du mir dein Herz ausschütten . . . mein unglückliches Widderkind . . . Also: Kopf hoch – bis bald.«
»Bis bald«, drängte es traurig über Hildegard Bamms granatapfelroten Mund. Doch da hatte Amely Gütlich, ihre treue Freundin, bereits aufgelegt, und der schönen Chefsekretärin blieb nichts als eine winzige, lupenreine Träne im grünen Winkel ihres linken Auges . . .
Doch mit der Gewißheit, daß ihre beste Freundin, Amely Gütlich, die Gesellschaftsreporterin der Zeitschrift ›Planet‹, Punkt sechs an ihrer Tür läuten würde, kehrte Ruhe ins wochenendeinsame Gemüt von Hildegard Bamm. »Ich möchte Amely ein wenig verwöhnen . . . Pfeffernüsse vielleicht?« Die ranke Chefsekretärin wandte sich an Salome, die sich noch immer auf dem Kissen räkelte und auch auf diese freundlichen Worte hin nur gelangweilt gähnte. Doch als die jugendliche Frau die Tür des Biedermeier-Einbauschranks öffnete und in ein legeres Mohair-Sackkleid schlüpfte, folgte ihr die Siamkatze mit kornblumenblauen Blicken. Hildegard Bamm prüfte, als sie über die Wendeltreppe wieder ins Erdgeschoß ihres schmucken Fachwerk-Reihenhauses gelangt war, im kleinen Spiegel der Diele rasch den Sitz ihres Hauskleides, genauer aber noch erforschte sie ihr Gesicht: Zufrieden stellte sie fest, daß keinerlei Krähenfüße die straffen Wangen trübten. Auch die kohlrabenschwarzen Locken gaben einen tadellosen Rahmen für die hohe Stirn ab, hinter der leise Hoffnung auf ein klärendes, befreiendes Gespräch mit der vertrauten, drei lange Lebensjahre erfahreneren Freundin zu nisten begann. So war es denn nur allzu natürlich, daß sie mit einem beinahe leichthin gesagen, fast beschwingten »Komm, Tenor, sing mir was ins Ohr«, an das Plattenschränkchen im Eßzimmer trat, nach einer Cassette mit der Gesamtaufnahme von Leoncavallos ›Bajazzo‹ griff, um mit einem versponnenen »Jetzt bring mir mal dein Ständchen, Luciano!« die unvergleichliche Arie des Canio aus dem ersten Akt ›Hüll dich in Tand . . .‹ in kreisenden Gang zu setzen. In der Tat erfüllten schon bald die heldenhaft-männliche Stimme, das süße Timbre und der

Schmelz des unvergleichlichen Luciano Carotti das ganze Haus Aurikelstieg 14, so daß selbst Salome wie gerührt vor dem Hifi-Turm saß und sich verlegen das glänzende Fell putzte.
Hildegard Bamm jedoch war in der Küche bereits damit beschäftigt, die Zutaten für die Pfeffernüsse, mit denen sie Amely überraschen würde, zu sammeln und zu mischen. Die hausfrauliche Beschäftigung schien ihr Freude zu bereiten, war das Kochen doch so ganz das Gegenteil ihres Büroalltags. Und während sie, ab und an die Arie aus dem Nebenzimmer mitsummend und Carotti vor allem an den allerhöchsten Stellen gleichsam stützend, den Pfeffer und die Nüsse zu jenem unvergleichlichen Brei zu verarbeiten begann, merkte man, daß Hildegard Bamms Fingerfertigkeit, Geschick und Geschmack beim Sticken keine Ausnahmen darstellten: Sie war eine durch und durch tüchtige Person, und was sie anfaßte, erfaßte sie ganz.
Beglückt begutachtete sie, als das Blech fertig bestückt war, ihr kleines Werk und schob es schließlich ins Rohr. »Ach, wär auch das Glück ein Kuchen«, schickte sie dem Blech nach, ehe sie nach dem Cocktailglas ins Ahornregal griff, in dem schon seit längerer Zeit ein Eiswürfel, ein Tropfen Cassis, zwei Schuß Martini dry und ein Schuß Gin wunderbaren Duft entfalteten. Mit einem »Prost Buñuel!« spielte Hildegard Bamm auf den Erfinder dieses Aperitifs an, als sie ihn an ihre samtenen Lippen führte. Auch Salome, die, angelockt vom herben Aroma der Pfeffernüsse im Rohr, in die Küche geschnurrt kam, zeigte genießerisch ihre blaue Katzenzunge unter den silbrigen Backenhaaren. In diesem Augenblick schrillte der As-Dur-Dreiklang der Klingel dreimal in die traute Stimmung. »Amely . . .! Pünktlich wie . . . wie der tägliche Büroschluß«, entfuhr es ihr, und in der Eile wurde sie sich ihrer eigenen kleinen Ironie nicht bewußt.

Es war tatsächlich Amely Gütlich, die Punkt sechs den Klingelknopf an Hildegard Bamms himmelblauer Haustüre gedrückt hatte. »Cashmere – ich bin der Frühling!« die Gesellschaftsreporterin deutete, wie stets zu einem niveauvollen Bonmot bereit, nicht ohne Stolz auf das neue Herbstkostüm, das sie trug. Jaffaorange leuchtete es dezent durch den Altweibersommerabend. »Ein echtes Modell von Coq au Flanell?!« Die Hausherrin war sogleich

kennerisch entzückt und kam sich in ihrem schlichten, mohairenen Sackkleid für eine Sekunde beinahe underdressed vor. Doch die Freundin, die den leisen Anflug von Beschämung wohl gespürt hatte, lenkte das Gespräch sogleich sensibel in andere Bahnen: »Ach was – ein Werbegeschenk von Wühler-Flipperfurth ... It was imitation for me ...«
Und wieder war es Amely Gütlichs Sinn für feinen Humor, wie er auch ihre Beiträge in ›Planet‹ auszeichnete, der heitere Stimmung zwischen den Freundinnen aufkommen ließ. Sie traten ins Haus, und als sie genau im Lichtkegel der kleinen, venezianischen Dielenlampe standen, umfaßte Hildegard Bamm beinahe zärtlich die Schultern Amelys: »Danke, daß du gekommen bist. Ich brauch's heute«, sagte sie und verlieh dem Ernst in ihrer Stimme durch einen geraden Blick aus ihren siamgrünen Augen in Amely Gütlichs offenes Gesicht Nachdruck. »Nun verzag nicht, mein trauriges Widder-Kind, Tante Amely weiß immer Rat! Was immer du Unsagbares auf dem Herzen hast: Verbalisier's ruhig, und du wirst sehen: Geteiltes Leid ist halbes Leid.« Mit diesen aufmunternden, lindernden Worten bar jeder Banalität hatten die Chefsekretärin und die Gesellschaftsreporterin auch schon die Wendeltreppe erreicht und stiegen ins Obergeschoß.
In der Art und Weise, wie die beiden Freundinnen so nebeneinander die Stufen nahmen und sich nach so langer Trennung freundlich musterten, lag tiefes, zuneigungsvolles Verstehen, wie es beispielsweise Männern, selbst den verständigsten Softies unter ihnen, gänzlich fremd ist. Dies schien auch Hildegard Bamm ausdrücken zu wollen, als sie beim Eintreten in das biedermeierliche Mansardenzimmer so herzlich meinte: »Wenn ich dich nicht hätte, Amely ...«, was die so traut Angesprochene zu einem beschwichtigenden Äquivalent ermunterte: »Dann hätt' auch ich dich nicht, Hildegardchen – ganz einfach.« Und mit dieser – wie fast immer unwiderlegbar richtigen – Bemerkung Amelys nahmen die beiden Platz am runden Beistelltischchen aus kaukasischer Nuß, das eine myrtengrüne Spitzendecke, von Hildegard Bamm selbst geklöppelt, zierte; mit weißer und hibiskusroter Zierschrift leuchtete in der Mitte der Satz *Nieder mit der Schwerkraft! Es lebe der Leichtsinn!*, wie Amely Gütlich sogleich interessiert entzifferte. »Ich weiß ja gar nicht, wann du das alles machst, aber es ist fabelhaft.

Und so treffend! Genau in diesem Sinn laß uns einen heben: Enjambement, Mademoiselle!«
Und schon klangen die beiden dünnwandigen Gläser, in die Hildegard Bamm schon vor einer Stunde einen 69er Brunello di Montalcino-Riserva zum Aufblühen gefüllt hatte. Die Veilchen- und Vanilletöne im Bouquet sollten einen langen, gemütlichen und doch aufwühlenden Abend einläuten.
Amely Gütlich spürte, daß die Zeit noch nicht reif war, da ihre Freundin ihr Herz öffnen und ihr ihren tiefsten Schmerz darin offenbaren würde. So ließ sie, auch auf die alles klärende Wirkung des edlen Chianti vertrauend, den sie Glas um Glas der klassischen Bastgallone entnahmen, Hildegard Bamm an jenem Samstagabend zunächst über dies und das, über Gott und die Welt, über Steilheim und den Kosmos reden. »In ihrem Horoskop steht die Sonne neun Grad im Widder«, dachte die auch im ewigen Kreislauf der Gestirne bewanderte Gesellschaftsreporterin, während sie den kleinen Tratsch, die Steilheimer Society-Neuigkeiten und die kleinstädtischen Anekdoten, die im ›Planet‹ niemals Eingang gefunden hätten, an ihrem Ohr vorbeirieseln ließ. »Die Sonne neun Grad im Widder . . . das bedeutet doch: Dieser Mensch kämpft gegen sich selbst und seine Gefühle, weil sie ihm vielleicht hinderlich sind auf dem Weg zum Erfolg. Für Pflicht und Beruf kann er sein Lebensglück opfern.«
Salome, die Siamkatze, sanft im Schoß streichelnd, plauderte Hildegard Bamm, nichts ahnend von der ernsten, scharfen Analyse Amelys, eben von irgendwelchen Verhandlungen mit japanischen Konzernen, die ihr Chef, Dr. Spock, über eben dieses Wochenende führte.
»Ihr Krebs-Aszendent von vier Grad besagt exakt, daß es sich um einen sympathischen Menschen handelt, der aber starken Gefühlschwankungen ausgesetzt ist. Er läßt sich oft von Vorbildern leiten und kann sich selbst schwer entscheiden . . . Er erwartet von anderen die Lösung seiner Probleme . . . Wie recht doch die Sterne haben . . .« Laut jedoch gab sie keinen dieser ihrer schweren Gedanken preis, und ihr mütterliches, rundes Gesicht mit den lebhaften Sommersprossen, deren Kastanienbraun sich im kurzgeschnittenen Haar, ja sogar noch in der großperligen Bernsteinkette fortsetzte, ermunterte nur Hildegard Bamm mit einem verständ-

nisvollen Lächeln aus schmalen, dezent orange gefärbten Lippen, unbeschwert zu plaudern.

»Ihr aufsteigender Mondknoten, der Nordknoten, steht im elften Haus ... Nur gut, daß sie nicht ahnt, was diese Konstellation der Gestirne für Liebe und Partnerschaft bedeutet und daß wohl einzig darin der heimliche Grund für ihr Unglück liegt. Und doch: Ich muß es ihr beizeiten sagen, als Freundin kann und darf ich ihr den unumstößlichen Spruch der Sterne nicht verschweigen ...«

Und Amely Gütlich wollte eben versuchen, das arglose Plaudern im Biedermeierzimmer sanft in diese Richtung zu wenden, als Hildegard Bamm ihr Vorhaben mit einem erschrockenen Aufschrei durchkreuzte und Salome vom Schoß jagte, so daß diese – gleichsam aus Beleidigung ihres asiatisch-höflichen Gemütes – zornig fauchend ihre Nägel an den Porzellanelefanten am Bettende schärfte. Die Chefsekretärin ihrerseits wiederum sprang ebenfalls auf und sagte, nicht minder katzenartig zur Wendeltreppe eilend, nur eines: »Meine Pfeffernüsse! Meine Pfeffernüsse im Rohr! Um Himmels willen, wenn sie mir verbrannt ... Leben verpfuscht, Karriere ruiniert, Freundin verloren ...«

Amely konnte nicht umhin, gütlich zu schmunzeln: »Hm ... Medium coeli, die Himmelsmitte, steht in 4 Grad Fisch. Ein Mensch, der in allem, was er tut, an den anderen denkt ...« Ihr tiefes Wissen um die kosmischen Zusammenhänge hatte sich wieder einmal auch im kleinsten aufs genaueste bestätigt ...

Als Hildegard Bamm nach einer Weile besorgten Rumorens in der Küche wieder das Biedermeierzimmer in der Mansarde ihres schmucken Fachwerk-Eigenheims betrat, strahlte sie über das ganze, flamingorosa angelaufene Gesicht: »Keine einzige meiner Pfeffernüsse ist verkohlt«, sagte sie mit dem tiefen Stolz einer wahren Maîtresse de Cuisine und stellte die hübsche Schüssel aus Gmundner Keramik direkt vor Amely Gütlich auf den Beistelltisch. Der Gesellschaftsreporterin gingen die honiggelben Pupillen ihrer klugen Augen, die ein zarter Lachfaltenkranz aus siebenunddreißig Jahren Fröhlich- und Herzlichkeit umrahmten, schier über beim Anblick der dunkelbraunen, duftenden Pracht im rustikalen, grüngekringelten Tongefäß. »Du bist ein kleines Genie im Backen, damit könntest du jeden Witzigmann glatt an die Wand

kochen« – und tat sich augenblicklich an den noch warmen Pfeffernüssen gütlich.
»Ich bin auch beim Sticken nicht ohne . . .!« spielte Hildegard Bamm schmollende Entrüstung und zeigte, sichtlich erfreut von Amelys Lust auf Degustation ihres Backwerks, auf Polster im Thonet-Ohrensessel in der Ecke des Raumes: *»Sei zufrieden!«* habe ich mir als Ornamentspruch für dieses Ruhekissen ausgedacht. Und ich bin's tatsächlich: Meine erste Arbeit im tunesischen Häkelstich, denk dir nur, im tunesischen Häkelstich!«
Amely Gütlich nickte, beinahe süchtig und doch graziös einen dritten Kringel zu den beiden vorherigen zwischen ihre schönen Lippen schiebend, der Freundin nur stumm, aber glückstrahlend und verständig zu. Als die Pfeffernüsse mit einem Schluck des Brunello-Riserva ihr breites, wärmendes Aroma im Magen der Gesellschaftsreporterin verbreiteten, bemerkte die Gesellschaftsreporterin: »Ich krieg' langsam Komplexe neben dir, mein Hildegardchen: Ein Job, der den ganzen Mann erfordert, das edle Backwerk, dann die hohe Kunst des Stickens und nicht zu vergessen deine großartigen Leistungen beim Surfen! Ich weiß oft gar nicht, wie du das alles schaffst. Meine Wohnung allein sieht ständig aus wie . . . wie eine Mülldeponie mit Bidet. Weil ich zu nichts Zeit habe als für meine Seiten in ›Planet‹ . . .«
Hildegard Bamms fraulich-weiche Miene erstarrte bei diesen letzten Worten der Freundin wie unter einer Porzellanglasur, und ihre ansonsten so kreisrunden grünen Augen verengten sich wie jene blauen ihres siamesischen Katzenkindes Salome. Bitter brach es aus ihr hervor, und mit dem salzigen Inhalt ihrer faltenlosen Tränensäcke ringend, gestand sie, die khakifarbene Küchenschürze mit der Aufschrift *Wer den Knochen nicht ehrt, ist das Fettaug nicht wert* unwirsch ablegend, Amely Gütlich: »Aber das Glück, Amely! Was nützt mir all das Geld, all das Sticken, wenn das Herz . . . Ich mag surfen, wie ich will: Meine Seele hat keinen Hafen, mein Herz ankert nirgendwo . . . Als Vollwaise hatte ich, wie du dir denken kannst, weder Vater noch Mutter, als Werkstudentin hatte ich damals in London und Reims keinen Freund und kein Geld, und nun, da ich einen Job habe, ja ihn liebe, fehlt es mir am andern . . . O Amely!«
Die so Angesprochene begriff den Ernst der Lage und ließ sogleich

die angekostete Pfeffernuß zurück in die grüne Schüssel fallen, um ihre warme Rechte für die unglückliche Freundin frei zu haben: »Es geht um ihn?«
Sanft ihren Durchblick durch dieses Häufchen Elend andeutend, sah sie Hildegard Bamm so mitfühlend an, daß das Honiggelb ihrer Augen mit dem Kiwi-Grün der schier gebrochenen der Chefsekretärin zu verschmelzen schien. »Ja«, sagte Hildegard Bamm geknickt, »es geht wieder, immer wieder um ihn . . .«
»Sag nichts, sag jetzt bitte nichts«, erwiderte ihr Amely, und in ihrem gütlichen Zuspruch verband sich ammenhaftes Einfühlen mit herzensguter, fast therapeutischer Klarheit.

Das Pendelwerk holte wie schicksalshaft bereits zum zweiten Male im mannshohen Biedermeier-Uhrkasten aus, um die volle Viertelstunde zu schlagen, als Hildegard Bamm, die nach dem Ausbruch ihrer innersten Trauer in sich zusammengesunken war, kurzerhand wieder Tritt faßte und aus der Ecke des Zimmers, wohin sie der Schmerz getrieben hatte, zu ihrer stumm mitleidenden Freundin an den Beistelltisch mit den Pfeffernüssen zurückkehrte. Wie zum Hohn gab das Aufstehen der nunmehr doch gefaßten Chefsekretärin aus dem Ohrensessel den Blick frei auf die Inschrift des Zierpolsters, das sie mit der Last ihrer beschwerten Seele so lange gedrückt hatte. *Sei zufrieden!* schrie ihr menetekelhaft-zynisch der Schriftzug aus tunesischem Häkelstich nach.
Doch Hildegard Bamm kümmerte sich nicht um diese kalte Laune der Dinge, sondern umfaßte die Hände ihrer Freundin: »Du hast mir so geholfen, indem du das Schweigen mit mir geteilt hast. So habe ich mir immer eine wahre Herzensfreundin vorgestellt. Und du hast ja so recht, wenn du meinst, daß ich nicht von ihm sprechen soll, von ihm, vom wahren Grund für meinen Kummer. Aber was kann ich tun, wenn's mich so oft drängt, an ihn zu denken, von ihm zu reden. Mein Gott, man ist halt nicht nur Chefsekretärin.«
Amely, die Hildegard Bamms Herzensnöte nur zu gut von ihren mannigfaltigen Einblicken als Gesellschaftsreporterin her verstehen konnte, strich ihr sanft über die Schultern, so daß Salome, die alle diese Leidensminuten ihrer Herrin verwirrt und verständnislos verfolgt hatte, beinahe eifersüchtig vom Doppelbett herüber-

fauchte. »Glaub mir: Ich kennen das ganze Unglück, wenn Beziehungen unter einem Unstern stehen . . . Weshalb habe ich meinen Henry verlassen? Doch nicht, weil er ein Verhaltnis mit dieser Barbara Streusalz hatte! Oder weil er täglich seine halbe Flasche Bourbon brauchte? Nein . . . einfach, weil sich Jungfrau und Schütze höchstens physisch anziehen können, aber niemals ihre Tiefen und grundlegenden Wesensunterschiede überbrücken werden: Glaub mir – die Sterne lügen nicht! Auch du wirst schlußendlich einsehen, daß du als Widder einfach keine Harmonie mit ihm finden kannst. Du merkst es doch täglich: Er ist und bleibt ein Steinbock!«
Wieder war Amely Gütlichs ungeheures Wissen um die kosmischen Mächte unmerklich in ihr Zureden eingeflossen, aber sie hatte sich, natürlich aus tiefer Sorge um die Freundin, dabei so erregt, daß sie zur Beruhigung nun doch zur längst ausgekühlten Pfeffernuß griff, die sie vor mehr als einer halben Stunde angeknabbert hatte.
»Aber ihn, einen Menschen aus Fleisch und Blut, mein ganzes Glück in manchen Stunden, einfach aufgeben? Nur weil unser beider Horoskop zum Horrorskop geraten ist? Ich meine, so wie die Computer in der Firma irren, könnte doch auch die Astrologie . . .?«
Amely Gütlich schien derartige, nur vom ohnmächtigen Verstand geleiteten und die allmächtigen Einflüsse des Firmaments leugnenden Einsprüche nur zu gut kennen, denn sie griff seelenruhig zur nächsten Pfeffernuß und erwiderte trocken: »Du weißt, daß ich weiß, wovon ich rede. Ich stehe wahrlich mit zwei strammen Beinen fest in der Realität! Wär' ich sonst in der Redaktion des ›Planet‹? Und ich sage dir: Du wirst früh und schmerzlich genug den wahren, sprunghaften, dickfelligen und abgründigen Charakter des Steinbocks erkennen müssen. Ich prophezeie dir dasselbe, was ich schon seinerzeit diesem Steinbock aus der Schweiz, diesem Cholby, oder wie er hieß, du erinnerst dich an meine Serie?, also diesem Chef des Genfer-Clans vorausgesagt habe!«
»Du meinst wirklich . . .?« lag leiser Zweifel in der Stimme Hildegard Bamms, die sich nur zu gut an Amelys Farbserie über die Geld-Dynastie erinnerte. »Und ob! Und wie! Du wirst sehen: Auch deine Zukunft liegt in den Sternen!« gab sie sich kurz und bündig,

und ihre reporterhafte Bestimmtheit ließ keine weiteren Fragen mehr zu.

Ein kalter, hepathitischer Mond war längst über den roten Dächern des verschlafenen Steilheim aufgegangen, als Amely Gütlich und Hildegard Bamm noch immer die Gunst der Stunde des liebevollen Zwiegesprächs im anheimelnden Biedermeierinterieur der Mansarde Aurikelstieg 14 nutzten und, wohl auch gelokkert durch den Geist des feurigen toscanischen Weines, auch die letzten Wahrheiten schonungslos über ihre schönen Lippen brachten. Während im Hintergrund ein süßer Tango seinen Rhythmus in die Fruchtbarkeitssymbole des alten Afghanen wob, waren die Chefsekretärin und die Gesellschaftsreporterin in die verschiedensten Bücher vertieft, die Hildegard Bamm, ein ebenso langjähriges wie lektürefreudiges Mitglied der Büchergilde ›Schlafmohn‹, im Glasschrank neben dem Doppelbett aufgereiht hatte. »Du hast recht«, sagte Amely, als ihr Hildegard Bamm ein gewichtiges, zweibändiges Taschenbuch mit dem Signet eines stilisierten Zinnenkranzes reichte, »Bücher sind viel bessere Freunde als so mancher Mann: widersprechen nicht, sind allzeit greifbar, jederzeit offen, man kann lernen von ihnen oder sie ablehnen, ohne daß sie einen strafen wollten. Man kann sie nach Herzenslust genießen.«
Hildegard Bamm nickte ihr begeistert zu und deutete auf die beiden Taschenbücher: »Lies das – und du wirst all das nur bestätigt finden. Ein beglückendes Werk, trotz seines düsteren Titels.«
»Schatten über Herrenstein – Ein Epos aus dem Adel . . .«, las ihn sich die Gesellschaftsreporterin einprägend laut vor. »Sein Autor, einer jener begabten jungen Österreicher, sucht das Land des Hochadels mit der Seele. Es spielt ganz in der Nähe von Findelsingen, wo ich aufgewachsen bin als Vollwaise, du weißt . . . Dieser Roman ist ein Schatz, so ohne falsches Pathos, und doch voll Sentiment! Jeder sollte ihn gelesen haben, der in Zeiten wie diesen im Wort noch sein Herz wiederfinden will.«
Die immerhin nicht leseunerfahrene Amely Gütlich war, und damit erwachte auch wieder das Redaktionsmitglied des kultur-

verbundenen ›Planet‹ in ihr, durch die schwärmerischen Worte ihrer Freundin neugierig geworden: »Hm . . . Ich nehm' das Buch vielleicht mit zum Besprechen . . . Wer weiß, vielleicht produziert irgendein Sender deinen ›Schatten über Herrenstein‹? Oder womöglich das Fernsehen?« Für einen Moment schien Hildegard Bamm von dieser Idee entzückt, doch im selben winkte sie auch schon enttäuscht ab.

»Glaub' ich nicht«, sagte sie fast traurig, »manchmal habe ich fast das Gefühl, in den Redaktionsstuben sitzt eine ganz andere Menschengattung als du und ich, die gar nicht weiß, wonach wir uns wirklich sehnen . . . Was hör' ich denn, was seh' ich denn nach Büroschluß, wenn ich abgeschlafft, ausgebeutet, traurig und einsam nach Hause komme? Ich sehe und höre Sekretärinnen, die abgeschlafft, ausgebeutet, traurig in Büros arbeiten und dann nach Hause kommen, einsam Radio oder Fernseher anstellen und dort Sekretärinnen hören und sehen, die abgeschlafft, freudlos . . . stimmt doch, oder?«

Amely Gütlich widersprach ihr sanft: »Du siehst das ein wenig zu *schwarz.* Du kannst doch Radio Laxenburg hören! Und bald kriegst du sogar das Kabelfernsehen! Oder noch besser: Du liest einfach meine Bildberichte im ›Planet‹!«

Doch eigenartigerweise stellten Hildegard alle diese Möglichkeiten nicht recht zufrieden, denn sie sagte beinahe trotzig: »Selbst die Dichter, die ich früher so mochte, haben sich einem, wie soll ich sagen, einem traumfeindlichen Realismus, einem kalten, schnörkellosen Nihilismus verschrieben! Nimm doch nur zum Beispiel diesen deutschstämmigen Monegassen, du weißt schon, diesen . . .«

»Du meinst: Johannes Maria Krümel?«

»Genau. Schon allein der Titel sagt alles: ›Liebe ist nur ein Sport‹! Wo bleibt das Positive, Herr Krümel, möchte man fragen!« Amely Gütlich, die nur zu gut wußte, was ihre Freundin damit meinte, ging voll auf den Ernst der letzten Worte ein und sagte: »Wir werden keinen Richter brauchen. Andererseits: Hier und jetzt ist nicht Ort und Zeit für ein literaturkritisches Colloquium. Überlegen wir lieber, was wir morgen gemeinsam unternehmen könnten.« Und in derselben Sekunde brach es auch schon freudestrahlend aus ihr heraus: »Ich hab's!«

Amely Gütlich, die sonst doch so dallascoole Gesellschaftsreporterin bei ›Planet‹, der ›Wochenzeitschrift für den Leser von heute‹, war förmlich aus dem Häuschen: »Genau, ja! Logo! Das ist . . .! Klasse ist das!« entfuhr es immer wieder ihrem vorfreudig genießerisch gespitzten Mund, und indem sie die Hände Hildegard Bamms herzhaft drückte, schüttelte sie ihr fichtennadelbraunes Kurzhaar heftig. »Ich weiß, was wir beide morgen machen, und ich verbitte mir jeden Widerspruch, mein kleiner Widder!« brach ein letzter kleiner Vulkanausbruch heißen Gefühls durch das Spinnwebennetz damenhafter Beherrschung, ehe sie sich, es mochte schon nach Mitternacht sein, ihrer Freundin vollends erklärte: »Weißt du was? Wir besuchen morgen zusammen die Rennen in Dagelfaust!«

Hildegard Bamm schien so überrascht, daß sie schwer an der Pfeffernuß aus dem Keramikschüsselchen schluckte: . . . »Du meinst – die Rennwoche?«

Amely Gütlich straffte ihre Bernsteinkette, und stiller Triumph über ihren Einfall wurde laut:« »Exakt! Du hast vielleicht gelesen, daß der ›Planet‹ diesen Höhepunkt des Pferdejahres zusammen mit der ›Steilheimer Vereinskasse‹ sponsert. Es ist klar, daß wir auch redaktionell darüber berichten. Es ist ja nicht nur ein tierisch sportliches, sondern auch ein gesellschaftliches Großereignis!«

Hildegard konnte sich offenbar nur langsam mit dem Gedanken anfreunden, zusammen mit Amely auf der Ehrentribüne zu sitzen, und sie wiegte bedächtig ihren schönen Kopf, daß die anthrazitfarbenen Locken wie Fragezeichen in die hohe Stirn baumelten. Doch Amely war mit jeder Faser ihres molligen, aber selbst im Cashmere-Kostüm von Flanell keineswegs dicklich wirkenden Körpers ganz die Gesellschaftsreporterin: »Du mußt unter die Leute, mein einsames Kind, und zum Kaltblut-Derby kommt tout Steilheim, was sag' ich: die mitteleuropäische Elite der Galoppliebhaber! Schließlich läuft dort alles, was schnell auf den Hufen ist. Du wirst sehen: jede Menge Banker und Punker, wettende Zahnärzte, Hochadel, Tiefseetaucher, Politiker natürlich, Leute von Film, Funk und Fernsehen, die crème de la bohème . . . und natürlich auch nette einfache Leute.«

Hildegard Bamm streichelte verlegen Salome und wagte nachdenklich einen letzten Einwand: »Aber was soll ich dazu anziehen . . .?!«

Amely Gütlich wischte mit einer reporterhaft schnellen Geste auch diese Bedenken vom Beistelltisch: »Das kleine Blaue natürlich, ganz einfach, dieses Chintz-Ding von Karstaedt mit dem kessen Zitronenfalter vorne drauf. Nein, nein: Jetzt komm nicht mit Garderobefragen! Du wirst sehen, die ganze Atmosphäre wird dich bezaubern, dieses Kommen und Gehen der Prominenz auf der Tribüne – alles irr interessante Leute . . . Du wirst dich wohlfühlen bei den Hengsten und Stuten rund um die Boxen . . . dieses Wettfieber . . . und das wird dich auch ablenken von deinem Seelenkoller – wenigstens für diesen einen Sonntag. Also keine Widerrede: Ich bin morgen um zehn bei dir und hol' dich ab . . . um elf beginnen die Vorläufe.«
Hildegard Bamm gab sich, nun auch schon animiert, hatte sie doch schon viel von der Dagelfauster Rennwoche gehört und gelesen, geschlagen und nickte müde.
»So. Und nun ab in die Falle. Ich fahr' jetzt. Morgen ist auch noch ein Tag!« Amely Gütlich stand mit einem erschrockenen Blick auf den Zeiger ihrer goldenen Komplex auf und machte sich, die Freundin innig umarmend, beschwingt auf den Heimweg.
Hildegard Bamm wälzte sich in dieser Nacht unruhig auf den honiggelben Seidenkissen ihres Doppelbetts und probierte im Traum mehrmals vergeblich das Oberteil ihres kleinen Blauen von Karstaedt, das einfach nicht zu einer grellgrünen Reithose passen wollte . . .

Der Morgen des Dagelfauster Hauptrenntages ging so strahlend über Steilheim auf, als ahne der Altweibersommer, daß es sein letzter sonniger Sonntag sein könnte. Hildegard Bamm war, nicht nur, weil sie es vom Chefsekretärinnenalltag her so gewohnt war, sondern auch vor Aufregung schon früh auf ihren schlanken, braunen Beinen, hatte im Bad duschfrische Koloraturen angestimmt, sich und ihrer Katze ein kräftiges Müsli bereitet und die Spuren des abendlichen Besuches ihrer Freundin verwischt. Dann hatte sie sich, dem Rate Amely Gütlichs folgend, doch für das kleine Blaue mit dem kessen Zitronenfalter an der Brust entschieden, sich sorgfältig, aber unaufdringlich geschminkt und schließlich auch noch ein kleines, weinrotes Hütchen mit

Goldfasanfeder und kurzem Augennetz, ganz den Roaring Twenties nachempfunden, für passend befunden, ihr jugendliches Gesicht zu umrahmen.
Die Steilheimer Stadtpfarrkirche hatte zehn Uhr noch nicht ausgeschlagen, als es draußen läutete. Hildegard Bamm schenkte Salome, die alle Vorbereitungen beinahe trennungsängstlich mitverfolgt hatte, noch rasch eine der tröstenden Pfeffernüsse von gestern und ließ dann die ebenfalls schon morgendlich herausgeputzte Siamkatze in der Küche zurück.
Als sie vor ihr schmuckes Fachwerkhaus an der Bastei trat, hupte Amely Gütlich schon zum dritten Mal durch diesen milden Sonntagmorgen und begrüßte Hildegard Bamm mit einem freundlichen Winken aus dem Fenster des startklaren, altrosa leuchtenden Borgward-Coupés, Baujahr 52, das Amelys ganzer Stolz war.
»Ich bin's, der junge Morgen«, sagte sie so schwungvoll, daß man sie für siebzehn und nicht für siebenunddreißig hätte halten können, und öffnete die Seitentür.
»Wie aus dem Ei gepellt«, machte ihr die Chefsekretärin ein nur zu berechtigtes Kompliment. »Ich hab' mir gedacht, dieser dottergelbe Chiffon macht sich gut zur weißen Laurenzi-Bluse, oder?«
Hildegard Bamms anerkennender Blick war nichts als zustimmender Neid über die wie immer fabelhaft geschmackssichere Toilette der Gesellschaftsreporterin. »Und dein neuer Hut . . . todchic!«
Amely Gütlich schielte mit einem gewollt komischen Blick, der einen ostfriesischen Komiker zu imitieren schien, nach oben gegen die wagenradgroße Krempe ihres eleganten rosa Filzes. »Du wirst lachen, er ist uralt, aber aus einem berühmten Fundus: Ich habe ihn bei einem Besuch der Studios der Wallner-Brothers geschenkt bekommen. Als ich damals über die Dreharbeiten von ›May fair lady‹ berichtete – aus Ascot, wenn ich nicht irre.«
So war auch dies erklärt, und nachdem Hildegard Bamm, bedacht, ihr gar zu leicht verdrücktes kleines Blaues in die antiken Rindslederschalensitze zu zwängen, im Borgward Platz genommen hatte, legte Amely Gütlich auch schon den Gang ein und kurvte bald so rallyescharf durch die engen Gassen der noch menschenleeren Steilheimer City, daß die ehrenwürdigen Breitstreifen des Oldtimers aufgebracht quietschten. »Alle Pferde in die Boxen! Bänder spannen! Dagelfaust, wir kommen!« verlieh sie ihrer rennfreudi-

gen Stimmung übermütig Ausdruck. Doch als sie dazu auch noch die Quadrophonieanlage einschalten wollte und im Begriff war, mit den Worten »Das mußt du gehört haben: Die neue LP der Gruppe ›Muppet‹!« eine Cassette ins Deck zu schieben, bremste sie Hildegard Bamm zaghaft ein: »Später bitte. Ich möchte dir nur kurz etwas erzählen, was mich heute nacht sehr bewegt hat. Ich hatte einen so seltsamen Traum . . .«

»Schieß los«, Amely Gütlich ließ sogleich zartfühlend ihre schlanken Finger vom Cassettenrecorder, während die Stoppelfelder, Wiesen und Wälder entlang der Landstraße nach Dagelfaust wie Patchwork vor den Fenstern von Amely Gütlichs Borgward vorbeiflogen. Rebhühner und Fasane suchten leicht erschrocken das Weite, so fest stand die Gesellschaftsreporterin auf dem Gaspedal ihres Oldtimers.

»Nun, welcher Traum hat dich heut nacht im Schlaf erschreckt?« Amely baute, durch ihre Arbeit beim ›Planet‹ erfahren im Umgang mit interviewscheuen Seelen, der Chefsekretärin eine Gesprächsbrücke. Und als hätte sie auf jene feinfühlige, förmlich golden-gateartige Ermunterung nur gewartet, sprudelte es nachdenklich über Hildegard Bamms hibiskusrote Lippen: »Ich war in diesem so seltsamen Traum die Vollwaise, die ich ja wirklich bin«, und die traurige Tatsache ließ ihr an sich fröhliches, weinrotes Hütchen plötzlich ein Stück in die überschattete Stirne rutschen. »Und doch: Ich, die ich doch jahrelang nach Vater und Mutter suchte, verwandelte mich wundersam in eine Halbwaise! Kannst du das verstehen?«

Amely sah sie nicht an, sondern überholte zügig einen gelben Maserati und sagte, weil sie ihre Freundin zu weiterem Erklären zwingen wollte, nur beiläufig: »Noch verstehe ich Bahnhof, aber du wirst mir deinen Traum von der Halbwaise wohl noch weiter ausbreiten, oder?«

So setzte denn Hildegard Bamm, der man die innere Anstrengung des neuerlichen Erinnerns nur allzu deutlich ansah, seufzend fort: »Ich träumte, ich träfe eines sonnigen Tages einen mittelgroßen, silberschläfigen Mann – und er war mein Vater! Stell dir vor: mein leibhaftiger Vater! Ein Künstler war er, es war etwas mit Theater, denk' ich . . . Oder war es doch Politik? Ich weiß es nicht, weiß nur noch, daß mich Salome mit einem plötzlichen Miauen weckte.«

Die Chefsekretärin mußte an sich halten, doch es konnte auch nur die leise Angst oder einfach die Fliehkraft sein, da Amely Gütlich unverwandt und ohne die rasende Fahrt zu drosseln eben die letzte Spitzkehre hinunter zum Dagelfauster Rennplatzgelände nahm. So schloß Hildegard Bamm ihr Geständnis mit einem seufzenden »Aber was erzähl' ich dir schon von diesen meinen Illusionen, die ja doch in Wahrheit dem traurigen Gemüt einer ewigen Vollwaise entsprungen sind, für immer Nachtmahre der Sehnsucht bleiben. Wenn ich nur nicht so aufgewühlt wäre.«
Da bremste Amely Gütlich mit einem Male abrupt, ja beinahe zornig, und bekam einen gouvernantenhaft strengen Ton: »Du hörst nicht auf mich, Hildegardchen. Typisch Widder: So, wie du dich halsstarrig gegen die Astrologie wehrst und gegen alle meine Hinweise auf den Einfluß des Kosmos auf jedes kleine Menschenleben, sowenig vertraust du auch auf die tiefen Botschaften deiner Träume! Warum nur verleugnest du die Mächte des Unbewußten, die sich dir im Schlaf zeigen? Warum nur? Ist es denn so völlig und gänzlich ausgeschlossen, daß du eines Tages deinen verschwunden geglaubten Vater wiederfindest, in seinen väterlichen Armen versinkst? Ich jedenfalls denke – nein.«
Amely hätte wohl, durchaus gütlich, Hildegard Bamm noch länger den kohlrabenschwarzen Lockenkopf durch derlei vernünftiges Zureden gewaschen, hätten die beiden Freundinnen nicht den riesigen Parkplatz vor der Rennbahn in Dagelfaust erreicht, auf dem die chromblitzenden Limousinen bereits Stern an Stern, Panther an Panther und Adlerschwinge an Adlerschwinge parkten. Als Amely ihren rosafarbenen alten Borgward am VIP-Parkplatz vor dem Hippodrom von Dagelfaust einem livrierten Pensionisten anvertraut hatte, den sie, offenbar altbekannt, mit einem herzlichen »Hallo Menzel, park ihn mir bitte im Schatten!« begrüßte, war auch Hildegard Bamms Erinnerung an den aufwühlenden Traum vom Vaterglück bald verflogen: Die Geräuschkulisse einer noblen Galopperwelt hatte die beiden Freundinnen umfangen, die sich ihren Weg durch morastiges Gelände, in das rote Teppiche verlegt worden waren, hin zur Ehrentribüne bahnten. »O Sohle mio!« gab sich die Gesellschaftsreporterin aufgeräumt, als sie zum zweiten Mal beinahe ihren hohen Absatz verlor, weil die Stehplatzbesucher allerlei Müll, wie Plastikbecher oder Bierdosen, in

den Weg gestreut hatten. Doch Hildegard Bamm hatte nur Ohren für das halblaute Geraune der nobel Gekleideten rundum. Junge Burschen und Mädchen boten Programme für den Rennablauf an, im Lautsprecher ertönten Werbe- und andere wichtige Botschaften, und allenthalben lag Wettfieber über dem Gelände des Dagelfauster Zucht- und Rennverbandes.

»Ist das da drüben die Ehrentribüne?« wandte sich die Chefsekretärin, die trotz ihres schlichten, kleinen Blauen von Karstaedt neben dem elegant auffallenden Dottergelb von Amelys Chiffon blendende Figur machte, an ihre Freundin, die einen Veilchenstrauß an ihrem ausladenden Ascot-Hut festband. Hildegard Bamm zeigte auf eine mit rotweißroten Girlanden geschmückte, gegenüber dem Zieleinlaufspiegel und der riesigen Uhr gelegenen Tribüne, die schon fast völlig von langen Toiletten und schwarzen Frackschwänzen bevölkert war. »Genau, dort sind unsre Plätze«, erwiderte ihr die Freundin. »Der ›Planet‹ hat zwei Sitze direkt an der Bahn reserviert.«

Dann erstand sie noch rasch eine kleine Bonbonniere bei einem der adrett gekleideten Bauchladenverkäufer. »Das Programm liegt sicher schon auf unsren Sitzen«, fügte sie hinzu, »aber du brauchst noch ein Fernglas, damit dir ja nichts entgeht!«

Und bevor Hildegard Bamm, die noch nie einem solchen Großereignis wie dem Deutschen Kaltblut-Derby beigewohnt hatte, noch recht wußte, wie ihr geschah, hatte die gute Amely auch schon ein kleines, perlmutternes Glas, nicht unähnlich einem Operngucker, an einer Bude leihweise besorgt: »So, und jetzt auf in den Kampf!«

Die Reporterin nahm Hildegard Bamm blinzelnd an der Hand und strebte durch die raunende Menge sichtlich einfacher Rennplatzkibitze und Sonntagswetter zu der steil aufragenden Tribüne, auf der nur bunte, kostbare Garderoben mit amely-ähnlichen Breitrandhüten an den starken Armen taubengrauer, weißer oder schwarzschwänziger Ein- und Zweireiher, Gehfracks oder Stresemanns hingen, deren mehr oder minder hohe, steife, dunkle Hüte auf das wunderbarste mit den sanft geschwungenen Kopfbedekkungen der Damen kontrastierten.

»Ich werde dir dann sagen, who who is«, machte Amely Hildegard Bamm neugierig, als sie die ersten Treppen nahmen, »und wer weiß, wen ich dir alles sogar persönlich vorstellen kann . . .«

Hildegard Bamm war endlich, und das zarte Chefsekretärinnenherz hatte ihr dabei bis zum silbernen Halskettchen mit dem Widderkopf daran arg geschlagen, an der Seite Amely Gütlichs zu den beiden Pressesitzen in der vordersten Reihe der Dagelfauster Ehrentribüne gelangt und hatte Platz genommen. »Von hier aus hast du die allerbeste Sicht auf die Bahn – und kannst sogar den Führring für die Galopper gut einsehen«, flüsterte ihr Amely durch das allgemeine Geraune und Getuschel, durch das leise Lachen und noble Zuwinken der zahlreichen VIP's zu. Auf dem Gang zu den beiden Plätzen für den ›Planet‹, der das Deutsche Kaltblutderby mitsponserte, war Hildegard Bamms Freundin wieder und wieder begrüßt, angelächelt, ja sogar sichtlich ob ihrer schicken Garderobe bewundert worden, während man der doch hübschen Mittdreißigerin im kleinen Blauen und dem weinroten Hütchen nicht mehr als stumme, nichtssagende kurze Verbeugungen entgegengebracht hatte.

»Das erste Rennen ist bedeutungslos, ein Steherrennen für einjährige Hengste – das ist bloß was für Züchter», klärte Amely Gütlich nach einem kurzen Blick in das offizielle Programm des großen Rennwochenendes. »Zeit genug also, daß wir uns ein wenig umsehen, wer da ist, und wer mit wem. Du kannst dich ruhig umdrehen und gucken – wer hier auf dieser Tribüne sitzt, kommt, um zu sehen und gesehen zu werden. Die Sitzreihen sind extra hoch gebaut, weil es sich ja um die High Society handelt . . .«

Hildegard Bamm, die doch als Chefsekretärin in der ›Simplex Unlimited‹, dem Patent- und Lizenzbüro Dr. Spocks, keinerlei Unsicherheit oder gar Verlegenheit zeigte, war etwas mulmig zumute, und sie nestelte am kessen Zitronenfalter, der, aufgestickt, ihre wohlgeformte Vorderseite zierte.

»Dort drüben, zweite Reihe links im Stresemann neben Graf Berlichingen, ist beispielsweise Arndt von Kohlen-Halbblut, Millionenerbe von Beruf«, lenkte Amely Gütlich ihre Freundin vom Zitronenfalter ab. Die Gesellschaftsreporterin hatte, kaum daß sie sich gesetzt hatten, ihren kleinen, silbernen Kugelschreiber gezückt und machte sich nun Notizen für die Gesellschaftskolumne, die sie in der folgenden Woche dem ›Planet‹ liefern mußte.

»Neben den beiden, der Herr im Trachtenanzug, ist Professor Thomas Bernhardt, ein österreichischer Pathologe. Er hat das erste

künstliche Salatherz entwickelt und kommt jedes Jahr zur Rennwoche.«
Im Lautsprecher wurden die jungen Hengste zum Steherrennen in die Startboxen aufgerufen, doch Hildegard Bamm kümmerten die nervösen, hochgebauten Tiere reichlich wenig, denn sie war mit ihren siamgrünen Katzenaugen in den Reihen über ihr. »Sag, dort oben, ist er das oder ist er's nicht . . .?«
Amely Gütlich folgte Hildegard Bamms Blick-Wink und lächelte: »Natürlich ist er's. Du meinst wohl den strammen Kerl in der letzten Reihe, neben dem schlohweißen älteren Herrn? Ja: Das ist schon Robert Bianco, der ›Anneliese Rothenberger des Baritonfachs‹, ›Deutschlands Nummer eins des Büttenliedes‹, wie ich ihn einmal beschrieben habe, und der Schlohweiße neben ihm ist Professor Unrat, Chef der ›Flop ten‹-Verwertungsagentur.«
Amely lachte versonnen und genoß es sichtlich, Hildegard Bamm mit dem Anblick gesellschaftlicher Größen und Spitzenleute aus allen Bereichen überraschen zu können. »Na, hab' ich dir zuviel versprochen, als ich sagte, daß die crème de la crème da sein wird? Aber warte nur, wem wir alles noch begegnen werden, wenn die Hauptrennen beginnen . . .«

Das erste Steherrennen, eine – wie Amely Gütlich vorausgesagt hatte – tatsächlich nichtssagende Angelegenheit, die im übrigen zu einem sicheren Sieg des Hengstes May West, geritten von einem gewissen Martin, wurde, ging praktisch spurlos an Hildegard Bamm vorüber. Während sich Amely an der Bonbonniere gütlich tat und eine neue orderte, schweiften die Blicke der Chefsekretärin ohne Unterlaß über die Colliers und Ketten, Hutcreationen und Taschenmoden, über die zahllosen Modelle von Sankt Laurenz, Jamani und Fudji, die vor und hinter ihr gleichsam in einem unendlichen Strom von Bedeutung, Schönheit und Lebensfreude vorbeizogen.
»Sie müssen repräsentieren, Lacost es, was es wolle«, Amely Gütlich konnte sich eines ihrer planetbekannten, feinen, ironischen Aperçus nicht verkneifen und notierte es sich sogleich auf dem Programmheft, um es gelegentlich in eine der kurzen Schilderungen der Äußerlichkeiten einfließen zu lassen, die notgedrungen ihre ansonsten tiefsinnigen gesellschaftlichen Analysen ergän-

zen mußten. »Sieh mal«, fuhr sie sodann ernsthaft fort, »der junge Mann da drüben, der ohne Ohr, das ist ein Enkel von Paul Confetti, dem Kies- und Kohlengroßhändler. Er ist mit einem deutschen Verwandten da, ohne den jede Großveranstaltung Flick-Werk wäre. Und dort, sieh an, sieh an, sie reden sogar wieder miteinander«, sie zog Hildegard Bamms Aufmerksamkeit auf eine Gruppe distinguierter Herren an der VIP-Champagnerbar, »Max Menetekel, ein Bildreporter aus München, mit unserm Hans Nelkenberg, ein ungeheuer witziger Spitzenmanager. Er hat den Tick, seinen Pferden im Endspurt immer ›Dalli-Dalli!‹ zuzurufen.«

Hildegard Bamm aber hatte in einer anderen Reihe der Ehrentribüne eine Reihe von Persönlichkeiten aus Kunst und Kultur ausgemacht, die ihr durch ihre Leidenschaft für Bücher auch dem Aussehen nach bekannt waren. So war es ausnahmsweise die Chefsekretärin im kleinen Blauen, die die Gesellschaftsreporterin im gelben Chiffon aufmerksam machte: »Peter Henkel, der Dichter der deutschen Industrie, du kennst sein letztes Buch, ›Weiser geht's nicht‹, spricht gerade mit Frau Griff, der Unternehmersgattin, die soviel für die Kunst übrig hat . . . Und daneben: ist das nicht die Filmemacherin Desiré Achternbusch?«

Amely Gütlich folgte dem dezent zeigenden kleinen Finger Hildegard Bamms: »Logo ist sie's!« Und schon notierte sie auf ihr Programm: »Sie spricht intensiv mit dem bekannten Heimatdichter Franz Josef Zimmermann, der den Besteller ›Das Verdummungsverbot‹ geschrieben hat und erst kürzlich mit dem Genie-Preis ausgezeichnet worden ist. Wenn du so weiter machst, wirst du noch meine Assistentin!«

Hildegard Bamm, der es guttat, für ihr scharfes Auge und ihre kunstsinnigen Kenntnisse ein wenig Lob von der doch um drei Jahre erfahreneren Freundin bekommen zu haben, fuhr enthusiasmiert fort: »Und gleich daneben, der mit dem gemischen Salat, ist wohl Botho Nandu, der neue Schnitzler . . . Wie einsam er dasteht, er sammelt wahrscheinlich Eindrücke für eines seiner neuen, sensiblen Society-Stücke.«

»Kann durchaus sein«, Amely nickte ihr zu und wollte eben zu einer tiefergreifenden Charakterisierung Nandus ausholen, als sie vom nobel aufbrausenden Jubel unterbrochen wurde, der anzeigte, daß die am Deutschen Kaltblutderby teilnehmenden Pferde und Reiter in wenigen Augenblicken zur Parade antreten würden.

»Jetzt warte, mein Widderkind«, die Gesellschaftsreporterin mußte ihre Stimme gegen den Applaus erheben, »jetzt kommen die wirklich großen Tiere. Die ganze Welt ist Tribüne . . .«

In der Tat folgte der Rennplatzlautsprecheransage durch den beliebten Präsidenten des Dagelfauster Zucht- Rennverbandes – »unseren guten Professor Steig-Bügel«, wie Amely Gütlich sogleich wußte – nämlich: daß nun die Teilnehmer am Deutschen Kaltblutderby, seien sie nun Pferd oder Jockey, zur Parade schreiten würden, auch ein dichter Auftrieb von Prominenz auf der Ehrentribüne, so daß sich diese bis auf den allerletzten Platz füllte.

»Medienzar Leo Dom, Dr. Waalkes, Inhaber des Otto-Motorenwerkes Heilbronn, Rudolf Gerstenkorn, Herausgeber des Konkurrenzblattes ›Mirror‹, der russische Botschafter Peter Ustinov, sowie Sportkommentator Franz Bombenbauer« konnte die Gesellschaftsreporterin noch rasch an den Rand ihres Programmes kritzeln, bevor sie, ihre ersten Notizen mit einem großen »und viele andere . . .« abschloß, Hildegard Bamm anstieß, die eben, die Liste der Starter durchgehend, auf die seltsamsten Namen stieß.

»Siehst du den großen, stattlichen Mann, der dort bei Start und Ziel die kleinkarierte Fahne schwenkt?«

Hildegard Bamm entdeckte den etwa 50jährigen sogleich, überragte er doch die Menschengruppe um ihn herum um Kopfeslänge.

»Was ist mit ihm?« fragte sie neugierig. »Das ist Dr. Wirsing, er war früher nur Oberlehrer, aber heute hat er's weit gebracht. Er ist festangestellter Eröffner von Beruf! Ich bin sicher, daß er gleich eine Ansprache halten wird. Er hält jeden Tag Ansprachen, obwohl ich sein Deutsch, um ehrlich zu sein, für nicht allzu brillant halte . . .«

»Hm . . . was soll er beim Kaltblutderby auch Oden halten«, wandte Hildegard Bamm ein, die irgendwie Mitleid mit Dr. Wirsing empfand.

Amely zeigte ein planettypisches, leicht ins Ironische gehende Lächeln: »Aber er ist ja nicht bloß sprachlich ein Tolpatsch. Stell dir vor: Kürzlich sollte er in Remmingen ein E-Werk eröffnen. Und was macht er in seiner Aufregung: Statt einfach auf den Knopf zu drücken, zerschneidet er das Zuleitungskabel . . . Na ja, hier in Dagelfaust kann nicht soviel schiefgehen«, gab Amely Gütlich einlenkend eine kleine Hintergrundanekdote aus ihrem unerschöpflichen Reporterschatz zum besten, während sich Dr. Wirsing tatsächlich langsam an das Rednerpult beim Zieleinlaufspiel begab.

»Nebenbei betreibt er auch eine Body-Guard-Schule, er beschäftigt ein Dutzend Leibwächter«, sie konnte sich eine allerletzte Bemerkung nicht verkneifen. Hildegard Bamm wiederum, die, wie es ihr Mond im sechsten Haus im Zeichen Schütze nur zu deutlich bewies, stets von großem Bedürfnis nach Veränderungen aller Art bewegt wurde, die also positiv und kreativ dachte, warf fragend ein: »Weshalb läßt man nicht einen echten Theatermann derartige Ansprachen halten?«

Amely Gütlich, überrascht von der Konstruktivität der Antwort ihrer Freundin auf ihre doch eher leichthin geäußerte Kritik, erwiderte verdutzt: »Die echten Schauspieler interessieren sich weniger für Kaltblutderbys, denk' ich . . . Es ist ja auch nicht einer da, soviel ich sehe. Im übrigen ja auch kein einziger Sänger, kein Opernstar . . .«

»O doch! Und ob! Ich küsse Ihre Hand, Madame . . .«, ertönte im selben Augenblick eine sonore, dunkeltimbrige und wohltuend satte Baritonstimme hinter den beiden Freundinnen. »Reich mir die Hand, mein Leben . . . ich grüß dich, Amely . . .!«

Amely Gütlich hatte sich, ebenso wie Hildegard Bamm, noch nicht zur Gänze umgewandt und den Träger der Stimme noch nicht ins beengte Blickfeld ihres breitkrempigen, derbywürdigen Ascot-Hutes bekommen, als eben diese Stimme zum zweiten Mal inmitten der allgemeinen Stille vor Dr. Wirsings Eröffnungsansprache über ›Wesen und Zukunft des Deutschen Kaltblutes‹ ertönte: »Laß uns doch lieber ein Glas Schampus heben oder an die Boxen gehen als hier an der Lügenfront zu lauschen.« Da endlich sprang Amely Gütlich, und Hildegard Bamm folgte ihr verwirrt, vom Sitz auf und trat an den Seitengang: »René, mein spitzer Clown!« Sie trat mit ausgebreiteten Armen direkt auf einen stattlichen, hochgewachsenen Mann zu, der nun seinerseits zwei kräftige Arme zum Willkomm entfaltete.

»Ich freue mich, daß wir uns endlich wiedersehen, meine liebenswerte Klatschtante und Sterndeuterin!« tremolierte er galant und deutete damit wohl intimere Kenntnis Amely Gütlichs höflich an. Amely umarmte ihn tatsächlich ohne Umschweife, Hildegard Bamm für einige Augenblicke ratlos und alleine am Rand der Sitzreihe stehenlassend.

Wer in dem Unbekannten jedoch einen vielleicht gleichaltrigen Herzensbekannten oder gar Liebhaber Amelys vermutet hätte, wurde nun, da sich beide aus der rein freundschaftlichen Umarmung und aus dem flüchtigen Wangenkuß wieder befreiten, eines anderen belehrt: Der Gesellschaftsreporterin stand musternd ein zwar großgewachsener, gepflegter und sichtlich auf jedem Parkett erfahrener Mann gegenüber, der in einem Stresemann – wohl aus bestem englischen Haus – eine tadellose Figur machte, obschon ein leichter Bauchansatz auch durch eine knapp geschnittene Weste nicht völlig zu verbergen war, aber sein durch und durch silbergraues und am Scheitel ohnehin nur rudimentär und tonsural entwickeltes Haar sowie der Faltenreichtum im gütigen Gesicht, vor allem aber in der Stimmbandpartie des ausgeprägten Halses, wiesen den Unbekannten als wohl mindestens fünfzig-, wenn nicht sogar sechzigjährigen Gentleman aus. Er hätte Amely Gütlichs oder irgendeiner anderen Mittdreißigerin Vater sein können.

»Mein alter, lieber Freund«, sagte denn auch folgerichtig Amely und blickte wieder und wieder treuherzig in die wasserblauen Augen des vor ihr Stehenden, die Lebendigkeit ausstrahlten. »Ist es denn die Möglichkeit, René! Wo war es das letzte Mal, daß wir uns gesehen haben? Bei deiner Abschiedsgala in der Scala? Beim Liederabend bei meinem Boß Henry?«

Der Silbergraue, für den Hildegard Bamm sogleich so etwas wie Sympathie, ja in einem fernen, tiefen Winkel ihres Herzen Zuneigung empfand, zog nur nachdenklich-unwissend die Schultern hoch. »Gleich, wann und wo, jetzt sind wir wieder beisammen, und das sollten wir, bevor das Hauptrennen beginnt, begießen. Darf ich dich – pardon: die Damen . . . einladen?«

Damit sah er Hildegard Bamm zum ersten Male offen ins Gesicht, nachdem sie schon die ganze Zeit über das unerklärliche Gefühl hatte, als hätte er sie längst intensiv aus den Augenwinkeln heraus beobachtet. Ohne daß es ihr bewußt gewesen wäre, schlug Hildegard Bamm die grünen Augen nieder, doch Amely Gütlich rettete durch ein unbekümmertes »Mein Gott, entschuldigt, daß ich euch einander in der Aufregung nicht gleich bekannt gemacht habe«, die knisternde Angespanntheit zwischen den beiden.

»Also: Hildegardchen – may I introduce to you: René Solo, und dir, lieber René, darf ich hiermit meine beste Freundin, Hildegard Bamm, vorstellen.«

Hildegard Bamm streckte René Solo wie in Trance ihre schlanke Hand entgegen, und dieser – immerhin doch alte, wenn auch anscheinend junggebliebene – Grandseigneur küßte sie vollendet, wenngleich für eine Hundertstelsekunde zu lange.

In einem kleinen Zelt, gleich neben der VIP-Tribüne bei der Zielgeraden des Hippodroms von Dagelfaust, befand sich die während der Rennwoche natürlich besonders stark frequentierte Champagnerbar des Zucht- und Rennverbandes. Dorthin begaben sich nun, den eben wieder – beziehungsweise zum ersten Mal – getroffenen René Solo fröhlich in ihre Mitte nehmend, Amely Gütlich und Hildegard Bamm. Während sich draußen bereits die ersten Pferde und Reiter zum Auftrieb vor dem Hauptereignis, dem Deutschen Kaltblutderby, versammelten, betraten die drei das Zelt. Normalerweise wäre um diese Zeit, es war bereits Nachmittag geworden, kein einziger freier Platz mehr an der schmalen Theke vorhanden gewesen und man hätte die perlende Labung aus der Reimser Gegend höchstens stehend genießen können. Ein kurzer Wink von René Solo mit einem grünen Geldschein, begleitet von einem dreifingrigen Victory-Zeichen, ließ den Barmann, der offenbar auch Amely Gütlich kannte, nun seinerseits drei am Ende der Teak-Theke Sodawasser trinkende Discjockeys aus dem nahen Black-Horse-Club mit einem kurzen Wink Platz schaffen.

»Eine Flasche Grand Cru Brut«, orderte der schöne Bariton René Solos, sogleich medias in res, das heißt, sich zwischen die Gesellschaftskolumnistin und die Chefsekretärin plazierend. »Ich bin, das heißt war, wie unsre gute Amely ja weiß, Opernsänger«, wandte sich Solo ouvertural an Hildegard Bamm.

»Was heißt ›Opernsänger‹: Du warst ein Star auf allen Bühnen der

Welt, von Salzburg bis Sapporo!« warf Amely ein. Hildegard Bamm schien es, als wollte der große alte Herr mit den silbergrauen Schläfen mit dieser seiner Eingangsbemerkung nur eine Gelegenheit schaffen, mehr von ihr, der Sekretärin im kleinen Blauen mit dem Zitronenfalter am Herzen, zu erfahren. So sagte sie denn: »Ich bin die persönliche Sekretärin von Dr. Spock, Lizenzen und Patente en bloc, pardon: en gros und en detail, Export-Import . . .«

Hildegard Bamm war über ein seltsames Gefühl der Hingezogenheit gestolpert, das von diesem ihr doch völlig Unbekannten ausging. Es war ihr völlig unerklärlich, weshalb ihr der Opernstar, dem sie doch erst vor Minuten zum ersten Mal die Hand gedrückt hatte, so gar nicht fremd vorkam. Doch sie faßte sich rasch und ergänzte bescheiden: »Unsere Firma dürfte ihnen völlig unbekannt sein – sie heißt ›Simplex Unlimited‹.«

Der Ober hatte die bestellte Flasche gebracht, aus dem Eiskübel geholt und fast unhörbar entkorkt. Festlich ergoß sich der edle Schaum in die hohen Kelche, und es erschien Hildegard Bamm unbewußt als eine Art Gleichnis, als tiefes Symbol für etwas, was sie im Zusammenhang mit diesem so anziehenden grauen Bariton nicht verstand. »À votre santé, à votre sentiment«, René Solo erhob nun das Glas auf die beiden Freundinnen, die desgleichen taten.

»Nun, der Name ›Simplex‹ sagt mir tatsächlich nichts, aber ich lebe ja auch seit meinem Abschied von der Bühne recht zurückgezogen, in Hameln, wenn Sie diese entzückende Stadt kennen.«

»Er ist nun ein begehrter und gesuchter Gesangsprofessor, am berühmten Konservatorium von Hameln«, mischte sich Amely erklärend ein.

René Solo nickte bedächtig und ließ einen weiteren, langen Schluck des vorzüglichen Brut in den Weiten seines von Jahrzehnten des Gesangs geschmeidigen Kehlkopfs verschwinden. »Und trotz unsrer doch so verschiedenen Wege ist mir, als wären wir einander schon einmal irgendwo, irgendwann begegnet, als kennten wir uns.« Er sah Hildegard Bamm prüfend an, gleichzeitig ein Zurückfluten der Säureperlen im Hals geschickt vermeidend.

Amely Gütlich hingegen musterte aus Verlegenheit, was bei einer so gesellschaftlich erfahrenen Frau von siebenunddreißig Jahren

wie ihr höchst selten vorkam, die ausladende Krempe ihres Ascot-Hutes aus dem ›Fair-Lady‹-Fundus. Sie wußte beim besten Willen nicht, was sie auf René Solos Frage nach irgendeiner früheren Begegnung mit Hildegard Bamm hätte sagen können. So sagte sie nichts und betrachtete versonnen den Siebenpunktkäfer, der eben den Veilchenstrauß auf ihrem rosa Sonnenschutz erklomm.
René Solo hatte die Maske des verzweifelt-zerstreuten Professors aufgesetzt, der er ja tatsächlich war, doch auch er konnte sich beim besten Willen nicht erinnern, woher er Hildegard Bamm hätte kennen können, ja, weshalb er überhaupt auf diese Idee kam. So sagte er, ohne den Blick von seinem Glas Grand Cru Brut auf der Teak-Theke der Champagnerbar zu wenden, guttural in Richtung der Chefsekretärin: »Vielleicht kenne ich ihren Vater, Verehrteste?«
Hildegard Bamm zuckte bei dieser harmlosen Frage derart zusammen, daß sich ihre unmerklich bebende Brust beinahe nach vorn gewölbt hätte. Dann nahm sie vorsichtig einen Schluck, gleichsam um sich Mut für die klipp und klare Antwort »Ich bin Vollwaise . . . seit meiner Geburt, Herr Solo«, zu machen. René Solo zog seine buschigen Augenbrauen erstaunt hoch, was Amely an seine komödiantischen Rollen von früher erinnerte, etwa an den unvergeßlichen Vater in Verdis ›Traviata‹, den er praktisch in aller Welt gegeben hatte.
»Sie wissen überhaupt nichts, keinen Namen, keinen Ort, der an ihre Eltern erinnerte?« Hildegard Bamm schüttelte so energisch den Kopf, daß die kleine Fasanenfeder auf ihrem weinroten Hütchen sanft nachwippte. Sie spürte, wie ein Meer von Tränen in ihr nur darauf lauerte, über die Ufer zu treten, und sie zog, da sie befürchtete, René Solo würde ein weiteres Mal den wundesten Punkt ihrer Vergangenheit und Gegenwart anrühren, vorsichtshalber ein schneeweißes Brüsseler-Spitzentuch, auf dem sie einst zum ersten Mal den tunesischen Häkelstich geübt hatte und das mit dem lateinischen Spruch *Prosit tibi!* – Es möge dir nützen! – nun sowohl von ihrer Sprach-, als auch Handarbeitsbegabung zeugte. »Ich weiß nur, daß ich im Ausland geboren worden sein muß – so besagen es jedenfalls die Aufnahmebücher des Instituts der Ehrwürdigen Schwestern im Herrn in Findelsingen, wo ich aufgezogen wurde. Doch dann schweigt die Waisenhauschronik.«

Sie schneuzte traurige Verzweiflung in den tunesischen Häkelstich.
»So wissen Sie etwa auch gar nicht Tag und Jahr Ihrer Geburt?« wunderte sich René Solo aufs neue baritonal.
»O doch: 30. März 1949, Geburtsstunde zehn Uhr«, mischte sich nun Amely Gütlich wieder ins Gespräch, »glücklicherweise fand sich nämlich in Findelsingen ein Zettel mit genau diesen Angaben, die ich alte Astrologin – du kennst mich ja, René –, sogleich anhand Hildegards Anlagen, Charakter und Seelenleben überprüft habe: Und die Geburtsdaten müssen haargenau stimmen. Sie ist in allem der Widder mit dem viergradigen Krebsaszendenten, den der 30. März 49 bezeichnet!«
René Solo hatte Amely Gütlich mit äußerster Konzentration zugehört, so, als müsse er sich jedes Detail der seltsamen Auskünfte auf das genaueste einprägen.
»Aber ich glaube, ich muß jetzt«, fuhr Amely fort, »so interessant die Welt der Gestirne und ihre Deutung auch ist, langsam zum Aufbruch mahnen. Leider bin ich ja hauptberuflich hier, und der ›Planet‹ erwartet von mir bis Donnerstag einen genauen Bericht über das Derby!«
Man trank den letzten trockenen Rest des Grand Cru beinahe brutal leer. »Ja, gehen wir zur Parade der Jockeys«, bekräftigte Hildegard Bamm erleichtert den Wunsch ihrer Freundin.
Als sie ihr kleines Blaues, das vom Sitzen am Hocker in der Champagnerbar geringfügig verdrückt war, vor dem Zelt glattstrich, konnte sie mit einem Seitenblick auf Amely Gütlichs makellos glattes Dottergelbes leisen Zorn nicht unterdrücken: »Es ist halt doch ein Stück von Karstaedt«, murmelte sie, doch dieses Murmeln drang, da der Lärm der Jockeyparade am Aufwärmplatz schon zu groß war, nicht einmal an René Solos nun wahrlich äußerst feingestimmtes Ohr. Vielmehr wandte er sich an Amely und strahlte sie urplötzlich an:
»Jetzt weiß ich auch wieder, wo wir uns das letzte Mal gesehen haben, meine Beste! Es war beim Ball der Champagner-Reitergesellschaft im Linzer Brucknerhaus, wo ich die Mitternachtseinlage zum besten gab! Ich erinnere mich genau: natürlich die Champagnerarie, wenn auch transponiert . . .«
Auch Amely Gütlich strahlte erinnerungsfroh René Solo an, und

die warme Sonntagsnachmittagssonne über Dagelfaust wiederum alle drei. »Genau, René! Du hast dort gesungen, noch mehr allerdings nach Mitternacht mit mir getanzt und weiter gesungen . . . Ich höre dich noch genau, als du mir im Morgengrauen bei einem Quickstep ein gar zu süßes ›I've got you . . . under my kinn‹ gewidmet hast.«
Lachend über diesen, die unterschiedliche Körpergröße so charmant reflektierenden Scherz, erreichte das elegante Trio den Platz, wo die Kaltblüter behutsam für das Derby warmgeritten wurden, einige an der Longe, die meisten aber in freiem, nervösen Tänzeln und Kreisen. Manch einer der Besitzer prüfte zum letzten Male die Hufe oder bürstete seine Rennhoffnung, um sie noch windschlüpfriger zu machen. Amely hatte wieder ihren silbernen Kuli gezückt und notierte Impressionen, während sie auch den bunten Kostümen der Jockeys ihr braunes Augenmerk schenkte. Hildegard Bamm wiederum war fasziniert von den schlanken Körpern der edlen Tiere und von den samtenen Nüstern, die wild gegen das Zaumzeug tobten.
Einige der gnomenhaften Reiter, seltsam hoch und wie angeschweißt auf die Rücken ihrer Renner, grüßten Amely, die sie wohl vom ›Planet‹ her kannten. Sie wünschte ihnen mit ausgestrecktem Daumen Glück. Dann wandte sie sich an René Solo, der alle Läufe und Fesseln mit Kennerblick studierte: »Was sagt der Fachmann? Wer gewinnt?«
René Solo breitete seine Arme wie zu einer Schlußverbeugung vor einem imaginären Publikum aus, aber er wollte damit nur ausdrücken, daß er keine Ahnung vom Ausgang des Rennens hatte. »Schwer zu sagen. Ich habe zwar den ›Riders Digest‹ abonniert, aber das Material unter den Dreijährigen ist doch zu gleichwertig, als daß man auf Anhieb sagen könnte, wer den Hals vorne hat. Ich habe jedenfalls auf Pershing II unter Jockey Help gesetzt, auch wenn darauf nur eine Quote von 2:1 steht. Immerhin hat ein Bruder von ihm im letzten Jahr die Badener Bann-Meile gewonnen, gegen stärkste Konkurrenz. Auf welches Kaltblut haben eigentlich Sie gesetzt?« gab er die Frage unvermittelt an Hildegard Bamm weiter, die sich eben in ein hübsches braunes Tier verliebt hatte, das zwischen den klug aufgerichteten Ohren einen milchweißen Fleck trug.

Die Chefsekretärin sah René Solo verständnislos an: »Ich . . .? Ich habe überhaupt nicht gewettet.«
Nun wanderte die Fassungslosigkeit weiter in das faltiggepflegte Gesicht des Ex-Baritons: »Wie? Sie besuchen das Dagelfauster Weekend – und setzen nicht? Was stehen wir dann noch hier, es ist höchste Zeit!«
Die Pferde im Oval des Platzes neben der Ehrentribüne in Dagelfaust schienen den Beginn des Hauptrennens des Deutschen Kaltblutderbys geradezu zu wittern, denn sie tänzelten immer nervöser und schnaubender im Kreise; mancher der pygmäenhaften Stiefelträger in den schmalen Sätteln hatte bereits jetzt Mühe, sich ebendort zu halten.
Während die Steilheimer Trachtenkapelle den an dieser Stelle bei jedem Rennsonntag üblichen Marsch Stars & Straps zu intonieren begann und die Susaphone die Kaltblüter am Aufwärmplatz noch erregter werden ließen, insistierte René Solo noch immer: »Sie müssen einfach setzen, meine Gute. Was ist ein Rennen ohne persönlichen Favoriten, mit dem man bangt? Das ist doch, als . . . als läsen Sie ein Buch ohne Hauptperson – oder hörten ein Hörspiel ohne Identifikationsfigur! Dann könnten Sie doch einfach Weltnachrichten hören!«
Hildegard Bamm nickte René Solo unwillkürlich zu: Das war ein Vergleich, der ihr zutiefst aus der Seele sprach. Dennoch kam noch immer ein – wenngleich schon sanfterer – Widerspruch über ihre granatapfelroten Lippen: »Aber ich verstehe doch nichts von Pferden . . . rein gar nichts von Kaltblut-Ranglisten . . . Ich bin höchstens Surf-Spezialistin!«
Sie sah fragend und ein wenig hilflos zu Amely Gütlich hinüber, die mitten in einem letzten Interview mit einem Reiter schien, der auf seinem Trikot die Aufschrift ›Easy‹ trug und gleichzeitig bemüht war, die kleineren und größeren Spuren aufgewirbelten Lehms vom dottergelben Chiffon ihres knöchellangen Kleids zu wischen.
»Ich bitte Sie«, begann René Solo wieder, und es lagen der ganze Schmelz eines großen Baritons und alle professorale Güte eines Gesangslehrers am Konservatorium von Hameln in seiner Stimme, »von Surf zum Turf ist doch kein weiter Weg, wenn ich mir dieses schlichte Bonmot erlauben darf. Erlauben Sie mir, Sie zum Totalisator zu begleiten – und Ihren Einsatz zu begleichen.«

Hildegard Bamm war so gerührt von der Freundlichkeit des graumelierten Ex-Stars, der nichts von seiner Größe eingebüßt hatte, daß sie erst nach einigen Augenblicken zu einer höflichen Absage anzusetzen imstande war. Doch René Solo sah sie so warmherzig, ja beinahe väterlich an, daß sie nur noch ein leises »Nun gut, wenn Sie mir sagen, auf wen ich wetten soll . . .«, in die Dagelfauster Rennatmosphäre setzen konnte.
Während sie rasch den kleinen Trampelpfad zu den Kiosken der Wettbüros nahmen, hakte sich René Solo bei der Chefsekretärin unter, und sie war nicht unangenehm berührt davon, spürte sie doch, daß dies keinen Versuch eines flüchtigen Abenteuers bedeutete, sondern pure Herzensgüte eines älteren Ehrenmannes gegenüber einer nur selten wirklich glücklichen Chefsekretärin.
»Sie werden sehen«: Das Glück ist ein Buchen, zumindest im Hippodrom von Dagelfaust.«
Damit hatte sich das Paar, das keines war, auch schon in die Schlange vor einem Totalisator eingereiht, deren Glieder angesichts des baldigen Derbystarts mindestens ebenso ungeduldig scharrten wie die Hufe der wartenden Kaltblüter.
Hildegard Bamm beobachtete, während sie an der Seite René Solo vor dem Buchmacherkiosk Nummer sieben wartete, die Umstehenden: Sie schienen wie von einem Fieber befallen, zählten kleine und große Geldscheine in ihre schweißnassen Hände, fingerten nervös an Kugelschreibern oder strichen hastig in langen Listen mit Pferdenamen. Es waren auch Frauen darunter, wie sie bemerkte, und unwillkürlich fiel ihr das zwar alte, aber dennoch goldrichtige Sprichwort »Glück im Spiel, Unglück in der Liebe«, ein.
René Solos feines Ohr, das mit einem absoluten Gehör von Kindesbeinen an gesegnet war und nichts von seiner Feinfühligkeit eingebüßt hatte, beugte sich sogleich zu Hildegard Bamm und meinte: »Wie meinen . . .?«
Die Chefsekretärin, gleichsam in ihren innersten Gedanken ertappt, lief zartrosa an, gab jedoch mit mühsam gespielter Leichtigkeit zur Antwort: »Ich dachte eben nach, auf welches Pferd – oder setzt man auf einen Reiter? – ich wohl wetten sollte?«

René Solo zog eine Liste der Startenden im Kaltblutderby aus seinem Gilet und reichte sie Hildegard. »Hm . . . Jockey Eberhard auf Odoaker«, las sie zuoberst. »Dieses Paar gefällt mir.«
René Solo nickte und bedeutete damit, daß er Pferd und Reiter kannte und sie bei ihm hoch im Kurs standen. »Ich würde trotzdem vielleicht eher auf Carmen mit Saura im Sattel tippen, ein verläßliches Paar«, versuchte Solo auf eine Dreierwette hinzusteuern. »Wenn diese beiden, dann auf jeden Fall auf Platz drei Konsalik mit E. T.«
Hildegard Bamm wurde nervös, denn die Reihe der wartenden Wetter vor ihr wurde immer kürzer, und die Aufregung der Zuschauer, die bereits die Aufstellung der Pferde am Start begrüßten, immer lauter.
»Parvenue?« fragte sie, doch René Solo schüttelte bestimmt den Kopf: »Eine Schindmähre, ein lahmer Klepper, und Löwenthal ist ein Reiter, der nie über die Distanz kommt. Dann schon eher Alt auf Kamikaze. Er ist zwar erst kürzlich wegen angeblicher Behinderung disqualifiziert worden – ich glaube, auf der Bonner Galopprennbahn –, aber in ihm steckt noch einiges.«
Nun war Hildegard Bamm bereits an der Reihe, und sie mußte sich entscheiden. Der Buchmacher lugte gespannt aus seinem Gitterverschlag, und auch René Solo schien mit seinem fragenden Blick ein einfaches »Nun?« auszudrücken, als Hildegard Bamms türkisene Augen plötzlich zu blitzen begannen. Sie hatte auf der Liste der Starter einen Namen entdeckt, der ihr gefiel, und so sagte sie, ohne weiter zu überlegen, mit fester Stimme: »Alles auf Hinterhand unter Jockey Lindenberg im Sattel.«
Der Totalisateur schüttelte sich die zarte Überraschung aus den alles gewohnten Augen; offenbar hatte heute noch niemand auf dieses Paar gesetzt. Und auch René Solo schien ihm mit dem sanften Lächeln, das um seinen Sängermund spielte, nur allzu recht zu geben. Dennoch zückte er ohne ein Wort des Widerspruchs eine bauchige Brieftasche und legte dem Buchmacher einen großen braunen Schein für einen kleinen, losähnlichen Wettschein auf das Kioskbrett.
»Die Gewinnmarge lautet tausend für zehn. Hm, wer wagt, gewinnt«, sagte er zu Hildegard, und es lag keinerlei Vorwurf bezüglich des hohen Risikos in seiner ausgebildeten Stimme.

»Ich habe schon so viel verloren, daß ich nur noch gewinnen kann«, hauchte die Chefsekretärin in den sonnigen Altweibersommertag. Es war keinen Augenblick zu früh, denn schon gingen auf der Bahn draußen die Startboxenklappen zum Deutschen Kaltblutderby hoch – und im selben Moment die Klappe des Buchmacherhäuschens herunter.

Ihren angestammten Sitz in der ersten Reihe der Ehrentribüne erreichte Hildegard Bamm erst wieder, als das Deutsche Kaltblutderby bereits in vollem Gange war. Amely Gütlich, die am zweiten Pressesitz für den ›Planet‹ bereits ungeduldig auf die Rückkehr der Freundin gewartet hatte und deren dottergelbes Chiffonkleid von den Recherchen bei den Ställen deutlich gezeichnet war, reichte ihr wortlos das kleine Fernglas. Die Menschen auf den VIP-Plätzen rundum, etwas weiter oben auch René Solo, reckten raunend die Köpfe mit den vielfarbigen, vielformigen oder elegant einfachen, dunklen Hüten, während das einfache Volk auf dem Stehplatz seinen Hoffnungen freien Laut ließ und seine Favoriten anfeuerte.
»Es führt eingangs der Gegengeraden Kuli vor Hans, dann folgt Odoaker, hart bedrängt von Carmen und Pershing II.« Amely Gütlich gab einen kurzen Lagebericht.
»Und wo ist Hinterhand mit Lindenberg?« fragte Hildegard Bamm zurück, und sie spürte, daß René Solo recht behalten hatte: Eine gewisse Erregung kam in ihr auf, die sie nicht verspüren würde, hätte sie nicht sein Geld auf eben dieses Paar gesetzt.
»Hinterhand hat Nummer zwölf. Er ist drittletzter, noch hinter E. T. und Parvenue«, schilderte die Planet-Kolumnistin kühl die Lage, wie sie war und wie sie Hildegard Bamm schließlich selbst ins Visier ihres Guckers bekam.
»Alt macht sich auf Kamikaze ganz gut, auch wenn er gegen Pershing II keine Chance haben dürfte«, kommentierte wieder Amely trocken, während sich Hildegard Bamm bereits mit dem Gedanken vertraut machte, daß ihr, wie immer im Leben, mehr genommen als gegeben würde. Immerhin fand sie, daß der Pulk der dreizehn Pferdestärken, der ein dumpfes Stakkato ins tiefe Geläuf trommelte, für Kaltblüter doch recht feurig wirkte.
»Nun ja«, schrieb sie ihren, das heißt, René Solos Einsatz bereits ab, »Geld allein macht nicht glücklich.« Doch in diesem Augen-

blick geschah das Unglaubliche: Von Hildegard Bamm beinahe unbemerkt, schob sich Hinterhand, vorderhand dennoch nur im mittleren Drittel des Pulks liegend, der schon die Kurve zur Zielgeraden erreichte und Schnauben, Zurufe der hochsteigenden Jockeys und das Trommeln der Hufe zur Ehrentribüne herübersandte, schob sich eben jenes unscheinbare Kaltblut Platz für Platz nach vorne und war, die Menge im Oval des Hippodroms hielt schier den Atem an, eingangs der Zielgeraden bis auf eine halbe Länge an Odoaker mit Eberhard im Sattel herangekommen. »Alléz! Alléz! Hinterhand, zeig's ihm! Alléz! Alléz!« brach da die französischkundige Chefsekretärin in Hildegard Bamm durch, und ohne zu wissen, womit sie winkte, flatterte ihr Wettschein *ihrem* Roß und Reiter aufmunternd entgegen. Jetzt erst setzte Lindenberg, der Hinterhand klug geführt hatte, die Peitsche ein, und noch ehe Hildegard Bamm von der ringsum versammelten Prominenz mißbilligende Blicke für ihre temperamentvollen Zurufe einheimste, war das Rennen auch schon gelaufen: Das Zielfoto zeigte im Finish Hinterhand mit Jockey Lindenberg um Nüsternlänge deutlich auf Platz eins.

Hildegard Bamm, wie alle Widdergeborenen bescheiden und zuerst an die Nächsten denkend, nahm zunächst nur wahr, wie die ringsum Stehenden, all die Prominenten, Reichen und Bekannten, mit gesenkten Häuptern in ihre VIP-Sessel zurücksanken. Sie mußte an deren Schmerz über das viele verlorene Geld der Einsätze denken. Erst als Amely Gütlich, beinahe blaß vor Überraschung, tonlos sich an sie wandte, wurde es ihr bewußt: »Du hast ein Vermögen gewonnen!«
Indignierter, müder Beifall kam auf, als der Gewinner des Deutschen Kaltblutderbys, Hinterhand mit Jockey Lindenberg, langsam die Ehrenrunde im Hippodrom von Dagelfaust auslief. Unter den Klängen der alt-deutschen Galopperhymne ›So ein Tag, so wunderschön wie heute‹, die die Steilheimer Trachtenkapelle anstimmte, tat sich der kakaobraune Gewinner mit dem gewissermaßen hasenschartenartigen Maul, das ihm immerhin den knappen Sieg im Foto-Finish verschafft hatte, bereits am Lorbeerkranz gütlich, den ihm Dr. Lombard, Vorstandsmitglied der sponsernden ›Steilheimer Vereinskasse‹, umgehängt hatte.

»Die Leute sind unzufrieden über den Außenseitersieg«, stellte Amely Gütlich nach einem Blick in die Runde der VIP's auf der Ehrentribüne fest und machte sich entsprechende Notizen auf dem Rennprogrammheft. Dann umarmte sie zärtlich Hildegard Bamm, die noch immer wie angewurzelt dastand und den Wettschein ungläubig in der einen zierlichen Hand drehte und wendete und sich ihre chlorophyllgrünen Augen mit der anderen rieb. In dem Kuß der Freundin auf die während des Kaltblutrennens warmgewordene Wange lag amikales Gönnen des nun durch die Schnelligkeit des kaba-braunen Wallachs fälligen Gewinnes.
»Wieviel ist es eigentlich? Wie ist die Quote?« fragte Amely gewissermaßen mit planetarischem Interesse, also bar jeder Berechnung.
Hildegard Bamm, die verlegen und noch immer fassungslos an ihrem weinroten Hütchen nestelte und das schmale Netz vor den Augen nervös lüftete, gab traumverloren, nachdem sie modulschnell und in chefsekretarieller Präzision die Höhe überschlagen hatte, zurück: »Es müssen wohl an die Hunderttausend sein.«
Amely Gütlich ließ einen kurzen, sirenenhaft ansteigenden Pfiff über ihre gespitzten Lippen streichen und hielt auch diese Ziffer schriftlich fest. Hildegard Bamm jedoch suchte, wie in Trance, die Reihen hinter ihr nach René Solo ab: »Ihm habe ich es zu verdanken, daß ich nun dieses kleine Vermögen, das die anderen verloren haben, gewann«, murmelte sie.
Die Prominenz nahm dies alles nicht wahr, sondern war bereits wieder im Smalltalk versunken oder lauschte der ansprechenden Kapelle, die Richtung Stallungen marschierte, doch Amely hatte Hildegard Bamms letzte warmherzige Worte sehr wohl aufgeschnappt. Sie lächelte mild in die nicht minder mild untergehende Sonne über Dagelfaust: »Du hast es deiner Sonne zu verdanken, die neun Grad im Widder steht, sie bringt dich in jene gesunde Spannung, die sehr produktiv werden kann und sich in Erfolge umsetzt. Wenn du mir doch endlich einmal glauben würdest! Hab' ich dir nicht schwarz auf weiß im Horoskop beschrieben, daß die Sonne im Widder bei dir ›Erfolg verspricht‹, der meist unterstützt wird von großzügigen Freunden und Gönnern?«
»Ja, du hast, gute Amely«, sinnierte Hildegard Bamm abwesend. Ihr suchender Blick hatte René Solo endlich gefunden: Er stand

wie ein väterliches Monument in der vorletzten Reihe neben Pinkas Perlhuhn, dem Violinvirtuosen, und blickte aus seinen altklugen Augen auf sie – ein mit vollendeter Verbeugung nobel applaudierendes Bild von einem in Würde gealterten Heldenbariton.

Als sich Hildegard Bamm nach dem Kaltblutderby auf der Dagelfauster Rennbahn zum Wettkiosk Nummer 12 begab, um ihren Wettschein einzulösen, war das übrige Publikum vollauf damit beschäftigt, das Stuten-Gedenkrennen der Steeple-Chase-Manhattan-Bank zu verfolgen, das, dem Jubel nach zu schließen, der von der Ehrentribüne her aufbrauste, erstklassigen Turfsport bot. Begleitet von Amely Gütlich, die mit ihr strahlte, und am Kavaliersarm von René Solo war die schlanke Chefsekretärin im kleinen Blauen – paradoxerweise – baß erstaunt, daß keine Schlange vor dem weißen Häuschen des Totalisators stand. Nur ein Teppich von zerrissenen Wettscheinen lag vor der Kabine mit dem Fallgitter-Fenster.
»Sie sehen, meine Beste«, sagte der nunmehrige Professor für Gesangskultur am Konservatorium von Hameln, »es scheint niemand von all den Turferfreunden auch nur einen Pfennig auf Ihre Hinterhand gesetzt zu haben. Deshalb ja auch die Quote von eintausend für zehn.« Hildegard Bamm erschauerte wieder wohlig, einesteils seines Baritons wegen, der noch immer vom Schmelz seiner großen Zeit auf allen Bühnen dieser Erde troff, andererseits aber auch, weil sie sich den Wettgewinn vorstellte – und zwar keineswegs aus materieller Gesinnung, denn eine solche war einer Widder-Geborenen wie ihr gänzlich fremd, sondern aus einfacher menschlicher Freude darüber, daß sie einmal, ein einziges Mal in ihrem knapp fünfunddreißigjährigen Frauenleben so großes Glück erfahren durfte.
Als sie dem Totalisatorangestellten mit einem leisen »Bitte« den weißen, durch all die Aufregung leicht zerknitterten Wettschein vorlegte, blickte sie dieser gewiß abgebrühte Beamte für Glück oder Unglück zunächst ungläubig an und prüfte erst einmal mißtrauisch die aufgedruckten Orts-, Zeit- und Einsatzangaben.
»Es müßten exakt hunderttausend sein«, kam die auch in Buchhaltung sattelfeste Chefsekretärin in ihr zur Sprache. Und als nach

Amely Gütlich und René Solo schließlich auch der Kassierer bestätigend nickte und sich seufzend anschickte, einen Scheck der ›Steilheimer Vereinskasse‹ über eben diese Summe auszustellen, fügte Hildegard Bamm, einer plötzlichen Laune, einem gleichsam hollywoodartigen Hochgefühl nachgebend, plötzlich bestimmt hinzu: »In kleinen, gebrauchten Scheinen, wenn ich bitten dürfte.«
Nun war es an den drei anderen um sie herum, sich seltsam berührt anzusehen. Doch während Amely Gütlich, im Geiste bereits eine gefühlvolle Head-Line für ihren Artikel im ›Planet‹ konzipierend, alsbald in ein freundliches, verstehendes Lächeln ausbrach, das ihre kastanienfarbigen Spätsommersprossen im Schatten des breiten Ascot-Hutes tanzen ließ und auch René Solo ein bajazzohaftes Lachen entlockte, griff der Beamte mit der Schirmmütze sichtlich mißmutig in die Vereinskasse und stapelte, derb-dialektisch laut vorzählend, zehn kleine Stößchen zu Zehntausend auf das abgegriffene Brett vor seinem Gitterfenster.
»Summasummarum: einhunderttausend Piepen«, erlaubte sich Amely Gütlich eine kantinenhafte Ausdrucksweise, die den hehren Anblick der Zwanziger, Fünfziger und Hunderter, die doch unleugbar zasterhafte Aura, ein klein wenig auf den realen Tauschwert zu reduzieren half.
Hildegard Bamm hatte beinahe Mühe, die bunten Scheine in ihrem Ozelot-Täschchen unterzubringen, noch ehe der Dagelfauster Sommerwind in die Stapel fahren konnte. Als sie es geschafft hatte und die kleine Tasche bauchig an Hildegard Bamms sportlicher Hüfte baumelte, fragte Amely Gütlich: »Und was wirst du damit machen?«
Die siamgrünen Augen, in denen zwei Glückstränen für feuchten Firnisglanz sorgten, ruhten auf René Solos silbernen Schläfen. »Ich lade euch zum Essen ein«, sagte sie, »in die Brasserie.«

Als Amely Gütlich endlich in der City von Steilheim einen Parkplatz für ihren alten Borgward und René Solo einen ebensolchen für seinen neuen Bentley gefunden hatten und das kleine, aber feine Lokal nahe der Bastei, also ebenso nah dem Fachwerkhäuschen von Hildegard Bamm, betraten, erwartete sie bereits der Chef des Restaurants. »Die Brasserie freut sich mit Ihnen, Frau Bamm, von Herzen!« Willy, ein Meister der Gastronomie, in dessen flin-

ken, dunklen Augen sich echte Zuneigung zu seinen Gästen spiegelte, überreichte ihr einen riesigen Strauß schönster Malven. »Willy . . .?! Wie konnten Sie wissen?!« Jauchzte die Beschenkte fragend.
Amely Gütlich blinzelte den rundlichen Restaurantinhaber verschmitzt an: »Briefträger, Friseure und Wirte wissen alles, was vorgeht«, sagte sie.
»Ein Kollege von dir, ich meine vom ›Mirror‹, hat es mir eben erzählt«, dementierte der Wirt lächelnd, »und ich habe fast geahnt, daß Sie, verehrte Frau Bamm, vielleicht noch bei mir Ihr Wettglück feiern könnten.«
Hildegard Bamm nickte Willy gerührt zu und genoß den Duft der Blüten in ihren ebenmäßigen Nasenflügeln. Dann nahmen die beiden Freundinnen und René Solo am Kamintisch Platz, und Willy bemühte sich sogleich um entsprechende Vorschläge für ein festliches Menü.
Als man sich auf Hasenterrine, pochierte Scampi mit Timbal von Blattspinat, Lemonsorbet, Kalbslendenscheiben mit Gemüsen und Gratin für Amely, Fasanenessenz, Steinbuttfilet mit Lachsmus, Noilly-Prat-Sauce, Kaninchenfilet mit Karottennudeln, Sorbet von Passionsfrüchten, Medaillons vom Lammrücken mit Kräutern überbacken für René Solo sowie, last not least, Rinderkraftbrühe mit Mark, Sautiertem Bries auf Blattspinat, Felchennockerl mit Zucchinipürree und Pommes Dauphinois für Hildegard geeinigt hatte, ließ sich René Solo, nicht ohne ein vorheriges »Die Damen gestatten doch freiwillig, sonst müßte ich mit Gewalt darauf bestehen, daß ich die Getränke übernehme«, von Willy »Zwei Flaschen Chablis les Clos Grand Cru von Moreau, einen Bourgogne Savigny les Beaune 79 sowie meinen letzten Pomerol Chateau Petrus 80«, empfehlen.
Nicht nur der Strahlenkranz der Kerzen legte mildes Licht über den Tisch, und es wäre tatsächlich ungetrübte Freude über Sieg und Zusammensein angebrochen, hätte nicht, von Amely berufsbedingt scharf bemerkt, die Barockperle einer Träne aus Hildegard Bamms smaragdnem Auge im Chablisglas Kreise stummer Trauer gezogen.
»Es geht um ihn, nicht wahr? Du wünschtest, er wäre in diesem Augenblick an deiner Seite?« schien Amelys Seitenblick zur Freun-

din zu sagen. Doch als sie, René Solos Vertieftheit in das schwach säuerliche Bouquet des Grand Cru nützend, mit ihrer goldreifbewehrten Linken die nackte Rechte der Chefsekretärin tröstend tätschelte, antwortete diese nichts, sondern nickte nur stumm vor sich hin.

Amely Gütlich und René Solo ließen sich die Köstlichkeiten der Küche der Brasserie hochzufrieden munden und sogar Hildegard Bamm hatte ihren Seelenschmerz über dem wunderbar zarten Bries und den saftigen Felchennockerln beinahe vergessen. Zumindest aber war sie wieder fähig, das pralle Ozelottäschchen am Kamintisch mit dem Wettgewinn aus dem Deutschen Kaltblutderby so positiv zu sehen, wie es war. In dieser Stimmung erlaubte sich der Ex-Bariton, das Glas mit dem Pomerol Chateau Petrus fragend zu erheben: »Und was werden Sie nun wirklich mit diesem unerwarteten Segen beginnen? Ich meine es nicht indiskret, aber es würde mich, da ich stets solo blieb und also keine Tochter habe, die ich fragen könnte, interessieren, was eine so bezaubernde junge Dame mit einer solchen Summe vorhaben könnte.«
Amely Gütlich, gewohnt, im ›Planet‹ stets die verrücktesten Geldausgaben Alt- und Neureicher zu veröffentlichen, konnte ein ironisches Grinsen über den Ausdruck »eine solche Summe« nicht unterdrücken. Nüchtern betrachtet, und sie tat einen tiefen Schluck des grandiosen Weines, reichten die Hunderttausend in diesen Zeiten der Inflation ja nicht weit.
Hildegard Bamm schien ähnlich zu denken, denn sie zuckte mit den Achseln: »Mein Hausverstand sagt mir, ich sollte das Geld für mein Heim verwenden. Im Biedermeierzimmer fehlt mir ein Bild. Vielleicht erstehe ich die kleine Tuschzeichnung von Tintoretto, die ein japanischer Kunde meinem Chef kürzlich anbot«, sagte sie.
»Oder du vergönnst dir mal eine große Reise, Fidschi, Galapagos, Malindi. In dem Gewinn sind sogar die Großen Antillen drin. Und drei neue Tornado-Bretter!« spielte Amely auf die Surf-Leidenschaft ihrer Freundin an. Die Chefsekretärin aber wiederholte nur, und dabei blickte sie in den letzten Rest von Weinstein in ihrem Glas, so, als müsse sie aus dem Satz ihre Zukunft herauslesen, mit einer gewissen Traurigkeit: »Ich weiß es nicht. Ich weiß nur, daß morgen Montag ist und mein Büroalltag wieder beginnt, und zwar

mit dem Weckerklingeln um sechs Uhr dreißig. Vielleicht sollten wir doch trotz der feinen Stimmung und des schönen Anlasses langsam aufbrechen.«

So erhob man sich aus Achtung vor dem unbeirrbaren Pflichtbewußtsein Hildegard Bamms bereits kurz nach Mitternacht und trat, nachgewärmt vom unvermeidlichen Reiseachterl Armagnac des Jahres 49, den Willy, der gute Besitzer des Lokals, auf seine Rechnung aufgewartet hatte, in die sternenklare Nacht über Steilheim.

Amely Gütlich, die es noch an den Schreibtisch drängte, um all die frischen Impressionen des ereignisreichen Dagelfauster Rennwochenendes in einen planetwürdigen, dynamischen Artikel zu gießen, verabschiedete sich warm, aber rasch von Hildegard Bamm und René Solo und brachte ihren Oldtimer von Borgward in räderkreischende Fahrt.

Als René Solo der Chefsekretärin mit dem prallen Ozelottäschchen kavalierhaft seinen Schutz für den kurzen Heimweg anbot, lehnte diese schweren Herzens ab: »Sie verzeihen schon, aber es war so viel, was dieser eine Sonntag für mich gebracht hat. Ich möchte all diese Eindrücke, Gefühle und Ahnungen ein wenig auskosten, ausklingen lassen, am liebsten auch ordnen können.«

Der silberschläfige Gesangsprofessor verstand. Und mit einem letzten baritonalen »Nun denn, ich verabschiede mich für heute, ich gratuliere nochmals, wünsche Ihnen, Verehrteste, Glück nicht nur für den morgigen Arbeitstag, sondern auch darüber hinaus. Und ich fühle es, daß wir uns, wann und wo immer, dereinst noch einmal wiedersehen werden«, ließ er eine noch Minuten bewegte Hildegard Bamm alleine durch Steilheims Winkelwerk heimwärts wandern.

Nachdem Hildegard Bamm den Rennsonntag in Dagelfaust, ihre Begegnung mit dem Ex-Opernstar René Solo und natürlich auch ihren unerwarteten Gewinn aus der Siegwette auf den Außenseiter Hinterhand unruhig, aber schließlich doch überschlafen hatte, war sie an jenem Montagmorgen wie üblich etwas früher ins Büro in der Alpengasse gekommen. Ein milchig trüber, nebliger Dunst lag über dem geschäftigen Steilheim, und er bedeutete, daß der Herbst unerbittlich näherkam.

Im Büro der Firma

> Simplex Unlimited,
> Patente und Lizenzen – Export Import,
> En Gros/en Detail
> Inhaber Dr. Alfons Spock

wie das einfache Messingschild am Eingang des dreistöckigen, modernen Bürogebäudes besagte, brannte bereits Licht, und der Fernschreiber tuckerte anheimelnd. Im Grunde bestand die Firma nur aus vier Räumen, einem Vorzimmer mit Ledergarnitur und Kleiderständer, Prospekten der ›Simplex‹ und Lesezirkelregal, einem Kleinraum-Büro, dem etwas größeren Zimmer von Dr. Spock, in dem sich neben dessen Schreibtisch auch ein kleiner Konferenztisch befand, und einem winzigen Zeichen- und Konstruktions-Kämmerchen, in dem außer einem größeren Zeichentisch nur noch ein Stuhl Platz fand. Im Grunde genügte die Raumanzahl ja, denn die ›Simplex‹ beschäftigte außer Dr. Spock ohnehin nur zwei Leute: eben Hildegard Bamm – und Ingenieur Benno Faust, das Erfinder- und Konstruktionsgenie, wie Hildegard ihn stets nannte.

Als sie an jenem trüben Montagmorgen ihr Zimmer, es war das mittlere und mit denen Dr. Spocks und Ingenieur Fausts verbunden, betrat, öffnete sie zunächst den Firmensafe, in dem die verschiedenen, zum Teil ebenso wertvollen wie geheimen Konstruktionszeichnungen und Patentbeschreibungen lagerten, mit denen Dr. Spock und seine ›Simplex‹ in den zehn Jahren ihres Bestehens stets gute Geschäfte gemacht hatten. Nun zählten auch überseeische Firmen zu den Kunden, und Hildegard Bamm bedauerte insgeheim oft, nur Französisch und Englisch perfekt zu beherrschen – und nicht auch Spanisch, Portugiesisch, Arabisch oder gar Japanisch, um mit den interessanten Einkäufern und Managern aus diesen Gegenden ins Gespräch kommen zu können.

Ein nicht unfröhliches Lied auf den Lippen, nämlich »Im Frühtau zu Berge, di bums-di-fallera . . .«, verstaute sie eben ihr kleines, pralles Ozelottäschchen mit dem Wettgewinn von Einhunderttausend in kleinen, gebrauchten Scheinen im Firmensafe und verdrehte sorgfältig wieder die beiden Zahlenscheiben an der schweren Türe, auf daß niemand Unbefugtem die Kombination 007-4711 bekannt würde.

Dann wandte sich die Chefsekretärin dem Berg Post zu, der sich auf dem geräumigen, weißen Schreibtisch, mit einer geschmackvollen Nachbildung eines Surfbretts aus Bleikristall beschwert, arbeitsintensiv aufstapelte. Hildegard Bamm hatte noch nicht alle Briefe nach Dringlichkeit, Größe und Ländern geordnet, als auch schon ein etwa 1 Meter 85 großer, auffallend schlanker Mann von ungefähr fünfzig Jahren das Kleinraumbüro betrat und Hildegard Bamm mit einem kühlen »Guten Morgen« für einen Moment erschreckte.

In einem grauen Fischgrätanzug sah Ingenieur Benno Faust, denn um ihn handelte es sich, noch magerer aus, als er ohnehin schon war. Seine für einen Außenstehenden vielleicht etwas muffig klingende Anrede rührte daher, daß er schon stundenlang auf den Beinen war: im Gegensatz zu Hildegard Bamm also ein typischer Morgenmensch. Er hatte einen Stoß Konstruktionszeichnungen unter dem Arm, und die Mittdreißigerin in ihrem flachsfarbenen, kleinkarierten Kostüm grüßte ihn freundlich zurück: »Tag, Benno. Hast du im Büro übernachtet?« Sie versuchte eine heitere Note in das übliche Begrüßungsritual zu bringen. »Nein. Aber mir fiel plötzlich um vier Uhr morgens das Lösungsdetail für die Zentralverriegelung des PX 14 ein, um das ich so lange gerungen habe«, und er deutete auf die Blaupausen in seinem Arm. »PX 14? Das japanische Projekt?« Hildegard Bamm war noch nicht vollständig im Bilde.

»Ja. Das Großmodul für den bandlosen Videorecorder«, klärte er sie in seiner stets geradlinig-exakten Ingenieursart auf. »Ich gratuliere dir im übrigen zu deinem Glück«, fügte er hinzu. Und als ihn Hildegard Bamm aus großen, grünen Augen erstaunt anblickte, sagte er ohne viel emotionelle Regung in seiner Technikerstimme: »Ich habe von deinem Wettgewinn im ›Steilheimer Morgen‹ gelesen. Im übrigen hat unser Boß auf dem Anrufbeantworter die Nachricht hinterlassen, daß er heute erst um zehn kommt, da er mit den beiden Einkaufsleitern von ›Kinomo‹ über den PX 14

verhandelt. Sie sitzen in der Lounge des ›Tannenhofs‹, falls etwas Dringliches wäre.«
Damit goß er sich aus einem durchsichtigen Porzellankännchen auf einem Rechaud eine Tasse duftenden grünen Tees ein. »Magst du auch?« fragte Ingenieur Benno Faust, und seine Stimme gewann mit dem Minzenduft hörbar an Freundlichkeit.
Hildegard Bamm registrierte die Freundlichkeit der Einladung sehr wohl, und für einen Augenblick der Stille, der Fernschreiber hatte eben mit seinem Gerassel und Gefiepe der Übertragung der Rohstoffpreise und Börsenberichte aufgehört, stiegen klammheimlich einige schöne Erinnerungen, Benno Faust betreffend, in der Chefsekretärin hoch. Sie musterte den Hageren mit dem vollen schwarzen Haar, musterte den Fischgrätanzug, der ein wenig schlotterte, und blieb an den schönen, schmalen, feinnervigen Erfinderhänden Benno Fausts hängen, die die Tasse mit dem handkolorierten Fudschijama darauf zärtlich umfangen hatte.
»Ein interessanter Mann«, dachte sie in diesen nichtssagenden Morgen hinein, »und wer seine Geschichte kennt, wird mir recht geben.«
Hildegard Bamm sah dem genießerisch japanischen Minzentee schlürfenden Kollegen Ingenieur Benno Faust regungslos zu. Der schwarzhaarige, drahtige Fünfziger schien gar nicht zu bemerken, daß ihn die hübsche Mittdreißigerin schon die längste Zeit über musterte – so sehr rekapitulierte er in Gedanken die Zentralverriegelung für den PX 14, einem völlig neuartigen Großmodul für Kleinelektronik, an der er die halbe Nacht gearbeitet hatte und die nun als Blaupause unter seinen Arm geklemmt vorlag. »Wenn die Arbeit weiter so flott vorankommt«, dachte er in diesem Moment, »habe ich in wenigen Wochen die Reinzeichnungen für die Serienproduktion des bandlosen Videogerätes patentbereit.« Er goß sich neuen Tee in die durchsichtige Porzellanschale und wärmte seine nervigen Hände, die das Zeichen- und Kostruktionsgenie nur zu deutlich verrieten.
»Ohne seinen Erfinderkopf wäre die ›Simplex Unlimited‹ eine kleine Klitsche wie jede andere«, dachte auf der anderen Seite des Schreibtisches Hildegard Bamm. »Ohne die Patente für den

halbautomatischen Alarmknopf oder seine Erfindung der stützenlosen Mehrzweck-Halle, die heute auf der ganzen Welt nachgebaut wird, hätte unser Chef schon längst Pleite gemacht.«
Sie schob Benno Faust die Zuckerdose über den Tisch, die dieser gedankenlos, aber nicht unhöflich von sich wies. In diesem Augenblick erinnerte sich Hildegard Bamm, daß sie aus ihrer kurzen, aber schönen gemeinsamen Zeit hätte wissen müssen, daß er seinen Tee stets ohne irgendwelche Zusätze zu trinken pflegte. »Tja, Benno . . . Das war wohl vor nunmehr schon vier Jahren, daß wir eine Kirschblüte lang jeden Morgen gemeinsam in meinem teerosengelben Doppelbett frühstückten . . .«, erinnerte sie sich an ein wehmütiges, aber doch abgeschlossenes Kapitel ihres vierunddreißigjährigen Lebens. »Damals warst du noch Leiter der Halbleiterabteilung Rüsselsheim, ein kleiner Angestellter beim Chipzweigwerk von Nippon Sayonara Deutschland.« Ihr fiel die Zeit wieder ein, in der sie ihn schließlich überredet hatte, in die ›Simplex Unlimited‹ überzuwechseln. Sie selbst hatte den Wechsel eingefädelt, damals noch an eine gemeinsame Zukunft glaubend, und ihrem Chef Dr. Spock den Ingenieur Benno Faust als einen der begabtesten Konstrukteure und Erfinder Mitteleuropas angepriesen. »Was schließlich ja auch nicht gelogen ist«, verteidigte sie in Gedanken ihre seinerzeitige Einschätzung. »Allein die Lizenzen für die drahtlose Multifräse und den elektronischen Vielfachöffner bringen der ›Simplex‹ jährlich den halben Jahresumsatz! Und wenn Dr. Spock heute dreimal im Monat mit japanischen Geschäftsleuten konferiert, erspart er sich mit Benno einen Diplomdolmetsch, so perfekt ist dieser unscheinbare Ingenieur inzwischen durch sein Selbststudium des Tokiotischen«, ging es ihr durch den schwarzen Lockenkopf.
Und als hätte ein höherer Zufall Regie geführt, räusperte sich Faust in diesem Augenblick, stellte die leere Tasse ab und verschwand mit den Worten »Mijuku na gishi no Benno desuga, yoi shigoto ga dekirukoto o kitai shite yorokonde orimasu«, also kurz: »Der Diener und Schmalspuringenieur Benno begrüßt die ehrwürdige berufliche Tätigkeit und freut sich auf sie« samt den Blaupausen für das Großmodul in seinem bescheidenen Zeichenzimmer.
Hildegard Bamm schien nicht sonderlich überrascht von diesen doch seltsamen Lauten, verwendete sie Benno Faust doch fast

täglich; sie wußte, daß sie schlicht und einfach »Andiamo ... an die Arbeit!« bedeuteten. Doch die kohlrabenschwarze Mittdreißigerin im flachsfarbenen Kleinkarierten dachte, wie es ihre gründliche Art war und weil auch ihr Chef erst gegen zehn ins Büro der ›Simplex Unlimited‹ kommen würde, den einmal begonnenen Gedanken nun auch schon zu Ende. Und dieser Gedanke hieß an jenem grauen Montagmorgen, den nur das zeitweilige Tuckern des Fernschreibers filmmusikartig störte, »Ingenieur Benno Faust. Damals, vor vier Jahren, habe ich tagtäglich mitbekommen, daß seine Vorliebe für alles Japanische weit jenseits der Klischees reicht. Daß er bis in die tiefste Faser fernöstlich denkt, lebt und fühlt – was uns ja auch letztendlich auseinanderbrachte, denn ich bin doch, wenn auch Vollwaise, in meiner ganzen Art eine Hiesige. Und Benno, trotz seiner hellen Kulleraugen, ein asiatisch Fühlender ...« Und Hildegard Bamm sah ihn wieder vor sich, wie er sie vergeblich im Kimono bei manchen Abendessen in seiner Wohnung bekniete und sie bat, zu ihm zu ziehen – in die nur von dünnen Seidenpapierwänden unterteilte Penthouseetage mit einem Ziergärtchen voller Bonsais; wie sie heftig in Streit geraten waren, weil er – vergeblich – von ihr verlangt hatte, sie müsse alle Judo-, Koch-, Ikebana- und Seidenwebereikurse an der Volkshochschule Steilheim belegen, ja sogar japanische Stenographie erlernen, damit sie, shintuistisch getauft, eine neue Existenz in Hokkaido aufbauen könnten.

»Und ich habe erst sehr viel später bemerkt«, führte sie ihre kleine Reise in die kurze gemeinsame Vergangenheit mit dem fünfzigjährigen technischen Kopf der ›Simplex Unlimited‹ zu Ende, daß und warum die doch uns allen so geläufige Bewunderung für das Land der Kirschblüte bei Benno Faust ins Extreme, in eine alle eigenen Wurzeln und Traditionen leugnende – ja: Raserei, in Harakiri ausgeartet ist. Seine Frau nämlich, die alles andere als japanophil war, konnte seine seinerzeit noch ganz normale Bewunderung japanischer Technik nie verstehen. Ständig hatte sie daran zu kritteln, daß er nur Kameras, Autos, TV-Geräte aus dem gelben Inselreich kaufte, gerne mit Stäbchen aß und Kung-Fu-Filme mochte. Und als er seinen ersten Herzinfarkt hatte, nützte sie seine Kur bei einem Akupunkteur, um – ausgerechnet! – mit einem drittklassigen Spieler aus der hokkaidischen Pingpong-

Auswahl, die in Steilheim gastierte, durchzubrennen. Sie wollte ihn damit besonders demütigen. Damit schloß sie das kleine Album mit Erinnerungsbildern, das sie unter dem imaginären Titel ›Mein Geliebter, Ingenieur Benno Faust‹ in ihrem weiten Herzen aufbewahrte, und wandte sich ihren Pflichten als Chefsekretärin zu, indem sie die Kuverts, die nicht persönlich an Dr. Spock, den Inhaber der ›Simplex‹ gerichtet waren, mit einem Messing-Brieföffner in Form eines Surfbretts aufschlitzte.
»Heute ist Benno ein guter Kamerad und Kollege, und alle Butterfly-Gefühle, die ich damals eine Woche lang litt, sind jetzt nur noch Oper«, holte sie nochmals Vergangenes ein und ließ ihre kirschblütenrosa Wangen noch einmal kurz aufglühen, als der Summer der Gegensprechanlage, die ihr Büro mit der Eingangstür des Gebäudes verband, dreimal die Stille zerriß. »Endlich! Das kann nur er sein!« Sie ließ das Schreiben des Finanzamtes Steilheim-Stadt halb aufgeschlitzt fallen.

Der dreimalige Summton in der Gegensprechanlage hatte auch – in der Annahme, die Chefsekretärin wäre nicht an ihrem gewohnten Platz – Ingenieur Benno Faust aus seinem Konstruktionskämmerchen nebenan eilen lassen. Er sah, daß Hildegard Bamm sehr wohl am Tisch war, aber da er nun schon einmal seine Arbeit am Großmodul PX 14 unterbrochen hatte, goß er aus der Kanne am Rechaud seinen geliebten japanischen Minzetee nach.
»Das wird er sein«, sagte er zur Chefsekretärin, die den Einlaßknopf gedrückt hatte und seltsam nervös die kohlrabenschwarzen Locken wuschelte, mit dem lila Lippenstift ihrem wohlgeformten Mund neue Farbe verlieh, die sie durch mehrmaliges, einem Kälbchen nicht unähnlichem Malmen gleichmäßig verteilte; schließlich straffte sie, als draußen schon feste, männliche Schritte ertönten, zu allerletzt auch noch das flachsfarbene Kleinkarierte um Brust und Hüften.
Genau in dem Moment, da der Fernschreiber endlich seine Tagesration an internationalen Wirtschaftsinformationen ausgespuckt hatte und in stählerne Ruhe versank, ging die Tür zum Kleinraumbüro schwungvoll auf – und herein trat Dr. Alfons Spock, der Inhaber der ›Simplex Unlimites‹.
Dr. Spock, ein stets solarium- oder naturbrauner Mittfünfziger,

schien sich schon draußen am Gang eine bestimmte Art der Begrüßung für Hildegard Bamm ausgedacht zu haben. Als er sie nun in Gegenwart Ingenieurs Benno Faust eigenartig steif und förmlich an ihrem Tische sitzend und scheinbar kuvertöffnend antraf, bekam sein kantiges, an gewisse Aftershave-Reklamen gemahnendes Gesicht einen leicht enttäuschten Zug – und seinem männlich-herben Mund entrang sich nur ein höflich-nichtssagendes »Entschuldigt die Verspätung. Aber Sie wissen ja, wie mühsam es ist, mit den Japsen zu verhandeln.«
Ingenieur Benno Faust überhörte, gelassen wie ein Samurai, die kaltschnäuzig-beleidigende Bemerkung gegen die Geschäftspartner und Freunde aus Nippon.
»Der ›Kinomo‹-Konzern ist so ziemlich das Zäheste, was ich bisher an Stäbchenessern erlebt habe«, fuhr Dr. Spock ungerührt fort. Dann trat er so nahe an Hildegard Bamms Rollenstuhl heran, daß seine Hüfte beinahe ihre zarte Schulter tangierte. Erst in diesem Moment erwachte die schöne Mittdreißigerin und sah mit ihren warmen grünen Augen zu und wohl auch an ihrem Chef hoch. »Ist interessante Post da . . . oder nur ein Brief vom Finanzamt? Frau Bamm?!«, fragte er sie anscheinend gelassen, doch wer Ohren hatte zu hören, dem fiel auf, daß dieses »Frau Bamm« um eine Spur zu gekünstelt, zu gewollt distanziert klang.
»Ein Schreiben der Peter Maffei-AG, Abteilung Zivile Produktion«, gab sich nun auch die Chefsekretärin ganz als solche.
»Das hat Zeit, es dreht sich nur um die Endlosrille.« Damit schien die Zwiesprache für ihn erledigt, und er wandte sich geschäftsmäßig an Ingenieur Faust: »Und Sie sind mit dem Großmodul schon so weit, daß Sie um halb elf Teestunde machen können.« Er machte aus seiner Mißbilligung der friedlichen Trinkerzeremonie kein Hehl.
»In sechs Wochen ist der PX 14 von mir aus serienfertig. Bis dahin sind alle meine Pläne patentreif und den ›Kinomo‹-Leuten zu verkaufen, vorausgesetzt, wir haben Geld für ein Modell«, antwortete Benno Faust mit dem ihm eigenen, in der ›Simplex‹ schon sprichwörtlichen, faustischen Lächeln, ehe er sich mit einem halblauten »Urusai inu«, das weder Hildegard Bamm noch Dr. Spock, mangels tieferer Kenntnisse des Japanischen,

als einen für dortige Verhältnisse groben Fluch auffassen konnten, in sein Zimmer zurückzog.
»Haben Sie Zeit für mich, Hildegard?« Dr. Spock wartete den Abgang seines Angestellten gar nicht erst ab. »Ja . . . gewiß, Herr Doktor. Gleich?« Sie nestelte an ihrem flachsfarbenen Kleinkarierten. Über Spocks glattes Kinn zog ein feines Lächeln Falten von Herrschsucht.
So dynamisch, wie er an jenem grauen Montag in die Büroräume seiner ›Simplex Unlimited‹ gekommen war, öffnete Dr. Spock nun auch die dickgepolsterte Tür zu seinem Zimmer. Er ließ diese mit edlem Stiernackenleder gegen unerwünschte Lauscher wattierte Tür einen Spalt offen, weil er wußte, daß Hildegard Bamm in wenigen Augenblicken auf seine Aufforderung hin zum Diktat erscheinen würde. Mit »Machen Sie mir eine Tasse Kaffee, Frau Bamm! Extra stark!« verlangte er von ihr eine nicht ungewohnte, ja typische Chefsekretärinnen-Tätigkeit, und während sich draußen das Wasser des Mokkaautomaten dem Siedepunkt näherte, stellte er das kleine Radio an, in dem sogleich sanfte Musik ertönte.
Dann streifte der schlanke Mittfünfziger die enge Krawatte vom Hals, öffnete die beiden obersten Knöpfe seines Hemdes, so daß einige silbergraue Spitzen seines offenbar mächtigen Brusthaars hervorlugten, und warf schließlich auch noch das italienische, dunkelblaue Jackett von Lorenzini achtlos über die Ledergarnitur, die dem Chefzimmer abflughallenartige Eleganz verlieh.
»Ist mein Mokka bald soweit?« rief er durch den Türspalt nach draußen, und als Hildegard Baum sogleich mit einem »Sofort, Dr. Spock! Ich hole nur schnell Ihre Tasse!« antwortete, zog sich sein energischer Mund breit und breiter, bis eine Reihe kräftiger Zähne dem schmalen Chefgesicht eine entfernte Ähnlichkeit mit einem bekannten Action-Star namens Fernandel verlieh. Zufrieden warf er einen prüfenden Blick in den kleinen Spiegel an der Innenseite des Mahagoni-Aktenschrankes, der die Wand gegenüber der Besprechungsgarnitur ausfüllte, während die Front gegenüber der wattierten Tür zur Gänze von einem Fenster eingenommen wurde, das hinter engmaschigen Gardinen auf einen leeren Hof blickte. Dr. Spock rückte pedantisch ein Bild von Vasarely, einen abstrakten Akt, gerade, als Hildegard Bamm mit der Tasse dampfenden Kaffees in das Chefzimmer trat. »Auf meinen Tisch bitte«,

bedeutete er der Sekretärin energisch mit dem kraftvollen Arm, »und schließen Sie bitte die Tür«, schloß er dienstlich.
Hildegard Bamm schien ein wenig aufgeregt, jedenfalls schwappte ein Tropfen Kaffee auf die Untertasse, die sie sogleich mit der Serviette, die sie in der Linken hatte, abtupfte. Als die Tasse an ihrem richtigen Platz stand, schloß sie, wie gewünscht, die schwere Tür. Für einen unendlich langen Moment beherrschte nur die leise Radiomusik den Raum. Dr. Spock musterte Hildegard Bamm, und es war wie eine sachliche Prüfung von Gewicht, Form und Größe. Sie schien mit dieser Situation nicht unvertraut, denn sie ließ ihn gewähren, ohne sich in irgendeine Richtung zu bewegen. Sie senkte nur langsam den Kopf, und ihre Augen krallten sich im Perser fest, als wollte sie die Schlingen in einem bestimmten Quadranten des Musters zählen.
»Nun – was ist? Krieg' ich heute keinen Kuß von dir?« sagte Dr. Spock plötzlich in das Adagio der Geigen im Radio, und seine Frage hatte etwas auskostend Berechnendes. »Ist was mit dir?« setzte er nach einer Fermate des Schweigens ungeduldig fort, und während er langsam, geschmeidig wie ein Leopard auf der Jagd oder wie Salome, Hildegard Bamms Siamkatze, auf die Chefsekretärin zuging, krempelte er sich den Ärmel seiner Linken hoch. »Krieg' ich jetzt meinen Montagskuß oder nicht, Hildeli?« gurrte der braungebrannte Mittfünfziger, doch es gehörte nicht viel dazu, die spöttische, machismohafte Ironie allein im kosewortartigen »Hildeli« herauszuhören. Hildegard Bamm blickte auf, zog unwillkürlich ihr flachsfarbenes Kleinkariertes straffer um die wohlgeformte Brust, als müßte sie sich wappnen gegen Dr. Spocks venöse, kraftvolle Hand, die nun ihrem Nacken immer näherrückte. Und als gäbe der schlanken Mittdreißigerin das alte Sprichwort »Angriff ist die beste Verteidigung« Mut, warf sie mit einem Mal die schwarze Pracht auf ihrem schönen Kopf zurück, trat auf Dr. Spock, der noch immer belustigt grinste, zu – und berührte mit trockenen Lippen flüchtig seine Wange.
»Servus«, sagte sie, rasch wieder zurücktretend, und sie hätte in genau demselben Ton auch »Bitte hier abzeichnen, Dr. Spock«, sagen können, so sachlich hörte es sich an.
Im Gesicht des Inhabers der ›Simplex‹ wich alle Süffisanz vor kabuki-maskenhafter Starre zurück. Spock war so verblüfft und

überrascht, daß man förmlich merkte, wie verzweifelt er nach geeigneten Worten für dieses sein Erstaunen suchte.
»Das ist . . . alles? Nach einem ganzen Wochenende . . .?« brachte er heraus, und in die Überraschung mischte sich auch deutlicher Ärger über die Kühle, die ihn Hildegard Bamms Kuß hatte spüren lassen.
Dann sammelte er sich, schien sich seiner simplen physischen Mächtigkeit zu besinnen und trat entschlossen auf die Chefsekretärin zu. Sein heißer, stoßweiser Atem wallte um den weichen Nacken Hildegard Bamms, und noch ehe sie ihn mit dem Hinweis auf seinen kalt und kälter werdenden Mokka abzulenken vermochte, hatte er sie auch schon fest mit beiden Armen umfangen und an sich gedrückt. Seine schmalen Lippen suchten ihre vollen, seine warmen Hände wanderten abwechselnd zart oder hart ihren sportlichen Rücken auf und ab – und hatte sie sich anfangs noch mit ihren schwachen Kräften gegen seine Umarmung gewehrt, später dann schicksalsergeben starr an seine breite Brust gelehnt, um abzuwarten, so erwiderte sie nun, gegen alle ihre ursprüngliche Absicht, die Berührungen seines lavamäßigen Ausbruches. Doch als sie spürte, daß Dr. Spocks männlichkeitswahnhaftes Bedürfnis nach Triumphgefühlen – o ja, sie kannte ihren Chef nur zu gut! – halbwegs gestillt war und die Heftigkeit seiner Besitzergebärden in Erwartung automatischer Bestätigung durch sie, Hildegard Bamm, etwas nachließ, entwand sie sich dem kurzen Taumel der Leidenschaft.
»Nicht doch . . ., nicht hier, Alf«, sagte sie bestimmt, noch ehe er sie aufs neue umfassen konnte, »wenn Benno hereinkommt . . .«
Doch sie verbarg hinter diesem scheinbar nur organisatorischen Einwand geschickt einen ganz anderen, wahren, gegen Dr. Spocks innig-handgreiflichen Antrag . . .
Als Dr. Spock nur allzu deutlich spürte, daß es gegen Hildegard Bamms Ablehung einer weiteren Umarmung keine Berufung mehr gab, rettete er sich, heimlich zutiefst verunsichert in seinem Selbstverständnis als allmächtiger Inhaber der ›Simplex Unlimites‹, in weltmännisch-lässiges Gehabe.
Er sah Hildegard Bamm, die sich ihre – durch die heftige Umarmung ein wenig zerzauste – kohlrabenschwarze Lockenpracht flüchtig zurechtlegte, keine Sekunde länger an, sondern glättete

sein Hemd und widmete sich intensiv dem Umrühren seines längst kalt gewordenen Mokkas auf dem Schreibtisch. Als die auch Chefsekretärin ihr verrutschtes, flachsfarbenes Kleinkariertes halbwegs geordnet hatte, ging sie selbstsicher auf das kleine Radio zu, in dem noch immer irgendeine belanglose Combo Harmonie vorzutäuschen versuchte, und schaltete es kurzerhand einfach aus. »Die Musik brauchen wir wohl jetzt auch nicht mehr«, sagte sie, als hätte sie Dr. Spocks von Anfang an als Stimmungsmache gedachte Musikteppichmasche erst jetzt durchschaut. Im kantigen Gesicht des Mittfünfzigers braute sich Wut genau zwischen den mausgrauen Augen zusammen, doch ehe irgendein Wortblitz die schmalen Cheflippen verlassen konnte, legte die Chefsekretärin ihre zierliche Hand mit raffinierter Sanftheit auf die Schulter Dr. Spocks: »Es ist nicht so, wie du denkst«, flötete sie und fühlte, wie dieses listig und bewußt gesetzte Eingeständnis Balsam war für die Verwundungen seiner Eitelkeit. »Jedenfalls nicht so, daß ich dich nicht wollte, Alf. Aber mir ist an diesem Wochenende einiges klargeworden, durch den Kopf – oder soll ich sagen: durch das Herz gegangen . . .«
Ohne sich weiter auf den Ernst einzulassen, der in Hildegard Bamms Stimme und Aussage lag, fiel ihr Dr. Spock an dieser Stelle kalt ins Wort: »Ach ja! Du warst an diesem Wochenende ja beim Kaltblutderby in Dagelfaust – und hast mächtig gewonnen, habe ich gelesen. Gratuliere! Und mit wem warst du bei den Rennen, wenn ich fragen darf?«
Die leuchtend türkisen Augen der Chefsekretärin verengten sich bei dieser Frage, die doch so offensichtlich ihr wahres, wichtiges Anliegen glatt ignorierte und auf Eifersuchtsprobleme reduzierte, augenblicklich zu zwei stumpfen Schlitzen, und sie hätte den Rohling beinahe anschreien mögen. Doch dann besann sie sich eines anderen und beschämte sein othellodummes Lauern mit einem rasend beiläufigen »Mit Amely Gütlich, wem sonst«, ehe sie unerbittlich zum Kern ihres Anliegens zurückkehrte: »Wie gesagt: ich habe mir einiges überlegt, das ich dir sagen will. Möchtest du heute abend zu mir kommen?«
Wieder stahl sich ein Anflug von siegesgewissem Lächeln in das stahlharte Gesicht Dr. Spocks. Aber als ob er aus Hildegard Bamms deutlich gezeigtem Willen zu eigenständiger Entscheidung

gewissermaßen verhaltenspsychologisch gelernt hätte, gab er sich liebenswürdig und sanft, nahm die grazilen Hände seiner Chefsekretärin zärtlich in die seinen und küßte sie höflich auf die Handrücken.

Während Hildegard Bamm schon an wahre Einsicht an Stelle plump berechnender, gelehriger Dressur glaubte, verlor sich der Blick des Patent- und Lizenzhändlers in den routinierten Strichen des abstrakten Aktes von Vasarel über der Ledergarnitur . . . Dr. Spocks Lächeln war glatt wie sein Kinn, als er die Messingschnallen des Krokoleder-Aktenköfferchens aufspringen ließ und in seinem Nappa-Terminkalender blätterte. »Ja, das geht. Ich komme nach dem Squasch-Training zu dir, so gegen neun«, wandte sich der Inhaber der ›Simplex Unlimited‹ an seine Chefsekretärin. Insgeheim dachte er wohl, »Es ist die natürliche Hörigkeit, die alle Frauen mir gegenüber empfinden, die Hildeli dazu treibt, mich trotz ihrer Zurückweisung hier und jetzt für heute abend einzuladen«, doch hörbar äußerte er nur ein playboyhaft sanftes »Ich freue mich auf traute Stunden in deinem Biedermeiernestchen, mein Spatz.« Und er malte sich bereits aus, auf welche Weise er die – wie er wußte – dann gewiß aufkeimende Stimmung glutvoller Zweisamkeit am Kamin zu seinen eindeutigen Zwecken ausnützen und die schöne Mittdreißigerin um seinen Finger wickeln würde. Höflichkeitshalber fügte er schließlich hinzu: »Und du willst mir vorab nicht wenigstens andeuten, was du mir heute nacht so Wichtiges erzählen möchtest? Was dir über das Wochenende – ich vermute doch: in bezug auf uns beide – eingefallen ist?«

Hildegard Bamm, noch immer ein wenig unter dem Eindruck des leidenschaftlichen Versuches ihres Chefs, ihr in diesem Dienstzimmer des ›Simplex‹-Büros auf eine so freizeitliche Weise nahezutreten, schüttelte nur verneinend ihre kohlrabenschwarze Lockenpracht. »Ich will es dir in aller Ruhe, ungestört erzählen, was mich schon lange bewegt, wenn ich an uns denke«, verstärkte sie das Kopfschütteln, und ihre faltenlosen Lider halbierten die Leuchtkraft ihrer grünen Augen.

In diesem Augenblick drang das Geräusch einer im Vorzimmer aufgehenden Tür in das Chefzimmer und während Dr. Spock sich wieder geschäftsmäßig der Mokkatasse auf seinem Mahagoni-

Tisch zuwandte und andererseits nach dem blauen Jackett von Lorenzini griff, flüsterte Hildegard Bamm: »Benno Faust ist aus dem Zeichenbüro gekommen. Ich gehe lieber, bevor er etwas mitbekommt.«

Sie hatte die Klinke der Stiernackenleder-gepolsterten Tür schon gedrückt, und der so entstandene Spalt mußte alles im Chefzimmer Gesagte auch nach draußen dringen lassen, als Dr. Spock sie zurückrief: »Sie können meine Tasse in den Schrank zurückstellen, Frau Bamm! Und dann bitte ich um Vorlage des Schreibens der Peter-Maffei-Ge-em-be-Ha!« Hildegard Bamm machte tatsächlich auf ihrem schmalen Absatz kehrt, nahm die Tasse auf und brachte sie ins Vorzimmer, wo sie sie so lange wusch, daß jedem – außer dem in seine Mikroelektronik so völlig versunkenen Faust – sogleich die Intimeres verbergende, ersatzhandlungshafte Mechanik ihres Tuns ins Auge gesprungen wäre. »Ich werde diese Spannung heute abend durch ein alles klärendes Gespräch mit Alf ein für allemal aufheben«, dachte sie, während ihr die Untertasse entglitt und am Teppichboden zerschellte. Es war klar, daß die ansonsten doch über die Maßen konzentrierte Chefsekretärin an diesem grauen Montag nicht wieder zu ihrer gewohnten, tüchtigen Arbeitsweise zurückfinden konnte und nach diesem Vorfall nur noch den Büroschluß herbeisehnte.

Als Hildegard Bamm an diesem Montagabend – der nebelige Grauschleier über Steilheim hatte sich übrigens, um genau zu sein, noch immer nicht verflüchtigt –, als unsere Chefsekretärin also endlich gegen sieben, aus der ›Simplex‹ kommend, die himmelblaue Tür zu ihrem kleinen Fachwerkhäuschen im Aurikelstieg 14 aufsperrte, war aus der sportlichen Mittdreißigerin eine abgespannt wirkende Frau geworden, die man leicht für vierzig hätte halten können: So sehr hatte all die Spannung des vergangenen Arbeitstages, das ungeklärte Verhältnis zu und mit Dr. Spock, ihrem Chef, Knitterfalten in ihrem sonst doch glatten, lockenumrahmten Gesicht hinterlassen, daß selbst Salome, die braunpfotige Siamkatze, die sie hinter der Tür bereits miauend erwartete, für einen kurzen Augenblick zurückschreckte. »Ich sehe furchtbar aus, nicht wahr? Beinahe flachsfarben wie mein Kleinkariertes«,

sagte sie nach einem prüfenden Blick in den Dielenspiegel zu ihrer reserviert lauernden Hausgenossin. Dann entledigte sie sich rasch ihres Kostüms, legte, schon im fliederlila Negligé, eine Platte auf und begab sich in das ganz in Weiß gehaltene Bad. Während aus dem Eßzimmer, von Hifi-Turm herab, ihr Lieblingstenor Richard Tauber sein in diesem Augenblick nur allzu stimmiges ›Wie eiskalt ist dein Händchen‹ ins Badezimmer herübergurrte, vergönnte Hildegard Bamm ihrer von diesem Bürotag spröde gewordenen Haut die wilde Frische eines entspannenden Baldrianbalsam-Wannenbades. Während Salome weiterhin abwartend in vorsichtiger, wasserscheuer Entfernung, nämlich auf der Küchenschwelle, kauerte, genoß die Chefsekretärin die ölenden Streicheleinheiten des Wassers, und neuer Mut straffte ihren schönen Körper, an dem kein Pölsterchen zuviel, aber auch keines zu wenig war.
»Ich werde Alfons heute endgültig vor die Wahl stellen«, sagte sie sich, »ihn zu einer Entscheidung innerhalb einer entsprechenden Frist zwingen.« Während ihre Gedanken derart eine gewissermaßen geschäftsbriefartige Form annahmen, erhob sie sich aus der Wanne und schlüpfte in den wärmenden weißen Frotteemantel mit den himmelblauen Intitialen HB auf der Tasche in der Höhe ihrer linken Brust. Hildegard Bamm fiel wieder ein, daß Dr. Spock ihr diesen Bademantel anläßlich eines geschäftlichen Wochenendes im Sunday-Inn von Bad Ischl geschenkt hatte, als sie sich, ewig naß vom Surfen, zu verkühlen gedroht hatte. »Ich werde ihm vielleicht doch eine Kleinigkeit zu essen machen.« Tauschprinzipnahe Dankbarkeit durchströmte sie bei dieser Erinnerung an sein Geschenk, »Kartoffelpuffer mit Selleriesalat, seine Leibspeise.« Und mit der Vorbereitung dieser Hausmannskost für den braungeteinten Mittfünfziger sowie allerlei anderen kleinen Verrichtungen wie dem sorgsamen Ankleiden oder dem Ordnen der Seidenkissen auf dem teerosengelben Doppelbett in der Biedermeiermansarde des anheimelnden Fachwerkhauses rückte der Zeiger im Uhrkasten endlich gegen neun, dem vereinbarten Zeitpunkt, da der Chef der ›Simplex Unlimited‹ nach dem montäglichen Squash-Training für Manager seine Chefsekretärin besuchen sollte.

Die Kartoffelpuffer, die Hildegard Bamm liebevoll und mit viel Petersilie für ihren Chef, Dr. Spock, zubereitet hatte, waren bei-

nahe schon verkohlt, und der Selleriesalat, den er doch so gerne aß, zeigte bereits einen Hauch von Verholzung, als es endlich soweit schien. Der As-Dur-Dreiklang der Klingel der Chefsekretärin zerriß dreimal die Abendstille der Küche des schmucken Innenstadthauses. Niemand sonst läutete auf diese Art an der himmelblauen Tür. Mit der wie beinahe stets üblichen Verspätung von einer halben Stunde trat der Inhaber der ›Simplex Unlimited‹ in die Diele und umarmte, frisch nach Brauseshampoo duftend, seine Sekretärin. »Entschuldige, Hildeli«, sagte er zwischen zwei festen Küssen und versuchte ein einnehmendes Lächeln der Versöhnung, »aber du weißt ja: Ich war beim Squash-Training – und mußte erst alle meiner Altersklasse schlagen.« Damit zeigte er auf die rote Umhängetasche, aus der der Griff eines Schlägers lugte.
»Ist gut, Alf«, die schöne Mittdreißigerin vergaß ihr halbstündiges, gedankenvolles Warten, »leg lieber schnell ab – du kennst ja den Hausbrauch. Und komm in die Küche: Ich habe dir eine Kleinigkeit gemacht.« Während sie bereits eben dorthin verschwand, um den kleinen Imbiß aufzutischen, stellte der drahtige Mittfünfziger seine Tasche ab, hängte den Trenchcoat von Bunbury an den Haken und vergaß auch nicht, der instinktiv fauchenden Salome nebenbei für diese offen ausgelebte Ablehnung einen sanften Tritt mit der Spitze seiner Schweinslederstiefelette zu geben. In die Küche jedoch trat er mit einer Maske von Keep-smiling, wie er sie auch im Berufsleben routiniert aufsetzte.
»Du bist und bleibst ein Schatz, Hildeli.« Er machte sich sogleich über die Kartoffelpuffer her und verschlang den gehobelten Sellerie mit dem Heißhunger eines Squash-Meisters.
»Ich habe uns eine Kiste Bockbier besorgt, ich dachte, weil du's so gerne trinkst.« Hildegard Bamm öffnete eine Flasche für den kaum vom Teller Aufsehenden.
Er führte das gereichte Kelchglas sogleich durstig an seine Lippen und ließ beinahe die Hälfte des Inhalts seine solariumbraune Kehle hinuntergurgeln. »Ahhm . . .! Tut das gut!« wandte er sich trivial nach einem flüchtigen Seitenblick auf seine Chefsekretärin wieder dem Rest der Kartoffelpuffer zu. Und sein ohnehin nur sekundenkurzes Aufblicken galt auch nicht etwa dem hübschen indischen Hauskleid, das die nebenbei frisch Gefönte trug, sondern nur dessen gewagt, jedoch keineswegs frivol ausladendem Dekolleté,

das dem genießenden Lebemann in Dr. Spock geradezu einladend erschien. Er schien an den weiteren Verlauf dieses Montagabends zu denken, denn unvermittelt sagte er zu Hildegard Bamm, die ihm stumm gegenübersaß und die gekränkt wirkende Katze streichelte: »Ich bin echt neugierig, was du auf dem Herzen hast, mir heute unbedingt sagen möchtest. Doch bevor du erzähltst, muß ich dir noch rasch etwas sozusagen Dienstliches erzählen.«
Ohne ihre Reaktion abzuwarten, zerteilte er den vorletzten Kartoffelpuffer auf seinem Teller aus Gmundner Keramik und schaufelte ungerührt eine neue, volle Gabel des Selleriesalates zwischen seine kräftigen Zähne, die Hildegard Bamm in diesem Augenblick wie die Reißzähne eines Säbelzahntigers vorkamen. Trotz der Gierigkeit, mit der er ihr selbst bereitetes kleines Nachtmahl verschlang, spürte sie ein warmes Gefühl für den braungebrannten Mittfünfziger im khakifarbigen Rohseidenfreizeitanzug.
»Ich könnte ihn jeden Abend derart mit Hausmannskost bekochen«, dachte sie, doch sie war zu sehr realistische Chefsekretärin, als daß sie nicht im gleichen Augenblick der Illusion gegenwärtig gewesen wäre, die in diesem heimlichen Wunsch steckte. Sie sah, wie der Adamsapfel des Inhabers der ›Simplex‹ mit jedem Schluck aus dem Bierkelch fröhlicher auf und ab wanderte und schenkte aufs neue ein. »Du bist ein Schatz, skol!« belohnte er, leichthin gesagt, die Aufmerksamkeit seiner Chefsekretärin im hübschen, offenen indischen Hauskleid, und sein grauer Wolfsblick koste routiniert den schlanken Hals der Mittdreißigerin. Dann lehnte er sich kurz zurück, strich sich genießerisch durch das volle, an den Schläfen ergraute Haar, und es sah beinahe so aus, als wäre er satt. Aber er konnte, wie es seinem Charakter als Steinbock entsprach, doch den halben Puffer nicht stehenlassen – er mußte alles haben.
»Ja, ich bin ein Schatz«, knüpfte Hildegard Bamm in Gedanken an seine Bemerkung an, »aber auch Charlott, deine Frau, mit der du Tisch und Bett teilst – wie jetzt mit mir den Abend!«
Ahnungslos, welche Dramatik sich hinter Hildegard Bamms siamgrünen Augen abspielte, nickte Dr. Spock dem letzten Bissen Sellerie zu.
»Jawohl! Auch deine Frau nennst du Schatz, und du trägst, auch wenn ihr euch längst nichts mehr wirklich zu sagen habt, noch immer diese Zeichen untrennbarer Verbindung, die du mit mir

immer nur für Stunden, heimlich, nebenbei eingehst«, spielte sie schweigend auf das Blitzen des Eheringes an der Hand des Patentbüroinhabers an. Ein Wechselbad wütender Verletztheit und sehnsüchtigen Verlangens rieselte in diesem Augenblick über ihr wundes Herz, und sie hätte auf der Stelle aufspringen und mit einem Aufschrei des Seelenschmerzes ein für allemal dem genüßlichen Spiel der Kaumuskel in Dr. Spocks Gesicht ein Ende bereiten mögen. Doch sie beherrschte sich mühsam, und wie zum Hohn – unsensibel und elefantenhäutig – äußerte sich der eben mit dem Essen Fertiggewordene: »Hast du gut gemacht. Das braucht der Sportsmann, wenn er zwei Stunden Squash gespielt hat. Kompliment: Du bist eine ebenso qualifizierte Maîtresse de Cuisine wie Chefsekretärin!« Und mit dieser nun wahrhaft kalauerhaft groben Bemerkung war er auch schon, Hildegard Bamms innere Qualen weiter ignorierend, aufgestanden. »Also: Bevor du mir erzählst, was du mir erzählen willst, sag' ich dir noch, was die Firma angeht. Aber vielleicht nicht hier. Oben ist es weitaus gemütlicher, oder . . .?« Casanovahaft anzüglich griff er nach ihrer Hand, und Hildegard Bamm war von ihren traurigen Gedanken viel zu geschwächt, als daß sie sich ihm in dieser Minute ernsthaft hätte entziehen können.

Als die ranke Mittdreißigerin, auf den schmalen Stufen der Wendeltreppe ihr hübsches indisches Hauskleid mühsam raffend, an der unerbittlichen Hand Dr. Spocks das Mansardenzimmer ihres einstöckigen Fachwerkhauses erreicht hatte, ließ sie sich, noch immer gequält vom Gedanken daran, daß ihr Geliebter nicht ihr allein gehörte, sondern auch verheiratet war, in den Thonet-Ohrensessel fallen und schloß erschöpft die Augen. Der sportliche Mittfünfziger jedoch tat, was er in diesem heimeligen Biedermeierzimmer seit nunmehr einem Jahr schon so oft, wenn auch heimlich, und ohne, daß es seine Frau Charlott je erfahren durfte, getan hatte: Er zog seine Schweinslederstiefeletten ohne Umschweife aus, stellte sie vor das von den beiden Porzellanelefanten bewachte Doppelbett und ließ sich daraufhin lässig in die Kissen desselben fallen. Die feine Uhr im mannshohen Kirschholzkasten schlug eben halb elf, als er die Bockbierflasche, die er aus der Küche mitgenommen hatte, zischend öffnete und einen langen Schluck daraus nahm.

»Ich hatte heute, bevor ich zum Squash-Training fuhr, eine äußerst unangenehme – und möglicherweise sogar sehr gefährliche – Begegnung«, ging er medias in res, das heißt, es betraf die ›Simplex Unlimited‹. »Ich war bei dieser Frau Dr. Wechselberger.«
In Hildegard Bamm erwachte die Chefsekretärin, und sie vergaß ihren privaten Kram und war sogleich Ohr für die Worte Alfs. »Wechselberger? Von der Kreditabteilung der ›Steilheimer Handels- und Gewerbebank?‹« fragte sie interessiert.
»Genau. Diese dumme Kuh! Ich habe um einen Zwischenkredit ersucht, du weißt, daß wir dringend Geld brauchen zur Herstellung eines vorzeigbaren Modells des Großmoduls PX 14. Ohne Modell haben wir keine Chance, daß die Japaner von ›Kinomo‹ kaufen.«
Hildegard Bamm beugte sich vor und sah ihren Chef fragend an: »Und? Soviel ich im Kopf habe, geht es bloß um achtzigtausend. Du willst doch nicht etwa sagen . . .?«
»Doch«, sagte der Lizenz- und Patentbüroinhaber und steckte sich eine Havanna aus der Rocktasche seines khakifarbenen Rohseidenanzuges an«, diese Wechselberger hat mir den Zwischenkredit glatt verweigert. Angeblich wegen der lächerlichen halben Million, die wir unseren Kreditrahmen schon überzogen haben!«
Die Chefsekretärin kombinierte chip-schnell und ließ ihrer Bangigkeit angesichts dieser Neuigkeit freien Lauf: »Aber . . . dann wäre Benno Fausts Geniestreich, die ganze tolle Erfindung ja völlig wertlos! Ohne Modell kann das Großmodul niemals in Serie gehen – und wir können keine Lizenz verkaufen!«
»Du sagst es. Und ohne den Gewinn aus dieser Lizenz des PX 14 kann ich den Laden zumachen – unseren Ingenieur Faust muß ich ja so oder so ausbezahlen, ob ich nun mit den Japanern ins Geschäft komme oder nicht.«
Die in allen Geschäftsdingen erfahrene Mittdreißigerin lachte ungläubig auf: »Tss! Wegen einer solchen lächerlichen Liquiditätsschwäche, die vorübergeht, kann doch die Dr. Wechselberger nicht einfach den Kredit verweigern – und dich ruinieren!«
Dr. Spock machte bei der Erwähnung der Liquiditätsschwäche einen tiefen Zug aus Zigarre und Bockbierflasche: »Ich bin sicher, sie setzen mich nur unter Druck, weil die ›Handels- und Gewerbebank‹ das Geschäft lieber alleine machen würde. Diese Wechsel-

berger wittert doch förmlich den Bombenprofit! – Wie ich diese Frauen in der Wirtschaft hasse! Diese dumme Kuh! Wie ich immer sage: Eine dumme Kuh macht muh, viele Kühe machen Mühe.« Er versuchte einen nicht untrivialen, jedenfalls vorurteilslosen Scherz, dessen tiefer Humor jedoch von der Höhe des Galgens kam, an dem das finanzielle Schicksal des Großmoduls PX 14 hing.
»Hmmm . . .«, sagte Hildegard Bamm nachdenklich und wippte mit dem Thonet-Ohrensessel.
Sie steckte zwei duftende Bienenwachskerzen in Brand, um den scharfen Geruch der Havanna zu dämpfen, die der Mittfünfziger, der in seinem Rohseidenanzug auf dem honiggelben Doppelbett seiner Chefsekretärin lag, paffte. »Achtzigtausend würden wir brauchen, sagst du, um das Modell des Großmoduls herstellen und die Lizenz den Japanern verkaufen zu können?« fragte sie nach.
»Achtzigtausend oder etwas mehr – eine läppische Summe jedenfalls für eine Bank wie die ›Steilheimer Handels- und Gewerbebank‹! Und da wir in das Projekt der glaslosen Sonnenbrille viel Geld umsonst gesteckt haben, kann ich auch keine andere Bank ansprechen.« Wie zum Trost trank er das Bockbier in einem einzigen Zug hinunter und lehnte sich in die von Hildegard Bamm mit schönen alten Sprüchen kreuzbestickten Kissen.
Die sportliche Mittdreißigerin dachte an den unermüdlichen Ingenieur Benno Faust, der in seinem genialen Erfindergehirn dann wohl umsonst den PX 14 ausgebrütet haben würde, und sie dachte auch daran, daß bei einem Scheitern des Großmodulprojektes irgendein Multi gierig nach ›Simplex Unlimited‹ greifen würde. Vor ihrem smaragdgrünen geistigen Auge sah sie, wie Dr. Alfons Spock, ihre große, unglückliche Liebe, zu einem Revolver greifen und sich, da er sein Lebenswerk zerstört sehen mußte, entleiben würde. Gerade diese traurige Vorstellung schnürte ihr die bebende Brust zu, und erschrocken betrachtete sie den auf ihrem Doppelbett liegenden Mann ihrer Träume: Aus dem drei Knöpfe bequem geöffneten Hemd lugten silbergraue Haarspitzen und hoben und senkten sich aus beruflicher Sorge, wie Hildegard Bamm annahm. Und so kam es wie selbstverständlich über ihre hummerroten Lippen: »Du kannst meine Hunderttausend aus der Siegwette des Kaltblutderbys haben«, sagte sie mit der Sicherheit einer Sekretä-

rin, die zweisprachig, Maschinenschrift- und Steno-perfekt, ja sogar buchhalterisch bewandert war.
Dr. Spock sah sie ungläubig aus eben noch aschgrauen Inhaberaugen an, und seine Zigarre verlosch: »Das ist nicht dein Ernst, Hildeli? Du kannst doch nicht mir nichts, dir nichts ein kleines Vermögen . . .?!« Er unterbrach sich, ganz der berechnende Steinbock-Geborene.
»Und weshalb nicht? Wer sollte es mir verbieten? Du vergißt, Alf, daß ich Widder bin. Und wie meine gute Amely ganz recht sagt, denken alle in diesem Zeichen Geborene an sich selbst zuletzt. Im übrigen gehe ich ja davon aus, daß das Geld ohnehin bald wieder zurückfließt. Dann will ich es wieder zurückhaben.«
Langsam begriff Dr. Spock, daß es ihr ernst war mit diesem ihrem Vorschlag, und sein ausgeprägter Sinn für Geld zog ihm die herbmännlichen Winkel seines schmalen Mundes zu einem Lächeln hoch. Er überschlug, daß er bei Hildegard Bamms Dagelfauster Wettgewinn auch die Zinsen sparen würde, und bemühte einen gerührten Ton: »Das würdest du für mich, das heißt für die ›Simplex‹ tun? Ich danke dir – und werde es dir nie vergessen. Und daß du die Hunderttausend auf Heller und Pfennig zurückbekommst, sobald das Geschäft mit den ›Kinomo‹-Leuten perfekt ist, versteht sich von selbst.«
Und da er nun mit dieser überraschenden Wendung im Finanziellen sich entlastet fühlte und zudem der Bock seine Wirkung zeigte, verspürte er plötzlich eine durchaus ehrliche Lust, Hildegard Bamm an seiner Seite zu haben. »Komm«, flötete er, soweit dies seine managerharte Art zuließ, »komm her zu mir . . .« Und die reife, kohlrabenschwarz gelockte Mittdreißigerin raffte ihr weites, indisches Hauskleid und trat an das Doppelbett . . . O ja, Dr. Spock konnte zärtlich sein, wenn er des Abends auf diesem ihrem Biedermeier-Bett lag! Da zeigte sich der sportliche, stets solariumbraune Mittfünfziger, der geschäftlich und auch sonst im Patent- und Lizenzbüro so stahlhart sein konnte, seiner Chefsekretärin von einer ganz anderen Seite . . . »Dann kann er wie Romeo sein, wie Paul Newman oder auch Bogart, und wenig erinnert an den Inhaber der ›Simplex‹«, dachte Hildegard Bamm, als sie lautlos und barfüßig über den weinroten Afghanen an den Fuß des Doppelbettes glitt, wo die beiden Porzellanelefanten unerschütterlich wachten.
Spock löste das Lorenzinituch von seinem Hals und legte den

erkalteten Stumpen seiner Havanna sorgsam in die weiße Schale, aus der eine großwüchsige Zimmerlinde ihre Blätter wie einen grünen Baldachin über die Kissen bog, mit deren Honiggelb das silberne Schläfenhaar Dr. Spocks reizvoll kontrastierte.

»Stark ist er, ja, ein ganzer Mann«, dachte Hildegard Bamm, als sie am Ende des Bettes Platz nahm und nur seine breiten Schultern betrachtete, auf deren wohltrainieren Muskeln sich die Rohseide des Khakijacketts spannte. »Es ist unmöglich, von Dr. Spock nicht gefesselt zu werden . . .«

Der Inhaber der ›Simplex‹ hatte die energischen Augen geschlossen, und auch um seinen schmalen Mund war der alltägliche harte Zug, den wohl fast alle in der Patent- und Lizenzbranche Arbeitenden mit den Jahren bekamen, einer sanften Entspannung, einer weicheren, beinahe barocken Linienführung gewichen.

»Manchmal denke ich«, dachte Hildegard Bamm und streifte ihre beiden hinterindischen Filigran-Armbänder ab, weil ihr Klirren die Stille störte, »er ist erst dann Mensch, wenn er schläft.« Doch sie hatte sich gründlich getäuscht: Dr. Spock war nicht eingeschlafen, sondern hatte es nur bei geschlossenen Lidern genossen, daß er seit wenigen Minuten über stolze Einhunderttausend zinsfrei und außerhalb jeder Buchhaltung verfügen konnte. Und kaum spürte er die leise Erschütterung am Fußende des Doppelbettes, die Hildegard Bamms schlanker Körper durch das Niedersetzen auslöste, blickte er sie wortlos und doch unwiderstehlich aus seinen grauen Augen heraus an, richtete sich ein wenig auf, streckte seine nervige Rechte nach ihr und schlug ihr auf diese Weise vor, an seine Seite, auf seine Höhe zu rutschen.

Halb zog er sie, halb sank sie hin – doch als er sie, nicht mehr Chef, sondern einfach Mann, nicht mehr Lizenzhändler en gros, en Detail-Export-Import, sondern Geliebter, an sich zog und heiß empfing und umfing, war es ihr gleichgültig, ob es nun sein Ziehen oder ihr Sinken gewesen war. Sie ließ sich einfach fallen und kostete diesen Fall in einen unendlichen Abgrund von Süße und Geborgenheit bis zur Neige aus.

Diese Neige erreichte sie jäh, als sie, in jener Umschlingung, die in ihrem Taumel die einfachste Anatomie ununterscheidbar werden ließ, seine rechte Hand suchte – und statt dessen mit ihrer Linken sein kantiges Handgelenk zu fassen bekam. An diesem Handgelenk baumelte, und sie empfand es beinahe als einen Nagel für den Sarg ihrer augenblicklich erkalteten Gefühle, ein Armband, ein Schildchen aus Platin, das sie nur zu gut kannte: *»In Liebe – Deine Charlotte!* ist darauf eingraviert«, durchwühlte es Hildegard Bamm, und indem sie an Dr. Spocks Frau denken mußte, ließ sie ruckartig von ihm ab, setzte sich auf und sagte: »So . . . Und jetzt will ich dir sagen, was ich schon längst sagen wollte.«

Als ihn nun also seine Chefsekretärin inmitten der aufkeimenden Leidenschaft auf dem Biedermeier-Doppelbett plötzlich losließ, richtete sich auch Dr. Spock, verblüfft, auf. Er rieb sich die Augen und richtete sie auf die schwarzlockige Mittdreißigerin, die am Rande des gelben Seidenüberwurfs saß, das weite indische Hauskleid, das ihr von der linken Schulter gerutscht war, auf eben diese zurückschob und im übrigen in die Porzellanaugen eines der Elefanten starrte, die am Fußende kauerten. »Was ist? Was hast du? Liebst du mich etwa nicht mehr?« Der Inhaber der ›Simplex Unlimited‹ gab sich ahnungslos, obwohl er nur zu genau ahnte, daß etwas im Schwange war. Er setzte sich mit der Behendigkeit eines trainierten Squash-Spielers vollends auf und berührte Hildegard Bamms nun wieder züchtig bedeckte Schulter. Sie jedoch schüttelte ihn sanft ab und drehte ihm ehrlich ihr offenes Gesicht mit dem vollen Malvenmund, der zierlichen Nase und den lindgrünen Augen zu: »Beim Kaltblutderby in Dagelfaust ist mir richtig klargeworden, Alf«, fing sie leise zu sprechen an, »wie schwer diese unsere Verbindung für mich zu ertragen ist. So banal es klingen mag: Ich liebe dich nämlich . . .«
Eine Falte von Verärgerung über diese Wendung des so einfach vorgestellten Abends ins Komplizierte, Psychologische grub sich in Dr. Spocks Stirn. »Ich liebe dich wohl nicht, willst du damit sagen – oder?« setzte er einen absichtlich barschen Kontrapunkt zu ihrer leidvollen Sanftheit.
»Gewiß doch, oh, du liebst mich durchaus – wenn auch auf eine andere, einfachere Weise.« Mit diesen Worten warb sie um Verständnis für das, was sie eigentlich sagen wollte, ihm, ihrer einzigen, großen Liebe in diesem Steilheimer Spätsommer. Doch diese Werbung prallte am Firmeninhaber ab wie erstes Herbst-

nieseln, und er stülpte bei ihren Worten die gewohnte, patentgeschäftsmäßige Maske des kalt Kalkulierenden über.
»Sieh mal: Du gehst weg, wenn du hier warst, in deine andere, eigene Welt, aber ich bleibe zurück und bin alleine . . . Du hast Familie, hast einen sicheren Ort, hast Kind und Frau – Charlotte.«
Mehr als die Erwähnung dieses Namens hatte es denn offenkundig nicht gebracht – denn Dr. Spock lief über seiner Solariumbräune schwach puterrot an: »Mein Gott! Fängst du schon wieder damit an«, gab er sich gelangweilt und griff demonstrativ nach dem bereits in der Zimmerlinde abgelegten Havannastumpen, nur, um ihn trotzig niederzurauchen. Doch Hildegard Bamm ließ sich in dieser Sternstunde – es waren tatsächlich schon der Große Bär und andere über Steilheim aufgegangen – nicht beirren, und fuhr fort: »Ja-wohl, Alf, mein Alf! Versetz dich mal in meine Lage: Ich muß dich stets und schmerzlich teilen – du niemals. Du holst dir bei mir, was du an mir liebst. Dann entziehst du dich mir wieder und der gemeinsamen Nähe. Und was du sonst vielleicht noch brauchst, holst du dir –«
»– bei Charlotte, so sag es doch!« forderte sie Dr. Spock – allerdings vergeblich – auf. Denn mit einem Male konnte die sichtlich von Trauergefühlen übermannte junge Frau im indischen Hauskleid nicht länger an sich – und auch nicht mehr die lange genug tapfer zurückgehaltenen Tränen halten. So bildeten sie denn, von der Schwerkraft der Verhältnisse erbarmungslos auf das teerosengelbe Kissen gepreßt, eine Straße von heimatlos gewordenen Tupfen, eine Straße ohne Wiederkehr.

Noch immer weinte Hildegard Bamm an jenem sternenklaren Montagabend an der Seite des verwirrt-trotzig den letzten Rest einer Havanna rauchenden Mittfünfzigers vor sich hin und schließlich diesen offen an. Hildegard Bamm spürte, daß dies so sein mußte, daß diese salzige Flut all ihren Schmerz von der Seele spülen mußte, ehe sie wieder zu klarer Syntax finden konnte. Und sie ignorierte in diesem Augenblick sogar die perfekte Chefsekretärin in ihr, was angesichts des vor ihr liegenden Dr. Spock etwas heißen wollte. »Du bist verheiratet, Alfons«, faßte sie sich schließlich, und der Rhetorikkurs, den sie nicht zuletzt der ›Simplex Unlimited‹ zuliebe im vergangenen Winter in Schwätzingen absol-

viert hatte, schlug nun wieder voll durch, »Und solange du das bist, leide ich. Solange ich aber leide, muß ich mich schützen.«
Nun witterte Dr. Spock, der die ganze Zeit über eher gelangweilt dagelegen und sich wohl gedacht hatte, »Ach, diese komplizierten Frauen, laß sie nur reden und sich ruhig ausweinen, von mir aus sogar aufregen. Auf Regen folgt Sonnenschein«, merkte also dieser ebenso gewitzte wie intelligente Inhaber, daß und wie ernst es Hildegard Bamm war, und er fürchtete tatsächlich weniger um die Hunderttausend ihres Wettgewinnes, die er dringend für das Großmodul benötigte, als vielmehr um die Geliebte, die ihm durchaus auch etwas bedeutete, wie er besonders zu jenen Zeiten spürte, da er sich in ihrem Fachwerkhäuschen wohl fühlen durfte. So legte er seinen venösen Arm zärtlich auf ihr indisch verhülltes Knie und sagte: »Hildeli . . .! Du weißt doch so gut wie ich, wie meine Verbindung mit Charlotte läuft. Wir haben zusammen ein Haus, ein Boot am Attersee, einen Cockerspaniel, ein Chalet in Kitz, einen fast einundzwanzigjährigen Heimito – und ansonsten weder etwas gemeinsam noch uns zu sagen. Charlott geht ihrer Wege, ich die meinen. Und alle meine Wege, außer ›Simplex‹ und Squash, führen zu dir, Hildeli . . . Was willst du mehr?«
Für ihre Antwort mußte Hildegard nichts überlegen, zu oft hatte sie in einsamen Nächten, während verregneter Wochenenden oder an Feiertagen sinniert: »Ich bin dein, und du bist dein – wie es ein österreichischer Dichter einmal so schön ausdrückte – merkst du die innovatorische Variante zum geläufigen bekannten, gültigen Sinnspruch?«
Dr. Spock, in seiner eher völlig unmusischen Anlage so ganz und typisch Steinbock, wie es Amely Gütlich, Hildegard Bamms Freundin von der Zeitschrift ›Planet‹, gerne formulierte, der graumelierte Lizenzhändler und Patentverkäufer also schien die Dichterworte nicht völlig begriffen zu haben. Also erklärte Hildegard Bamm sie und sich noch präziser: »Ich will, daß du dich entscheidest, Alfi, daß du weißt, wohin du gehörst – und ich weiß, wohin du gehörst. Und wenn du zu mir gehörst, gehöre auch ich zu dir, gehören wir, kurz gesagt, zusammen. Das heißt: Ich teile dich mit niemandem – außer mir . . .«
Das alte Pendel im Uhrkasten von Hildegard Bamms Biedermeiermansarde hatte zum letzten, zum elften Male für diese Stunde

ausgeholt, als Dr. Spock sich auf dem teerosengelben Doppelbett auf die Knie schwang, so daß er auf den kohlrabenschwarzen Wuschelkopf seiner Chefsekretärin herabsah. Er beugte sich zu ihr und nahm das schmale Kinn der Mittdreißigerin fest in seine im Lizenzgeschäft nervig gewordene Rechte. Als er es anhob, blickte er in zwei tränenumflorte, nichtsdestotrotz jedoch entschlossene Augen, die ihn mit der Härte von zwei Smaragden bohrerhaft anvisierten: »Du wirst mich verlieren, Alfons«, klang Hildegard Bamms Stimme nicht minder hart, und Salome, die seidenfellige siamesische Fachwerkhausgefährtin der Chefsekretärin, duckte sich unwillkürlich noch tiefer hinter den Porzellanelefanten am Bettende.

»Dich verlieren, Hildeli? Niemals!« Der Mittfünfziger konnte sich tatsächlich im Augenblick das Leben, in dem er mit beiden Beinen stand, ohne Hildegard Bamm nicht vorstellen.

»Dann mußt du dich von deiner Frau trennen, Alfi. Sie oder ich, in der Liebe gibt es kein Sowohl-als-auch«, sagte sie mit einer Festigkeit, die auch an dem tiefen Seufzer, den Dr. Spock ihr entgegenschickte, nicht abbröckelte.

Er sah sie lange prüfend an, und als sie ebenso lange schwieg und seinem Blick, der schon auf untergehenden Schiffen Wasserverkäufe zuwege gebracht hatte, aus innerstem Mute widerstand, kapitulierte er: »Ist das dein letztes Angebot?«

»Es ist mein erstes, wirkliches. Ich kann nicht mit der Liebe spielen, Alf, ich bin zu verletzlich. Vergiß nicht, ich war nie richtig Kind, sondern immer nur Vollwaise.« Damit stellte Hildegard Bamm alles den Sternen anheim, und sie rechnete insgeheim, daß ihr über alles geliebter Chef nun aufstehen und sein Lorenzinituch ungerührt knoten würde, seine Squash-Tasche im Erdgeschoß aufnehmen und wort-, gruß- und kußlos ihr Heim Aurikelstieg 14 für immer verlassen würde. Sie würde morgen ein Kündigungsschreiben verfassen und in eine Stadt im Kohlenpott, für lange Zeit nur in sich – oder auch einfach nur in die Emigration gehen. Doch ein einziger Satz aus dem schmalen Munde des auf ihrem Doppelbett Knieenden, unbeholfen vielleicht, aber anscheinend im Brustton fester Überzeugung gestammelt, fuhr wie der Sommerwind in all ihre schwarzen Befürchtungen – und ließ sie wie neunundneunzig bunte Luftballons fliegen und unter der Sonne platzen:

»Gut, Hildeli, ich werde Charlotte die Scheidung anbieten und werde, du weißt, mit welchem Kapitaleinsatz eine solche Trennung hier und heute verbunden ist, diese Anstrengungen auf mich nehmen. Doch laß mir noch ein wenig Zeit – ein paar wenige Monate vielleicht, bis Heimito volljährig ist und ich ihm einige unserer Patente und Lizenzen überschreiben kann. Und auch die ›Simplex‹ ihre Liquiditätskrise, du weißt, und das Großmodul PX 14 ›Kinomo‹ –«
Weiter kam der dynamische Mittfünfziger nicht, und seine mittelfristig und weitsichtig die Dinge realistisch abwägenden Erläuterungen erstickten förmlich in Hildegard Bamms zur Kußrose aufblühenden Lippen, Lippen, die alle um eine gewisse Sachlichkeit bemühten Worte ihres Chefs mit einem einzigen süßen Hauch vom Bette wehten, Lippen, die schließlich schwiegen und tausend Geigen eine uralte Weise von Liebe spielen ließen. »Ich kann noch lange warten, Alfons, wenn es das braucht. Aber jetzt kann ich keine Sekunde mehr warten, ich brauche dich . . .«
Und die Liebenden versanken in einer so innigen, schier unendlichen Umarmung in jenem Biedermeierbett, das sich dessen schon so oft geprüfte Balken noch einmal bogen.
Es war ein zärtliches, so bar jeder Aufrechnung liebevolles Geben und Nehmen geworden, eine so alle Sinne fordernde und fördernde Verschmelzung, daß es Salome, Hildegard Bamms Siamkätzchen, zum ersten Mal gelang, durch eine offene Dachluke aus dem Fachwerkhäuschen zu entwischen, auf das weiße Surfbrett auf dem davor parkenden schwarze GTI zu springen und schließlich im Nachbargarten mit einem großen, roten Kater um die Wette zu schnurren . . .
Auch als ihr Chef früh, zu früh aufbrechen mußte – wohnte er doch etwas außerhalb der City –, hatte die Chefsekretärin nur Augen für den drahtigen Mittfünfziger, der eben sein Lorenzinituch über den schlanken Hals knotete und sich einen letzten Schluck aus der geliebten Flasche dunklen Bockbieres gönnte. Hildegard Bamm strich Dr. Spocks kahakifarbenes Rohseidenjakkett glatt: »Und es bleibt dabei, Alfi . . .?«
Das Platinplättchen mit der Gravur *In Liebe – Deine Charlotte* an der Hand des Geliebten klimperte leise, als ein gelassenes »Ein Mann – ein Wort« ihr neue Gewißheit schenkte. Dann wandten sich

beide, jeder seine Hand an der Hüfte des anderen, zur Wendeltreppe und gelangten so zum Kleiderständer in der Diele, von dem Dr. Spock seinen Bunbury-Trenchcoat nahm und ihn samt der blauen Squash-Tasche über seine breite Schulter warf.

»Ich bin im übrigen die nächsten Tage nicht im Büro, Liebes«, sagte er, unschlüssig, wie er den Abschied einleiten sollte. »Du erinnerst dich: Ich muß mit den Japanern zur Erfindermesse nach Ladenhut Oberbayern. Ich hoffe, du erwehrst dich inzwischen im Büro deiner Haut«, fügte er scherzhaft hinzu.

Feinfühlig, wie die Gestirne es den Widder-Geborenen in die Wiege legen, griff Hildegard Bamm seinen Versuch, die Wehmut des Abschieds durch feinen Humor ein wenig zu dämpfen, dankbar auf und blitzte ihn mit ihren flutlichtweißen Zahnreihen an: »Keine Angst, an meine Haut laß ich nur Wasser und dich ran . . .«

Zögernden Schrittes, als wollten sie den Augenblick der Trennung hinausschieben, erreichten sie die himmelblau gestrichene Tür, und nach einem seltsam kurzen Kuß, der nicht Abschied verhieß, sondern beider Sehnsucht auf ein baldiges Wiedersehen warmhalten sollte, trat Dr. Spock in die Nacht. Warmherzig schenkte er seiner Chefsekretärin im indischen Hauskleid ein letztes »Wir rufen uns dann morgen irgendwann zusammen, ja? Verbleiben wir so?« ehe sie sich anschickte, in die Nacht zu staksen.

Hildegard Bamm nickte dankbar und rief dem längst vom Schwarz Verschluckten ein bemüht sachliches »Mein Herz gehört ganz dir, Alfons. Und mein Wettgewinn liegt im Safe!« nach, ehe sie sich doch entschloß, die Tür zu schließen. Es war nur noch ein kleiner Spalt in jene beglückende Nacht hin offen, als darin Salome, samtpfötig und keineswegs schuldbewußt, auftauchte und mit fröhlichem Schnurren ins warme Haus schlüpfte. Hildegard Bamm lächelte mild.

Ein sisalgelber Sichelmond, wie er nur über Liebenden wacht, wachte in jener Nacht, da Dr. Spock das Haus Aurikelstieg 14 verlassen hatte, um in das noch immer eheliche Schlafzimmer seiner Villa am Stadtrand zurückzukehren, über Hildegard Bamms unruhigen Schlaf. Stilles Stöhnen auf den sanft zuckenden Lippen der Mittdreißigerin, die sich im pinkfarbenen Seidennachtkleid unruhig in Morpheus Armen wiegte, verrieten Verwirrtheit in den Traumgebilden, die ihre makellose Stirn wohl durchmaßen. Ein leises »Und seist du Chimäre, Glück . . . schick Alf in meine Arme . . .!« das doch nichts anderes besagen wollte, als daß die Chefsekretärin soeben noch einmal die bärenstarken und doch allerzärtlichsten Umarmungen ihres Chefs traumhaft durchlebte, ließ nun auch die ansonsten mit einem tiefen Schlaf gesegnete Siamkatze hochfahren und verwundert die beiden Porzellanelefanten am Fuße des Doppelbettes mustern. Ein zweites, gehauchtes – und dennoch nicht minder traumverwirrtes ». . .smoke gets in your eyes, stranger . . . magst du nun Gocart heißen oder anderswie . . . ich fühl, wir stehen am Anfang einer langen Freundschaft . . .«, beruhigte jedoch das feinnervige Tier am Bettende. Salome hatte wohl reinrassig instinktiv begriffen, daß diese Seufzerlaute aus dem tiefsten Herzen ihrer Herrin kamen, und mit einem zustimmend anmutenden Miauen bettete auch sie ihren edlen Kopf wieder in die Schlingen des Afghanen, der das mondbeschiedene Biedermeierzimmer mit milden Weinrot grundierte. Die treue, wollknäuelige Gefährtin konnte ja nicht ahnen, daß Hildegard Bamm in ihrem süßen Sehnsuchtstraum die leidenschaftliche Szene eines Films, den sie vor langer Zeit gesehen hatte, nachstellte und seinen Hauptdarsteller, einen kantigen Mittvierziger mit unwiderstehlichen Augen unter dem breitkrempigen Hut, für diese eine Mondnacht mit ihrem geliebten Firmeninhaber neu besetzte.

Als der Stundenzeiger der Standuhr in der Ecke der Mansarde unerbittlich gegen fünf zuraste und seine Messingspitze den kalten Strahl des Sichelmondes, der durch die Dachluke auf das Zifferblatt fiel, aufblitzend erreicht hatte, hörte Hildegard Bamms von den Lemuren des Traums und den lächelnden Nachtmahren berührte Brust zu beben auf und reckte sich gleichsam trotzig unter dem Seidenneglige der Ungewißheit des anbrechenden Tages entgegen. Die mutige Wölbung ihres chiantiroten Lippenpaares schien zu sagen: »Schnell . . . wirf den Propeller an, Flieger! Alfi und ich entfliehen gemeinsam diesem Wüstenort . . . Wir starten von dieser nächtlichen, nebligen Rollbahn zu neuen Ufern – von mir aus nach Tanger. Wo man surft, da laß dich ruhig nieder . . .«

Und in der Tat hätte das Aufheulen der Propeller, das sie in ihrem Traum hörte, der noch immer Film und Wirklichkeit mischte und ihr eigenes Schicksal auf eine schwarzweiß flimmernde Leinwand projizierte, hätte dieses Motorendröhnen draußen vor dem Fachwerkbau die Nebel erst durchdringen müssen, die sich brackwasser-molluskenhaft auf die Steilheimer Altstadt behockt hatten. Nur ein schmaler Silberstreif am Horizont, dort, wo die ranken Kühltürme einer Atommeilerei zwei hübsche architektonische Akzente in die flache Kulturlandschaft setzten, ließ eine vage Hoffnung offen, der dämmernde Tag könnte Sonne ins Herz Hildegard Bamms bringen.

Nach einem erfrischenden Bad, das all ihre seltsamen Träume vertrieben hatte, trat Hildegard Bamm an diesem Morgen gleichsam schaumgeboren ihren Weg in die ›Simplex Unlimited‹ an. Ein kleines Lied auf ihrem Rosenmund, der Melodie von »Fly me to the moon . . .« nicht unähnlich, war die Mittdreißigerin sportlich in die Alpengasse eingebogen, und ihr dezent geschminktes, jugendliches Gesicht, auf das die Schatten regenschwerer Wolken fielen – denn eine Gewitterfront war jenseits der mittelalterlichen City aufgezogen –, ließ den regen Berufsverkehr nichts von den nächtlichen Sehnsüchten und Filmrissen mehr ahnen: Streichelweich und freundlich, die unergründlichen Augen unter der schwarzen Lockenpracht dem wachen Leben zugewandt, erstand die Chefsekretärin am Zeitungskiosk wie jeden Morgen einen ›Steilheimer Morgen‹, ehe sie nach einem kurzen Blick auf die bittere Fraktur und das noch grauenhaftere Deutsch der Schlagzeilen ihren lockeren Schritt Richtung Büro beschleunigte.
Das lachsfarbene Kostüm, das sie trug, eine gelungene Kopie eines Einzelstücks von Ives Montand, gab bei jedem ihrer gazellenhaften Tritte auf dem Kopfsteinpflaster die feinen Chefsekretärinnenknie frei, und wäre Hildegard Bamm nicht wie stets ganz Dame gewesen, so hätte sie sich sicherlich auf den bewundernden Pfiff eines Bauarbeiters hin umgedreht. So jedoch ignorierte sie diese gewiß nicht macho-hafte Geste öffentlicher Verehrung durch einen anonymen Steilheimer Monteuer auf dem schwankenden Gerüst

gegenüber und betrat mit der allen Surfbegeisterten eigenen Wendigkeit das Bürohaus, das ein blankes Messingschild mit dem Firmenzeichen der ›Simplex Unlimited‹ – einem eichenlaubumkränzten Mikrochip – zierte.
Die Tür war unten noch kaum ins Schloß gefallen, als sie auch schon die repräsentative Eingangstüre zum eigentlichen Büro erreicht hatte und das Sicherheitsschloß, lagen doch wertvolle Patente, Lizenzen und Pläne im ›Simplex‹-Safe, mit ihrem nicht minder sicheren Schlüssel öffnen wollte.
Als sich dieses nicht sogleich aufschließen ließ, ja nicht einmal den Schlüssel bis zum Anschlag aufnehmen wollte, schien die Mittdreißigerin verwirrt. Irritiert, fühlte sie sich doch für alles, was die Firma ihres geliebten Dr. Spock betraf, verantwortlich, prüfte sie noch einmal den Schlüssel am blauen Band, nickte ihm zu und wischte ihn – dienstbeflissen rücksichtslos gegen das lachsfarbene Kostüm – an der Hüftdrapierung aus schickem Chiffon sauber. Doch es brauchte ein zweites Scheitern an diesem Hochsicherheitstürschloß, ehe sie sich wie erwachend an die hohe, zarte Stirne griff und mit einem aufseufzenden Kopfschütteln der Erleichterung sowie den Worten »Dein Hirn ist ein Sieb, Hildeli!« einfach der Klinke zuwandte, sie drückte und sogleich leicht die schwere Tür aufmachen konnte.
»Wie konnte ich's vergessen, daß er immer schon vor mir im Büro ist«, setzte die Chefsekretärin selbstkritisch, ja beinahe autoaggressiv ihren äußeren Monolog fort, während sie die Stätte ihres täglichen fruchtbaren Wirkens zum Wohle Dr. Spocks und seiner ›Simplex‹ betrat.
»Natürlich hat er wieder seit dem Morgengrauen seine kleinen grauen Zellen irgendeiner großen, patenten Lizenzsache gewidmet!« schienen ihre kirschblütenhaft lächelnden Lippen zu sagen. In der Tat umfing Hildegard Bamm, als sie an diesem gewittrigen Altweibersommermorgen an ihren Schreibtisch trat, den Schlüsselbund auf die olivgrüne Schreibunterlage kollern ließ und die Jacke ihres lachsfarbenen Kostüms mit der Laxheit alltäglicher Gewohnheit ihrer Bürosessellehne anvertraute, das quasi begrüßende Ticken und Tuckern des Telexgerätes. In jenes rastlose, bar jeder Monotonie anheimelnde Mitteilungsbedürfnis der kleinen Maschine mischte sich sogleich die routinierte, jedoch warme

Baßbaritonstimme eines Mannes: »Simplexsha no mijuku na monoga, asahi no yōna Hildegardsan ni aisatsu o itashimasu!« nützte diese weiche Stimme einen kurzen Absatz im Fernschreiben, und die Chefsekretärin wußte auch ohne die Kenntnis des Tokiotischen, daß diese blumigen Laute nichts anderes als »Der nichtswürdige Diener der ›Simplex‹ begrüßt die aufgehende Sonne namens Hildegard Bamm!« bedeuten konnten. Und daß Ingenieur Benno Faust, der geniale Mikrotechniker und Patententwickler, ohne den die ›Simplex Unlimited‹ ihr ›Unlimited‹ wohl zu Unrecht im Namen tragen würde, ihr, der so flott Eingetretenen, den Dienstbeginn aufrichtig versüßen und nebenbei auch seine perfekten Kenntnisse des Japanischen üben hatte wollen.
»Ich grüße den Herrn der Schaltungsringe auf das höflichste zurück!« flachste die Mittdreißigerin augenzwinkernd, aber durchaus ernsthaft gerührt von der asiatischen Eleganz seiner allmorgendlichen Begrüßungszeremonie, mit dem väterlichen Kollegen. Faust, wie immer leicht einsteinhaft zerstreut gekleidet, reichte ihr wortlos eine Schale duftend dampfenden Minzentees, den er von den Hängen des Fudschijama bezog, aus seinem winzigen Kämmerchen, in dem sich die Pläne und Zeichnungen, Lichtpausen und Berechnungstabellen stapelten.
»Die Morgenfrühe, das ist deine Zeit«, quittierte Hildegard Bamm dankbar das heiße Grün und erlaubte sich dezent die Nachfrage: »Wie steht's mit dem Großmodul, Benno, mit dem PX 14 für die Japaner vom ›Kinomo-Conzern?«
Ingenieur Faust schien sich über diese Frage zu amüsieren, denn ein tennohaftes Schmunzeln in den Winkeln seines ansonsten asketisch ernsten Denkergesichts zauberte fernöstliche Gelöstheit in die ingenieurale Bronzemaskenhaftigkeit. »Theoretisch ist das Großmodul für mich längst erledigt. Die Herstellung des Vorführmodells ist etwas für Primaner, Routine, handwerkliche Kleinarbeit, das könnte sozusagen auch E.T.«, untertrieb er in zenbuddhistischer Bescheidenheit. »Die ›Kinomo-Leute werden ihre Freude an diesem Grundbaustein für bandlose Aufzeichnung haben«, fügte er dann doch etwas stolzer auf Hildegard Bamms Stirnerunzeln hinzu, »mit den neunstelligen Bits, die er speichern kann, liegt er weit über den 256k-Chips, mit denen sich Europäer und Amerikaner noch bescheiden müssen . . . Das gibt eine Revo-

lution auf dem Fernsehmarkt«, erklärte er der Chefsekretärin die Zukunft seiner umwälzenden Erfindung in Fernost, ohne daß in diesen seinen Worten auch nur der Hauch von eurozentristischer Überheblichkeit mitgeschwungen wäre. Dennoch stahl sich offene Bewunderung des japanophilen Genies von Benno Faust in Hildegard Bamms seidige Wangen, und während sie verlegen an ihrer Platinfibel nestelte, die mit dem Widderkopf die kakaobraune Leinenbluse raffiniert verschloß, entwischte ihren zuchtperlenhaft makellosen Zahnreihen ein anerkennendes »In Video veritas«, das die klassisch gebildete Vollwaise in Hildegard Bamm verriet.
Das grüne Feuer der Minze aus den beiden Tassen aus hokkaidischem Porzellan brannte in Hildegard Bamm und Ingenieur Benno Faust weiter, als der Fernschreiber wieder rasend zu rasseln begann. Dann stoppte er, und das Nachhallen des Punktes, den der Apparat ans Ende gesetzt hatte, ließ die Chefsekretärin zu ihm eilen und die Nachricht von der Endlosrolle reißen.
»Ach, nichts Wichtiges, das hat Zeit«, entsprach sie Ingenieur Fausts fragendem Blick.
»Eine Anfrage der Firma Stiefelknecht, Haushaltselektronik, ist für Dr. Spock.«
Der Chefingenieur der ›Simplex Unlimited‹ zog die buschigen Augenbrauen in die Nähe seiner Denkerstirne hoch und lächelte asiatisch unergründlich: »Ach ja . . ., Stiefelknecht! Sie bauen nach meiner Lizenz die schleuderfreie Waschmaschine«, erinnerte er sich. »Die Anfrage gilt sicherlich unserem Kippschalter mit starrer Achse«, kombinierte er mit der Schnelligkeit des Jiu-Jitsu-Meisters mit grünem Gürtel, der er war, und seine schmalen Augen, die die Elektronik durchschauten wie keine in ganz Mitteleuropa, bekamen den Glanz eines fernöstlichen Weisen.
Nun bewegte auch Hildegard Bamms jugendlichen Lockenkopf ein zustimmendes Nicken, und während sie den großen Hageren mit dem schwarzen Haar anerkennend ansah, dachte sie: »Wie viele Megabits mag sein Ingenieursgehirn fassen, daß er so viel und so schnell kombinieren kann?«
Sie kam nicht dazu, wenigstens einen Annäherungswert auf ihre heimliche Frage zu errechnen, denn schon erreichte sie eine neuerliche Frage Benno Fausts: »Und? Ist der Boß heute nicht da?«
Erstaunt blickte die Chefsekretärin zum Chefingenieur der ›Sim-

plex‹ hinüber, und ihr überraschter Blick verfing sich im anthrazitenen Fischgrätmuster des einfachen Anzugs, den Faust tagaus, tagein im Büro trug. Und während sie noch überlegte, daß dies die erste Frage war, die sie dem Freund und Kollegen beantworten mußte – und nicht umgekehrt –, hatte ihr der Fünfziger auch schon diese kleine Möglichkeit zur Überlegenheit genommen, indem er sagte: »Neunschwänziger Teelöwe! Wie konnte ich vergessen, daß er heute in Ladenhut in Oberbayern ist, um den Freunden vom ›Kinomo‹-Konzern die Erfindermesse zu zeigen!«
Hildegard Bamm ließ sich die gewisse Enttäuschung über seine lückenlose Gedächtnisperfektion nicht anmerken, doch fügte sie hinzu: »Nicht nur heute – Dr. Spock kommt vielleicht erst morgen mit den Japanern zurück. Sie besuchen auf dem Rückweg noch die Chip-Schmiede der Immens-AG. In Buttenwiesen.«
Ingenieur Benno Faust schien nun überrascht und gleichzeitig irgendwie erfreut, denn er streckte der Chefsekretärin plötzlich die halbgeöffnete Linke entgegen – eine Geste, die sie von früher her kannte und die, wie sie wußte, im Schattenboxen soviel wie ›Einladung‹ bedeutete. In der Tat folgte dieser Faust-Bewegung Bennos sogleich ein für diesen mikroprozessoren-kühlen Kopf erstaunlich überschwenglicher Ausruf: »Momo no tsubomi yōna gūzen! Ich meine: pfirsichknospiger Zufall! Hättest du dann nicht Lust, heute mit mir zu Herrn Kawai zum Essen zu gehen? Wir, wie in alten Zeiten . . . Im ›Lustvollen Stäbchen‹, beim Sake unterm Laternenmond? Immerhin ist die Serienreife des Großmoduls zu feiern!« Er zog seine einladende Hand kung-fu-haft überlegen zurück und wartete auf Antwort.
Auf Hildegard Bamms pergamentglatter Stirn erschien eine Runzel, als hätte ein japanischer Altmeister des Tuschpinsels das Zeichen für ›freundliche Abwehr‹ darauf skizziert. Ein Hauch butterflyartiger Wehmut lag plötzlich über dem Büro der ›Simplex Unlimited‹.
Lange standen sich der Chefingenieur und die Chefsekretärin schweigend gegenüber, mit zenhafter Gelassenheit der große Schwarze mit dem grauen Anzug – und irritiert-zögernd die Mittdreißigerin im Lachsfarbenen. Hildegard Bamm überhörte sogar in diesem Moment die pflichtbewußte rechte Hand Dr. Spocks, die sie war, in sich vergessend, das schrille Schellen des

Telefons. Sie hob nicht ab, sondern war tief in sich versunken und hatte die makellosen Lider wie zwei halbdurchsichtige Seidenrollos über ihre minzgrünen Augen gesenkt.
»Nun . . .? Hab' ich dich etwa mit meiner Einladung zum Fischessen im ›Lustvollen Stäbchen‹ beleidigt?«
Hildegard Bamm zog die Seidenschirmchen ihrer Lider hoch, und ihr nachdenklicher Blick prallte auf die – freilich arglos – computerklaren Augen Benno Fausts. »Ich weiß nicht, Benno«, verlieh sie ihrer leichten Verwirrung durch die völlig überraschende Einladung Ausdruck, »du bist mir ein guter Freund und Kollege, ein Vertrauter – nach allem, was einmal zwischen uns war.« Und hinter ihrem Mandelaugenpaar rasten mit einem Mal Bilder der Erinnerung an beider heftige, aber doch kurze Zeit inniger Zugetanheit, die letztendlich nur an beider Wesensunterschiede – er ganz der Japaner mit deutschem Paß, sie doch die Mitteleuropäerin, wenn auch Vollwaise – gescheitert war.
»Und weshalb folgt aus unsrer Freundschaft ein Zögern, meine Einladung unter den Lampionmond Herrn Kawais anzunehmen?« unterbrach Faust das eieruhrhafte Rieseln ihres Gedankensandes.
Sie seufzte, wie sie es immer tat, wenn Zwiespalt ihr wackres Widder-Herz teilte: »Gerade weil du mehr warst als nur Freund, Benno, und heute mehr bist als Kollege – muß ich vorsichtig sein, mit dir zu gehen. Und sei's zu Reis und Sake. Ich hab' dich ehrlich gern, mein Ingenieur, wenn auch nicht mehr auf die Art wie damals in Rüsselsheim. Aber wer weiß, wie die Atmosphäre im ›Lustvollen Stäbchen‹ auf mich wirkt . . . Wir in Socken und Strümpfen, nahe dem Boden, auf Seidenkissen . . .«
Sie schluckte tief, als schnüre eine Bambussprosse ihren Schwanenhals. »Mein Herz ist im Augenblick ein Rohr im Wind, Benno. Fahr nicht in es wie der Taifun! In meinem Reich der Sinne herrscht Aufruhr . . .«
Der Chefingenieur schien die Luft anzuhalten und musterte Hildegard Bamm regungslos. Für einen Augenblick wußte sie nicht, ob er nur eine seiner Atemübungen zum mentalen Training machte oder tatsächlich baßbaritonal erstaunt war. Dann löst sich plötzlich seine Konzentration, seine meditative Stille, und er verbeugte sich sanft mit der Noblesse eines Samurais: »Mein

Wunsch beugt sich deinem Willen, Hildegard. Aber ich muß denken, daß du wie eine Kirschblüte aus dem kaiserlichen Garten bist.«

»Eine Kirschblüte?«

Die Mittdreißigerin enthielt sich nun nicht der erstaunten Gegenfrage.

»Die Tokioten haben ein Sprichwort: ›Wenn du nicht bist wie der Frühling, kannst du eine Kirschblüte niemals öffnen.‹ Weise, nicht? Und ich habe es im Gefühl, daß du dich nur einem Frühling öffnest, den du kennst.«

Die Chefsekretärin erschrak, und eine Wallung der Angst, Ingenieur Faust könnte etwas von ihrer Verbindung mit Dr. Spock ahnen, ließ ihr Gesicht die Farbe ihres lachsfarbenen Kostüms annehmen. Ohne recht zu wissen, was sie damit sagte, sagte sie: »Hier irrt die östliche Weisheit. Es ist der Herbst, der mich öffnet, nicht der Frühling. Ich bin ein Spätling im Garten der Liebe.«

»Dann sprieße und wachse dennoch«, schloß der Chefingenieur gütig. »Auch Spätlinge gedeihen unter einer zärtlichen Hand ... und müssen nicht Bonsais bleiben.«

Damit wandte sich der Fünfziger auch schon den Konstruktionsentwürfen für einen laschenfreien Nippel zu und ließ eine tiefberührte und zuinnerst aufgewühlte Hildegard Bamm am vollen Schreibtisch zurück.

Der altweibersommerliche Bürotag, der doch für Hildegard Bamm nicht unfreundlich begonnen hatte, entbehrte von der Stunde an, da sie Ingenieur Benno Fausts nichtsahnende Einladung zu einem japanischen Essen aus Sehnsucht nach Dr. Alfons Spock abgeschlagen hatte, nicht einer unruhigen Fadesse und grauen Belanglosigkeit. Und als hätte irgendeine krude Dichterphantasie und nicht das pralle, wirkliche Leben Regie geführt, entlud die Gewitterfront, gleichsam passend zum Seelenaufruhr im Mittdreißigerherz, sintflutartigen Regen aus ihren blitzumzuckten schwarzen Eutern.

»Hoffentlich muß Alf nicht durch dieses Wetter nach Hause fahren«, schoß es der Chefsekretärin, eingedenk ihres Chefs und Geliebten, der wohl bald die Rückreise von der Erfindermesse in Ladenhut/Oberbayern antreten würde, durch den schwarzen Lok-

kenkopf. »Er riskiert beim Autofahren gerne viel – ganz Steinbock –, und er will den ›Kinomo-Managern sicherlich demonstrieren, wie rasant deutsche Wertarbeit auf vier Rädern rasen kann.«
Sie wandte sich wieder der angefallenen Post zu, schnitt die Marken aus, die sie seit Jahren den Kindern des Steilheimer Waisenhauses stiftete, und las die banalen Anfragen nach Lizenzen und die Bitten um Patente, die die ›Simplex Unlimited‹ zu vergeben hatte.
». . . erlauben wir uns die Anfrage nach einem Birnenstutz-Automaten . . . Hochachtungsvoll: Genossenschaftsbetrieb ›Rote Grütze‹, Bonn . . . Hm . . . muß Alf beantworten«, entschied sie und legte den Brief auf einen schmalen Stapel unter den Beschwerer in Form eines Surfbrettes.
». . . Dringend! Betrifft: Bestellung des halbintegrierten Formularbeschleunigers für EDV im Bereich des Steuerwesens . . . Firma Last & Keuch, Blankenese . . .« Hildegard Bamm ertappte sich dabei, angesichts derlei – lizenzgeschäftlich gesehen: trivialer – Post auf die zierliche Climex an ihrem nicht minder zierlichen Handgelenk zu blicken. Die brillantbesetzten Zeiger standen erst auf 11 Uhr 30, was sie an diesem gewittrigen Vormittag mit einem Seufzer quittierte, der so gar nicht ihrem sonst von Arbeitsübereifer geprägten Chefsekretärinnengemüt entsprach. Dann setzte sie ein »Siehe Safe!« an den Rand der Anfrage um den Formularbeschleuniger und begab sich an eben jenen großen Wandsafe, drehte langsam die Zahlenkombination 007 – 4711, die niemand außer ihr und Dr. Spock wissen durfte, und öffnete die schwere Stahltür zu den archivierten Geheimnissen der ›Simplex‹. Sie wollte sich eben vergewissern, daß die Unterlagen für den multifunktionalen Einwegrasierer Winchester RX kopierbereit gemacht waren, als sie entdeckte, daß es in dem vor Plänen und Pausen, Mappen und Mikrofilmen überquellenden Safe eine leere Stelle gab.
»Aber . . .!« entfuhr es, aufs höchste erstaunt, ihrem beeteroten Mund, »hier, hier lag doch mein Wettgewinn, meine Hunderttausend vom Dagelfauster Kaltblutderby . . .«
Vorsichtig und doch energisch, wie es dem Charakter aller Widder nun einmal entspricht, sah sie den Safe durch, rückte die Aktenberge und sogar die Folder mit den Geheimprojekten wie dem

›Unsichtbaren Spendenkoffer‹, den Ingenieur Faust für die Trick-AG in Grafendorf entwickelt hatte, zur Seite, und ließ letztendlich, als alles Suchen nichts fruchtete, die sportlichen Schultern unter der kakaobraunen Leinenbluse sinken.
»Eigenartig. Wie können meine Hunderttausend, die Hinterhand für mich erspurtet hat, verschwinden?«
Die Glocken am Dom zu St. Perignon läuteten bereits die Mittagsstunde in das noch immer heftige Grollen des Spätsommergewitters über der Steilheimer City, als Hildegard Bamm ungerührt starr weiter den leeren Platz im Firmensafe der ›Simplex‹, an dem eigentlich ihr Wettgewinn aus dem Deutschen Kaltblutderby zu Dagelfaust hätte liegen müssen, betrachtete. Das metallglänzende Nichts der freien Stelle warf sie kalt auf eigenes Grübeln zurück. Kopfschüttelnd ließ sie die Safetür ins Schloß fallen.
»Höchst ungewöhnlich. Ich habe ihm«, und damit meinte sie voll süßer Sehnsucht Dr. Spock, »doch erst gestern nacht angeboten, die Hunderttausend zur Liquiditätsschwächen-Behebung zu verwenden. Es ist doch für ihn ganz ungewöhnlich, noch vor Benno Faust ins Büro zu fahren. Er muß, nachdem er mich erst gegen zwei oder drei verlassen hat, praktisch umgehend, auf dem Heimweg, hierher gekommen und . . . Seltsam, diese rasende Eile, mein Wettgeld an sich zu nehmen . . .«
Hildegard Bamm verscheuchte ihre Verblüffung über die rätselhafte Rapidität des Firmeninhabers der ›Simplex‹ in bezug auf Hinterhands Siegesprämie beim Derby, indem sie beschloß, angesichts des flauen Geschäftsbetriebs im Büro den Nachmittag freizunehmen. Ein andrer, realistisch-mißtrauischerer Charakter wie die Mittdreißigerin wäre wohl stutzig geworden über die in der Tat seltsame Geschwindigkeit, mit der Dr. Spock fremdes und immerhin nur im trauten Tête-à-Tête geflüstert angebotenes Bargeld offensichtlich an sich genommen hatte. Doch die Chefsekretärin, vorfreudig, den Nachmittag in Gedanken und vielleicht in einem wohltuend entspannenden Rosmarinbad mit ihrem in Ladenhut fernen Geliebten verbringen zu können, schlüpfte nur noch behende in ihre lachsfarbene Kostümjacke und warf dem über neue integrierte Abschaltkreise und winzige Mega-Chip-Entwürfe versunkenen Ingenieur Faust ein flüchtiges »Ich geh' für heute, Benno! Raschomon, wie der Japaner sagt, wenn er's eilig hat!« zu,

was dieser mit einem abwesenden »Kōfuku no ryu ga anata no michi o mamorimasu!« beantwortete, das die Chefsekretärin in den langen Jahren der Zusammenarbeit langst als »Der Drache des Glücks bewache deine Wege!« zu übersetzen gelernt hatte.
»Mach's gut, mein Magier der Mikrowelt!« gab sie freundlich zurück, während sie schon fast den Korridor erreicht hatte. Vor dem Haus empfing sie der heulende, aber warme Wind, der den Gewitterregen durch die Alpengasse peitschte.
»Gut, daß ich gleitende Arbeitszeit habe«, dachte sie, während sie, so schnell sie konnte, Richtung Aurikelstieg rannte, heimwärts in ihr Fachwerkhaus, hinter dessen meerblauer Türe sie eine Welt des Stickens und der Musik, behagliches Interieur und – last not least – die niedlichste Siamkatze Steilheims erwarten würden.
Die surftrainierten Fesseln der schwarzgelockten Mittdreißigerin trommelten einen immer schnelleren Takt auf die spiegelnden Pflastersteine, ja sogar in die knöchelhohen Pfützen milden Regens. Die Leichtfüßigkeit Hildegard Bamms zwischen den schweren Tropfen und die naßperlende Lockenpracht, die ihr schönes Gesicht umrahmte, verliehen dem menschenleeren Nachmittag in der Steilheimer Altstadt etwas von jungmädchenhafter, ja lächelnd trotzkopf-ähnlicher Ausgelassenheit . . .

Hildegard Bamm gab an diesem Nachmittag ihrem jugendlichen Körper das, was er brauchte und liebte: ein Schaumbad mit Rosmarin und einer starken Brise Meersalz, so daß das geräumige Bad im Fachwerkhaus Aurikelstieg 14 nach der Brandung des Meeres, wie sie es vom Surfen rund um Sardinien kannte, duftete und sich die Mittdreißigerin ganz Urlaubs- und anderen entspannenden Gedanken hingeben konnte.
Salome, die treue Hausgefährtin der Chefsekretärin, beobachtete in gebührendem Abstand von der Wanne das seltsame Treiben ihrer Herrin, die ihr aus wohligem Plätschern zurief: »Meine Schöne, wenn der Mensch mit einer Katze gekreuzt werden könnte, würde der Mensch etwas gewinnen – die Katze aber viel verlieren«, womit sie auf den wehmütigen siamblauen Blick des

edlen Tiers anspielte. Dann lauschten beide wieder der Musik, die barock aus dem Nebenzimmer herübertönte und den prickelnden Genuß, den Hildegard Bamms Haut empfand, auch von innen her vollendete: »The Epedemy of St. Martin in the Fields . . ., niemand spielt die Wassermusik vollendeter«, dachte sie. Dann fiel ihr wieder Benno Fausts überraschende Einladung zu japanischem Essen ein, die sie Dr. Spocks wegen abgeschlagen hatte. Was würde der geniale Chefingenieur der ›Simplex‹ nun von ihr denken? »Ich bin ein mathematischer Kopf – und doch ist sie unberechenbar«, gab sich die Chefsekretärin sogleich selbst eine Antwort. Ihr Blick streifte nicht ohne Stolz das knöchellange, nachtblaue Crêpe-de-Chine-Kleid, ein Modell von Courage, das seinem Schöpfer durch einen tiefen Rückenausschnitt alle Ehre machte und das sich die immerhin ja im Internat der Ehrwürdigen Schwestern zu Findelsingen erzogene Mittdreißigerin gewöhnlich nur in den eigenen vier Wänden anzuziehen getraute.
»Ich werde ihn heute damit empfangen und überraschen«, ging es ihr durch den Lockenkopf, und niemand, der sie kannte, durfte zweifeln, daß sie mit ›ihm‹ ihren Alfi meinen konnte. Ihn erwartete sie noch nächtens zurück, abgekämpft zwar von der Reise mit den beiden japanischen Managern des ›Kinomo‹-Conzerns, aber sicherlich doch wieder auch rasch auflebend, wenn sie ihn zärtlich aufnehmen würde wie eine Mutter, die er zwar gehabt, aber niemals wirklich gekannt hatte.
Im ovalen Spiegel lachte ihr, wie aus dem Ei gepellt, eine fröhlich summende Hildegard Bamm entgegen, die die wohltuende Wirkung des Gesundheitsbades am schlanken Hals prüfte – selbstkritisch zuerst, dann jedoch durchaus wohlgefällig. Eine wohltuende Crème aus Avocados, »Naturkosmetik, für die kein einziger Angorahase grausam zu sterben braucht«, wie sie Salome gegenüber bemerkte, die durch ein sanftes Miauen beinahe den Eindruck erweckte, als verstünde sie jedes Wort, eine Nachtcrème also vollendete Hildegard Bamms Werk zur äußerlichen Fitneß geschmeidig.
Als sie das nachtblaue Courage-Kleid perfekt auf ihrem sportlichen Körper sitzen fühlte, entlockte ihr das tiefe Bewußtsein um die Unvollkommenheit allen und jedes dennoch ein unhörbares »Nun ja, der Schein ist nicht das Wesen, und sei er noch so schön . . .

Wie's da drinnen aussieht«, und sie fuhr sich unwillkürlich an das Herz, das ihr so wehmütig unter der wohlgeformten Brust schlug, »weiß keiner, könnte keiner ahnen, der mich so proper sähe.«

In diesem Augenblick zerriß das schrille Läuten des Telefons das stille Glück schlichter, aber blitzgescheiter Philosophie, dem die Chefsekretärin eben nachgehangen war.

Es hatte schon an die zehnmal geläutet, ehe Hildegard Bamm und Salome, die ihr schnurrend gefolgt war, es erreicht hatten und die Schwarzgelockte im nachtblauen Ausgeschnittenen den Hörer abhob.

»Hallo? Hier Steilheim 16 20 51«, vertraute sie dem starken Rauschen in der Muschel an. Es mußte ein Ferngespräch sein, und so wiederholte sie: »Bamm – Hallo?!«

Nun erst ertönte nach Knistern und Knacken die Stimme eines Mannes: »Hallo?! Ich bin es, Hildeli!«

»Alfi!«, auszurufen und unwillkürlich freudig erregt den Hörer ans andere Ohr zu wechseln, war für die Chefsekretärin eins, denn sie hatte natürlich sofort ihren geliebten Chef erkannt.

»Ich rufe an, Hildegard, weil sich meine Rückkehr noch mindestens um zwei Tage verzögert«, dämpfte Dr. Spock sogleich die heimlichen Sehnsüchte der Mittdreißigerin, »die Stäbchenesser, du verstehst.«

Und sie verstand nur zu gut, daß er mit dieser nicht unrassistischen Bezeichnung die ›Kinomo‹-Manager meinte. »Sie wollen jetzt auch noch die Waferstepper in Bullhausen besichtigen, Honey! Das nenn' ich asiatische Gründlichkeit und Geduld«.

Ein Schatten blauer Traurigkeit fiel auf Hildegard Bamms Miene, doch verständnisvoll und gefaßt hakte sie ein: »Das heißt, du kommst erst am Wochenende?«

»Tja, weißt du . . . Vermutlich kann ich auch dann nicht sofort zu dir kommen . . . die Familie, du verstehst. Mein Sohn hat seinen Vater dann fast eine Woche lang nicht gesehen.«

Ein langer, tiefer, schmerzlicher Stich wie von einer scharfen Biopsienadel trieb einen Wundkanal in Hildegard Bamms Herzgegend. Sie schwieg tapfer, wie es nur ein Widder kann, aber in ihr schrie es laut und gepeinigt ein ums andere Mal: »Charlotte! Charlotte! Warum sprichst du den Namen deiner Frau nicht aus!

Ich weiß doch, daß wieder einmal mehr Charlotte zwischen uns steht!«
Für den Inhaber der Simplex Unlimited, dessen Geschäftsnatur nur sensible Ohren für Zahlen, Fakten und Bilanzen kannte, war nur das einförmige Rauschen der Überlandleitung zwischen dem Oberbayerischen und Steilheim hörbar, und so fand er nur, ganz Steinbock, die kalten Worte »Hallo? Bist du noch dran, Hildeli?«
Die Mittdreißigerin führte mit einem Mal einen vergeblichen Kampf mit den Tränen, die direkt aus jenem nadeltiefen Wundkanal zu steigen schienen und furchige Mäander in die eben noch nachtcremeglatten Wangen frästen. »Ist gut, Alf«, antwortete sie so trocken, wie es ihr in diesem Augenblick tiefer Enttäuschung möglich war, »Ich warte auf dich, wann immer du kommen kannst.«
Als wäre das geheime Maß an Zumutung noch nicht voll, brach nun der Geschäftsmann vollends in Dr. Spock durch: »Okay, wir sehen uns dann montags im Büro . . . in alter Frische. A propos: War irgendwas los?«
Hildegard Bamm flüchtete hinter die Maske der Chefsekretärin: »Nichts, was du sofort wissen müßtest.«
Und sie wollte beinahe schon ein leises, gehetztes »Außer, daß mich dein einfaches Jonglieren mit der kostbaren Zeit unendlich schmerzt, daß ich mich unendlich allein fühle, doppelt, weil ich wieder einmal spüre, daß ich trotz deiner beschworenen Liebe zu mir nur das fünfte Rad am Wagen bin, nach all deinen familiären Verpflichtungen . . .« hinzufügen, als sie der Mittfünfziger am anderen Ende der Leitung auch schon unterbrach und gleichsam erleichtert, eine quasi vernünftige, das heißt alle Emotionen opfernde Partnerin in ihr zu haben, bemerkte: »Ich mach' jetzt Schluß, Hildeli. Mach's gut bis Montag – ein schönes Weekend noch! Und übernächstes Wochenende fahren wir gemeinsam ins Österreichische, an den Wolfgangsee, hörst du? Das ist doch was für dich, oder? Surfen, gemütlich essen, viel schlafen – nicht? Stille Tage im Chalet!«
Hildegard Bamm sagte nichts. Zu sehr war sie noch verwundet, zu viel Angst vor der Sehnsucht schnürte noch ihren tränenfeuchten Hals.
»Du sagst ja nichts, ist dir mein Angebot vielleicht zu gering?!« konnte sich nun Dr. Spock chauviale Beleidigtheit nicht verbeißen.

»Nein«, brachte sie schließlich tapfer heraus, »im Salzkammergut kann man gut lustig sein«, ehe sie mechanisch und unbewußt den Horer auf die Gabel fallen ließ.
Wie betäubt saß Hildegard Bamm noch lange Sekunden vor dem Telefon. Ein kalter Schauer, der nur von innen kommen konnte, denn die Mansarde war spätsommerlich warm, rauhte ihren Rükken, soweit ihn der Ausschnitt des Courage-Kleides freigab, feinkörnig auf, und hätte ihr nicht Salome durch ein feines Schnurren und kurze Locklaute ins Bewußtsein gerufen, daß sie nicht allein war, hätte sie wohl ihren momentanen Gefühlen freien, das heißt salzbitteren Lauf gelassen.
So raffte sie sich auf, streichelte Salome und sprach vor sich aus und hin, was sie bedrückte: »Das Knöchellange, Nachtblaue . . . die blanke Ironie . . . auf wen sollte ich verführerisch wirken darin?«
Ihr nicht mehr leichter Gang die Wendeltreppe hoch in die Biedermeiermansarde war begleitet vom Hämmern bedrückender Schläge. Gedankenfetzen versuchten die Wunde zu verschließen, die der Anruf ihres geliebten ›Simplex‹-Chefs geöffnet hatte, und doch empfand sie sich als Sieb. »Wieder eines jener trostlosen Wochenenden, mehr angefüllt denn ausgefüllt mit Ersatzhandlungen. Statt gelebten Glücks Stunden des Wartens – Einsamkeit . . . Hoffnung, die doch nur ein Nichts findet. Und ich sage noch dem guten Benno Faust ab!«
Ihr bleierner Schritt ging nahtlos über in die schweren Schläge der Standuhr, die sie unwillkürlich zusammenzucken ließen. Sie schaltete das Radio ein, und wie zum Hohn – oder geradezu ihrer Gemütslage adäquat, je nachdem, wie man es sehen wollte – interpretierte das Symphonieorchester von Hameln just in diesem Augenblick die 5. Beethovens, entstanden nur kurz, bevor der beatle-ähnliche Tonsetzer sich taub stellte gegen die Taktlosigkeit der Welt, wie Hildegard Bamm wußte.
Tief vergrub sie sich in die Kissen auf dem teerosengelben Doppelbett und strafte den eleganten Faltenwurf ihres nachtblauen Crêpe-de-Chine, nun nutzlos geworden, mit der Verachtung, die nur aus bodenloser Enttäuschung, die auch den Keim heimlicher Wut in sich trägt, entsteht.
Salome blickte ratlos zur Mittdreißigerin hoch, die seltsam

gekrümmt quer über die volle Breite des leeren Liebesnestes lag und plötzlich den Rhythmus der Symphonie aufzunehmen schien und mit beiden Fäusten geringfügige Vertiefungen in den Überwurf boxte. Diese nicht unekstatische Geste des Aufbegehrens gegen das brennende Gefühl des Alleingelassenseins begleitete sie mit den Halbsätzen »Besinnung auf mich . . . Stärke meines Ichs, das ist es, was mir Amely doch immer sagt . . . Im Krieg der Sterne, in denen mein Schicksal als Widder steht, mutig den Kampf aufzunehmen, die Opposition von Mars und Venus als tiefes Symbol zu begreifen . . . Dem Prinzip des Männlichen die weibliche Stirn zu bieten . . . Nicht zu warten, bis irgendein Prinz erscheint, der dich wachküßt, sondern das lächerliche Fatum selbst in beide Hände zu nehmen – das ist es . . .«

Und damit stand sie auch schon energisch auf und sah sich im biedermeierlich anheimelnden Mansardenzimmer um: Der Stickrahmen stand da wie eh und je, ein Stapel der Illustrierten ›Planet‹ lag ungelesen auf dem Messingtischchen, und den Stoß neuerschienener Bücher neben dem Schaukelstuhl von Thonet zierte ein Bildband mit dem Titel ›Schätze aus sardischen Museen‹. Mit einem Ruck, der jedes Surfsegel wieder in den vollen Wind gedreht hätte, stand sie mit beiden Beinen voll im weichen Flausch des afghanischen Knüpfers.

»Sieh dich doch um, Hildegard«, sammelte sie trotzig Kraft, »es gibt viel zu tun – und du packst es!«

Die Symphoniker von Hameln setzten im Radio einen so satten Akkord, als wollten sie in der Sprache Beethovens nur sagen: d'accord!

Hildegard Bamm hatte sich, fest entschlossen, ihre durch Dr. Spocks leichthin durchtelefonierte Absage erzwungene Einsamkeit durch glückbringende andere Aktivität zu bekämpfen, an den Stickrahmen gesetzt und ihn nach einer Weile vom staffelei-ähnlichen Gerüst herunter und in die zierlichen Hände genommen. Dann wechselte sie den Sender im Radio, ließ die Symphoniker von Hameln ihren schwerblütigen Beethoven für verwandte Gemüter spielen und stellte den Apparat für sich auf eine Welle ein, die gute Laune aus Südwest versprach. Es waren italienische Weisen, die den feinen Ohren der Vollwaise nun schmeichelten und von Sonne, Sand und Surfen erzählten.

»Sardinien, Sardegna . . . das blaue Rund der Bucht von Casserole . . .«, gab sie sich alten Urlaubsträumen hin. Ihr Mitsummen verriet, daß ihr die Melodien aus dem sonnigen Süden aus dem Radio wohl vertraut sein mußten, und es hätte nicht viel gefehlt, und sie hätte lauthals mitgesungen.
»Das überlass' ich doch lieber Luciano Carotti oder Giuseppe Carrara«, beschmunzelte sie ihren musikalischen Wagemut.
Während ihre sanften Augen langsam den satten Glanz und das tiefe Grün edel geschliffener Smaragde zurückgewannen, ließ sie keinen Augenblick das flinke Fingerwerk, den Fortgang ihrer tunesischen Häkelsticharbeit einer Polsterinschrift aus eben diesen schönen Augen. *Liebe ist, den anderen in seiner* las sie sich den Satz laut vor, der in ihrer zierlich-korrekten Handschrift – noch unvollständig – das blütenweiße Leinen schmückte. Sie schien soweit zufrieden mit ihrer Arbeit, und in der Tat war alle chefsekretärinnenhafte Überkorrekt-, ja beinahe Verkrampftheit einer häuslichen Gelöstheit gewichen. Schier vergnügt, soweit dies eben einem grundernsten Widder-Wesen möglich ist, wippte sie mit dem Thonet-Schaukelstuhl so weit nach vorne, daß der prachtvolle Bildband auf dem Beistelltischchen, ›Schätze aus sardischen Museen‹ in die Reichweite ihrer Rechten kam. Sie schlug das Buch auf und studierte flüchtig die vorzüglichen Abbildungen.
»Der Zungenkuß. Vorstudie in Öl von Gustav Zimt«, las sie. »Holzbein der Jüngere: Götterbote Herpes überbringt Aphrodite eine böse Nachricht.«
Für einen Augenblick wandte sie sich wieder dem Stickrahmen zu, denn ein i-Punkt schien ihr zu schaffen zu machen – kennen doch die Tunesier in ihrer Häkelsprache keine i-Punkte. Dann fesselte sie wieder eine der vierfarbigen Abbildungen im Kunstbuch, das ihr Amely Gütlich, ihre beste Freundin und Gesellschaftsreporterin beim ›Planet‹, von der Schweinfurter Buchmesse mitgebracht hatte.
»Das vielleicht reifste Werk von Bosch – ›Kutscher mit Zündkerze‹, fand sie darin, und auch die nächste Seite begeisterte sie: »Andy Starhole – ›Polaroidparaphrase auf Dürers ›Wettende Hände‹, Cagliari, Leihgabe von Miss Piggy Kuckucksheim‹.« Sosehr sie an der modernen Linienführung gerade dieses bunten Bildes zu hängen schien, sie riß sich doch los und widmete ihre

ganze Aufmerksamkeit nun dem N, das auf dem Polsterüberzug zu sticken anstand.
»Ich werde alle diese Schätze in Sardiniens Museen besichtigen«, bemerkte sie zu Salome, die versunken mit der Quaste eines der Elefanten am Bettende spielte, »mit oder ohne Alf!«
Und enttäuscht, daß ihr geliebter Dr. Spock erst am Montag auftauchen würde, und wohl auch angesichts des flauen, uninteressanten Geschäftsganges, beschloß Hildegard Bamm, die nächsten Tage bis zum Wochenende freie Tage zu nehmen.
»Benno«, und sie meinte damit Ingenieur Faust, den Chefingenieur, »wird mich wohl nicht vermissen und auch ohne mich der Mikroelektronik die letzten Geheimnisse entreißen«, sagte sie sich. »Und Urlaub habe ich mehr als genug gut – nie war ich ja krank oder sonstwie abwesend.«
Die beiden Tage vor dem Wochenende, das sie, um jeden Gedanken an Alfons Spock zu vermeiden, der ja im Kreise seiner Familie mühsam den Schein trauten Eheglücks hochhalten würde, als Datum einer der letzten Surfgelegenheiten für sich festgesetzt hatte, Donnerstag und Freitag also verbrachte die selbstbeurlaubte Chefsekretärin hauptsächlich im Haus. Sie spielte alle Gesamtaufnahmen der großen Verdi-Opern, die sie besaß, während sie das Häuschen Aurikelstieg 14 auf Hochglanz brachte, Salome striegelte und an dem Zierkissen weiterstickte, dessen Aufschrift nun schon um ein ganzes Wort weiter gediehen war und *Liebe ist, den anderen in seiner Einsamkeit* lautete. Nebenbei frischte sie, die Absolventin der Londoner Basic School for advanced talkers, ihr ohnehin vorzügliches Britisch durch die Lektüre des Sprachklassikers ›English for runaways‹ auf. Kurzum, sie genoß das sozusagen heimchenhafte Dasein, und es durfte niemanden wundern, daß sie, wenn sie schon gegen zehn das Licht auf die Leselampe an ihrem Bett reduzierte und nach einigen Seiten der berühmten Vampirgeschichte ›Das Blut der anderen‹ von Simone de Boudoir vollends abdrehte, mit den schlichten, beglückten Worten »daheim ist daheim« den Schlaf der Gerechten schlief.
In ihren Träumen fehlte, so sehr hatte sie alles, was ihr Schmerz bereiten könnte, in den Ur- und Untergrund ihrer Seele verdrängt, ein Mann – und sei es irgendeiner. Tiere waren es vielmehr, die die urwaldartigen Gärten ihrer Träume bevölkerten, Siamkatzen

vor allem, aber auch Nandus und Bären. In der zweiten Nacht war es ihr, als träte sie in ein großes Haus, in eine leere Villa, ginge durch sie hindurch, durch die großen weißen Zimmer, und am anderen Ende wieder durch eine große weiße Flügeltür, hinter der sich ein unbekanntes, riesiges Land ausbreitete, das sie wohl zu erforschen hatte.

Ausgeschlafen aufgewacht jedoch, tat sie diese Träume ab als einfache, gewissermaßen lineare Fortsetzung dessen, was sie vor dem Einschlafen als besonders beeindruckend empfunden hatte. Hildegard Bamm, obschon ansonsten beispielsweise der Astrologie ernsthaft zugetan, verstand nichts von den geheimen Signalen, die in ihren Traumbildern, in allen Träumen enthalten sind. »Psychoanalyse ist jene Krankheit, die zu heilen sie vorgibt«, redete sie mit einem Zitat von Karl Knaus, dessen Aphorismensammlung sie einst von Schwester Ogino zum Abschied vom Waisenhaus in Findelsingen bekommen hatte, jeden Anflug von Zweifel nieder. »Ich habe Salome gestreichelt«, sagte sie, »bin an einer weißen Villa vorüberspaziert und habe an Sardinien gedacht, das ich noch einmal in meinem Leben umsurfen will. Meine Eltern kenne ich nicht, wo wäre bei mir also Mutterkomplex oder Ödipus?« Und doch dachte sie in diesem Moment an Amely Gütlich, ihre Freundin von der Illustrierten ›Planet‹, von der sie seit dem glücklichen Abschlußtag der Dagelfauster Rennwoche nichts mehr gehört hatte.

Ein azurblauer Samstag brach an, und als die Spätsommersonnenstrahlen gegen neun die Bettkante von Hildegard Bamms teerosengelbem Doppelbett in gleißendes Gold tauchten, hielt es sie nicht länger unter der Daunendecke. Mit einem Jubelruf: »Schwester, der Sonne entgegen!« war sie auf ihren schlanken Beinen und strahlte der Honigscheibe, die über ihrem Dachfenster stand, nicht minder stark entgegen.

»Salome, du wirst heute einsam bleiben müssen – denn mich ruft der Stausee von Seefeld, für heut Imagination meines geliebten Sardiniens!«

Als gönnte das kluge Tier der Mittdreißigerin das Surfvergnügen, trollte es sich ohne eine Zeichen von Mißmutigkeit sogleich vom Thonet-Schaukelstuhl in das noch warme Doppelbett. Hildegard Bamm war inzwischen ins Bad geeilt und hatte sich, die Kennmelodie einer Hörfunkserie trällernd, rasch erfrischt, das schwarze, glänzende Haar geordnet und mit einigen kurzen, aber gekonnten Lid- und Lippenstrichen ihrem förmlich taufrischen Gesicht wasserfestes Make-up angedeihen lassen.
»Nun mach schon!« herrschte sie freundlich den Kaffeeautomaten in der Küche an. »Du bist wohl so langsam, weil man dir allen Kaffee sofort wieder wegnimmt«, fügte sie einen morgendlichschlichten, aber freundlich gemeinten Scherz hinzu. Man spürte, daß es sie mit jeder Faser ihres ungeduldigen Muskelspiels an das Wasser drängte, auf das Funboard, das jetzt noch fest auf dem schwarzen GTI vor der himmelblauen Türe verstaut war.
»Mag sein«, ermahnte sie sich nach einem Blick durch das offene Küchenfenster, durch das der Lärm des nahen Wochenmarktes drang, »daß gegen Nachmittag der Wind auf 6 Beaufort auffrischt! Ich nehme doch vielleicht zur Vorsicht meinen Anzug mit.«
Und schon hatte sie, ohne Salome aus ihrem unschuldigen Weiterschlaf herauszureißen, einen glänzenden, dezent kanariengelben Neoprenanzug – ähnlich denen der Taucher – aus dem Biedermeierschrank in der Mansarde geholt. In der Ecke unter der Wendeltreppe langte sie nach einer Rolle, die sie kurz aufbreitete und prüfend ihren Blick über die Inschrift HI-BA 6, was soviel wie Hildegard Bamm, Clubmitglied Nummer sechs im 1. Steilheimer Segel-Surf- und Schwimmverein bedeutete, gleiten ließ.
»Fertig«, sagte sie zögernd, als die Inspektion des Segels abgeschlossen war, »ich habe nichts vergessen, was meine Lust am Wellenreiten verhindern könnte. Nun dann: Gleiten statt Hetzen – meine liebste Devise hier wie anderswo«, beendete sie ihre vorfreudige Zwiesprache mit sich selbst und der Schale duftenden, dampfenden Kaffees.
Und als wäre ihr Kreislauf schon allein durch die Aussicht auf Wind und Wasser gebohnert genug, verließ die Mittdreißigerin – behenden Schritts trotz des Segels und des Mastes unter ihrem schlanken Arm – das Fachwerkhaus.
Am chromverzierten schwarzen GTI vor der meerblauen Türe

brach sich die Sonnenflut zu grellem Blendwerk, so daß Hildegard Bamm für eine Sekunde die grünen Augen schließen und das Mastzeug absetzen mußte. Als sie die Augen wieder aufschlug, sah sie gerade noch, wie sich ein altrosa leuchtendes Borgward-Coupé langsam den Weg durch die Marktbesucher bahnte und, immer wieder hupend, geradewegs auf ihr Haus zusteuerte.
»Aber das ist doch . . . doch!« formten sich Hildegard Bamms apfelrote Lippen zu einem hübschen Trichter, aus dem noch mehr und lautere Überraschungsrufe zu erwarten waren.
Hildegard Bamm stand für einige Sekunden wie angewurzelt in der Brandung des samstäglichen Marktlärms vor ihrem Haus und rieb sich verwundert die Augen, daß die dünnen Fransen ihres kurzen Bolerokleides aus dünnem Antilopenleder baumelten.
»Aber das gibt es doch nicht!« schickte sie nun noch einmal dem altrosa Borgward-Coupé entgegen, das endlich mit kreischenden Reifen neben ihrem schwarzen GTI mit dem weißen Funboard eingeparkt hatte.
»Und weshalb sollte es mich nicht geben, mein Widderkind?« entstieg eine nur zu bekannte Stimme dem Oldtimer. Sie gehörte – Hildegard Bamm umarmte sie mit beinahe päpstlicher Innigkeit – Amely Gütlich, der treuen Freundin und Gesellschaftsreporterin der Großillustrierten ›Planet‹.
»Das nenne ich wahre Freundschaft!« gab die Chefsekretärin ihrer Überraschung Ausdruck. »Ewig nichts von sich hören lassen – und dann unangemeldet vor meiner Türe aufzutauchen! Um ein Haar hättest du mich nicht mehr angetroffen!«
Amely Gütlich, der man die drei Jahre Altersvorsprung vor der Mittdreißigerin nicht ansah, richtete sich streng den Krawattenkragen, der ein süßes, über und über mit bunten Schmetterlingen übersätes Spätsommerkostüm elegant abschloß, und gab mit gespielter Entrüstung zurück: »Und du? Willst einfach mir nichts dir nichts zum Surfen, ohne mich mitzunehmen! Aber daraus wird ja nun ohnehin nichts – du kannst dein Mast- und Takelwerk auf der Stelle wieder einpacken, ich hab' heute was ganz Besondres mit dir vor! Du hast doch keine Verabredung am See?!«
Hildegard Bamms Verblüffung wuchs mit jedem Wort ihrer

Freundin. »Nein. Mein herzallerliebster Chef muß ja ausgerechnet nach fast einer ganzen Woche Abwesenheit den treusorgenden Gatten und Vater spielen. Aber was hast du vor mit mir?«
Amely musterte sie aus Reporterinnenaugen, denen auch nicht die kleinste Nuance von Verstimmung entgehen konnte: »Was wir machen, erzähl' ich dir später im Haus. Aber was ist mit deinem Spock?«
Die Chefsekretärin nahm das Segel ihres Funboards wieder auf und seufzte, während die beiden auf die meerblaue Tür zutraten: »Ich habe ihn vor die Wahl gestellt: sie oder ich.«
»Na endlich! Und?«
»Du siehst ja, zu wievielt ich bin. Aber er hat mir versprochen, sich von Charlotte zu trennen, sobald das Großmodul an die Japaner verkauft ist und Heimito volljährig wird. Aber lassen wir das, es ist ein sonniger Tag – und das soll er auch bleiben.«
Amely Gütlich murmelte, während ihre Freundin schon den Schlüssel ins alte Schloß fingerte, energisch etwas wie ». . . der verschlagene Steinbock, wie ich es vermutet habe . . .«, doch als sich die Chefsekretärin fragend umdrehte, lachte sie ihr nur sibyllinisch zu und versteckte ihre Ahnungen über den Lauf der Gestirne hinter einem kehligen »Ich brauch' Kaffee, und du mußt dich umziehen, Kleines. Für das, was wir beide heute anstellen, hab' ich nicht umsonst mein allerneustes Modell – frisch vom guten Christian Dieux umgeworfen . . .!«
»Mon dieux! Was hast du denn wirklich mit mir vor?!« Hildegard Bamm wollte endlich Klarheit, doch Amely schob sie nur wortlos, bestimmt, aber gütlich in den Flur des Fachwerkhauses zurück.
Die Freundinnen hatten in der Küche Platz genommen, die Mokkamaschine machte ihre Musik, und die beiden ersten Tassen eines Extrastarken wärmten an diesem warmen Vormittag bereits die schönen Kehlen der beiden.
»Nun sag schon, wohin du mich verschleppen willst«, zügelte die schwarzgelockte Widdergeborene nun nicht länger ihre Neugierde, »und ich sag' dir gleich: Es muß etwas Besonderes sein, wenn ich heute meinem geliebten Stausee und dem Funboard entsagen soll!« Sie lachte, um den drohenden Unterton zu entschärfen.
Doch eigenartigerweise blieb Amely Gütlich, sozusagen ihrem

schillernden Schmetterlingskleid von Christian Dieux adäquat, ernst und verzog keine Miene ihres offenen Gesichtes.
»Es ist auch etwas Besonderes, Hildegard«, erwiderte sie sodann fast feierlich: »Wir fahren nach Rattenburg«.
»Nach Rattenburg?« Ungläubigkeit lag in der Luft. »Nach Rattenburg?«
»To the point«, bemühte die Gesellschaftsreporterin ihr perfektes Repertoir von Phrasen und idiomatischen Wendungen, »und zwar zum Topspin-Turnier. Ich hoffe, du weißt, wovon ich rede.«
Für einen Augenblick verfärbten sich Hildegard Bamms Augen vor Erstaunen gegen das Farbspektrum des Lapsus Lazuli. »Du meinst doch nicht das Prominententurnier für Amateure?«
»Hier sind die Ehrenkarten für uns – Netzplatz, zweite Reihe. Dafür bekommst du auf dem Schwarzmarkt gut und gerne Zehntausend.« Damit holte sie aus der Weite ihres Dekolletés zwei unscheinbare, aber mit Goldschnitt verzierte Billetts und reichte sie Hildegard Bamm, die sie verzückt drehte und wendete.
»Es sind Karten zum Endspiel heute am späten Nachmittag.«
Die Chefsekretärin war noch immer sprachlos.
»Für dieses Endspiel hat das Fürstenhaus der Grimassi einen Pokal aus dem Privatbestand gestiftet. Nur, damit du die Dimensionen ahnst, um die es hier geht.«
Hildegard Bamm reichte Amely wortlos die Karten zurück, und diese plazierte sie sogleich wieder sorgsam an jenem sicheren Ort, wo sie sie hervorgezaubert hatte, und wo sie sicher nicht so leicht abhanden kommen würden.
»Und was denkst du, daß ich dazu anzuziehen hätte?« packte nun ehrgeizige Besorgnis die Sekretärin.
»Ach weißt du«, Amely Gütlich ließ als die Erfahrenere in Societydingen genüßlich den Kaffee wirken, »es ist ziemlich egal, irgend etwas Duftiges, Leichtes, Helles – mit den Toiletten, die die crème de la crème von Rattenburg trägt, können wir ohnehin nicht konkurrieren. Setz auf Schlichtheit und vertrau im übrigen ganz auf deine blendende Figur und dein hübsches Mittdreißiger-Gesicht! Das eierschalenfarbene Zweiteilige von Till Sander – das wird auch die crème, was sag ich: die Mousse au monde . . . ähm bezaubern.«
Hildegard Bamm widerholte nur noch einmal, gleichsam wie in

Trance, »das Eierschalen-Zweiteilige von Till Sander . . .«, ehe sie plötzlich Amely Gütlich aus heiterem Himmel, aus heller Vorfreude so fest umarmte, daß zwei kleine Mokkaspritzer einem der zahllosen Schmetterlinge auf ihrem Spätsommerkleid braune Punktaugen malten. Die Chefsekretärin ignorierte den verdutzten Blick der ›Planet‹-Kolumnistin und jubelte nur noch, während sie lerchengleich die Wendeltreppe hochschwebte, immer wieder: »Wir fahren nach Rattenburg, nach Rattenburg zum Topspin-Endspiel, zum Topspin-Endspiel . . .!«
Ein verstehendes Lächeln umspielte Amelys Mund: »Ihr Aszendent schlägt wieder voll zu . . . .«

Die beiden Freundinnen standen lange vor den beiden großen Einbauschränken aus Harzholz, das durch allerlei Einschlüsse angewehter Chemikalien und Sauren Regens eine hübsche Maserung aufwies, und Hildegard Bamm probierte ein Kleid nach dem anderen. Es verstand sich, daß sie zum Topspin-Final in Rattenburg mindestens nicht allzu underdressed erscheinen wollte.
»Vielleicht das lila Kniefreie von Jamani?« hielt sie sich ein apartes Etwas vor den gertenschlanken Körper.
»Zu gewagt, mein Kind, die Rattenburger halten dich darin für Linda Evans«, wandte Amely Gütlich ein, während sie sich eine Sumatra ansteckte. Unentschlossen goutierte die schwarzgelockte Mittdreißigerin bald dieses, bald jenes Kostüm aus ihrer reichen und geschmackvollen Garderobe, doch fehlte einmal der passende Hut oder das andere Mal das farblich genehme Schuhwerk. Um ihre Freundin ein wenig vom verständlichen Streß der Entscheidung, von der kleinen Qual der großen Wahl abzulenken, begann die Gesellschaftsreporterin von ihren letzten Arbeiten im Dienst des ›Planet‹ zu sprechen.
»Ich war viel unterwegs, du weißt, unsere Serie über übergangene Nobelpreis-Anwärter in der Literatur.«
Hildegard Bamm war in das Spiegelbild einer Spaghetti-Weste mit Federboa vertieft: »›Kandidaten, die wir hatten‹, meinst du?«
»Genau. In London interviewte ich John le Filet – und flog dann gleich nach Rom weiter, zur wirklich amüsanten Grand Old Dame der italienischen Literatur, Minima Moravia.«
Auch ein nun wirklich entzückendes Sackkleid von Ramazotti fand

keine Gnade vor Hildegard Bamms aufgeregt blitzenden Opalaugen: »Und was ist mit unserem Günter Matzerath? Sein Roman ›Die Rohrdommel‹ hätte doch wahrlich den Nobelpreis verdient.«
Amely Gütlich formte einen Kringel aus ihrer Sumatra und wollte damit wohl die nebulose Flüchtigkeit der Stockholmer Entscheidungen symbolisieren: »Tja, weißt du, manchmal habe ich den Eindruck, es ist so wie mit deinem Probieren: So viel ist schön und gut – und was man dann letztendlich nimmt, ist mehr oder weniger zufällig das sogenannte Beste . . . Zeig doch mal das Dreiteilige von Newton!«
Doch schon nach einem kurzen Blick auf den flechtengrünen Mittelstreifen in Hüfthöhe reckte Amely ihren zarten Daumen nach unten und entlockte damit Hildegard Bamm einen neuerlichen Seufzer. »Nun ja, und mit dem Ägypter, den sie ständig ins Auge fassen, aber dann doch nie prämieren, hatte ich die Serie dann fast komplett.«
»Du meinst: Abu Simmel?« gab sich die lesefreudige Chefsekretärin informiert wie immer, während sie einen lichtrosa, beinahe bonbonfarbenen Hosenanzug unschlüssig begutachtete.
»Genau, irgendeinen Südländer bekam ich auch noch in Zug vors Diktaphon. Im Moment ist mir sein Name von der Zunge gefallen, aber sein Hauptwerk heißt irgendwie ähnlich wie ›Der Name der Hose‹ . . . Ecco!: Du nimmt den Hosenanzug da!«, deutete sie plötzlich auf das Ensemble, das Hildegard Bamm eben wieder in den Schrank hängen wollte.
»Das? Glaubst du? Es ist ein Uraltmodell von Cerini. Ich hab' es mal an der Costa Blanca gekauft.«
»Egal, wie und wann: Es hat eine klassische Linie. Und dazu nimmst du einen nicht zu blassen grünen Lidschatten. Du wirst sehen, die Rattenburger Beaus werden sich nach dir die Hälse verrenken!«
Die schwarzgelockte Mittdreißigerin schüttelte abweisend den Kopf: »Ach weißt du, gute Amely – ich tausche alle Beaus gegen die einzige, wahre, tiefe Liebe . . .«
»Keinen Trauerflor, Hildegard, ja? Sieh dich um, die Welt ist schön. Wer suchet, der findet!«

Endlich saßen die beiden Freundinnen im Wagen, der sich, mühsam zunächst, seinen Weg durch die samstäglich geschäftigen Gassen der Steilheimer City bahnte. Sie hatten, Amely Gütlich im zurückhaltend knalligen Schmetterlings-Modell von Christian Dieux, Hildegard Bamm im zart bonbonrosa Cerini-Hosenanzug, das Borgward-Coupé der Gesellschaftsreporterin genommen, weil es der ›Planet‹-Kolumnistin dem Turnierflair von Rattenburg denn doch angemessener erschien als Hildegard Bamms GTI mit dem Funboard auf dem Dach.

Als sie endlich die offene Überlandstraße erreicht hatten, die Wagenuhr zeigte bereits halb drei, legte Amely ihre Lieblingscassette ein, »›Nachmittag eines Föhns‹. Dann trat sie, mit der Erfahrung und dem Können einer sozusagen Steilheimer Michèle Mouton, das Gaspedal bis zum Anschlag durch.

»Und wer ist eigentlich beim Topspin-Final am Centercourt von Rattenburg angesagt?«, mischte sich die Chefsekretärin in das leise Flöten Debussys.

»Hm, schwer zu sagen im einzelnen, nicht einmal der ›Planet‹ bekommt irgendeine Gästeliste. Nur Auserwählte haben Entree – und dann ist man entre nous.«

Ein schneller Brüter zog mit seiner beinahe neoklassizistischen Silhouette und den friedlich schwarzgefleckten Kühen davor kurzfristig die Aufmerksamkeit der beiden Freundinnen auf sich. Als er ebenso schnell, wie er wohl in seinem Inneren brütete, wieder ihren Blicken entschwand, setzte Hildegard Bamm fort: »Incognito, ergo sum, ist wohl die Devise bei diesem Turnier . . .«

»Wenn man so bekannt ist wie die Kreise dort«, gab Amely zu bedenken, »kann man es sich sparen, bekannt gemacht zu werden. Es sind die Stars aus allen Bereichen, junger Uraltadel, Diplomatie, Tycoons und Mogule . . . man muß statt Jet-set fast Concord-set sagen.«

Das Herz der Chefsekretärin zog sich unwillkürlich zusammen, und ein leichtes Flimmern ging durch seine Kammern: »Jetzt bin ich, nach dem Kaltblutderby, schon zum zweiten Mal in der besten Gesellschaft, ich, die kleine Vollwaise aus Findelsingen . . . Mir wird fast schwindlig, wenn ich an das Niveau denke, das ich durch dich erreiche.«

Amely Gütlich schaltete angesichts einer blökenden Schafherde, die die Straße noch nicht vollständig überquert hatte, einen Gang zurück. »Ach was! Die Luft ist dort nicht dünner als anderswo, sagen wir in Recklinghausen«, brachte sie eines ihrer unnachahmlichen Bonmots zur Geltung, »und Menschen, Menschen sind wir alle.«

Hildegard Bamm überdachte eine Sekunde lang die hintergründige Weisheit in dieser kurzen, aber unwiderlegbaren Sentenz Amelys. Dann nickte sie zustimmend vor sich hin und lehnte sich entspannter in die Lederschalensitze des Borgward-Coupés zurück. »Zumal angesichts der Gestirne, des Kosmos. Einen Jupiter schert nicht Rang und Namen, noch Gut und Geld«, ließ sie wie stets ihr fundiertes Wissen um die Relativität allen Seins im Kraftfeld der Planeten in den Dialog einfließen.

»Apropos: Ich habe mir erlaubt, dir das Situationshoroskop zu stellen«.

»Mein was . . .?«

»Ich habe die Konstellationen für eben diesen Nachmittag und Abend in Rattenburg bestimmt.« Sie ließ, anscheinend ungerührt, die Tachonadel des nur karosseriemäßig oldtimerisch getrimmten Wagens wieder gegen den Anschlag pendeln.

»Und? Dann erzähl doch schon! Spann mich doch nicht auf die Folter!« Hildegard Bamm wandte ihr gespannt den Kopf zu, daß die beiden alten Gablonzer Rubine an ihren Ohrclips in der Spätsommersonne aufblitzten.

»Lentamente, wie der Lateiner sagt, wenn er's eilig hat«, sagte Amely Gütlich genüßlich, »nur nicht gleich mit den Hörnern durch die Wand, mein Widderkind!«

»Jetzt sag mir doch schon, wie die Sterne für mich stehen«, bestand Hildegard Bamm ungeduldig darauf, doch die Gesellschaftsreporterin war damit beschäftigt, das Coupé haarscharf an der granitenen Stützmauer vorbeizudirigieren, an die sie durch die ungeschickte Fahrweise eines offenbar kühlwasserarmen Transporters gedrängt worden war.

»Ein Lastwagen, erfunden von James Last!« verbarg sie ihren Zorn in einem schlichten Scherz aus der Musikszene und hupte kräftig. Als das Signalhorn des Kraftwagens vielharmonisch echote, entgleisten die harten Züge in Amelys Gesicht und machten einer gütlichen Stimmung Platz. »Greif mal ins Handschuhfach, Hildegard«, beschied sie die Ungeduldige, »und lies du den Zettel ab,

der in meinem Interviewerblock steckt. Ich muß mich auf die Serpentinen konzentrieren.«
In der Tat wand sich die schmäler werdende Landstraße die Rattenburger Voralpen in einer Weise hoch, die auch St. Gotthard alle Ehre gemacht hätte.
Hildegard Bamm kramte im Handschuhfach und hatte endlich das Blatt mit den astrologischen Notizen Amelys gefunden.
»Für Hildegard, Widder, geboren 30. 3.«, konkurrierte ihre sanfte Stimme mit dem Dröhnen des Borgward. »Situation Samstag: Bleib am Ball! – Was willst du mir damit sagen?«
»Ich? Gar nichts. Hier sprechen die Sterne, objektiv, meine Liebe. Das Kürzel bedeutet: Auch wenn du irgendeinen Plan in bezug auf Beruf oder Privatleben noch nicht realisiert hast, kannst oder könntest du auf einem anderen Gebiet noch vor Wochenende zum Erfolg kommen. Aber lies weiter.«
Die Chefsekretärin suchte mit ihren grünen Halbmonden unter den nicht minder grünen Lidschatten nach der Fortsetzung, die wegen der rasanten Fahrt etwas in ihrer Hand zitterte: »Um den 25. März Geborene sollten sich am Weekend besser nicht verstekken, sie könnten sonst eine unwiderbringliche Chance verpassen!«
»Ach ja: Es fällt mir wieder ein – durch die Uranus/Venus-Konstellation geht es vor allem um Liebesdinge. Insbesondere müßten Zwilling oder Stier eine entscheidende Rolle spielen.«
Hildegard Bamm schüttelte nachdenklich den schwarzen Lockenkopf und zog ihn dann unwillkürlich ein, weil einige Zweige einer hängenden Weide das Wagendach streiften.
»Den Wald hätte das Rattenburger Organisationskomitee auch ein wenig niederbrennen können«, bemerkte Amely Gütlich spitz, »das gibt Kratzer auf den Silver Shadows der Turniergäste und damit Ärger. Nun ja: Die Analyse, wertfrei und wissenschaftlich von mir erstellt, besagt summa summarum in aller Kürze, daß du von den Gestirnen her besondere Chancen im Freizeitbereich hast, was immer das en detail bedeuten mag. Konkret gesagt: Es ist alles offen, mein Widderkind, die Sterne stehen für dich günstig!«
Leise Hoffnung zog die sanften Lippen Hildegard Bamms geringfügig in die Breite, so daß die Grübchen in den Wangen Frohsinn signalisieren konnten.
»Na also, endlich begreifst du, was uns der Kosmos flüstert«. Ein

kurzer Seitenblick veranlaßte Amely zu befriedigtem Schmunzeln.
»Nun lach schon herzhaft! Du kannst es dir wenigstens unbesorgt erlauben, während ja bei mir gleich alle Sommersprossen wie ein Moskitoschwarm zu tanzen anfangen, wenn ich losbrülle«, ermunterte sie neidisch-freundlich die Freundin.
»Sommersprossen sind keine Gesichtspunkte«, erwiderte diese tröstend.
»Im Vergleich zu den Planeten hast du recht!«

Die Straßensperre aus einem Zedernholz-Klappzaun, der den kleinen, aber feinen Weiler Rattenburg, der auf einer beherrschenden Anhöhe inmitten des sumpfigen Marschlandes lag, für die Zeit des Topspin-Turniers hermetisch absperrte, war nicht zu übersehen. Sogleich drosselte Amely Gütlich die Geschwindigkeit des altrosa Borgward-Coupés und nestelte an ihrem Dekolleté, um die beiden Goldschnitt-Einladungskarten hervorzuholen. Auch Hildegard Bamm strich sich nervös den lichten Hosenanzug glatt und überprüfte im Rückspiegel noch einmal den Sitz ihrer schwarzen Lokken, Lid- und Lippenstrich sowie das unmerkliche Rouge auf ihren heißen Wangen.
»Paß auf, jetzt halten uns ganz sicher die Bodyguards der hierorts versammelten oberen Tausend an. Man engagiert dafür immer eine eigene kalifornische Truppe, die Golden Angels. Alles ehemalige FBI oder CIA-Spezialisten. So sicher wie Rattenburg ist wohl nicht einmal Fort Knox«, lachte Amely.
»Hat man nicht schon oft versucht, mit gefälschten Karten oder so – ?«
»Logo! Aber immer natürlich vergeblich. Einmal hat es sogar einer aus unserer ›Planet‹-Reportercrew probiert.« Sie fuhr nun fast im Schritt-Tempo und hatte die Einladungen griffbereit.
»Und? Was war mit ihm?«
Amely Gütlich lachte trocken. »Sie haben ihn aus dem Rattenburger Kanalsystem gefischt. Als er den Deckel vor dem Grand Hotel gerade öffnen wollte, erwarteten ihn zwei freundliche, durchtrainierte Gorillas mit einer MP höflich im Anschlag. Dann drehte sich einer von ihnen um, und auf dem Rückenteil seiner Jacke stand in großen Lettern: Follow me.« Hildegard Bamm schien beeindruckt von der Perfektion des Sicherheitssystems. »Und als er rasch

wieder im Kanal untertauchen wollte, schwamm darin schon der Kampfschwimmer, der ihn die ganze Strecke über unter Wasser beobachtet hatte. Na ja, kein Wunder: hier sind praktisch nur Leute ab zirka 300 Millionen, Dollar, versteht sich. Und cash, claro.«

Hildegard Bamm konnte nicht umhin, noch einmal in den Spiegel zu blicken. Amely Gütlich weidete sich freundschaftlich an der Erregung der Mittdreißigerin angesichts solcher Zahlen. Sie genoß förmlich die Wirkung ihrer Inszenierung und war sich der Beeindruckung, die gerade durch das lässigste Schildern dieser Glanz- und Glamourwelt entstand, voll bewußt.

»Und woher hast du dann, ich vergaß ja ganz, dich das zu fragen, für dieses Superereignis zwei Karten?«

Amely hielt den Wagen direkt vor dem Zedernzaun an und sah sich, wohl in der Erwartung, daß nun einer der Golden Angels auf sie zugehen und den Wagen sowie die Insassinnen kontrollieren würde, um. Doch es geschah nichts. »Jedenfalls nicht von der Redaktion. Die Einladungen sind eine kleine Aufmerksamkeit des Butlers von Kassajoggi –«

» – dem Milliardär, Öl, Waffen, Finanzbeteiligungen?«

»Genau. Der Butler war mir eine kleine Aufmerksamkeit schuldig, die ich ihm wiederum einmal, aber das ist mehr privat. Jedenfalls bekam ich die Karten gestern nacht durch einen Boten.« Nun hielt auch Hildegard Bamm Ausschau nach den kontrollierenden Bodyguards. »Weißt du übrigens, daß Kassajoggi den Grundstein zu seinem heute unüberschaubaren Vermögen mit zwei kleinen, beinahe lächerlichen, aber doch global immens erfolgreichen Erfindungen gemacht hat?«

»Nein. Womit?« meldeten sich Lizenz- und Patent-Interesse in der Chefsekretärin der ›Simplex Unlimited‹.

»Du wirst lachen: Kassajoggi war der Entdecker des halb nach ihm benannten Waldlaufs. Und später erfand er die Finanzspritze, ein Instrument, das heute sogar bei uns die kleinste Gemeinde kennt.«

Eine ehrfürchtige Stille des Staunens erfüllte für eine Weile das altrosa Borgward-Coupé vor dem Klappzaun aus Zedernholz. Mehrere Minuten lang geschah nichts. Hildegard Bamm lächelte Amely irritiert zu: »Nun, wo bleiben deine Bodyguards von den Golden Angels? fragte sie.

In diesem Augenblick traten mit der sanften Ruhe kraftstrotzender Raubtiere zwei Muskelpakete, gekleidet in dunkle Anzüge in bestem englischen Tuch und um die ohnehin schon breit auslaufenden Achseln nochmals seltsam ausgebuchtet, in ihr Blickfeld. Einer der beiden Männer, er trug wie der andere die unvermeidliche dunkle Brille, ging langsam auf das offene Fenster des Wagens zu, salutierte knapp und fragte: »English? Français? Deutsch? Espagnol?
Amely Gütlich lachte ihn an und winkte mit den beiden Einladungen: »As you like it, my dear . . .«
Der Breitschultrige nahm, ohne mit der Wimper zu zucken oder einen seiner ausgeprägten Kaumuskel auch nur zu verziehen, bestimmt, aber höflich die beiden Billetts entgegen und hielt sie prüfend gegen das Licht. Offenbar suchte er ein verstecktes Zeichen im Büttenpapier, das eine Fälschung unmöglich machen sollte. Dann verglich er die eingestanzte Seriennummer gelassen mit einer Liste. »Ihren Passport, bitte, Frau Gütlich«, wandte er sich sodann in bestem Hannoveranerdeutsch an die verdutzte Gesellschaftskolumnistin. Als er ihn aufmerksam studiert hatte, blickte er Hildegard Bamm scharf, aber nicht aufdringlich ins Gesicht. »Und sie, Madame?«
»Hildegard Bamm, ›Simplex Unlimited‹. Benötigen Sie auch meinen Ausweis?«
Seine mausgrau-stahlharten Augen, die hinter den dunklen Brillengläsern nur zu erahnen waren, wichen keinen Millimeter von Hildegard Bamms moosgrünweichen, und nach langen, langen Sekunden beschied er knapp: »›Simplex Unlimited‹ – o. k. Passieren Sie bitte. Ich wünsche einen guten Aufenthalt.«
Amely Gütlich startete den Wagen, und auf ein Kopfnicken des einen räumte der andere den schweren Zedernholzzaun zur Seite. Als sie bereits anfuhren, flüsterte die ›Planet‹-Reporterin nach einem Blick in den Rückspiegel: »Sie haben meine Nummer notiert. So besorgt war noch niemand um unsere Sicherheit, was?«
Hildegard Bamm schien noch immer verwirrt von den Regeln der großen Welt, die sie hier zum ersten Mal erlebte und die sie bisher nur für die Erfindung irgendwelcher Filmautoren und Sensationsreporter gehalten hatte. »Ach, wenn sie doch auch die innere Sicherheit, die Gewißheit des Herzens so garantieren könnten«,

seufzte ihr Sinn fürs Praktische tief. Doch derlei Überlegungen anzuhängen, blieb keine Zeit, denn Amely steuerte den Oldtimer zielsicher durch die engen, alten Gassen der einst wohl romantischen Kleinstadt, die nun zum Schauplatz eines Jet-set-Ereignisses geworden war.
Als sie endlich die zierlichen, goldenen Wegweiser entdeckt hatten die zum Gästeparkplatz führten, begann die kleine Glocke des Weilers wie von Geisterhand ein nicht unfestliches Geläut.
Langsam rollte der alte Borgward auf einen alten, offenen Platz, der über und über mit den wunderbarsten Autos dieser Erde verstellt war. Um einen kleinen, gotischen Brunnen, dessen Christophorus gerade noch die feinen Blechdächer der geparkten Limousinen überragte, hatten sich Lamborghinis, Maseratis und wohl an die sechzig Rolls Royce gedrängt, jeder bewacht von einem adrett livrierten jungen Mann, der den altrosa Oldtimer Amely Gütlichs gnädig zu übersehen schien.
»Siehst du die Standarten an den Wagen?« fragte die ›Planet‹-Reporterin, die ein waches Auge für derlei Kleinigkeiten hatte.
»Bisher habe ich nur die Standarte von Liechtenstein gesehen«, gab die Chefsekretärin zurück.
In diesem Moment setzte dezente Lautsprechermusik ein und gab den Schlußgesang aus Beethovens Neunter zum besten. »Freude, schöner Götterfunken«, summte Amely mit. »Wahrhaft angemessen für die Pracht, die hier versammelt ist. Aber noch lieber wäre mir, ich fänd' endlich einen Parkplatz. Ist ja schlimmer als in der Innenstadt von Baden-Baden«, fügte sie hinzu. Als hätte er sie gehört, trat in diesem Moment ein baumlanger Neger in Frack und Schärpe sowie weißen Handschuhen an den Wagen und bedeutete Amely Gütlich nicht ohne Würde, ihren Borgward ins hinterste, enge Eck des Platzes zu zwängen.
»Beste englische Butlerschule«, bemerkte die Reporterin, »er hat ein Gespür für Relationen: Die Wagen der Fürstenhäuser von Monaco, Saudi-Arabien und Orsini haben ihren Platz in der ersten Reihe.« Doch sie folgte letztendlich den noblen Winken des Schwarzen und stellte das Coupé neben einem elfenbeinfarbenen, umgebauten und gepanzerten Bentley mit dem Abudabischem Kennzeichen ABU 17 ab. Als sie dem freundlichen Parkplatzanweiser einen Hundertmarkschein für seine Bemühungen geben

wollte, schnellte die rechte Augenbraue des Befrackten bloß unmerklich in die Höhe. Der Behandschuhte blickte an ihr vorbei, verbeugte sich unmerklich und drehte ihr sodann, ohne natürlich das Geld auch nur eines Blickes zu würdigen, den breiten Rücken zu.

»Mit einer goldenen Tabatière für zweimal Winken kann ich natürlich nicht dienen«, schickte ihm Amely Gütlich nicht unfreundlich nach. Dann zeigte sie auf den elfenbeinfarbenen Bentley, in dessen Fond weinrote Plüschsitze aufs angenehmste mit einer Mahagonitäfelung kontrastierten und eine umfangreiche Telefonanlage mit goldenen Hörern glänzte. Hildegard Bamm war hingerissen von der soliden Arbeit.

»ABU 17 . . . warte mal . . .«, überlegte die Gesellschaftsreporterin, »das ist, glaube ich, der Finanzminister. Wenn ich nicht irre, nennt man ihn – übersetzt – Minister ohne Portemonnaie. Er ist einer der ärmsten im Ölfürstentum, Pardon: Scheichtum.« Die Kirchenglocke und die Ode, die aus unsichtbaren Lautsprechern erklungen war, waren verstummt. »Andiamo, meine Liebe. Die Finalisten werden sich wohl schon an der großen Pinnwand einschlagen. Ein Zuspätkommen wäre hier unverzeihlich. Es sind nur ein paar Schritte zum Centercourt, da lang.«

Amely Gütlich hakte sich mit diesen Worten bei Hildegard Bamm ein und unter.

Als sich die schmale romanische Straße vor den beiden Freundinnen öffnete, bot sich ihren schönen Augen ein prächtiges Schauspiel: Die hochstufige Treppe hatte abwärts geführt, und unter ihnen lag eine Art kleines Stadion für vielleicht 2000 Auserwählte. In der Mitte des Ovals erstreckten sich drei Tennisfelder, wovon die beiden äußeren eben zum Einschlagen benutzt wurden.

»Rechts, der kleine Blonde, Sympathische, ist der Exprofi Borg«, erläuterte Amely Gütlich fachkundig, »er stammt übrigens aus einer nicht unbekannten Arztfamilie aus der Nähe von Stuttgart.« Zwei goldbedreßte Hostessen bewegten sich gemessenen Schrittes auf die beiden Freundinnen zu. »Und der am linken Feld?«, richtete Hildegard Bamm ihre und Amelys Aufmerksamkeit auf einen großgewachsenen, schwarzgelockten Muskulösen, der eine Handvoll Bälle wie eine Maschine, gleichsam serienweise genau in die gegenüberliegende Ecke jagte.

»Jonny Corners, siebenunddreißig. Er war bis vor drei Jahren der wahrscheinlich weltbeste Tenniscrack, jetzt betreut er nur noch seine Trainingscamps für Millionäre von Martinique bis Hammerfest. So hält er sich fit.« Nun erst wurde der Chefsekretärin bewußt, daß der Platzlautsprecher schon die ganze Zeit über Begrüßungen, Anweisungen und Hinweise in praktisch allen gängigen Weltsprachen gegeben hatte. Die Sprachenfolge erinnerte sie ein wenig an die Weihnachts- und Neujahrs- oder Osteransprache vor dem Petersdom. Doch die ›Planet‹-Reporterin riß sie aus derlei abschweifenden Gedanken: »Corners soll übrigens auch eine Suite in Kalkar besitzen«, erwähnte sie beiläufig.
»In Kalkar? Bei uns um die Ecke?«
»Hat mir der Kollege vom Sportteil erzählt. Er hat ihn dort mal interviewt. Ist wohl mehr eine Geldanlage, eine Absteige, wenn er zufällig in der Gegend ist.«
Die Chefsekretärin konnte nicht umhin, ihren grünen Blick noch eine Sekunde auf den geschmeidigen Bewegungen des durchtrainierten Cracks, dieses Jonny Corners, ruhen zu lassen. Irgend etwas faszinierte sie an diesen raubtierschönen Muskelspielen, und inmitten des Lautsprechertrubels entfuhr ihr ein verträumtes »Er hat kein Gramm zuviel, aber auch kein Gramm zuwenig . . .«
»Was meinst du?«
Amely Gütlich glaubte sich angesprochen, doch Hildegard Bamm winkte nur ertappt ab. Gleichsam zum Glück, sonst wäre sie noch errötet, hatten nun die beiden goldbedreßten Platzanweiserinnen die beiden Freundinnen erreicht und nahmen sie in ihre Mitte, um sie an die vorgeschriebenen Plätze zu geleiten. Während sie, derart eskortiert, den Sitzplätzen in der Mitte des Ovals zustrebten, fragte Hildegard Bamm: »Über wen ist eigentlich dieser Corners ins Finale gekommen?«
»Soviel ich in Erfahrung bringen konnte, es sind hier ja keine Medienleute zugelassen, über einen weithin unbekannten jungen Ungarn, einen gewissen Istvan Hendl. Er soll sich tapfer gewehrt haben, obwohl er aus dem Ostblock kommt.«
Eine festliche Fanfare, ein traditionell wohlklingendes Kleinkunstwerk von Stockhausen, hüllte den Centercourt in wohlige As-Dur-Akkorde. »Und – wird er auch das Finale schaffen?«, die Mittdreißigerin ließ nun nicht mehr puncto Corners los.

»Schwer zu sagen, auch im Tennis ist der Ball rund, und alles ist möglich. Es hängt exakt von der Tagesverfassung ab«, war Amely Gütlichs prazise Antwort.

Der Weg der beiden Freundinnen zu ihren Plätzen in der zweiten Netzreihe beim Rattenburger Topspin-Finale war ein langer: Nobel aufgescheucht von den vorangehenden goldbedreßten Hostessen, erhoben sich Reihe um Reihe distinguierte Damen und Herren, einige wenige indigniert, die meisten jedoch höflich und gewissermaßen desinteressiert. Das permanente »Thank you for passing«, das Hildegard Bamm als kleine Dankadresse bevorzugte und in dem sich die perfekte Fremdsprachensekretärin in der Chefsekretärin zeigte, oder Amely Gütlichs eher burschikoses »Man dankt« wurde Sitz für Sitzgruppe mit einem babylonischen Sprachengewirr beantwortet. Amely hörte bei der vierzehnten Sprache zu zählen auf und meinte: »Hm, so stell' ich mir die UNO vor, an der Bar der Generalversammlung.«
»Mit dem kleinen Unterschied, daß die UNO ein ganzes Stück ärmer sein dürfte«, antwortete Hildegard Bamm mit einem Seitenblick auf die gewissermaßen in der Summe zentnerschweren Colliers und Ringe, Armreifen und Ketten, Krawattennadeln und Manschetten, die auf diesen Rängen trotz allgemein leichter Sommerbekleidung – vom Feinsten, versteht sich – unauffällig an Fingern und Ohren steckten und von gereckten Hälsen oder Brüsten baumelten. »Kennst du hier eigentlich jemanden?« Hildegard Bamm beugte sich zu Amely Gütlich.
»Außer Cecile de Mille, dem Filmmillionär, wie der Name schon sagt, niemanden. Natürlich Lady Di und Prinz Charles – aber wer kennt die nicht! Nein: Diese Leute hier sind für den ›Planet‹ nicht interessant, weil sie kaum in der Öffentlichkeit auftreten. Was sollte eine Illustrierte mit Köpfen, deren Gesichter niemand kennt?«
Vornehm zaghaft begann in den hintersten Reihen Applaus, wohl eine Art Zeichen für Ungeduld seitens irgendwelcher Neureichen. Als sich in den ersten Reihen daraufhin einige wenige ergraute Köpfe nach hinten wandten, verstummte der Beifall auf der Stelle. »Hier fällt niemand aus dem Rahmen«, kommentierte Amely Gütlich. »Es gilt: Wer aus dem Rahmen fällt, war vorher nicht im

Bilde. Und wer über die ungeschriebenen Gesetze des Rattenburger Turniers nicht im Bilde ist, wird nie wieder in seinem Leben eingeladen. Du kannst sagen, es ist so wie auf dem Rotkreuzball in Monaco«, schloß sie ihren kleinen Topspin-Knigge, für den ihr die Chefsekretärin insgeheim dankbar war.
Die beiden Finalisten hatten nun ihre Einschlag- und Lockerungsübungen beendet, gingen jeder zu ihrer Bank und überprüften ein letztes Mal die Bespannungen oder wischten die ersten Perlen ihres kostbaren Athletenschweißes in Handtücher, die das Rattenburger Stadtwappen, eine schwarzweiße Maus, die ihren Schwanz um eine Festung windet, geschmackvoll verzierte.
In diesen Minuten spannungsgeladenen Schweigens all der bestens Situierten hatten auch Hildegard Bamm und Amely Gütlich die beiden einzigen noch freien Plätze erreicht, die sie sogleich einnahmen. Sie fanden kaum Zeit, den beiden älteren Herren zurückzunicken, die sich auf ihr Eintreffen hin links und rechts aus Altersgründen ein wenig mühsam, aber doch bemüht erhoben hatten, denn schon betraten die beiden Finalisten, aufgerufen vom Platzlautsprecher als »Hektor Fred Borg und John Fitzgerald Corners«, den tiefgrünen Rasen des Centercourts. Freundlichlässiger Beifall, der sich alsbald zu einem satten Vorschuß erweiterte, begrüßte die beiden Cracks. Als der Beifall verebbte, kehrte allgemeine Atemlosigkeit über ganz Rattenburg ein. Das Spiel der Spiele begann.
»Aufschlag Borg!« ertönte last not least nach einer langen Reihe fremdsprachiger Ansagen das Signal zum Matchbeginn auf deutsch aus dem Lautsprecher, mit dem die Entscheidungen des Unparteiischen »Er heißt übrigens Axel Jumper«, erläuterte Amely Gütlich, übertragen wurden. Der kleine, drahtige, semmelblonde Borg, der weißblaue Sehnenschützer trug und in fast knielangen Shorts angetreten war, holte geduckt Luft und sodann urplötzlich mit seiner linken Schlägerhand, denn er war Linkshändler, mit einer solchen Kraft aus, daß Hildegard Bamm ein schreckhaftes, halblautes »Oh!« entfuhr. Unbewußt galt diese ihre Sorge um die Wucht des ersten Balles Jonny Corners, und obschon sie wußte, daß er sie nicht hören konnte, und wenn, als irgendeine unbekannte Zuschauerin natürlich ignorieren würde, federte sie unwillkürlich mit, als Borgs hoch aufgeworfener Ball von der Bespan-

nung seines Aluminiumrackets dumpftönig getroffen und Richtung gegnerisches Feld gleichsam geschoßartig abzischte.
Corners hatte bis dahin absolut ruhig in der Mitte seines Feldes verharrt und war erst, als er Richtung und Aufschlagsgeschwindigkeit mit dem jahrelang trainierten Instinkt eines Vollprofis abschätzen konnte, windhundartig elegant in die von ihm aus linke Ecke des Hildegard Bamm plötzlich gnadenlos groß erscheinenden Feldes gespurtet. Aufbrausender Beifall beschied unerbittlich, daß alles Daumendrücken und mentales Mitgehen der Mittdreißigerin nichts geholfen hatten: »Fifteen Love«, stellte der Schiedsrichter lakonisch fest – doch in den sensiblen Ohren der Chefsekretärin klang es wie Hohn.
Amely Gütlich riß sie aus dem Anflug von Depression, der ihre für Corners bebende Brust zu schnüren begann: »Man hat den Rasen extra aus Amerika importiert und am Rattenburger Centercourt implantiert«, sagte sie absolut unparteiisch, wie sie es beim ›Planet‹ gelernt hatte, »man nennt den Herkunftsort der Rasenziegel nicht umsonst Flushing Meadows, auf diesem Gras flutschen die Bälle fast doppelt so schnell wie in Wimbledon.«
Ein neuerlicher Aufschlag Borgs, den Corners elegant angeschnitten zurückbrachte, leitete ein kraftvolles Grundlinienspiel mit zahlreichen Doppelhandreturns ein, die selbst von diesem emotionsgedämpften Publikum immer wieder mit bewundernden Ahhhs oder auch Ohhhs belohnt wurden.
Hildegard Bamm war so fasziniert vom stiernackig markigen und kraftvoll schnellen Spiel Jonny Corners, dessen blütenweißes Krokodil-Trikot bereits feine Spuren von Transpiration zeigten, daß sie nicht bemerkte, daß sie der wohl schon 70jährige Mann neben ihr gutmütig-verstohlen musterte. Sie gewahrte es erst in dem Augenblick, da er sanft ihren Arm berührte und ihr zuzwinkernd das onyxgerahmte Kleinfernglas anbot, das er selbst die ganze Zeit über an den wasserblauen Augen gehabt hatte. Jetzt erst stach ihr der kinderfaustgroße Diamant in die Augen, der den Seidenturban auf dem Kopf des dunkelbraun gebrannten älteren Herrn zusammenhielt, und gerüht nahm sie mit einem koketten Nicken, das dem Unbekannten sicherlich Freude bereitete, das Glas an. Doch als sie es scharf eingestellt hatte, konnte sie darin nur noch sehen, daß Jonny Corners mit bitterer Miene und trüben Schweißperlen

darauf vom Platz ging, seiner Bank zu. Er hatte den ersten Satz gegen diesen Borg glatt mit 6 zu 3 verloren.
Das große Finale des Topspin-Turniers in Rattenburg nahm einen dramatischen Verlauf: Hatte der kleine, semmelblonde Borg den ersten Satz »Mit Fortune und durch viel Pech meines Corners«, wie sich Hildegard Bamm in eine objektiver klingende Beurteilung des Beginns durch Amely Gütlich einmischte, hatte eben dieser schmale, aber nicht unzähe und vor allem wieselflinke Grundlinienartist den kräftigen Corners ausgespielt, so drehte dieser im zweiten Satz den Spieß und kämpfte seinen Gegner mit Bärenkräften nieder.
»Ich muß zugeben«, gab Amely Gütlich zu, die es sichtlich reizte, ihre Freundin, die sie mit jeder Faser ihres sportlichen Körpers im Lager Jonny Corners wußte, zu reizen, »ich muß also zugeben, daß der große Schwarze«, und damit meinte sie den Gewinner des zweiten Satzes, »zwar etwas grob, aber immerhin erfolgreich spielt. Seine Rückhand ist gut, sein Passierschlag passabel und sein Netzspiel Spitze.«
Hildegard Bamm, die die Erfrischungspause vor dem dritten Satz – in Rattenburg spielte man traditionell auf zwei Gewinnsätze – zur Auffrischung ihres Moosgrün auf den Lidern nützte, war fast ein wenig erzürnt über Amelys Bemerkung: »Er ist in allem top«, beharrte sie mit einer großen Sicherheit auf ihrer Sympathie für Corners. Amely war es im Grunde egal, wer gewinnen würde, sie war an gutem Sport interessiert, an sonst nichts – hier wie anderswo. Sie lehnte sich wieder in den plüschbezogenen Regiesessel zurück, der am Rattenburger Centercourt Standard war und ihr buntes Schmetterlingskleid besonders gut in seiner Farbigkeit zur Geltung brachte. Sie sah sich um.
»Und du hast tatsächlich niemanden entdeckt, den du näher kennst?«, wunderte sich die Chefsekretärin, als der Platzsprecher bereits zum dritten und alles entscheidenen Satz aufrief.
»Praktisch niemanden. Andererseits liest ja hier auch niemand den ›Planet‹, also auch meine Kolumnen nicht. In Dallas oder Denver würde man mich eher kennen als in Rattenburg«, fügte sie keineswegs enttäuscht hinzu. »Ich schätze, daß auch Lady Di dort drüben noch nie den ›Planet‹ in der Hand hatte – obwohl wir oft seitenlang über sie berichten. Nein, diese wirklich Mächtigen lesen

höchstens Kontoauszüge oder Börsenberichte, und in ihren Bibliotheken stehen vermutlich nur Sammelbände mit Aktien . . .«
Hildegard Bamm überhörte den letzten Satz beinahe, denn sie war wieder völlig Auge für die beiden Finalisten, die eben, nun schon leidenschaftlich beklatscht, den Rasen betraten. »Ist er nicht irgendwie himmlisch?«, suchte die schwarzgelockte Mittdreißigerin beim Anblick Corners Bestätigung durch Amely, »sein lendenweicher Gang, seine Schultern – als wäre er eine Schöpfung von Praxiteles!« steigerte sich die Chefsekretärin ins leicht Euphorische.
»Dann wäre er heute wohl kaum im Finale«, entgegnete ihr Amely reporterhaft trocken und realistisch: »Keines der Mannsbilder von Praxiteles hat heute mehr zwei Arme. Vermutlich haben sie zuviel im Athener Schwefelsmog trainiert.«
Doch diese zwar nicht ganz von der Hand zu weisende, jedoch reichlich bissige und von einer gewissen ironischen Simplizität getragene Bemerkung ging durch Hildegard Bamms Ohren hindurch wie der Altweibersommerwind, der etwas stärker aufkam. Denn sie holte mit Jonny Corners aus, der Aufschlag hatte. »Treib ihn vom Platz, mein kleiner Schwarzenegger des Tennis«, vertraute sie dem Wind an.
»Four to four for . . . excuse me: only four to four.« Die Nerven spielten auch dem Unparteiischen Axel Jumper einen Streich, als Jonny Corners im letzten Satz des Topspin-Finals von Rattenburg den vielbejubelten Einstand hergestellt hatte.
»Hast du gesehen, wie er nach dem schier unerreichbar wirkenden Passierball hechtete und ihn, war es Vor- oder Backhand? mit der Schlägerkante zum Netzroller adelte?!« ereiferte sich Hildegard Bamm gegenüber ihrer nur kühl lächelnden Freundin Amely Gütlich. »Zwei Punkte noch, Jonny, mon Dieux, dann hat dein Tennisarm Ruhe!« Sie konnte sich, längst auch im ebenholzschwarzen Lockenrahmen ebenso rosa wie ihr bonbonfarbener Hosenanzug von Cerini, noch immer nicht beruhigen.
»Jetzt fehlt nur noch, daß du sagst: Einmal einem solchen Mann wie ihm begegnen – das muß der Himmel auf Erden sein.« Die ›Planet‹-Reporterin kehrte ihr mehr ins Rationale gehendes Wassermannwesen gegen das ungestüme Widdernaturell.
»Warum nicht? Ein solcher, wie soll ich sagen: Rummenigge des

Centercourts, wäre fast eine Sünde wert«, brach es mit großem Ernst aus der Mittdreißigerin hervor, die dabei keine Bewegung des dunkelgeteinten Hünen im Krokodil-Trikot zu verfolgen vergaß. Ein As und zwei glänzend retournierte Flugbälle waren die Folge, und bald stand es »Five to four to Mister Corners.«
Nun zitterten auch den ältesten Zusehern, die doch gewiß am längsten und leichtesten die Contenance hielten, die Knie, und manche smaragd- und rubinglitzernde knöcherne Hand fuhr sich mit einem Brüsseler oder anderen Spitzentuch an die feuchte Stirn. Einzig Amely Gütlich war seltsam ruhig in allem Jubel über Corners sich nun in ein Finale brachiale steigernde Punktejagd. Irgend etwas schien sie an der emphatischen Entflammung Hildegard Bamms für diesen Jonny Corners zu beunruhigen, und wie trotzig sagte sie: »Alfons Spock ist doch auch ein Meister des Rackets – hast du mir immer gesagt.«
Die Chefsekretärin dachte angesichts eines meisterhaft gesetzten Stop-Balles von Corner nicht im Traum daran, an ihren Chef und Geliebten zu denken, denn sie rückte nur lässig ihren Hosenanzug gerade und zischte nicht unverächtlich: »Tja . . . aber was ist Squash gegen Rasentennis!«
Amely Gütlich versuchte in den folgenden Minuten noch durch einige Einwürfe Hildegard Bamms geradezu magische Fixierung auf den dunkelhaarigen Hartballartisten zu durchbrechen. Nicht einmal ihre Frage »Hast du eigentlich Salome vor unserer Abfahrt noch gefüttert?« – normalerweise eine todsichere Quelle minutenlanger Gewissensqual – konnte Hildegard Bamms Einstimmen in die Ovationen des Ovals am Rattenburger Centercourt auch nur für eine Zehntelsekunde aufhalten. Mit einem Corners-Souffle, einer schlagtechnischen Weiterentwicklung des seinerzeit weltberühmten und gefürchteten Ali-Shuffle, hatte Jonny Corners das Topspin-Turnier für sich entschieden.
»Er war heute einfach der bessere Mann«, bestätigte Hildegard ebenso kurz wie bündig die offizielle Ansage des Oberschiedsrichters Axel Jumper: »Winner of the set, winner of the game and – Winner of the Rattenburg-Topspin-Trophy: John Fitzgerald Corners!«
Wie ein Mann und eine Frau beklatschte das Publikum stehend den immer wieder abwechselnd den Centercourt aus Flushing-

Meadow-Rasen und das einfach Zirbenholzracket küssenden Meister von Rattenburg. Als der Name Hector Fred Borg fiel, ging er in den vielsprachigen Bravo-Rufen für Corners total unter, und niemand, nicht einmal er selbst, konnte zu diesem Zeitpunkt ahnen, daß der kopfhängende Abgang des schmalen Semmelblonden seinen Abgang von der Tennisbühne überhaupt bedeuten würde. Hildegard Bamm aber stand wie gefesselt in der nobel tobenden Menge, fixierte stumm einzig den Sieger und flüsterte leise: »Ihm möchte ich wirklich einmal begegnen.«
Amely Gütlich glaubte, ihren sommersprossigen Ohren nicht zu trauen: »Tja, leider, leider sind wir zum Siegesbankett nicht eingeladen!«
Als der Applaus für den Sieger im Topspin-Turnier von Rattenburg nach einer Viertelstunde ein endenwollender war und sich die weißen Smokings, Dinner-Jacketts, Stolen-Kleider und Capes – denn eine angenehm erfrischende Spätsommernacht dunkelte langsam, aber sicher herauf – langsam zerstreuten, sich dabei in zwei große Ströme von Eleganz und Würde teilend, wußten Amely Gütlich und Hildegard Bamm nicht gleich, wohin des Wegs.
»Die größere Menge wird jetzt zur Zeltstadt am Fluß unterhalb von Rattenburg wandern«. Die Planet-Kolumnistin deutete auf die Prozession von Samt und Seide, Juwelen und Diamanten, der mit Fackeln zum Bankett geleuchtet wurde. Auch das mächtige Gebimmel der Kapelle des Weilers begleitete die nobelsten der Noblen. »Und in ihrer Mitte auch der Sieger, Jonny Corners«, wie Hildegard Bamm einer trostlosen Hoffnung, den großen Schwarzen je aus der Nähe zu sehen, schmerzlich Ausdruck verlieh.
»Und die kleinere Gruppe«, brachte sie Amely wieder in realistischere Bahnen, »von Nichteingeladenen oder denjenigen, auf die einfach bereits Privatjets, Yachten oder Termine warten, lassen jetzt ihre Limousinen vorfahren. Ich fürchte fast, auch wir gehören zu dieser Unterschicht der obersten Zweitausend«, lachte sie, während sie Hildegard Bamm sanft von der Centercourt-Tribüne wegzog.
»Verschärfend kommt hinzu«, faßte nun auch wieder die Chefsekretärin beschwingten Tritt, »daß uns wahrscheinlich kein

Leibwächter oder Chauffeur deinen alten Borgward vorfahren wird. Also: Avanti!«
Sie waren bereits am Ende der schmalen Treppe zum gotischen Park-Platz angekommen, als Amely Gütlich auf Hildegard Bamms offensichtliche Entflammtheit für den Tenniscrack zurückkam: »So kenne ich dich gar nicht, Hildeli«, gab sie sich mütterlich besorgt, »so einfach und plötzlich Feuer und Flamme für einen Unbekannten. Ich muß sagen: Dir als Widderkind trau' ich ja viel zu, aber das überrascht denn doch die erfahrenste kosmische Analytikerin! Hier pfuscht Venus ein wenig in deine solide Grundkonstellation!«
Die Mittdreißigerin winkte ab, gab sich belustigt, aber in ihrem belustigten Abwinken lag doch auch der Hauch von Trauer über den Verzicht. Sie blieb stehen und drehte sich um, und da Amely Gütlich untergehakt war, mußte auch sie sich umdrehen und zurückblicken. Das milde Licht des aufgehenden Sichelmondes verlieh dem leeren Spielort noch mehr Leere – und den nun nach geleisteten Diensten schlaff gewordenen Netzen die Tristesse alles Verlassenen. Nur das halblaute Gemurmel der Abreisenden, das surrende Starten der Silver Shadows und das leise Klappen der Verschläge entriß den Centercourt Rattenburgs völliger Resignation.
In diese Stimmung entließ Hildegard Bamm einen einzigen Satz voller Wehmut, der wie ein kostbares Vermächtnis hallte, wie ein Madrigal des Augenblicks klang: »Ach, weißt du, es war nicht Jonny Corners, vielleicht nicht er persönlich sozusagen, vielmehr war es das Bild, das mich irgendwie berührte vom ersten Aufschlag an, ein Urbild im Urgrund, eine Fata-Morgana: Der starke Mann, der Sieger durch Kraft und Verstand, der gesunde Geist im gesunden Körper, den Locken umspielen . . .«
Amely Gütlich, die ein in langen ›Planet‹-Jahren untrüglich gewordenes Gefühl für Sentimentalität entwickelt hatte, wollte eben zu einem wahrhaft tröstlichen »Papperlapapp, der Weibchentraum vom starken Prinzen, der doch nach dem ersten Kuß nur zum Frosch wird!« gegen den säuselnden Abendwind setzen, als mit einem Male, nämlich gleichsam auf Hildegard Bamms Stichwort vom »gesunden Körper, den Locken umspielen«, ein voller, ja kraftvoller Bariton aus einer an sich belanglosen Backsteinnische erscholl: »Auch ich war ein Jüngling mit lockigem Haar . . .«

Es war in der Tat weder akustische Täuschung noch spätsommerabendliche Gaukelei irgendeiner Unterhaltungselektronik, es war auch nicht Zufall, daß die kraftvolle Baritonstimme just in jenem Augenblick, als Hildegard Bamm und Amely Gütlich auf dem Trampelpfad zum altrosa Borgward-Coupé eine finstere Nische passierten, »Auch ich war ein Jüngling mit lockigem Haar« intonierte. Denn mit einem Male wechselte das offenbar ausgebildete und in süßem Schmelz brillierende Organ sang- und klanglos in eine andere, nicht unbekannte und durchaus in die Stimmung passende Partie: »Ob blond, ob braun, ich liebe alle Frau'n – als Faun, als Faun . . .!«
Und noch ehe Amely Gütlich, die als Reporterin ja beinahe alles durchschaute, diese kleine Einlage mit einem entzückten »Ich hab' dich erkannt: Böse Menschen haben keine Lieder!« quittieren und zu einem vollständigen Reim hätte zurechtbiegen können, tauchte eine gesetzte, große und schläfenwärts silbergrau schimmernde Gestalt, ja Persönlichkeit aus der dunklen Nische und gab sich fröhlich zu erkennen: »Ich seh', die Damen sind noch solo – und so empfiehlt sich –«
»René Solo!« Hildegard Bamm war derart verblüfft über dieses urplötzliche Auftauchen des Ex-Baritons und Weltstars, der ihr zum Wettgewinn beim Deutschen Kaltblutdery verholfen hatte, daß sie sich für ihr spontanes Echo entschuldigen zu müssen glaubte: »Sie verzeihen doch, wenn ich Ihnen ins Wort . . . aber der Reim war so zwingend und lag so offen, daß ich nicht . . .«
»Ich bitte Sie, meine beste Hildegard! Es ist doch eine Ehre – und tief im alten Sängerherz aufrechte Freude, daß sie mich so rasch wiedererkannt haben, ja überhaupt erkannten!«
Er küßte formvollendet die schmale Rechte der Chefsekretärin, während Amely Gütlich, zwar ebenfalls über die Maßen erstaunt, aber als typischer Wassermann von Natur aus cooler, die Gelegenheit ergriff, ihren sprichwörtlichen planetarischen Charme spielen zu lassen: »Wer dich einmal kennengelernt hat, kennt dich für immer, mein guter René, und er vergißt dich auch im Dunkeln nicht!«
Nun küßte Solo, dem ein senfgelber Smoking vorzüglich stand, auch Amely, jedoch nicht zurückhaltend die Hand, sondern herzhaft die Wange. »Es ist beinahe unglaublich . . .« Er blickte nun

hinauf ins dämmerblaue Firmament und fixierte schließlich den Großen Bären, »aber langsam glaube ich, da oben sitzt irgendein guter Gott, der darüber wacht, daß wir uns wiedersehen. Und sei es an den seltsamsten Orten und zu den unerwartetsten Gelegenheiten . . .«
Langsam lösten sich, wie in einem synchronen Nicken, die Nacken aller drei vom Sternenhimmel, und Amely Gütlich setzte die nachdenkliche Note, die der Ex-Bariton und jetzige Gesangsprofessor und Prorektor der Hochschule von Hameln ins Gespräch gebracht hatte, mit einem leisen »Tja, es ist tatsächlich schwer, angesichts des Timings unserer Meetings nicht davon auszugehen, daß irgendwo ein fremdes Wesen säße, über uns wachte und unsere doch verschlungenen Wege zusammenlegte –«
»Wenigstens für kurze Zeit«, ergänzte Hildegard Bamm mit einem unhörbaren Seufzer eingedenk der Siegesparty mit Jonny Corners, zu der René Solo wohl eingeladen war.
»Die Dauer liegt in unserer Hand, meine Liebe«, widersprach ihr der große alte Mann beschwingt, »dann wollen wir doch im Zelt gleich darauf anstoßen!«
Die Chefsekretärin sah Amely an, als wollte sie der Tristesse bonjour sagen. Doch über die Lippen brachte sie einzig: »Das glaube *ich* nicht«.
»Ihr braucht noch etwas aus dem Wagen? Macht doch nichts«, bot sich René Solo als Leibwächter an.
»Nein«, mischte sich nun wieder Amely Gütlich ein, »wir sind nicht eingeladen.«
Der Ex-Bariton stutzte. Dann sagte er mit einer großen Endgültigkeit: »Das wiederum glaube *ich* nicht. Ihr habt also wirklich keine Einladung zum Bankett?« wandte sich der große alte Mann des Buffofaches an Amely Gütlich und deutete gegen die Zeltstadt am Ufer des kleinen Flusses, von der leiser Zigeunertango herüberklang; es hörte sich aus dieser Entfernungn wie Django Edwards an . . .
»Woher sollten wir eine haben?!« lauschte nun auch Hildegard Bamm sehnsüchtig der swingenden Eleganz. Dort drunten würde nun ein Mitglied des Fürstenhauses der Grimassi dem Turniersieger den großen Weißgoldpokal überreichen, dazu die Medaille mit dem eingravierten Topspin am silbernen Kreuzband – und nur für

Jonny Corners würde die Turnierhymne ›We are the Champions‹ intoniert werden.
René Solo wischte mit einer backhand-artigen Bewegung ein Stäubchen Ruß, das wohl von den Fackeln herübergetragen worden war, von seiner senfgelben Smokingjacke und lachte baritonal in den lauen Abend. Er schien von den Sehnsüchten der schwarzgelockten Mittdreißigerin im bonbonzarten Hosenanzug nichts zu ahnen und zeigte nur gutmütiges Amüsement auf seinem interessant faltigen Gesicht. »Es versteht sich, daß ihr für den heutigen Abend meine Gäste seid«, sagte er dann ebenso sanft wie sicher.
Die Chefsekretärin und die ›Planet‹-Kolumnistin blickten zuerst sich, dann den Ex-Bariton ungläubig an, was diesen zu einem neuerlichen »Was ich sage, gilt!« veranlaßte.
»Aber ich bitte dich, René«, warf in diesem Augenblick die in jedem Augenblick etikette-bewußte Gesellschaftsreporterin ein, »wir möchten dich in keiner Weise in Verlegenheit bringen. Ich weiß doch, wie heikel man mit den Tischkarten umgeht, wie sehr man mit den Banketteinladungen geizt . . .«
»Und ich muß dich bitten, in dieser Frage eine Generalpause einzuhalten: Ich bin zwar selbst nur ein kleiner Gast in dieser großen Welt, aber ich gehe davon aus, daß man die Stimme eines René Solo doch hört.«
Nun kam mit einem Male auch wieder zuckendes Leben in die abendroten Lippen Hildegard Bamms: »Sie meinen wirklich, daß wir nicht aufdringlich erscheinen, wenn wir –?«
Die beiden weit ausgebreiteten Arme Solos beschieden sie stürmisch: »Bedenken Sie, meine liebste Hildegard, wir sind hier nicht bei Mister und Missis Neureich. Hier bürgt der Name des Eingeladenen auch für den Ruf der Begleitung. Ich bin Tischgast von Bill Archos, dem griechisch-stämmigen Tankerkönig – zusammen mit Sir Bing, dem früheren Ersten Triangelisten der New Yorker Met, den du wohl kennst, Amely.«
Diese nickte, aber es war doch eine gewisse Unentschlossenheit in diesem Nicken, das ihren Blick auf das Dieux-Modell ihres Schmetterlingskleides richtete – und in dem sie sich plötzlich schrecklich underdressed vorkam. »Nun gut, wenn du meinst, dann müssen wir uns wohl fügen. Aber unsere einfachen Toiletten? Hältst du sie für soiree-aktzeptabel?«

»Amely tacet!« schlug sich altphilologische Bildung in der Musikersprache des Ex-Baritons nieder, was soviel hieß, wie:
Gütlich habe Pause, so wie etwa die Tuba beim Pianissimo der Streicher schweigt . . .

Hinter René Solo, dem ranken 64iger mit den silbernen Schläfen, betraten Amely Gütlich und Hildegard Bamm das riesige Zelt unterhalb von Rattenburg, in dem das Festbankett des Topspin-Finales zelebriert wurde. Das fast gleichzeitige, stereoide »Superb . . . Wundervoll . . .« aus den Kehlen der beiden Freundinnen angesichts des gediegenen Luxus und der geschmackvollen Pracht im Festzelt schluckten die dicken Berber und Perser, mit denen der Ballsaal, denn nur so konnte man den Raum bezeichnen, ausgelegt war. »Knitterfreies, doppelt gewalktes Lodenleinen aus dem Ausseerland«, Amely Gütlichs Kennerblick erkannte sogleich das baldachinartig geraffte Material des Zeltes.
In diesem Moment setzten die dunkelhäutigen Geiger der kleinen Kapelle aufs neue zu einer wohligweichen Melodie an, und die Chefsekretärin, die befangenen Schritts hinter dem Ex-Bariton durch die damastbedeckten Tischreihen auf den befrackten Saalvater zustöckelte, konnte nicht umhin, der Gesellschaftsreporterin ein verzücktes »Wüßte man nicht, daß man in Rattenburg ist, könnte man das alles für Semiramis halten«, über das hochgehaltene Tablett eines Kellners, der Magnumflaschen von Taittinger Brut jonglierte, zuzuwerfen.
Der – kurz gesagt – nicht sonderlich sympathische Zeremonienmeister im Schwalbenschwanz hatte ein melancholisch-herablassendes Ohr für René Solos knappes »Wir gehören zur Begleitung von Mr. und Mrs. Bill Archos.«
Mit einem nasal aufgesetzten Lächeln, das die Routine eines ehemaligen Piccolos aus dem Pariser Ritz nur zu deutlich verriet, winkte er einen schlanken Commis heran und bedeutete den dreien, diesem zu folgen.
Während René Solo, vielsprachig, wie er als ehemals vielgereister Bariton nun einmal war, auf dem Weg zum Tisch bald diese, bald jene Gruppe mit einem »Bon soir! . . . Nice to see you! Buona sera!«, mit einem »Buenas Noches!« oder schlicht mit »Charascho Towarischtschi« begrüßte, hatten die beiden Freundinnen, die

praktisch niemanden aus dieser Gesellschaft der Superprominenz kannten, Augen für die wunderbaren Orchideen- und Vergißmeinnicht Gestecke auf den kleinen Sechsertafeln, die von silbernen Kerzenleuchtern – aus Rücksicht auf die arabischen Gäste hatten sie sechs Arme – mild beleuchtet wurden.
Endlich hatte die kleine Gruppe einen etwas kleineren Tisch mit fünf Gedecken erreicht, und der Commis, der Amely kurzfristig an den braungebrannten Steward irgendeiner Fernsehserie erinnerte, rückte den beiden Damen die Stühle zurecht.
»Aber, ist das auch wirklich der Tisch von Bill Archos?«, wandte sich René Solo erstaunt an den Burschen, »die Tafel ist doch gänzlich leer?!«
Mit der Grandezza eines mittelmäßigen Seriendarstellers zeigte der Unter-Ober auf ein blaues Kuvert, das auf einem der Lilienthal-Gedecke lag. Der Opersänger öffnete es und las: »Notice for René . . .«
»Ist etwas passiert?«, fragte Hildegard Bamm, als sie Solos Stirnrunzeln bemerkte.
»›Wir sind zu Schiff nach Engeland, sorry‹ – schreibt er. Das ist typisch Archos, immer seine Schiffe im Sinn«, erklärte der Ex-Tenor, »und Sir Bing ist natürlich wahrscheinlich den ganzen Abend lang an der Champagnertheke und Austernbar im Nebenzelt«, meinte er lachend.
»Für mich ist es trotzdem schon jetzt der wunderbarste Abend seit Dagelfaust.« Hildegard Bamm gab sich fasziniert vom Milieu. Doch in Wahrheit waren alle ihre jungmädchenhaften Sinne einzig und allein auf das gerichtet und erregt gespannt, was sie an der gegenüberliegenden Zeltwand erblickt hatte . . .

Mit der Geschwindigkeit, die manchem Stürmer der Nationalmannschaft zur Ehre gereicht hätte, wurde ihnen eine Flasche Champagner zum Apero serviert.
»Hm, Kruger Brut, Alte Reserve von 27«, erläuterte der Ex-Bariton hochachtungsvoll. »Auf unser Wiedersehen, nun denn: Adieu, du uralter perlender Schüttelwein!«, brach er in einen nicht scherzlos rezitativischen Toast aus.
Kaum hatten sie die kleinbauchige Flasche geleert, kamen auch schon kleine Häppchen getrüffelter Austernpilze, Butterröllchen

und Pumpernickel-Stückchen mit einer Farce von Fois gras an den Tisch, der nun nie Archos und seine Gattin sehen würde, dafür aber drei andere, nicht minder sensible Herzen zu fröhlichem Bankett vereinte.
Angeregt durch die belebende Frische des Champagners, dem ein leichter, mild würziger Rotwein folgte, »Schätzungsweise ein vorzüglicher Verschnitt aus der Anjou-Traube oder auch Anchovis-Rebe, wie der Portugiese sie nennt«, langten Amely Gütlich und René Solo bei den Hors d'oeuvres gewissermaßen ungeniert zu. Während die Lippen schwiegen, flüsterten die Geigen des Rattenburger Salonorchesters besonders süß und selig.
»Aber, du ißt ja gar nicht, mein Widderkind?« bemerkte die ›Planet‹-Reporterin, als sie zur nachdenklich vor vollem Teller sitzenden Mittdreißigerin hinüberblickte. Die Gesellschaftskolumnistin des ›Planet‹ war derart überrascht und besorgt, daß sie erst jetzt dazu kam, den Bissen Farce vollständig ihrem schlanken Hals zuzuführen.
Auch René Solo ließ zwei Falten etwas oberhalb der silbrigen Augenbrauen mäandern, und seine kraftvolle Heldenbaritonhand griff nach jener der Chefsekretärin, die wie abwesend mit dem vergoldeten Buttermesser mit dem ziselierten Topspin darauf spielte.
»Ach ja, jetzt ist mir klar, woher dein kleiner Anflug von Aneurexie kommt!« Amely lächelte mit einem Mal, als sie Hildegard Bamms starren Blick an die gegenüberliegende Zeltwand gefolgt war.
»Aneurexie? Ich verstehe nicht – das heißt doch: zwanghaftes Hungern!«
Amely nahm gütlich Solos Hand von der Hildegards und zwinkerte ihm zu: »Laß sie, sie ist verschossen, verschossen wie ein Matchball«, deutete sie dezent die Richtung von Hildegard Bamms Appetitlosigkeit an.
»Pardon, aber je ne compris . . .«, die Blicke des Ex-Stars irrten zwischen Amelys Sommersprossen, Hildegards Trauermiene und dem gläserklirrend quirligen Festzelt umher.
»Dort, dort drüben . . .«, setzte nun der froschschenkelig abgewinkelte kleine Finger Gütlichs seinem Irren einen winzigen Wegweiser, »dort sitzt der heimliche Herzbube, Hildegards Schwarm

mit dem Tennisarm, na ja, kurz: Jonny Corners – in der Ecke.« Sie gab sich ganz bewußt leichtzüngig und schalkhaft, um die stille Sehnsucht der Chefsekretärin als oberflächensympathische Laune darzustellen. »Er stößt gerade mit Barbara Button an.«
»Ich sehe, ich sehe«, endlich begriff auch der väterliche Freund beinahe brüderlich, »und Sie möchten, daß er Ihnen vorgestellt wird, is'nt it so?« fragte er und zeigte Hildegard Bamm zwei porzellanweiße Zahnreihen. Die Chefsekretärin errötete wie Edelstahl unter einer heißen Esse.
»Dann essen Sie mal getrost, meine liebe Bamm, essen Sie, nichts ist leichter als das!«
Die ersten Zweiten Geigen trillerten von Moll in Dur.

Nach etwa zehn Gängen, darunter Krebsschwanzmousse, Lammnüßchen, Sorbet von Passionsfrüchten, Wachtelbrüstchen und Hirschlendchen, denen Steinbutt- und Loup-Filet vorangegangen waren, kurzum, nach all den gaumenkitzelkleinen Schlichtheiten, die nun einmal zu einer einfachen Gala gehören, war man bei einer nicht üppigen Nachspeise angelangt, die das Haus Witzigmann kreiert hatte: Sie bestand – der Name des Küchenchefs verpflichtete zu Originalität – aus einer naturgetreuen Nachbildung des Centercourts in Blätterteig und Marzipan und nannte sich Rattenburger Finale.
Die Dreierrunde am Tische des unabkömmlichen Reeders Archos verspeiste eben mit großem Elan bereits die Grundlinien, als René Solo den Sommelier zu sich winkte, kurz die Reihe der leeren Flaschen am Beistelltischchen überflog, darunter mehrere Verrenberger, Chablis und Burgunder vom besten, und sodann »Den trockensten Champagner, den sie haben. Er braucht bloß gerade noch flüssig zu sein« orderte. Dann stand er auf und eröffnete den beiden Freundinnen, während er sich das senfgelbe Dinnerjacket wieder über die nunmehr leicht konvexe Bauchbinde knöpfte, feierlich: »Ich bitte nun, wie versprochen, Ihnen, meine liebe Hildegard, zu Ehren, unseren Topspin-Akrobaten, das As der Asse, mit uns anzustoßen.«
Und ehe noch irgendeine der beiden hätte widersprechen können, war er auch schon, falstaffgleich wieselflink und doch elegant wie ein Riesenslalomartist, auf dem Weg durch die Tischreihen zur

Ehrentafel gegenüber, an der Jonny Corners noch immer mit dem Vogue-Titelgesicht und Cosmopolitan-Cover von Barbara Button zu flirten schien.
»Na?! Du lacht ja gar nicht?« Amely Gütlich beobachtete Hildegard Bamms Gesicht, das wie gebannt jedem Schritt René Solos nachzuckte. Aus diesem ihrem Gesicht schien alles Blutvoll-Beherzte zu weichen, und sogar die eben noch tief moosgrünen Lider färbten sich umgehend in lichtes Lindgrün.
»Da hast du mir was Schönes eingebrockt mit deiner Anspielung vorhin«, stammelte sie, doch in diesem Stammeln lag durchaus auch eine heimliche Prise von Erwartungsfreude, ja Vorlust auf die Begegnung mit einem offensichtlichen Könner. »Du könntest ja plötzlich aufstehen und telefonieren oder einfach Migräne vorschützen, wie man es früher in Adelskreisen getan hat, wie ich's in deinem Leihbuch ›Schatten über Herrenstein‹ irgendwo gelesen habe«, spann Amely Gütlich einen feinen Gesprächsfaden in Richtung freundschaftlicher Frozzelei. Doch es war bereits alles zu spät: René Solo war an der Ehrentafel für den Tenniscrack angelangt und von diesem offenbar wie ein alter Bekannter begrüßt worden, hatte ihn mit zwei kurzen Verbeugungen der Gesellschaft von Lady Diana und Barbara Button entbunden und stand nun mit dem Sieger des Finales am Tisch vor Amely Gütlich und Hildegard Bamm:
»May I introduce to you: winning Jonny Corners, the best entertainer in the field of field-tennis . . . otherwise in front of you: Miss Amely Gütlich, which means she is kindly – star of the Star-Magazin ›Planet‹ –« – »How du you do?« – »And Miss Hildegard Bumm, with an a directrice and stuff secretary with ›Simplex Unlimited‹.«
»Mice to need you . . . Pardon me: nice to meet you«, war das einzige, was Hildegard Bamm in diesem Augenblick über ihre scharlachroten Lippen brachte – und es kam ihr plötzlich unendlich banal vor. Jonny Corners reichte ihr wortlos, aber mit einer Verneigung, die den Sportsmann verriet, die kräftige Vorhand. Lange ließ der Druck seiner Rechten nicht nach, und seine großen, in ihrer Bläue an die Dressen der Squadra Azurri gemahnenden Augen ließen Hildegards Herz nicht entkommen.
Nach dieser kurzen und doch Hildegard Bamm zur Genüge ver-

wirrenden Begrüßung setzte sich Jonny Corners tatsächlich an den Tisch, und René Solo ließ den allertrockensten »Hyde and Seek 1910 – to your honour, Corners«, öffnen und einschenken.
Der große Schwarzgelockte genehmigte sich, nachdem man angestoßen hatte und er dabei wiederum allzu lange in das olivgrüne Augenpaar der Chefsekretärin geblickt hatte, so daß es geysirhaft warm über ihren sportlichen Rücken rieselte, mit sichtlichem Vergnügen einen so langen Zug aus der Kristallglasflöte, daß bald nur noch ein Hauch rund fünfundsiebzigjährigen Korkens vom trockenen Inhalt zeugte.
»Your break was excellent«, durchbrach Amely Gütlich, ihren Interviewblock heimlich bereits auf den Knien und dort, auf dem schmetterlingsbunten Kleid von Dieux eifrig mitstenografierend, die kurze Trinkpause und plauderte in der Folge reporterhaft munter drauflos.
»Yes . . . I tied hard«, war jedoch die einzige, wortkarge Antwort, die sie dem erfahrenen Crack fürs erste zu entlocken vermochte. Denn dieser hatte, ohne daß es einem unbefangenen Betrachter der Szene im Festzelt oder gar den neugierigen Blicken der Umsitzenden aufgefallen wäre, einzig Hildegard Bamm ins Visier seiner picassoblauen Augen gefaßt: »What a nice girl« fuhr es durch seine Großhirnrinde wie ein aus dem Winterschlaf erwachender Weberknecht, und auf ebensolchen leichten, aber zu großen Schritten fähigen Beinen näherte er sich den Details: »Her eyes, green as Tennessie, what lovely clips at her ears, what lovely lips . . .«
Die Mittdreißigerin wiederum fuhr sich ein ums andere Mal durch ihre ohnehin tadellos sitzende Lockenpracht und war fasziniert von der lässigen Männlichkeit, mit der er seinen Tennisarm auf der Lehne des freien Stuhls neben ihr ruhen ließ. »Im Schwarz seines Maßsmokings wirkt er beinahe noch kompakter als im flatternden weißen Tennistrikot, und die kantige, unverschwitzte Bräune seines spitzbübischen Pokerface kommt im Schatten seiner frischtoupierten Locken noch um vieles besser zur Geltung«, dachte sie und fügte für sich hinzu: »Er ist einfach ein Mann, ein richtiger Mann . . .«
»Ich habe, um auch das nicht vor euch geheimzuhalten«, meldete sich nun wieder René Solo zu Wort und beendete für eine kurze Weile die verdeckten Transaktionen hüben und drüben, »Mister

Corners anläßlich der Einweihung des Spielcasinos in Salzburg kennengelernt. Er war damals, eben hatte er das Endspiel im Greenpeace-Cup gegen Rod Labour gewonnen – four seven, four seven, seven eleven, wasn't it so, John? –«

» – may be, I don't remember, it was a very hot day at Kitzbühel –«

» – Nun ja: Ich sang damals in Salzburg zur Eröffnung des Casinos einige thematisch passende Literatur aus dem deutschen Liedgut, beispielsweise ›Zwing nicht das Glück, sonst zwingt es dich‹, ›Wenn der Herrgott nicht will, nützt das gar nichts‹, aber auch eher Unbekanntes wie ›Ein Chip wird kommen‹ oder ›Jeton d'Amour‹ . . . Nun ja, ein großer Erfolg eben. Und mein symbolisches Honorar waren etliche solcher Silberjetons, die ich sogleich anlegte beziehungsweise verlor. Und dabei traf ich Mr. Corners, und ich darf sagen, daß er mit der Elfenbeinkugel ebensogut umzugehen weiß wie mit dem Tennisball.«

Doch trotz der langen Rede schien der Rest der Tischgesellschaft dem Ex-Bariton nicht recht zuzuhören: Amely Gütlich spürte die Spannung zwischen Hildegard Bamm und dem Tennis-As, die Freundin wiederum jene zwischen Amely und ihr, und Jonny Corners war damit beschäftigt, all diese Spannung durch seinen elektrisierenden Habitus zu erzeugen.

Der Smalltalk hatte bereits den Boden der Magnumflasche des Hyde and Seek erreicht, als sich Hildegard Bamm, die vor Spannung cardial gewissermaßen fast durchgeschmolzen war wie die Transistoren eines der Silizium-Großmodule aus der Erfinderwerkstatt Ingenieur Benno Fausts in der ›Simplex‹, endlich dazu durchrang, Jonny Corners, von dem diese Spannung schließlich ausging, direkt anzusprechen:

»I admired your backhand«, formulierte sie in ihrem schönsten Hoch-Cockney die erste wirklich persönliche Anrede an den Topspin-Sieger.

Und sie erntete auf diese ihre zaghafte Anknüpfung an sozusagen gemeinsam Erlebtes, nämlich den Nachmittag des Sieges über Borg, zunächst nur ein herbes Lächeln, das um die schmalen Lippen des 37jährigen Ex-Profis überlegene Mitleidigkeit malte. Enttäuschung breitete sich in ihrer Brust aus, die bis zu diesem Augenblick hoffnungsschwanger unter dem Oberteil des Hosen-

anzuges von Cerini für den großen Schwarzen geschlagen und gebebt hatte. Doch dann öffnete sich der männliche Mund, ließ pulverschneeweiße Zähne blitzen und sagte: »Sie brauchen nicht englisch mit mir zu sprechen, my dear, ich kann ganz passabel deutsch.«
Die Verblüffung am Tisch war perfekt, und selbst Amely Gütlich, die von der ›Planet‹-Arbeit nun weiß Gott manche Überraschung und Wendung in Gesprächen gewohnt war, war so perplex, daß ihr der Füller, mit dem sie heimlich auf den Knien mitstenografiert hatte, entfiel und sie gerade diesen wichtigen, letzten Satz nicht im Wortlaut auf dem Notizblock hatte.
»Sie . . . sprechen Deutsch?« Hildegard Bamm faßte sich als erste.
»O ja. Die Sache ist nämlich so, daß meine Eltern urdeutsch sind. Wir stammen, was niemand weiß, aus dem Bayerischen Wald.«
»Interessant. Im Bayerischen Wald hab' ich 52 oder war es 56? mit Elisabeth Rattenburger gedreht! ›Liebe im Dreivierteltakt‹«, ließ sich René Solo vernehmen, doch Corners nahm ihn im Moment nicht wahr, sondern fuhr fort: »Tja, erst als ich sieben war, wanderten sie nach Kanada aus. Sie müssen wissen, mein Vater war Drechsler, und erst als die Zirben, sein Lieblingsholz, die ersten Anzeichen von Verfall zeigten, entschloß er sich, nach drüben zu gehen . . . Er war, glaube ich, der erste in Deutschland, der den sauren Regen ernst nahm und ahnte, was uns bevorsteht.«
Hildegard Bamm fühlte ein tief mütterliches Gefühl für den heimatlosen Jungen, der der kraftvolle Weltbürger in diesem Moment zu sein schien. »Das ist wohl auch der Grund, weshalb Sie heute noch nur mit Holzrackets spielen . . .?«
»Mit Zirbenholzschlägern, genau! Sie sind sensibel, sehr sensibel, Honey.« Die Mittdreißigerin errötete, als hätte sie ihr Chef Dr. Spock während des Diktats geküßt. »Corners heißt im übrigen eigentlich Körner, Körnerbauer. Er lachte breit, wie die Leute aus dem Bayerischen Wald, »oder vielleicht auch einfach Kornbrenner, Schnaps-Bauer! Thats it!«
Nun konnten auch Amely Gütlich und René Solo ein lange angestautes Lachen, das jedoch den vornehmen Pegel der Konversation im Festzelt keineswegs überschritt, nicht mehr zurückhalten. Und in eben jenes fröhlich befreite Lachen setzte Jonny Corners

einen Satz, der hart und berechnet wie ein Smashball am Damasttischtuch aufschlug – und zwar direkt vor Hildegard Bamm. Dieser einzige Satz lautete: »Bei Korn fällt mir ein: Hätten Sie nicht Lust, Hildegard, mit mir ins Nebenzelt zu kommen? In die Champagnerbar?«
»Ein Durchstarter«, dachte Amely Gütlich in die eingetretene Stille und sie merkte sich diesen flotten Begriff für den Fall, daß sie einmal im ›Planet‹ eine Headline für den Tennisstar brauchen würde. »Nun gut, die Jugend«, ging es durch den silbergrauen Kopf von René Solo, dem die Aussicht, mit Amely alleine einen angenehmen und gesprächsreichen Abend verbringen zu können, im Grunde seines Altherrenherzens im senfgelben Dinnerjackett nicht unangenehm war.
Während die Runde also noch schwieg und nur die Mannen um Django Edwards – oder wie immer die Salonmusiker heißen mochten – ihrem Spiel eine Wende ins Csárdáshafte gaben, hakte der große Schwarze mit den blauen Augen ein zweites Mal nach: »Ich könnte Sie dann natürlich auch nach Hause bringen, mein Auto steht hinter dem Festzelt, falls das Ihr Problem sein sollte, Hildegard.«
Die Mittdreißigerin war nicht fähig, in diesem Augenblick den Hornissenschwarm ihrer summenden Gedanken in die Waben ihres Gehirns zu bannen. »Mon Dieux, er ist im Leben so blitzschnell wie am Netz«, dachte sie, und fast ebenso schnell fiel ihr ein: »Nach Hause zu kommen, ist nicht mein Problem . . . Die Frage ist doch: Wo bin ich daheim? In mir?«
»Ich werde nämlich heute ohnehin in Kalkar übernachten«, meldete sich wieder der herbe Mund des Racketschwingers im Maßsmoking und ließ die Lider Hildegard Bamms sanft erzittern. »Ist doch um die Ecke von Steilheim, nicht? Krieg' keine Maschine mehr heute, muß über Zürich fliegen, Dienstag habe ich ein Match in London, in meinem Tenniscamp – Corners Hide Park, kennen Sie vielleicht? In Kalkar habe ich nur eine kleine Appartementflucht. Also?«
Hildegard Bamm sah etwas hilflos zu ihrer besten Freundin hinüber, doch diese entnahm ihrem gehetzten, unschlüssigen Blick keineswegs das leise »He, Amely! Was soll ich tun?! Was rätst du mir?« das er im Grunde sagen wollte.

Erst als sich die lockige Chefsekretärin nach einem mutstärkenden Schluck aus dem Champagnerkelch endlich mit den Worten »Aber was wird dann aus dir, und aus Ihnen, liebster René?« an die Gesellschaftskolumnistin im Faltenkleid von Christian Dieux wandte, reagierte diese mit einem verständnisvollen Achselzucken.

»Aber ich bitte dich! Du bist doch kein Kind mehr, mein Widderkind!« Sie ließ ihre Sommersprossen auf der Gesichtshaut Stretching üben, »René und ich werden uns sicherlich nicht langweilen – was, mein Guter?«

Solo nickte, froh, nun ganz sicher nicht alleine bleiben zu müssen. In dieses Nicken verfiel nun auch Amely und klappte den Notizblock auf ihren Knien unter dem Damasttischtuch zu. »Wirklich: Geh doch mit Mr. Corners und mach dir einen schönen Abend. Wir telefonieren morgen.«

»Wir ja vermutlich nicht«, bedauerte der Ex-Bariton nun und erhob sich, um die Chefsekretärin mit einem Handkuß zu verabschieden. Seine von all den Jahren der Stimmbildung her geschmeidigen Lippen verharrten lange auf Hildegard Bamms Handrücken, und als er sich aufrichtete, sah er ihr tief in die Augen, während er gleichzeitig mit dem Crack sprach: »Passen Sie auf auf sie, mein lieber John . . . Bringen Sie sie mir heil nach Steilheim heim.« Seine Worte hatten einen geradezu väterlichen Tenor.

Als Hildegard Bamm hinter John Corners, der sich an fast allen Tischen des Festzeltes knapp verneigte und immer wieder dezent aufbrausende Ovationen genüßlich beschwichtigte, das Freie erreicht hatte, fröstelte sie ein wenig, denn ein Wind, »Vielleicht Beaufort 4«, wie die Surferseele der Chefsekretärin taxierte, war aufgekommen und gemahnte in dieser Spätsommernacht in Rattenburg an den Herbst. Eben dieser Wind, »Südwest I«, wie sie dachte, hatte einige Wolken vor die alabasterne Sichel getrieben, so daß sie nun wie das eine Horn eines großen Widders am Himmel wirkte.

Aus dem nahen Nebenzelt mit der Champagner- und Austernbar, das durch einen roten Teppich mit dem Bankettzelt verbunden war, drangen dunkle Baßtöne irgendeiner südlichen Discoweise. Als ihr der Topspin-Sieger den Schlagarm um die Schultern legte,

wobei sie glaubte, daß es geschah, weil er ihr leichtes Frösteln bemerkt hätte, fühlte sie durch das Oberteil ihres Hosenanzugs, daß er unter den Manschetten des Smokinghemdes Gelenkwärmer trug. »Es tut gut und macht sicher, von der Rechten eines Grand-Slum-Gewinners gehalten zu werden«, ging es ihr wohlig durch die pochenden Schläfen. Eine Tamariske rauschte leise im Takt der leisen Discomusik, und ein verwirrter Vogel, der nichts von Turnieren und Banketten wußte, krächzte im gestörten Schlaf.
»Sie haben sich gar nicht von Lady Di und Barbara Button verabschiedet, John«, sagte sie laut.
Corners lachte ein J. R.-trockenes Lachen, das sie hätte warnen müssen: »Wissen Sie: Lady Di ist nicht ganz mein Typ, und Barbara, tja – sie steht doch auf zwei schönen, verdammt langen, aber eigenen Beinen, oder? Wir spielen zusammen lieber Mixed, Sie verstehen, Honey?«
Die Mittdreißigerin, fest verwurzelt im humanistischen Humus des Instituts, in dem sie aufgewachsen war, verstand nicht. Dem Naturell der Widdergeborenen war die leichtfertige Zweideutigkeit, die in Corners neuerlichem Ewing-Lachen lag, völlig fremd, so fremd, daß es ihrem gewissen Schauder bei der Berührung ihrer Schulter durch den Arm ihres Begleiters keinen Abbruch tun konnte. »Was sind Sie eigentlich für ein Sternzeichen?« wagten sich vielmehr ihre hagebuttenroten Lippen an eine wichtige und angesichts des fernen Firmaments nur zu naheliegende Frage.
»Hm . . . weiß nicht. Hab' mich nie damit befaßt. Bull, denk ich – wie sagt man: Stier.«
»Stier«, wiederholte Hildegard Bamm nachdenklich.« Ich hab' es mir fast gedacht.«
»Wieso?« Zum dritten Mal war seine Bemerkung in ein Lachen gehüllt, das eine Aura von nicht unsüffisanter Herablassung erzeugte.
»Nun, wenn Sie es wissenschaftlich wissen wollen: Der Stier packt das Glück immer mit seinen Hörnern, und er spießt die Schwierigkeiten auf, die sich ihm in den Weg stellen . . .«
»So wie heute diesen Borg, nicht wahr?« fiel ihr Corners ins Wort und schien damit noch einmal, Narziß, der er wie alle Turnierspieler war, auf den Sieger, den Champion in ihm hinweisen zu wollen.

»Ja, so kann man es wohl sagen, grob gesagt«, gab die Chefsekretärin unbewußt seiner Selbsteingenommenheit recht.
»Und wie war das mit dem Glück?«
»Ich sagte: Er packt das Glück immer mit seinen Hörnern . . .«
»So etwa?« Und mit dieser Scheinfrage, die sich augenblicklich als Fangfrage erwies, umfaßte er plötzlich Hildegard Bamms schmale Hüften mit seinen muskulösen Armen und hielt sie gut zwei Fuß hoch gegen den Himmel. Seine metallisch blauen Augen bohrten sich in das blasse Bonbonrosa ihres Hosenanzugs.
»Oh . . .! Aber John . . .!!!??«

Ein schrilles Gitarren-Riff aus einer Funknummer von Mike Riggmountain, das der Rattenburger Nachtwind aus dem Champagnerzelt herüberwehte, zersägte den roten Teppich, auf dem Jonny Corners noch immer stand und Hildegard Bamm mit tennismuskelstarkem Klammergriff gegen den Mond hielt.
»Oh?!! Jonny?! Wie können Sie nur . . .?!« stammelte Verwirrung aus der Mittdreißigerin, und doch ging ihre Brust nicht nur aus Überraschung über Corners sportlichen – oder sonstwie leidenschaftlichen – Anflug aufgeregt auf und nieder. Die Chefsekretärin spürte seine mächtigen, schwieligen und doch spielfreudigen Hände an ihren schmalen Hüften. Und der Crack, der alle Profi-Tricks kannte, spürte, daß sie sich in diesen seinen Händen arglos wiegte wie ein Zirbenholzracket.
»Honey, du hast selbst gesagt, daß ein Stier wie ich das Glück bei den Hörnern packt!« Er ließ die Steilheimerin lachend zappeln. »Und du sollst heute mein Glück sein!« fügte er hinzu – als ob nicht schon genug gesagt worden wäre. Dann stellte er sie sanft ab, und obschon nun ihre sportlichen Fesseln wieder festen Rattenburger Festwiesenboden verspürten, schwindelte ihr ein wenig. Die Turmuhr der Kapelle des Weilers schlug zehn. Der große Schwarze, der trotz der Hebenummer auch nicht das geringste Anzeichen irgendeiner Transpiration oder Kurzatmigkeit zeigte, hatte noch immer ihre Hüften in seinen fonduetellergroßen Händen.
»Sie sollten mit einem solchen Wort nicht so gelassen umgehen, Jonny«, hauchte Hildegard Bamm, fast ein wenig außer Atem trotz ihres täglichen Surf-Trockentrainings, in Corners langsam sich

dem ihren nähernden Gesicht: »Das Glück ist niemals ein Finden, sondern ein . . .«

Wie immer sie diesen Satz auch beendet hätte – sie konnte es nicht, da der Topspin-Star ihr die letzte Luft raubte, indem er seine Hände langsam, aber mit der Unaufhaltsamkeit einer Planierraupe, lendenaufwärts gleiten ließ, bis sie den Nacken der Chefsekretärin berührten. Ihre halsnächsten Locken begannen sich zitternd zu biegen, und es war eigenartigerweise »Dr. Spock . . . Alf . . .!«, der Hildegard Bamm in diesem Augenblick innerer wie äußerer Durchwühltheit einfiel.

Jonny Corners konnte von diesem Bild vergleichender Erinnerung und erinnernden Vergleichens nichts ahnen – und selbst wenn, es hätte ihn keine Sekunde aufgehalten in seinem leidenschaftlichen Vorwärtsstürmen, das dem auf den Centercourts dieser Erde nicht unähnlich war.

»Gib mir deinen Erdbeermund, Hildegard!«, drang er flüsternd in sie, und in ihren fast taumelnd tauben Ohren klang dieses »Ich bin so wild auf deinen Erdbeermund . . .!« wie ein Ersuchen, das sie schon einmal irgendwo, allerdings in einem ganz anderen Zusammenhang, gehört zu haben glaubte. Doch für derlei Archäologie in ihrem Gedächtnis war ohnehin in diesem Augenblick weder Zeit noch Kraft, noch Raum; denn obzwar die Chefsekretärin die Nähe von Corners Gesicht nicht einmal ungern spürte und sein ruhiger Atem in der kühler werdenden Nacht sich auf ihren Wangen wie ein milder Golfstrom anfühlte, war sie doch nicht der flüchtige Charakter, der in dieser Situation spontan und einfach »Ja, pflücke meine Erdbeerlippen!«, sondern höchstens »Ich bitte dich, höchstens: vielleicht – und wenn schon: dann nicht hier, wir sind doch nicht Primaner . . . komm, sei vernünftig, schöner Wilder« erwidert hätte. Aber selbst diese oder weitere Möglichkeiten einer klaren Antwort abzuwägen, aufzugreifen oder zu verwerfen, blieb keine Sekunde mehr: Mit einem reflexartigen Zucken ließ Jonny Corners Hildegard Bamms mondbeschienenen Nacken los. Gleichzeitig fiel Fackelschein auf den roten Teppich, und ein schwarzer Schatten tanzte heran . . .

Als sich dieser Schatten im näherkommenden Fackelschein auflöste, gehörte er einem kräftigen Mann im eleganten Maßanzug, der an den Achseln ausgebuchtet war und der Chefsekretärin, die

schon von Berufs wegen ein Gedächtnis von enormer Speicherkapazität hatte, irgendwie bekannt vorkam. Und als dieser muskelbepackte Mann, der selbst jetzt, knapp um Mitternacht, eine dunkle Brille trug, gänzlich aus der Deckung einer für die Flora Rattenburgs typischen Krüppelkiefer trat, war endlich auch der Hund im Licht, der die ganze Zeit über scharf gebellt hatte.
»Shut up, Ronny!« herrschte das Muskelpaket den Bluthund an, und sogleich begnügte dieser sich mit einem drohenden Knurren.
»Everything allright, Mister Corners?«
»Okay, okay, Angel«, gab das Aufschlag-As mit deutlichem Widerwillen gegen die unverhoffte und unerbetene Störung zurück.
Nun wußte auch Hildegard Bamm, die sich wie zufällig den Cerini-Hosenanzug glattgestrichen hatte, mit einem Mal, wo sie den biedermeierschrankartigen Mann schon einmal gesehen hatte: »Angel, klar! Er hat Amelys Papiere an der Zedernholz-Straßensperre kontrolliert!«
»You are shure, that I may not help you . . .?« insistierte der Bodyguard wie aus Ironie auf seinen Job.
»Thank you, definitely no . . . f- fly off«. Und zur Chefsekretärin gewandt, meinte er: »Miss Bamm glaubte nur, eine ihrer Kontaktlinsen auf diesem Teppich verloren zu haben, wasn't it?«
Der Safetyguard der Golden Angels schien von dieser plausiblen Erklärung befriedigt und verschwand in den Büschen, lautlos, wie er aus ihnen aufgetaucht war. Der – gerade in privaten Dingen öffentlichkeitsscheue – Topspin-Champion blickte unschlüssig auf seine brillantbesetzte Uhr und meinte dann zur Mittdreißigerin: »Ziemlich ungemütlich hier, was? Rattenburg gleicht heute nacht einer Mausefalle. Wollen wir wirklich noch was trinken? Es ist schon fast Mitternacht, oder darf ich dich – ähm – nach Hause bringen?«
Im matten Schein des mehr und mehr abnehmenden Mondes, der wie ein Firmenzeichen der Wight-Watchers über dem romanischen Dörfchen stand, konnte die schwarzgelockte Steilheimerin nicht sehen, daß um Jonny Corners kornblumenblaue Augen ein gefährliches Siegerlächeln flimmerte.
»Gut«, sagte sie, »wenn du mit deinem Wagen den kleinen Umweg von Kalkar nach Steilheim machst – bitte. Ich möchte

morgen surfen, wer weiß, wie lange der Spätsommerwind noch weht.«
Als synchronisierte er in dieser doch keine Antwort heischenden Stimmung Charles Bronson, antwortete ihr der Profi dunkel: »Wenn ein Stier rot sieht, ist ihm kein Umweg zu weit, der direkt ans Ziel führt . . .«

Jonny Corners Wagen, den er auf dem Weg zum gotischen Parkplatz Rattenburgs als »Mittelklassewagen, mein Dritt-Auto für Mitteleuropa«, angekündigt hatte, erwies sich als eine Luxus-Limousine, als Thunderbird mit manchen Extras. Als Hildegard Bamm es sich im fauteuilgroßen Soziussitz, überzogen mit Alpaka, bequem gemacht hatte und der Sechszylinder ruhig wie eine Friedensdemo durch das nächtliche Marschland surrte, schaltete der Tennisstar, nachdem er die Smokingjacke abgelegt hatte, die Quadrophonieanlage ein. »Meine Lieblingsmusik«, interpretierte er seine Wahl, die sich als swingende elektronische Abfolge hämmernder Cluster von Michel Sadó herausstellte.
»Ein Rhythmus wie seine Schlagfolge am Centercourt«, Hildegard Bamm lächelte dem Champion hinter dem mit Silberfäden drapierten Lenkrad zu.
Corners hatte diese unschuldige Freundlichkeit der Chefsekretärin wohl mißverstanden, denn sogleich nahm er die Rechte vom Volant und legte sie enterhakenähnlich um die rechte Schulter der Mittdreißigerin. »Bedien dich . . .«, er deutete mit seinem vorgeschobenen, energischen Kinn, denn er hatte ja keine Hand mehr frei, auf die kleine Bar, die in der breiten Mittelkonsole eingebaut war.
Hildegard Bamm öffnete den kleinen Kühlschrank, in dem kleinere Flaschen mit der Aufschrift ›Tannenhof Special for Mr. Corners‹ von Gin bis Whisky eine stark alkoholische Auswahl boten. »Ich nehm' nur noch ein Apollinair«, entschied sie sich.
»Und dann sieh bitte nach, ob im Eisfach eine kleine Silberdose steht. Die ist für mich.« Die Chefsekretärin, von der ›Simplex‹ und Dr. Spock her nicht ungeübt im Servieren, sah gründlich nach. Sie konnte im Eisfach nichts anderes als Eiswürfel entdecken. »Dieser verdammte Zwerg!«, zischte Jonny Corners in die stockdunkle Nacht.

»Was meinst du mit Zwerg . . .?«
»Ich habe meinem Freund und Assistenten Jean-Louis Zwerg kürzlich diesen Wagen geborgt, und er muß mir wieder alles gestohlen haben.«
Hildegard Bamm konnte sich nicht vorstellen, was Corners damit sagen wollte, und so nahm sie sich ein Herz und überwand die Angst, in den Augen des Cracks als Naive dazustehen: »Und was war in dieser kleinen Silberdose?«
Jonny Corners Augen froren zu ungläubigen Eiskristallen. »Wie sag ich's meinem Kinde, der Schnupftabak, den alle Spitzenspieler nehmen, du verstehst . . . ein kleines Andenken an meine Profizeit in den Staaten.«
»Ach so, davon verstehe ich nichts. Ich rauche nicht einmal.« Jungmädchenhafte Beruhigung senkte sich auf ihre grünen Lidschatten. Es war ihr dennoch gänzlich unverständlich, daß der Topspin-Gewinner zu lachen begann, zunächst langsam und leise, dann immer schneller und lauter. Diese seltsame und, wie es schien grundlose Äußerung von Heiterkeit, die sie wie das playback-eingespielte Lachen in den Unterhaltungsserien des Fernsehens oder in deutschen Kino-Lustspielen empfand, brach erst ab, als der Thunderbird langsam durch Kalkar rollte und Corners sie fragte: »Soll ich dir meine Zirbenholzschläger-Sammlung zeigen?«
Hildegard Bamm überlegte kurz, dann sagte sie ohne Hintergedanken: »Fahren wir lieber doch gleich nach Steilheim, zu mir, sonst wird es zu spät.«
Ein zufriedenes Lächeln, das Jonny Corners spitzer Zungenspitze Raum zur breitflächigen Berührung seiner schmalen Lippen gab, verlor sich irgendwo zwischen Tachometernadel und Zündschlüssel.
Mit quietschenden Reifen, als triebe ihn jetzt, nach Mitternacht, irgend etwas noch zu besonderer Eile, durchraste Jonny Corners die Haarnadelkurven zwischen Kalkar und Steilheim. Er hatte sich das Smokinghemd über der Brust geöffnet, und im fast verschwindenen Mondlicht bemerkte Hildegard Bamm vom Soziussitz erst jetzt, daß ein goldener Tennisschläger an einer Kette im schwarzen Dschungel seines roßhaarmatratzenartigen Brusthaares baumelte. »B.B.«, konnte sie auf der metallenen Bespannung entziffern, und sie dachte sofort an »Barbara Button . . .? Das langhaarige und

-beinige Topmodell, mit dem er so gerne Mixed spielt? Oder was oder wer?« Doch sie sagte nichts, sondern erfreute sich an seinem canado-bajuwarischen Profil.
Eben dieses wandte er ihr zu, setzte ein hintergründiges Schmunzeln auf, das man sowohl biedermännlich als auch werwölfisch hätte deuten können, und meinte, während er dem Ewing-Gum zwischen seinen tennistrikotweißen Zahnreihen einen Heißluftballon entlockte, sonor: »Freu' ich mich auf ein großes Bett! Die Turniersiege kosten mich doch mehr Kraft, als ich wahrhaben will. Mit zwanzig schlug ich – spielend – alle Cracks dieser Welt, und mir danach die Nacht um die Ohren. Aber mit siebenunddreißig denkt man doch schon eher an den Nachhauseweg«, schloß er mit einem Unterton, der Melancholie mitschwingen ließ.
Die Chefsekretärin gab den kleinen weißen Ball, den er ihr damit gewissermaßen zugespielt hatte, nichtsahnend zurück: »Wir sind ja bald da, Jonny, dann kannst du ausschlafen und einmal nicht nur von Pokalen träumen.«
Er ließ seinen samtblauen Blick über ihre kohlrabenschwarzen Locken gleiten: »Schlafen, schlafen. Die nächste Woche wird mörderisch: Das Match in Corners Hyde Park, dann Tennisschuh-Anprobe im New Yorker Head-Quarter, dann die Buchhaltung in meinem Outball-Camp auf Barbados . . . Der Zuschauer stellt sich ja immer nur vor, Tennisspielen machte Freude, dabei ist meine Welt ein einziges Grand Slum.«
Im großen, warmen Herzen der Steilheimerin breitete sich Mitgefühl aus wie Öl auf dem offenen Meer: »Ich kann mir ausmalen, wie dir manchmal zumute ist, mein Stier . . .«, womit sie auf das Zeichen seines tierischen Kreises anspielte.
»Und was bedeuten schon Millionen, die man ohnehin nicht genießen kann, ständig on the road, on the way!«
Wieder nickte Hildegard Bamm, und sie dachte dabei an ihre Hunderttausend aus dem Wettgewinn der Dagelfauster Rennwoche. Sie wollte dem traurigen Schwarzen eben noch mit dem zwar simplen, aber letztendlich doch unwiderlegbaren Sprichwort aus Ober-Travolta, »Geld allein ist nicht alles, John«, tröstend antworten, als der schwere Thunderbird in die Steilheimer City einbog.

»Wo wohnst du?« fragte der Topspin-Sieger und griff nach seiner Smokingjacke, aus dessen Innentasche der altsilberne Griff einer Zahnbürste lugte.
»Aurikelstieg 14, um die Ecke geradeaus«, flüsterte die Chefsekretärin, deren schlanke Beine nun doch auch schon so etwas wie Bettschwere aufwärtskriechen fühlten.
Servil gehorchte die Lenkung der Limousine dem Griff des Champions und der Sechszylinder rollte vor der himmelblauen Türe, vor der Hildegard Bamms schwarzer GTI mit weißem Funboard treuwachend parkte, langsam aus. »Und?« Jonny Corners dehnte jeden Konsonant und drehte den Zündschlüssel auf Out, als die Chefsekretärin nicht sogleich Anstalten machte, auszusteigen.
»Was und . . .?« fragte sie mit der Unschuld eines Vollwaisenkindes.
Eins gongte die Turmuhr gelassen vom Dom St. Perignon über die Altstadt Steilheims, und während dieser ihr bedeutungsschwerer Schlag verhallte, herrschte gespannte Ruhe zwischen dem schönen Paar im Thunderbird vor der himmelblauen Tür des Fachwerkhauses. Jonny Corners hatte sich die Bauchbinde gelockert, die Smokingjacke jedoch übergeworfen und schien nur noch auf ein Zeichen zum Aussteigen zu warten.
»Und? Wollen wir nicht endlich . . .?« wiederholte er durch die Frontscheibe, hinter der plötzlich die Hitze der Nacht nistete.
»Du möchtest noch mit mir? Zu mir hinein – auf eine Tasse Mokka? Ich dachte, du wärst müde, es drängt dich ins Bett?« Die Chefsekretärin hielt inne in ihrem Bestreben, die Jacke ihres bonbonblassen Hosenanzuges zu schließen.
Als müßte er einen angeschnittenen Ball berechnen, verengten sich die Augen des Cracks zu den blaustichigen eines jagenden Schakals, und, tief Luft holend, beugte er sich weit über den Volant. Dann richtete er sich wortlos auf und drehte sich zu Hildegard Bamm, die wie ein schlankes Fragezeichen das Alpaka des Soziussitzüberzugs ausfüllte. Er drehte die Cassette leiser, so daß nur noch verschwommene Akkorde zu hören waren. In dieses wie von Ferne gemurmelte Auf und Ab der Computerklänge fügte er einen weiteren Seufzer, der nahtlos in einen überfallartigen, langen Kuß auf Hildegard Bamms nicht abweisenden Nacken überging.

»John . . .«, kam es ebenso fließend wie schwankend über ihre blauburgunderroten Lippen, als sie die seinen nun auf dem Weg zur kleinen Vertiefung hinter ihrem linken Ohr fühlte.
»Hildegard, Honey«, tangierte ein fernes Echo aus Corners Kehle die Membrane eben dieses linken Ohrs, während seine Rechte im Dunkel des Wagens nach den Fingerkuppen ihres linken Mittelfingers tastete. Das Prickeln eines Kriechstroms erreichte ihr Herz und ließ es wie durch einen Gefühlsschrittmacher schneller schlagen. »Ich will heute in deinen Armen schlafen, Darling, dachtest du, daß mich Kalkar reizen könnte . . .?«
Zwar gerührt über das Vertrauen, das ihr der Tennisstar offensichtlich entgegenbrachte, indem er neben ihr, der Unbekannten, sorglos schlafen zu können glaubte, aber doch auch aufgewühlt von der Sorge um die dann gewiß entstehende ungewisse Zukunft – o ja!, sie kannte ihre unberechenbare Widder-Leidenschaft nur zu gut! –, nahm sie Corners sanft an den überbreiten Schultern und lehnte seinen Oberkörper in den Fahrersitz zurück. Mit der Zärtlichkeit einer Siamkatze flüsterte sie ihm zu: »Ich freue mich, daß du mir deine Zuneigung so offen und vorbehaltlos zeigst, aber ich habe doch Angst. Du bist ein schneller Brüter, mein Corners. Glaub mir, es ist besser für uns beide, wenn du heute nacht nach Kalkar gehst – und dort schläfst.«
Das eben noch ebenmäßige und centercourtglatte braune Gesicht des Champions wies mit einem Mal viele Furchen, Kerben und Ringe auf, und die Flügel seiner klassischen Nase peitschten die dicke Luft im Thunderbird. Der große Schwarze schien ihr etwas entgegnen zu wollen, doch Hildegard Bamm legte ihre Sekretärinnenhand stenoflink so sanft auf seinen Mund, daß er nichts anderes als vor sich hinschweigen konnte.
»Ich gehe jetzt«, sagte sie abschiedsschwer, und diese Schwere kam aus lastenden Dankesgefühlen für diesen einen, wunderbaren und eindrucksvollen Nachmittag und Abend. »Ich gehe jetzt in meine Welt, und du fährst in deine. Vielleicht kreuzen sich unsere Wege irgendwann und irgendwo noch einmal, wie einer deiner herrlichen Crossbälle.«
Corners Hände packten smashhaft das große Lenkrad und schienen es schier ausreißen zu wollen. Doch Hildegard Bamm verstand dies in der Weisheit ihrer Mittdreißigerseele nur als Spiege-

lung ihrer eigenen Erregung. Mit einem letzten »Good by, Jonny, good by – Jonny, warst ein guter Freund . . .« schloß sie die Thunderbird-Türe von außen und ließ einen müden, angeschlagenen Champion im Inneren freundlich zurück.

Es war die Siamkatze – und nicht die Lerche – die Hildegard Bamm am darauffolgenden Sonntag gegen Mittag in ihrer Biedermeiermansarde aufwachen ließ. Sie hatte sogar die stündlichen Mahnungen der Standuhr in ihrem tiefen Schlaf überhört, doch nun, da Salome ihren schwarzlockigen Kopf schnurrend umkreiste wie anderswo eine Vespa einen Häuserblock, zählte sie die Schläge der Uhr mit: »Was?! Elf?!« Sie ließ sich wieder auf das teerosengelbe Kissen zurückfallen und seufzte: »Jetzt müßte mir jemand Kaffee an mein Bett bringen.«

Doch nur Salome antwortete ihr mit der gewissen Faulheit aller Rassekatzen mit Stammbaum. Jetzt erst bemerkte die Chefsekretärin, daß sie noch immer den bonbonfarbenen Hosenanzug von Cerini trug, mit dem sie das Rattenburger Finale gestern besucht hatte.

»Ach, Jonny, hoffentlich bist du ausgeschlafen wie ich.« Sie erinnerte sich bleiern an die berührende Begegnung mit dem Turniersieger. Doch da sie an diesem grauen Morgen zwar dachte »Es war wohl schon vernünftig, ihn gestern nacht nicht mehr zu mir zu nehmen. Salome hätte ein Trauma davongetragen«, aber in ihrem Herzen letztendlich einen Rest von Gefühlen spürte, den sie nur mit den Worten »andererseits, vielleicht hätte er mir jetzt eine Königsmischung gereicht« beschreiben konnte, also von Gedanken durchzuckt wurde, die wie Passierbälle hin und her flogen, ließ sie gänzlich von ihren Erinnerungen und blickte tapfer in die Zukunft.

»Für heute ist es zum Surfen schon zu spät. Ich werde mich lieber voll konzentrieren auf den morgigen Arbeitstag, mich verschönern, früh schlafen, Salome bekochen und Amely von meinem schönen Abend mit Corners berichten.«

Mit der Entschlußfreudigkeit einer gewissermaßen in der Sozialpo-

litik Tätigen schwang sie sich gähnend aus dem Doppelbett und legte, nachdem sie in den Unterstock gegangen war, ihre Lieblingsplatte aus dem Regal mit dem Messingschildchen ›U-Musik‹ auf. Das Album, dessen Cover die Aufschrift ›Chip to chip‹ trug, war ein sinniges Weihnachtsgeschenk ihres ›Simplex‹-Chefs Dr. Spock gewesen, als er noch nichts anderes als einfach ihr Vorgesetzter gewesen war.
Die einschmeichelnden Klänge leiteten einen Sonntag ein, der in der Tat ausgefüllt war mit häuslichen Verrichtungen sowie einem kurzen Telefonat mit Amely Gütlich, das ihr noch einmal die Unfehlbarkeit der Sterne, nämlich am Beispiel der vorausgesagten »interessanten und aufregenden Begegnung mit einem verwandten Wesen beim Rattenburger Topspin-Turnier« vor ihre grünen Augen führte.
Gegen Abend, sie bereitete eben sekretärinnengewissenhaft das Pensum des folgenden Tages für die ›Simplex‹ vor – die Verträge über Zylinderkopf-Dichtungen für die Londoner Börsenmakler – versuchte sie, auch, weil sie ihn tatsächlich beruflich gebraucht hätte, Alf Spock daheim anzurufen.
Das monotone, nichtssagende Tuten, das der Aufschrift auf ihrem Apparat, ›Ruf doch mal an!‹ ungewollt hohnsprach, ließ sie mit dem Standardsatz ihrer Wehmutsgefühle angesichts Dr. Spocks papierehelicher Bindung an Charlotte auflegen: »Ach Alf, nur im Büro und hier gehörst du mir.«
Mit eben diesem Schmerzreim auf ihren johannisbeerroten Lippen und einem Schlummerchanson der Französin Mireille Ojé im Ohr träumte sie bereits Punkt 9 Uhr 20 in einen Spätsommerhimmel, der sich wie ein blaues Notizblatt mit der Aufschrift ›Morgen . . . Alfi!‹ auf Steilheim gelegt hatte.

Der Morgen des Montags, es war ein grauer, und Wolkenfetzen putzten den Himmel, begann mit einer Überraschung. Als Hildegard Bamm mit dem munteren Song »Keiner liebt mich so wie ich . . .« auf den neuerdings hahnenkammroten Lippen das Büro der ›Simplex Unlimited‹ in der Alpengasse betrat und in der

Annahme, Ingenieur Benno Faust sei wie immer vor ihr da, ein scherzhaftes »Die nichtswürdige Kollegin begrüßt demutsvoll den genialen Erfinder!« in den Vorraum jubelte, blieb es aus dem halbgeöffneten kleinen Zeichenbüro des Chefingenieurs still. Es roch auch nicht nach Fudschijama-Minze. Statt dessen ging mit einem energischen Ruck die Tür des Chefzimmers auf und heraus trat – tatsächlich! – »Alf!«
Schnell sah sie sich verstohlen um, ob Benno Faust oder irgend jemand anderer vielleicht im Zimmer von Dr. Spock anwesend wäre. Um so direkter, ja geradezu stürmisch flog sie in die Arme ihres Chefs, als dieser sie mit einem leichten Schütteln seines graumelierten kantigen Kopfes, was »Die Luft ist rein, zumindest hier« bedeuten sollte, sowie mit einem herzhaften Ausbreiten seiner beiden Arme dazu einlud.
»Fast eine ganze Woche haben wir uns nicht gesehen, Alfi«, gab sie in dieser einen, langen Umarmung ihren Gefühlen für Trennung und Zeit Raum, und auch der nicht einfach zu rührende, in seiner cheflichen Emotionalität sozusagen steinbockige Spock konnte in diesem Augenblick der Verschmelzung nicht umhin, ihr nachrechnend zuzustimmen: »Tja, fünf Tage – und Nächte war ich fort von Ihnen . . . dir.«
Als die Chefsekretärin die Augen wieder öffnete, verschwamm der Akt von Vasarely, den sie durch die offene Chefbürotüre an der Wand wahrnahm, zu abstrakten Mustern, die ebensogut ein Surfbrett wie ein Sternendiagramm hätten symbolisieren können. Sie löste sich aus der Verknotung in Dr. Spocks kleinkariertes Mohairjackett und nahm, indem sie die blaue Bluse straffte, eine dienstliche Haltung an: »Kaffee?« fragte sie, um den Übergang zum Geschäftlichen, das allem Privaten vorangehen mußte, zu erleichtern.
Zu ihrem Erstaunen winkte jedoch der Patent- und Lizenzhandelskaufmann ab: »Ich habe heute morgen mit meiner Charl –« Er begrub angesichts Hildegard Bamm gerade noch den Namen seiner noch immer rechtmäßig Angetrauten, die zu verlassen er versprochen hatte, unter dem Gaumensegel und korrigierte sich – »Ich habe den heutigen Morgen mit einer Schale Mokka daheim begonnen, nachdem mich schon kurz nach sechs ein Anruf von Faust erreichte. Unmöglich, nachher wieder einzuschlafen.« Zwei

Falten auf seiner Stirn nahmen noch nachträglich seinen Zorn über das Wecken in die Zange.
»Wo ist unser Chefingenieur?« Hildegard Bamms farnwedelgrüner Blick zog diese beiden Falten begütigend nach.
Dr. Spock hob die wattierten Schulterpartien seines Mohairrockes. »Daheim. Auf seiner Bastmatte. Er rief mich an, daß er krank sei.«
»Aber, was hat unser Benno?!« Flammen brennender Sorge legten sich um den Mund der Mittdreißigerin.
»Herz«, erwiderte der Mittfünfziger beinahe gelangweilt.
Dr. Alfons Spock hatte es sich inzwischen auf der dunklen Ledercouch bequem gemacht. Die Chefsekretärin stand, nunmehr die Mappe mit dem Dringlichsten unter dem Arm, unschlüssig und in einem pastellfarbenen Midi-Modell vor ihm.
»Nun sag schon, Alf, was ist mit Ingenieur Faust?«
Spock, der sich eben in der sanften Linienführung der Pastellstreifen in Kniehöhe verloren hatte, schreckte beinahe ärgerlich hoch: »Irgendein kleiner Pumpenfehler, Angora Pectoris, nennt man's, glaub' ich. Morgen ist er wieder einsatzfähig!«
Hildegard Bamm überkamen gewisse Erinnerungen an Ingenieur Fausts ersten Herzinfarkt, den er damals – noch verheiratet – in den Armen einer Geisha erlitt, die ihn an der Steilheimer Volkshochschule das hochjapanische Zungen-R gelehrt hatte. »Bist du sicher, daß es ihm morgen schon wieder besser geht?«
»Aber sicher, jedenfalls sagte er mir so. Das Dumme ist nur, daß ausgerechnet heute gegen elf die beiden ›Kinomo‹-Manager zu uns kommen, du weißt schon, wegen des Großmoduls PX 14. Ich hab' das mit ihnen vereinbart auf der Rückreise von der Erfindermesse.« Der Inhaber der ›Simplex‹ schaltete, sichtlich nervös geworden wegen der Sorge um den fehlenden Übersetzer, das Radio an. »Keiner von beiden kann Englisch«, sagte er und klopfte gleichzeitig mit seiner Linken zweimal auf den Platz neben sich auf der Ledercouch, womit er die Chefsekretärin auffordern wollte, die Geschäftsvorgänge auf diesem Sitz zu erledigen.
»Was war eigentlich in Ladenhut los, auf der Messe? Hast du eingekauft?«
Dr. Spock war sichtlich zufrieden, einerseits wohl, weil die Kohlrabenschwarze neben ihm Platz genommen hatte, er ihr feines Parfum der Marke ›Snuff‹ von Roqueford in den graumeliert-

kräuselhaarig bewachsenen Nasenlöchern spürte und ihre Hüfte wie beiläufig sein Squash-festes Becken berührte, andererseits aber wohl auch, weil er sich keine andere Frau an seiner Seite vorstellen konnte, die eine bessere, interessiertere und um das Firmenwohl besorgtere Sekretärin sein könnte, als es Hildegard war. Er drückte sie mit einer Hand fest an sich. Und die Mittdreißigerin mußte lächeln, als ihr dabei der Ausdruck »Stammt der Mann vom Gibbon ab?« einfiel, den Amely Gütlich einmal als Überschrift im ›Planet‹ verwendet hatte. Damals hatte die Gesellschaftskolumnistin ein wissenschaftliches Werk über die ›Grabsch-Sucht‹, die sie als »Klammeraffen-Relikt bei unseren Steinzeit-Männern« bezeichnete, kritisch gewürdigt.

»Ich habe vor allem für den Freizeitsektor einige Lizenzen und Erfindungen gekauft«, freute sich Spock, von Hildegard Bamms Schmunzeln unberührt, »ein Kugellager für Roulettebetriebe, eine halbautomatische Glückssträhne zur universalen Verwendung und dann vor allem US-Patente.«

»Was denn?« Die Mittdreißigerin zeigte sich weiter intensiv interessiert.

»Nun ja, warte . . . ach ja: einen Winkelmesser, der auch für tote Winkel gilt, und den Alleinvertrieb für den ersten abstoßenden Magneten, den mir Faust allerdings noch wesentlich verbessern muß.«

Hildegard Bamms Miene leuchtete, ganz im Gegensatz zum grauen Altweibersommermontag draußen, frühlingshaft auf. Sie schätzte den guten Geschäftsmann in Dr. Spock, wußte sie doch um die industriediamantene Härte der Branche.

»Und du? Was hast du die Tage gemacht? Und vor allem: übers Wochenende?«

Ein imaginärer Königsberger Kloß – oder auch einfach ein unsichtbarer Rattenburger Knödel – kostete die zierlichen Sehnen am Hals der Chefsekretärin zweimalige Schluckanstrengungen, ehe er zerteilt war. Ihr Blick glitt verlegen an Dr. Spocks Schläfen entlang in die Maserung der Aktenschränke, und der Inhaber der ›Simplex‹, der einen wachen Sinn für irgendwelche Schwächen oder Lücken in der Psyche seiner Geschäftspartnerin besaß, wiederholte noch einmal: »Ich habe dich gefragt, was du am Wochenende gemacht hast!«

Ein herrisch-lauernder Ton schwebte über dem Perser im Chefbüro. Die Chefsekretärin legte die Tagesmappe aus Rindsleder zur Seite, verschränkte die Arme und antwortete mit der allergrößten Beiläufigkeit, die sie in diesem Moment verhörartiger trauter Zwiesprache zustande brachte: »Ich war mit Amely beim Topspin-Finale in Rattenburg.«
Spock ignorierte die aufkeimende Verblüffung, daß die beiden in seinen Augen doch einfachen Frauen Zugang zu diesem Intim-Ereignis der Top-Society erlangt hatten. Vielmehr fügte er seinem tonlosen »Aha . . . meine Hildeli im Land der Milliardäre« sogleich ein eindringliches »und Borg und Corners haben dort nur für dich und Amely gespielt, was?« hinzu.
Nun war es an der Mittdreißigerin, aus einer kokett-triumphierenden Laune heraus die volle Wahrheit auf den Tisch zu legen, ja in den Raum zu stellen: »In gewisser Weise ja, zumindest John Corners.«
Der verräterische Glanz, den ihre halbmondförmigen Jadeaugen bei der Erinnerung an den großen Schwarzen mit dem hölzernen Schläger bekamen, ließ Alfons Spock puterrot anlaufen: »Und . . .?«
»Was – und?«
»Ihr wart doch zusammen, nicht wahr . . .?«
Hildegard Bamm senkte die Lider und streckte, anscheinend gelangweilt, die bislang verschränkten Arme zu einer isometrischen Übung aus. Sie konstruierte ein Gähnen: »Ich war mit keinem so zusammen wie mit dir, der ja nicht da war«, enthielt sie sich nicht eines Vorwurfs.
»So, das kann ich nun glauben oder auch nicht glauben«. Dr. Spock bekam einen lügendetektivischen Zug um seine mausgrauen Augen, und er packte Hildegard Bamm plötzlich an den Schultern.
Sie schüttelte ihn ab wie ein Plastikmantel den ersten sauren Herbstregen, und der Widder in ihr zeigte nun seinerseits die Hörner: »Und du?! Wo warst du? Doch bei deiner Charlotte!« Als hätte sie Zwiebeln geschnitten, traten zwei Tränen über die schmalen Ufer ihrer ungeschminkten Lider. »Du spielst hier den Eifersüchtigen und machst aus mir eine Desdemona – und ich sitze das Weekend alleine herum!«

Damit waren zwischen Chef und Chefsekretärin, zwischen Geliebter und Liebhaber die Fronten wieder klargestellt, und letzterer zog sich, nachdem er sich, symbolisch gesprochen, bei seinem Ausfall einen blutigen Kopf geholt hatte, wieder in seine Ausgangstellung zurück. Dies sah so aus, daß er seine Linke begütigend auf ihre Schulter legte und Zerknirschtheit heuchelte: »Du hast ja recht, Hildeli«, knirschte er, aber seine gleitende Hand widersprach dieser anscheinend unberechnenden Demut, denn sie suchte durch zärtliches Tätscheln vom wahren Sachverhalt dieses Verhältnisses abzulenken. »Komm, lehn deinen Wuschelkopf herüber«.
Dr. Spock spielte, um sein schlechtes Gewissen zu beruhigen, und nicht, um Hildegard Bamm über seine noch bestehende Ehe zu trösten, nicht nur Rock Hudson, Silvester Stallone und Gregory Peck, sondern auch noch eine Art Reclamausgabe von Cary Grant und Clark Gable – indem er plötzlich, als wäre es einem Patentkaufmann angemessen und für einen Lizenzexporteur normal, halb zu Boden sank, einen Ausfallschritt machte und aus einer tiefen Kniebeuge mit seinem Graukopf das pastellfarbene Midi-Kostüm schoßwärts zerwühlte: »Verzeih mir, Hildeli«, ging er medias in res und strebte sogleich einem Dramatis Climax zu, »verzeih mir, wenn ich an deiner, an unserer Liebe gezweifelt habe! Und verlaß mich nicht!«
Die schwarzgelockte Mittdreißigerin war hin und her gerissen zwischen tiefer Rührung und Anerkennung des filmreifen Talents. Schließlich nahm sie es sportlich, griff mit beiden Händen in Dr. Spocks tonsurales Gelock und berührte mit ihrem Mund flüchtig sein Scheitelbein, so daß ihre blutorangeroten Lippen zwei ebensolche Spuren in die Schneefärbung seiner fünfundfünfzig Jahre zogen.
»Quatschkopf!« Sie nahm alle Zärtlichkeit einer Chefsekretärin und Vollwaise zusammen und hob mit ihrem rechten Zeigefinger sein kantiges Kinn weich aus ihrem Schoß. »Es ist schwer mit dir, Alfi, manchmal herzzerreißend, aber so einfach verlasse ich dich nicht. Ein Bamm-Blut, woher immer es kommen mag, ist keine Rote-Bete-Suppe, wie meine gute Amely immer sagt.«
Dr. Spock hatte sie währenddessen aus einem schmalen Schlitz, der ihr nicht verriet, daß er seine Augen doch nicht vollständig

und fernsehspielartig schmerzverzerrt geschlossen hatte, kalt gemustert. Befriedigt von der Wirkung seiner Vorstellung, schlug er nun die flanellgrauen Augen mit den knopfförmigen Pupillen auf und erhob sich langsam. Er richtete seine Mohairjacke und drehte das Radio ab. »Tja, nun: Dann wollen wir also, wieder ein Herz und eine Seele . . . Was steht denn an? Die Arbeit ist vermutlich in meiner Abwesenheit gewissermaßen unlimited geworden.« Und schon war er wieder auf den beiden squash-trainierten Beinen, ganz der alte und zu einem seiner dünnen Aperçus aufgelegt.

Die Chefsekretärin schlug, obzwar im hintersten Winkel ihrer Brust überrascht darüber, daß er so rapide von einer Stimmung in eine andere fallen konnte, doch sogleich bereit, auch beruflich ihr Bestes zu leisten, die Mappe auf. »Die Briefe hier wären zu unterschreiben und diese Kopien abzuzeichnen. Von der Düsen-AG kam eine telefonische Anfrage bezüglich der Patentschrauben mit Linksgewinde.«

»Ist gut, ich schicke ein Telex zurück.« Dr. Spock hatte wieder vollends zur üblichen Diktion gefunden. »Noch etwas . . .?« fragte er, als er eine Frage im Dschungelgrün der Augen Hildegard Bamms versteckt sah.

»Ähm, nur eine Frage: Du hast meinen Wettgewinn, die Hunderttausend vom Dagelfauster Kaltblutderby, schon . . . aus dem Safe genommen?«

Der Mittfünfziger verlieh dem Lifting seiner Augenbrauen etwas von verblüffter Beleidigtheit: »Natürlich. Weshalb? Du hast sie mir doch selbst . . .«

»Selbstverständlich, ist ja alles richtig so. Ich dachte nur, weil du das Geld so schnell entnommen hast.«

Spock lachte steinbockhaft, und meckernd scheiterte er aufs neue am Versuch, eine Pointe zu plazieren, als er meinte: »Besser eine Banknote als gar keine persönliche Note.«

Noch ehe Hildegard Bamm durch eine Gegenrede den Bart seines uralten Witzes hätte stutzen können, schrillte das Telefon. Es dauerte eine Weile, bis sie im Chefzimmer aufgestanden war und im Vorzimmer an ihrem Schreibtisch abgehoben hatte.

»Simplex Unlimited, Lizenz- und Patentbüro Dr. Spock, Apparat Bamm«, meldete sie sich chefsekretariell. Einen Augenblick

horchte sie mit ihrem feinen Ohr angestrengt in die Muschel, dann sagte sie in ihrem perfekten Englisch: »Okay, okay, thank you.«
Der graumelierte Firmeninhaber lehnte lässig in der Tür zu seinem Arbeitszimmer und sah die Mittdreißigerin erwartungsvoll an: »Wallner-Brothers?« fragte er interessiert, weil er von diesem Unterhaltungs-Multi die Lizenz für einen Drehbuch-Automaten erwartete.
»Nein«, antwortete die Schwarzgelockte im pastellfarbenen Midi, »es war der Rezeptionschef des Steilheimer Hilton.«
»Dann kommen sie also doch!« entfuhr es Spock.
»Du weißt, um wen es ging?«
»Na klar. Die Stäbchenesser von ›Kinomo‹. Sie wohnen alle entweder im Hilton oder im Holiday Inn – niemals im Ramadan oder im Sheraton. Sie können das so schwel aussplechen . . .«
Hildegard Bamm räumte lächelnd einige Geheimdokumente, Blaupausen und Briefe unter ihren Briefbeschwerer in Form eines Surfbretts, so daß ihr Schreibtisch bald aufgeräumt aussah. Ebensolche Züge fuhren in die Haltestellen ihrer Grübchen, als sie bemerkte: »Die ›Kinomo‹-Leute haben auch sicher nicht so sprachengewandte Sekretärinnen, wie du eine hast . . .«
Diese unleugbare Tatsache führte dazu, daß Dr. Spock wie dienstlich an den Schreibtisch Hildegard Bamms herantrat, zunächst noch den Telex-Decoder-Schlüssel in die oberste Lade legte, dann aber mit der Wendigkeit des Vereinsmeisters des Squash-Clubs Steilheim 1860 seine Chefsekretärin von hinten umfaßte. Mächtig verschränkten sich seine Arme um ihre Mitte, und seine solariumbraune Wange preßte sich an ihre.
»Alf, sei kein Steinbock«, flötete sie nach einer Weile des Gewährenlassens, »dein weißer Kragen wird einen Lidstrich abkriegen und mein Rouge dein schönes Wangenbraun einfärben. Bleib mir jetzt bitte vom Leib, hm?«
Das Argument des abgehenden Make-ups leuchtete ihm, eitel wie er war, ein, und er trat tatsächlich einen Schritt zurück. »Ich könnte dich mitunter fressen«, sagte er aus dieser Distanz mit einer für ihn seltenen Farbigkeit.
»Dann denk jetzt an deine Diät. Du weißt: Das Naschen zwischendurch, vor allem Süßes und im Büro, ist verboten – oder macht dick . . .«

Chef und Chefsekretärin lachten seit langem zum ersten Mal wirklich unschuldig und unbelastet über diese feine Andeutung, und in diesem ihrem Lachen, das einem guten, geförderten deutschen Film hätte entsprungen sein können, hätte man sich Hildegard Bamm und Dr. Alfons Spock tatsächlich als ein Traumpaar vorstellen können. Doch diese wunderbare Vorstellung weiter auszumalen, blieb keine Zeit: In das ausklingende Lachen der Mittdreißigerin und des Mittfünfzigers schnarrte die Gegensprechanlage.

»Die Japaner kommen!« brummte der Inhaber der ›Simplex‹ und bleckte seine Zähne, daß sie aussahen wie die weißen Tasten einer Yamaha-Orgel. Und tatsächlich wiederholte Hildegard Bamm, nachdem sie auf einige ihr unverständliche fernöstliche Laute den weißen Knopf zum Öffnen der Bürohaus-Eingangstüre gedrückt hatte: »Die ›Kinomo‹-Manager. Ohne Ingenieur Benno Faust ist diese Gegensprechanlage zum Einweg-Radio degradiert. Ich habe keins ihrer Worte verstanden, ich kann ja nur mit Müh und Not ›guten Morgen‹ sagen.«

»Was um diese Zeit auch nicht mehr passend ist«, ergänzte der Inhaber der ›Simplex Unlimited‹. »Der Japaner als solcher ist ja ein typischer Frühaufsteher, ungemein fleißig und zäh – sobald der erste Sonnenstrahl in seinen Kirschgarten fällt, radelt er millionenfach zur Arbeit, man kennt das aus dem Fernsehen.«

In diesem Moment klopfte es asiatisch-höflich an der Bürotüre. Als sich auf Dr. Spocks geschäftliches »Herein!« nichts tat, nahm sich die Chefsekretärin ein Herz und sagte gebrochen auf, was sie von Ingenieur Faust als ›Guten Morgen‹ gelernt hatte: »Ohayo gosaimasun«. Die Tür ging auf, und ein jüngerer Mann ließ einem älteren den Vortritt: Beide waren sie von klassisch japanischem Gesichtsschnitt, hatten eine hohe, Tüchtigkeit verratende Stirn, ausgeprägte Backenknochen, schmale, aber flinke und dunkle Augen, faltenlose dünne Lippen und unter kurzgeschorenem schwarzen Bürstenhaar einen gleichmäßig blaßgelben Teint.

»Der Jüngere ist sicher der Assistent des Älteren«, raunte Dr. Spock Hildegard Bamm zu.

Beide Vertreter des ›Kinomo‹-Konzerns trugen schlichte graue Anzüge, schwarze, dickrandige Brillen und eine kleine, braune Aktentasche. Als sie die Türe wieder geschlossen hatten, trat der

Jüngere vor, deutete auf den Älteren und formte aus dem unergründlichen, anscheinend ewigen Lächeln, das die ganze Zeit über auf ihren Gesichtern gelegen hatte, ein ansatzloses »Seiji Takahash-san desu«, dem, begleitet von einem Fingerzeig auf sich selbst, ein bescheidenes »Kirite Ozawa desu« folgte.
Die Chefsekretärin stand ihrem sprachlosen Chef bei: »Sie wollen uns damit wohl sagen, wie sie heißen.«
Dr. Spock nickte verstehend und zeigte seinerseits auf sich und Hildegard Bamm, während er im besten Englisch, zu dem er fähig war, kommentierte: »I: Doctor Alf Spock – this: Hildegard Bämm – we: Simplex Unlimited.«
Die beiden Japaner nickten lächelnd stereotypisch höflich und verbeugten sich so freundlich, daß Dr. Spock und Hildegard Bamm nicht umhin konnten, ebenfalls die Hände über dem Oberkörper zu verschränken und sich gegen die Manager aus dem Lande der Kirschblüte zu verneigen.
Wieder zeigte der Jüngere auf seinen Begleiter und sich und gab zu verstehen: »Kinomo – Nippon – Entelplises.«
Dr. Spock suchte im tiefen Grün der Augen seiner Chefsekretärin nach einer Übersetzung, worauf sie einfach vermutete: »Der Name ihrer Firma, denk' ich.«
Der Inhaber der ›Simplex‹ schien ungeduldig zu werden und entschlossen, dem babylonischen Zustand des Gesprächs eine Wende zu geben. Hoffnungsvoll beschwor er den Jüngeren: »You – speak – Englisch, don't – you?«
Mit dem ewigen Lächeln Nippons schüttelten beide – harmonisch synchron wie ein Eistanzpaar und in zeitlupenhafter Ruhe – dreimal ihre kleinen Köpfe.
»You don't.« Dr. Spock ließ nun endgültig seine noch immer über der Brust verschränkten Arme sinken und sagte, tief seufzend: »Das kann ja heiter werden . . .«
Herr Ozawa und Herr Takahashi – oder wie immer sie heißen mochten – standen noch immer lächelnd vor dem Schreibtisch, während sich dahinter, bei Dr. Spock und Hildegard Bamm, lähmende Verzweiflung über den abwesenden Dolmetscher, den erkrankten Ingenieur Benno Faust, Cheferfinder und Japanisch-Übersetzer in der ›Simplex‹, breitmachte. Der Firmenchef machte seiner Resignation unwillkürlich mit einer ausladenden Geste

Luft, was die beiden Abgesandten des ›Kinomo‹-Konzerns, die zu Verhandlungen über das Großmodul PX 14 zur Herstellung bandloser Videogeräte erschienen waren, gründlich mißverstanden: Sie nahmen auf den beiden Stühlen vor dem Schreibtisch Platz und öffneten, wie auf ein geheimes Kommando, gleichzeitig ihre braunen Aktentaschen, rückten synchron ihre schwarzrandigen Brillen zurecht und zogen absolut parallel je ein engbeschriebenes Blatt aus einer Mappe.

»Fehlt nur noch, daß sie jetzt auch noch gemeinsam zu sprechen anfangen«, flüsterte Hildegard Bamm, der die abgezirkelten Bewegungen und das Lächeln der beiden kleinen Männer aus dem Reiche Nippons gefielen, Dr. Spock zu.

In diesem Augenblick begann, als hätte er sie verstanden und wollte sie widerlegen, zum ersten Mal der Ältere der beiden für japanische Ohren wohl ruhig und gemessen zu sprechen: »Watakushi tachini totsute tokuni yorokobashi i kotowa, sonkei suru tomodachino, Benno Faust gishi no atode tsuini miryoku aru Bamm-san to, idai naru Simplex no shachō ni kojiteki ni shiriai ni nareta kotodesu.«

Nach diesem für fernöstliche Verhältnisse vermutlich kargen Eröffnungsstatement entstand eine längere, peinliche Pause, in der sich Dr. Spock und Hildegard Bamm nicht ohne eine gewisse Verzweiflung ansahen und in der die beiden Botschafter der japanischen Groß-Elektronikindustrie wohl auf eine Gruß- oder sonstige Gegenadresse der beiden Europäer hofften. Doch das einzige, wozu der graumelierte Mittfünfziger und Inhaber der ›Simplex‹ fähig war, wår ein wildes Gestikulieren, ein squash-artiges Rudern mit beiden Händen sowie eine flehentlich Erbarmen heischende Miene, die immer wieder einen einzigen Satz aus sich herausquälte: »We – not – understand . . . you – understand?! Wir – sprechen – nicht – Japanisch . . .! Du – bitte – warten – bis – Benno Faust – Ingenieur Faust, you – understand?! wieder gesund . . .« Dabei zeigte er mit beiden Händen in seine Herzgegend, womit er die Angina pectoris seines Chefingenieurs anzudeuten versuchte.

Hildegard Bamm, die ihren geliebten Alf nicht leiden sehen konnte, bemühte sich zu assistieren, indem sie auf ihren Chef und sich zeigte und mehrmals langsam die Worte »Wir not Nippon . . .

nicht Nippon!« auf ihren kirschroten Lippen förmlich zergehen ließ. Aber auch ihre, beim Japanischen im Gegensatz zu fast allen anderen Weltsprachen scheiternden Vermittlungsversuche führten bei Herrn Takahashi und Herrn Ozawa letztendlich zu nichts anderem als zu neuerlichem Nicken und immer freundlicherem Lächeln. Schließlich setzte – diesmal der Jüngere – zu einer offenbar überaus wichtigen Erklärung an, denn er unterstrich einige seiner Worte mit ausholenden Gesten, die er Dr. Spock eben abgeschaut haben konnte, so sehr glichen sie diesen: »Minasama ni Kinomo Sha o daihyō shite otsutae itashimasu. Tairyō saisanga kanōni narishidai, Großmodul PX 14 o watakushitachi no Video kenkyūbu ni genkin de kōnyū surukotoni kettei itashinashita.« Er setzte seine Brille ab, und mit ihm sein älterer Begleiter. Erwartungsvoll und nach wie vor auf das freundlichste lächelnd, blickten die beiden Bürstenschnitt-Träger auf zu Dr. Spock und Hildegard Bamm.
»Sie erwarten tatsächlich von uns eine Antwort, wir sollen tatsächlich etwas sagen. Sonst ist womöglich das ganze Geschäft mit dem Großmodul im Eimer«, flüsterte der Inhaber der ›Simplex‹. Glitzernde Schweißperlen tropften von seiner Stirn auf die Platte des Schreibtisches.
Erschöpft von der Unmöglichkeit, mit den beiden Managern des Kinomo-Konzerns eine gemeinsame Sprache zu finden, hatten sich die kohlrabenschwarze Mittdreißigerin im pastellfarbenen Midi und Dr. Spock im kleinkarierten Mohairjackett hinter dem wie ein Wall zwischen Fernost und West aufragenden Schreibtisch in zwei Stühle fallen lassen. Keine Sekunde zu früh – denn schon holte der Ältere, assistiert vom Jüngeren, tief Luft uns sagte, natürlich lächelnd: »Kinomo-sha to sonkei suru ozawa buchū o daihyō shite hitokoto. Yūnōna Dr. Spock-san, Hildegard Bamm-san to, Benno Faust gishi no hanashiaiga Saigoni Nippon to yō roppa no tameni minori no aru yoi kekka ga umareruyō ni nozomi kitai o shiteorimasu.«
Dr. Spock verlor bereits den letzten Funken von Contenance angesichts jener der beiden nun höflich nickenden Brillenträger. Obwohl er sich bewußt war, damit vielleicht – wer kennt schon die Gebote mindester Höflichkeit im Lande Nippons? – alle Geschäftsaussichten in bezug auf das Großmodul PX 14, von

denen für die ›Simplex‹ so viel abhingen, in Gefahr zu bringen, raufte er sich nun die grauen Haare.

In diesem Augenblick standen, und es lag trotz des gleichen, ständigen milden Lächelns etwas wie Ironie in ihren Gesten, sowohl Herr Takahashi als auch sein Begleiter Ozawa gleichzeitig auf und begannen, wohl zur Bekräftigung des unbekannten Letztgesagten, Dr. Spock und Hildegard Bamm über den Schreibtisch hinweg kräftig die Hände zu schütteln, um sodann sogleich wieder in ihren Fauteuils jenseits zu verschwinden.

Vielleicht angeregt von dieser – wenn auch offensichtlich nicht so gemeinten, so doch abschiedartig wirkenden – Geste, hatte Hildegard Bamm, die Einzigartige, die Königin der Steilheimer Chefsekretärinnen, den alles rettenden, klärenden, erlösenden Gedanken. Sie blieb einfach stehen, lächelte die beiden kleinen gelben Herren im grauen Anzug lange und freundlich an, kreuzte sodann ihre Arme über ihrer unmerklich vor Ungewißheit zitternden Brust und sprach sodann mit aller Inbrunst, zu der ihr Waisenherz fähig war, eines der wenigen Worte aus dem Japanischen, deren sie mächtig war: »Sayonara, Sayonara!«

Dieses eine Wort, diese winzigen, ja beinahe banal anmutenden vier Silben bewirkten in ihrer fast folkloristischen Trivialität mehr, als alle vorhergehenden Beschwörungen vermocht hatten: ein Wunder!

Denn sogleich erhoben sich wie auf Kommando die beiden lächelnden Manager aus Nippon, schlossen ihre Aktentaschen, nicht ohne zwei Blätter mit unlesbaren Schriftzeichen auf dem Schreibtisch zurückzulassen, verbeugten sich lange und tief – und verschwanden leise auf ihren kleinen, japanischen Füßen.

Als Hildegard Bamm von einem prüfenden Blick auf den Gang zurückkehrte, fand sie Dr. Spock luftringend und schweißüberströmt in ihrem Sessel. »Der gemeine Asiate ist ungeheuer kompliziert«, keuchte er ein vielleicht etwas vereinfachendes, aber grundrichtiges Resümee, »ich verstehe jetzt auch, weshalb sie weltweit so erfolgreich sind . . .«

Beide lehnten erschöpft eine Viertelstunde oder länger aneinander und sagten kein Wort, bis Hildegard Bamm den Grund ihrer Erschöpfung zur Sprache brachte: »Man sieht wieder einmal: Ohne Benno Faust ist die ›Simplex‹ extrem limited.«

»Ich muß jetzt unbedingt etwas essen«, erwiderte Spock abwesend, »gehst du mit? Ich lade dich ein, und beim Essen erzähle ich dir, was ich von Faust denke und was ich mit ihm vorhabe.«
Die Chefsekretärin nickte beinahe japanisch. Dann erst entdeckte sie das mabusehafte Lächeln um die mausgrauen Augen ihres Geliebten. Da sie es mit Ingenieur Benno Faust in Zusammenhang brachte, erschrak sie zutiefst.
Sie hatte kaum ihre jadegrünen Halbedelsteinaugen richtig mit einem Kajalstift aufgehübscht, als Dr. Spocks großmodulkalte Stimme schon ungeduldig ins Chefsekretärinnenzimmer drang: »Bist du fertig? Können wir? Mein Magen knurrt wie ein Fernschreiber«, bemühte er einen seiner schiefen Vergleiche.
»Sofort«, erwiderte ihm die Mittdreißigerin und rückte ihr pastellfarbenes Midi um die sportlichen Hüften zurecht, »ich brauche nur noch diesen kleinen Tupfer Puderrouge, um wieder ganz ich selbst zu sein«, sie zauberte ein puppenhaftes Porzellanlächeln in ihr Gesicht, nicht ohne sogleich auch das narzißhaft darbende Gefühl ihres Chefs mit einem rasch hinzugefügten »ich selbst – und damit dein« zu befriedigen.
In diesem Augenblick trat auch schon der Inhaber der Simplex Unlimited aus der Chefzimmertüre und ließ einen bewundernden Pfiff angesichts der nun tatsächlich apart strahlenden Chefsekretärin über Schreibtisch und Firmensafe segeln. »You are the sunshine of my life«, entlockte ihm Hildegard Bamms wohlgestylte Erscheinung ein irgendwie schlagerhaft klingendes Kurzkompliment, das nur durch Dr. Spocks im Fernstudium erworbenes Basic-Englisch pathetischer Blasiertheit entging.
Doch die schwarzgelockte Mittdreißigerin – in gespannter Vorfreude auf das gemeinsame Essen – überhörte freundlich die oxfordferne Aussprache ihres Chefs und entblößte bloß die Perlenreihe ihrer Zähne: »Gott, wär es so, daß ich tatsächlich Sunshine wäre«, seufzte sie leichthin, jedoch unbewußt eingedenk der ehelichen Bindungen ihres Geliebten. »So jedoch weiß ich genau, daß es nur eine deiner – zugegeben: herzigen – Façons de Charmeur ist, mein kleiner, raffinierter Steinspock du.«
Der Simplex-Chef ging nicht auf diese zarte Anspielung Hildegard Bamms auf sein Tierkreiszeichen ein, sondern zog gespielt traurig einen Falte genau über der Nasenwurzel so kraus, daß seine herb-

hohe Stirne berlinesk geteilt erschien: »Nein, ehrlich! ›In deiner Augen Glanz liegt Elyseeisches‹ – wenn du ein Hölderlinzitat aus meinem Schulwissen lieber hörst und ich es auch einmal anbringen darf, und nicht nur unser Kanzler«, gab er sich wendig und unverbindlich lächelnd dem Zuknöpfen seines kleinkarierten Mohairjacketts hin. »Weißt du was, Hildeli – wir fahren rasch hinaus ins Entre Nous. Ich hab' Lust auf Französisches.« Er hakte sich aufmunternd bei seiner Chefsekretärin unter und zog sie zur Tür.

»Ins Entre Nous? Einfach zum Mittagessen?«. Die Mittdreißigerin konnte ihre Überraschung nicht verbergen, »dann müssen wir ja den Wagen nehmen!« versuchte sie unter der Welle von Geehrtheit, die sie sanft umschmeichelte, durchzutauchen und sich auf bloß Verkehrstechnisches zu konzentrieren, um dem Mittfünfziger nicht um den Hals zu fallen.

»Sei's drum, diese kleine Spritztour muß die ›Simplex‹ schon aushalten.« Dr. Spock genoß lässig die Beeindruckung seiner Geliebten. »Ich verlängere hiermit deine Mittagspause und nehme auch für mich die 35-Stunden-Woche voraus! Komm.« Und schon zog er die Mittdreißigerin im Midi derart energisch und squashtrainiert mit sich, daß Hildegard Bamm das Zufallen der Bürotüre nur noch als i-Punkt jenes Adjektivs empfinden konnte, das sich in ihrer wogenden Brust tief und tiefer eingeschrieben hatte: »Unwiderstehlich, dieser mein Alf . . .«

Kaum hatten Dr. Alfons Spock und Hildegard Bamm das schützende Dunkel des Korridors des Bürohauses verlassen und waren ins Licht der Alpengasse getreten, als der Inhaber der ›Simplex Unlimited‹ seine bis dahin aufs engste an die Hüfte der sportlichen Mittdreißigerin gelegte Rechte zurückzog und an seiner Krawatte zu nesteln begann, als müsse er den perfekten Windsor-Knoten verschönern.

»Er traut sich nicht, in der Öffentlichkeit Hand in Hand mit mir zu gehen«, die Chefsekretärin durchschaute sein scheinbar zufälliges Zurückziehen der Hand als das, was es war: »Die Angst des Geschäftsmannes vor der Enthüllung seines außerehelichen Verhältnisses. Er hat Angst, noch mehr zahlen zu müssen, wenn schon vor der Scheidung bekannt ist, daß er eine Freundin hat.«

Nadelstichhafter Schmerz durchzuckte ihre nun vereinsamte rechte Hüfte, und sie mußte sich vollständig auf das sichere Gefühl »Aber jetzt gehört er mir, im »Entre Nous« sind wir entre nous« zurückziehen, um ihren Gang zum Wagen wenigstens nach außen hin surferinnenbeschwingt fortsetzen zu können. Derart gedankenverloren wäre sie beinahe in ein anfahrendes Auto gerannt, dessen Lenker scharf abbremsen mußte und ärgerlich die Hupe betätigte. Erst Dr. Spocks cool-nichtsahnendes »Unser Wagen steht um die Ecke« ließ sie wieder zurückkehren in die gewisse, wenn auch gelangweilte Heiterkeit dieses Steilheimer Mittags.
»Immerhin sagt er schon ›unser‹ Wagen«, tröstete sich Hildegard Bamm über die, wenn auch nur auf dem Papier, so doch noch immer bestehende Ehe ihres Chefs hinweg. Um so enttäuschter und gleichzeitig sanft-wütender bemerkte sie das löwenzahngelbe Cabrio, das ihr hinter der Ecke gleichsam giftig entgegenleuchtete.
»Tja, Hildeli, ich mußte heute morgen Charlottes Wagen nehmen. Ich hatte einfach keinen Tiger mehr im Tank!« Mit diesem fernsehshowartigen Witz versuchte der Mittfünfziger die aufkommende Peinlichkeit der Situation zu mildern.
»*Unser* Wagen ist das nicht«, murmelte die Chefsekretärin vor sich hin und dachte wehmütig an den breiten Fonds von Dr. Spocks Auto, in dem sie sich zum ersten Mal menschlich tief nähergekommen waren. Mindestens ein Anflug dieser Erinnerung mochte in diesem Augenblick auch die mausgrauen Augen des Firmeninhabers gestreift haben, denn er drehte unschlüssig den Autoschlüssel in seiner nervigen Hand und senkte eben diese klein gewordenen Augen fast verschämt zu Boden.
»Wenigstens hat er noch ein Gefühl für die Dégoutanz, die Zumutung, mich im Wagen seiner Angetrauten zum Mittagessen ins Grüne zu kutschieren«, setzte die Chefsekretärin einen begütigenden Gedanken in den Innenstadtverkehr Steilheims. Dann nahm sie alle Kraft zusammen und verlieh den Worten auf ihren korallenroten Lippen die größtmögliche, tapfere Gleichgültigkeit: »Na komm, Alf! Der Küchenchef des Entre Nous dreht Punkt vierzehn Uhr das Gas ab, also, steig schon ein.«
Dr. Spock blickte sogleich vom Fetzen irgendeiner Zeitung hoch, der am Rand des Trottoirs lag und den er insgeheim gemustert hatte, so daß ihm die Schlagzeile ›Nachts, wenn die Chirurgen

schliefen: Organverpflanzungen im Schwesternheim!‹ noch im Gedächtnis saß. Seine kantige Miene hellte sich zu einem erleichterten Grinsen auf, und während er kavalierhaft zuerst die Beifahrertür öffnete, kamen seine schmalen Lippen dem schönen Ohr der Mittdreißigerin flüsternd nahe: »Glaub mir: Sobald mein Tank wieder voll ist, fahren wir wieder in meinem Wagen, und nicht nur kurz in der Mittagspause.«

Doch selbst diese verführerisch-vielversprechenden Flötentöne konnten die blutende Wunde in Hildegard Bamms Brust nur schnellverbandartig schließen. Sie spürte: Kälte war sein Aftershave.

Als das löwenzahngelbe Coupé in die Zoochaussee am Ostrand Steilheims einbog und die Automatik in einen ruhigen Spargang schaltete, blickte Hildegard Bamm zu ersten Mal aus dem Fenster. Hatte sie bis dahin nur magisch fixierte Augen für das goldene Zündschlüssel-Monogramm gehabt, das der ›Simplex-Chef‹ seiner Gattin wohl geschenkt hatte und das die City-Durchquerung über ein grausames »Ch wie Charlotte . . . Ch wie Charlotte« in den lindgrünen Blick der schwarzlockigen Mittdreißigerin gebrannt hatte, so nahm sie nun endlich die vorbeiflitzenden Platanen und die alten Ahornriesen wahr, die links und rechts die Straße säumten. Während der Firmeninhaber mit ungeduldiger Hand am Autoradio fingerte und bald mit diesem, bald mit jenem Regionalsender unzufrieden war, versuchte die Chefsekretärin, einen Blick auf die Gehege des Zoos zu werfen, die zwischen den Bäumen schnappschußartig einzusehen waren.

»Siehst du die Nandus?« fragte sie Dr. Spock unvermittelt.

»Hm . . .?! Nandus? Nie gehört, mein Lieblingstier ist das Kaninchen – in Rotwein«, mußte der Linzenzhändler zoologisches Unwissen eingestehen.

»Nandus sind Laufvögel, Vögel die nicht fliegen können«, erklärte die nicht nur sprachgewandte Chefsekretärin gutmütig und gleichzeitig beziehungsvoll. Doch ihr heimlicher Geliebter verstand, wie so oft, nicht die tiefe Symbolik für beider Beziehung und trat nur noch fester ins Gaspedal, als wolle er Hildegard Bamms zarten Vergleich ihrer flügellosen Liebe mit den erdgebundenen Laufvögeln um so rascher entfliehen. »Nun gut«, seufzte sie in das Aufheulen des Cabrios, »dann riskier doch wenigstens einen Blick auf die allerliebsten braunen Waldbären dort. Diese wuscheligen Teddys wirst du doch wenigstens kennen, oder? Na, dort drüben!«

Gelangweilt sah Alfons Spock kurz hinüber. »Na ja, Bären kann man wenigstens essen«, spielte er dann auf ihr Ziel, den Gourmettreff Entre Nous, an. »Schon mal Bärenlende gekostet? Köstlich, sag' ich dir, zart und würzig, sag' ich dir, fast so zart wie deine Lende.«

Und mit dieser nicht unanzüglichen Bemerkung zog er auch schon die schwarzgelockte Mittdreißigerin behende ein gutes Stück näher an seinen Lenkersitz. Hildegard Bamm ließ ihn gewähren, in der Gewißheit, daß hinter der nächsten Kurve das kleine Lokal auftauchen würde. Und in der Tat tat sich nach wenigen hundert Metern eine kleine Schneise im altweibersommerlichen Laubwald auf: ein Riedhaus mit der neckisch geschwungenen, ansonsten aber dezent lilanen Neonschrift *Entre Nous* lag hinter einem geschotterten Parkplatz, auf dem nur noch eine einzige Lücke frei war.

Der Simplex-Chef parkte knirschend ein, und während sich die Chefsekretärin aus dem Schalensitz schälte und mit Entsetzen bemerkte, daß ihr pastellfarbenes Midi-Kostüm plisseerockartige Falten bekommen hatte, musterte der Mittfünfziger die BMW's und Mercedesse vor dem Restaurant. »Mächtig viel Betrieb, scheint's. ich hoffe, wir haben wenigstens einen Tisch für uns alleine –«

»– und hoffentlich ist niemand da, der deiner Charlotte erzählen könnte, daß du mit mir –«, warf Hildegard Bamm mit einem Mal nicht unzornig ein. Alfons Spock erstarrte balsaltmäßig, und auch sein solariumbrauner Teint mutierte ins Aschgraue, so sehr hatte die Mittdreißigerin ins Schwarze seiner heimlichen Ängste getroffen.

»Laß es gut sein«, lenkte sie mütterlich ein, als sie die Wirkung ihrer Bemerkung bemerkte, »ist mir nur so herausgerutscht.« Sie trat energisch auf die Glastüre zu, hinter der ein Ober bereits ein südfranzösiches Lächeln blitzen ließ.

Der französische Ober, der seine Marseiller Eltern nicht verleugnen konnte – und wohl auch gar nicht wollte –, geleitete das Paar, das doch offiziell keines sein durfte, wie die Mittdreißigerin den prüfenden Seitenblicken des Mittfünzigers ansah, in eine Ecke hinter den Kamin.

»Ich kann Ihnen sehr empfehlen heute: Frischfisch von der Küste der Provence . . . und auch gewürzt so«, radebrechte der freundliche Guide de Cusine, nachdem die beiden Platz genommen und eine kleine, handgeschriebene Menuekarte vorgelegt bekommen hatten. »Ist gut, Concierge«, versuchte sich der Firmeninhaber in seinem vokabelarmen Französisch, ohne den Lapsus linguae auch nur zu ahnen.

»Danke für Ihre Empfehlung, wir wählen selbst«, in flüssigem Französisch milderte die Chefsekretärin gütig den Fauxpas ihres Chefs.

»Ein Aperitif vielleicht?« zwinkerte der Chef de Rang der schwarzgelockten Mittdreißigerin zu.

»Zwei, das heißt: Kir Royal«, mischte sich Dr. Spock mit der weltmännischen Geste eines Steilheimers ein. Der Chefkellner verschwand leichtfüßig mit einem schweren Achselzucken. Sogleich deutete der Simplex-Chef auf den kleinen Lautsprecher, aus dem – direkt über ihrem Tisch – leise Klassik dezent rieselte. »Scheußliche Musik«, brummte er atonal.

»Orlando di Lasso. Ein Menuettchen von Orlando di Lasso. Ich mag diesen texanischen Komponisten«, blitze beiläufig das profunde Wissen der Konzertabonnementbesitzerin in der Chefsekretärin auf. Gleichzeitig fiel ihr ein, daß René Solo angelegentlich des Rattenburger Topspin-Finales ebenfalls von di Lasso nur in den höchsten Tönen geschwärmt hatte. Doch diesen Gedanken weiter zu verfolgen, kam sie nicht, denn der Ober hatte sich in einen Sommelier verwandelt und servierte mit einem spitzzüngigen »Voilà, le Kir!« die beiden cassis-duftenden Aperitifs. Er beschränkte sich, sonst der einen oder anderen aufmunternden Bemerkung seinem südfranzösisch-leichten Naturell gemäß gewiß nicht abgeneigt, mit Rücksicht auf die Französischkenntnisse des Simplex-Chefs auf ein weiteres einfaches »Voilà«, um die Wartezeit bis zur Bestellung zu überbrücken. Diese war kurz, denn Dr. Spock orderte, nachdem er das begeisterte Nicken Hildegard Bamms flüchtig abgewartet hatte, bündig: »Zweimal die provienzialische Fischplatte . . . wenig Knoblauch, ja . . . dazu eine Flasche Chablis - aber von Moreau & Fils.«

»Très bonne selection!« der gute Lokalgeist reduzierte ein zweites Mal rücksichtsvoll seinen muttersprachlichen Wortschatz, »aber darf ich fragen: Sans oder avec Hummer?«
Dr. Spock, dessen anthrazitgraue Punktaugen bereits wieder die Tische reihum wanderten, winkte ab. Die Chefsekretärin jedoch weitete ihre ohnehin vollmondgroßen und lächelte den Franzosen an: »Naturellement avec - für mich mit Kummer.«
Es lag an diesem sensiblen Fremden in seinem traumschiffweißen Marinejackett, mochte er nun Jean oder Jacques oder sonstwie heißen, den Freudschen Versprecher der schwarzlockigen Mittdreißigerin sanft zu korrigieren: »Mit Hummer pour Madame, nicht mit Kummer . . .«
In seinen stillen Abgang, der die solcherart in ihrem geheimsten Winkel Entdeckte mit pochendem Herzen im pastellenen Midi zurückließ, fuhr der kehlig unterdrückte Ausruf des Lizenz- und Patentgroßhändlers: »Aber das ist doch . . .!« Er beugte sich über den Kir Royal näher zu Hildegard Bamm hinüber und deutete hinter seiner fächerartig vorgehaltenen Rechten mit dem linken Zeigefinger gegen den Eingang: »Aber sieh doch nur, Hildeli, am Ecktisch neben der Tür!« flüsterte er mit der Aufgeregtheit, in der eine gewisse voyeuristische Lüsternheit nicht zu überhören war.
»Du meinst am Tisch unter dem kleinen Vogelbild von Lukas Cranich?« kam nun auch die Chefsekretärin dem graumelierten ›Simplex‹-Chef im kleinkarierten Mohair entgegen.
»Professor Munthe, der Chefarzt von St. Michael! Begnadeter Chirurg, Spezialgebiet Asthma – und: braver Familienvater! Nun sieh dir mal an, mit wem er hier turtelt!«
Hidegard Bamm wandte ihren schönen Kopf unauffällig um neunzig Grad: »Das wasserstoffblonde Mädchen? Seine Tochter vielleicht?«
Alfons Spocks Gerbfalten am Kinn ließen die Lippen im Takt eines meckernd-mitleidigen Lachens tanzen: »Seine Tochter? Von einer solchen Tochter müßte dann auch seine Frau wissen, glaubst du nicht auch?«
Die Surferin fixierte in Alf Spocks neuerlich belustigtem Auflächeln die Szene am fernen Tisch, und nun sah auch sie, daß Professor Munthes wohl begnadete Hände in Lockenkopf und

Nacken der blonden Mittzwanzigerin gewissermaßen diagnostisch, wenn auch im unmedizinischen Sinne wühlten.
»Dieser blaue Bock«, zischte nun der Firmeninhaber noch einmal und griff zum Glas, als müsse er irgendeine Verachtung hinunterspülen. »Der blaue Bock: Im ›Steilheimer Morgen‹ wettert er in Leserbriefen gegen den – zugegeben: durch und durch unsittlichen – neuen deutschen Film, und hier nähert er sich dieser flotten Nicole Keil!«
Hildegard Bamm sah ihren Chef überrascht an und entdeckte auf dessen Lippen ein süffisantes Zungenschnalzen.
»Du kennst diese . . . Dame? Ich meine, das Mädchen?«
»Und ob! Es ist die jüngste Tochter vom alten Tilman Keil. Ach, du mußt dich doch an ihn erinnern: Ingenieur Keil, der drüben in Zuffenhausen so eine Motoren-Klitsche betrieben und den gleichnamigen Riemen erfunden hat! Ein grober Klotz . . .«
»Und das ist die Tochter von Keil? Ich kenne ihn natürlich, wenn auch in anderem Zusammenhang: Er war Aushilfsbariton am Steilheimer Stadttheater.«
»Genau! Und Nicole kenne ich deshalb, weil sie mal in der ›Simpelx‹ war. Du warst damals gerade in Salò zur Funboard-Regatta.«
Hildegard Bamm lüftete lindgrün die Lider zu einer Frage.
»Nicole wollte einen Job von mir, als Sekretärin.«
»Als Sekretärin . . .?
»Nun ja, natürlich als zweite, nach dir und auch nur zur Entlastung bei den unwichtigen Dingen. Wir hatten damals aber diese Flaute nach dem geplatzten Patentgeschäft mit dem Fast-Food-Konzern, du erinnerst dich?«
»Die Pleite mit dem Großmixer für bleifreie Buchstabensuppe?«
»Genau! Und deshalb habe ich dieses kleine, süße Biest von Nicole damals nicht genommen. Heute könnten wir sie ja fast gebrauchen, findest du nicht auch?«
Hildegard Bamm blickte dem noch immer beinahe genüßlich und kopfschüttelnd lächelnden Dr. Spock für eine lange Minute offen ins Gesicht, ehe sie versonnen mit ihrem langen Ringfinger am Rand ihres Glases entlangfuhr. »Ich glaube nicht, daß sich ein solches Mädchen für die Aufgaben einer Assistenzsekretärin eignen könnte«, sagte sie dann gelassen. Doch irgend etwas in den tiefsten Tiefen ihres Dekolletés witterte Gefahr, und so brachte sie

– sei es nun, daß sie die Erwähnung des Ingenieur-Titels von Nicole Keils Vater daran erinnert hätte, oder einfach nur, um das leidige Thema der in der Tat deplaziert eskalierenden Vorgänge am anderen Ecktisch zu wechseln – die Sprache auf die Angora pectoris des Chefingenieurs der ›Simplex Unlimited‹.
»Du wolltest mir mitteilen, was du mit unserem armen Benno Faust vorhast«, sagte sie und setzte ihren Kir Royal an die kußrosenroten Lippen.
Doch ehe der Firmeninhaber irgendeine Antwort geben konnte, wurde die Fischplatte Provençale auf einem riesigen Tablett serviert, und der zarte Duft ihres Herbes de Provence sowie der Knoblauch-Farce durchhauchte das Entre Nous so spätsommerlich südfranzösisch, daß selbst diese blutjunge Nicole Keil und Professor Axel Munthe, der ältliche Chirurg von Sankt Michael, ihr wenig zartes Geflirte um eine Flasche Pommerol unterbrachen, und auch, sehr zur Freude des Simplex-Inhabers, die Musik wechselte.
»Ah, mein Lieblingssänger! Terence Hill«, jubelte er halb der Platte, halb der Cassette zu, »Terence Hill mit ›Hey, Bud Spencer!‹. Endlich etwas Lockeres!«. Der Mittfünfziger gab sich jugendlich imitativ nach Art seines Sohnes Heimito. Hildegard Bamm allerdings widmete all ihre diätbewußte Aufmerksamkeit dem großen Hummer, den ihr der dunkelhaarige Südfranzose, den sie insgeheim Gérard oder Philip getauft hatte, fingerfertig aufknackte. Ihre hummerroten Lippen formten sich zu einer weichen Trompete der Vorfreude: »Dieses Scherentierchen ist ein Gedicht! Wie schade, daß man diesen Satz nicht auch umdrehen kann. Die meisten Gedichte sind ja leider keine Schalentierchen«, die kritische Literaturliebhaberin brach in der meisterhaften Hobbysurferin und -stikkerin durch.
Der graumelierte Mittfünfziger hingegen hatte sich seines kleinkarierten Mohairjacketts entledigt und bedachte den zur Probe gereichten Chablis mit einem gönnerhaften, Kennerschaft suggerierenden »Nun ja, beinahe atypisch im Abgang, im Duft etwas introvertiert und gerade nicht untersäurig. Aber lassen Sie ihn mal da.« Dann wandte er sich auch schon dem Seeteufelfilet zu, das von einem Gemüsekränzchen umrahmt war.
»Also, was ist nun mit unserem armen, herzkranken Benno«,

wandte sich die Mittdreißigerin, sorgsam ihre pechschwarzen Lokken vor dem Gratin maritimoise rettend, über das sie sich eben schnuppernd beugte, an ihren geliebten Chef.
»Nun, wie du noch nicht wissen kannst, meine gute Hildeli«, der ›Simplex‹-Inhaber entfernte eine Gräte aus dem Filet eines weißen Albino-Hais, »hab' ich den Wettgewinn von Hunderttausend, den du mir nach deiner Glückssträhne beim Dagelfauster Kaltblutderby so gemeinnützig zur Verfügung gestellt hast – übrigens: Prost – à votre Sentiment, wie der Fischer an der Entrecôte d'Azur sagt! – hab' ich also dieses hübsche Sümmchen direkt an unseren Faust überwiesen.«
»Ich versteh' nicht ganz, Alfi?«
»Kannst du auch nicht: Es gibt selbst in der ›Simplex‹ Dinge, von denen du nichts weißt. Es war einfach die letzte Rate des zwischen ihm und mir vereinbarten Pauschalhonorars für das Großmodul PX 14. Du weißt, die bandlose Videosache mit ›Kinomo‹.«
»Natürlich weiß ich – aber daß du?« Die Hunderttausend waren der Rest auf eine halbe Million, du verstehst?«
Hildegard Bamm tat sich an einer jungen Seezunge in altem Weißwein gütlich und kostete sodann nichtsahnend von den kurzen Langusten. Sie dachte eben bei sich, während sie das unvergleichliche Aroma der holzkohlengegrillten Schwänze geschmacksfeinnervig in sich aufgehen ließ, »Wie ich dem herzleidenden Benno diese Fünfhunderttausend gönne! Wohl sein Altenteil für jene fernen Zeiten, in denen er endlich in seinem geliebten Japan diesen oder jenen Shinto-Hain aufkaufen und sich in einer kleinen Pagode zur Ruhe setzen kann«, als der Patent- und Lizenzhändler mit dem großen Atem eines Squashmeisters bei Steilheim 1860 kichernd losprustete: »Der Clou aber, meine geliebte Hildeli, kommt noch.« Hildegard Bamm konnte seiner vom Öffnen einer marinierten Miesmuschel geringfügig olivfetten Rechten, mit der er sie vergnügt über den Tisch am pastellfarbenen Midi zu fassen versuchte, gerade noch ausweichen. »Nun also hat unser guter Benno Faust eine halbe Million in bar auf der Kante, ein halbes Vermögen also . . .«
»Und? Willst du etwa bestreiten, daß er sich das und alles andre nicht verdient hätte durch seine geniale Erfindungsgabe, die beinahe an Wernherr von Braunhemd erinnert?« Hildegard Bamm

fühlte sich zu einer Art Verteidigung ihres ehemals geliebten Chefingenieurs verpflichtet.
Der ›Simplex‹-Inhaber nahm jedoch sogleich anscheinend belustigt jeden diesbezüglichen Wind aus dem rosa geblähten Segel ihres Surferinnenmundes: »Im Gegenteil, mon Chérie«, verließ eine wohl jedem geläufige, aus dem Geschäftsleben stammende Wortschöpfung des Neufranzösischen seinen harten Mund, »im Gegenteil: Er hat sich dieses *halbe* Vermögen nur zu gerechtfertigt verdient! Denn schließlich, und nun paß auf, jetzt kommt's: Verdiene ich mir durch ihn ein *ganzes!*«
»Vermögen . . .?« Die schwarzgelockte Mittdreißigerin kaute noch immer ungläubig an einem letzten Langustenschwanz.
»Die Sache ist ganz einfach, meine Liebste: Unser guter Benno kriegt seine Pauschale – und damit sind alle seine Ansprüche am Großmodul für das bandlose Video ein für allemal abgegolten.«
Die Chefsekretärin, die endlich zu begreifen schien, worauf die ganze Sache hinauslaufen würde, ließ das holzkohlendunkle Ende der Languste fallen: »Während du, das heißt: die ›Simplex Unlimited‹ –«
»– bei jedem Gerät, das die ›Kinomo‹-Fabriken verläßt, einen satten Lizenz- und Patentobolus kassiert! Genau! Und ich muß mein künftiges Vermögen nicht einmal selbst kassieren, denn selbst das erledigt die GEMA.«
»– die Gesellschaft zur Einziehung von Mikroelektronik-Abgaben.«
Der Mittfünfziger hob den Chablis amüsiert bis in die Höhe seiner grauen Schläfen und lächelte Hildegard Bamm zu: »Scharf kombiniert – ganz meine perfekte Chefsekretärin!«
Die Mittdreißigerin erwiderte die aufmunternde Trinkergeste ihres geliebten Chefs nicht, sondern bekundete im Gegenteil schweigend, aber körpersprachlich aufschreiend, durch einen tiefen Fall ihrer Schultern und Mundwinkel, aber auch durch das die Waffelstruktur ihres Midi-Kostüms glatt ignorierende Verschränken beider hummerfettiger Hände energischen Widerspruch, ja Protest.
»Tja, soll ich vielleicht persönlich das Honorar unsres japanophilen Genies in die Höhe treiben, wenn er sich selbst und aus freien Stücken mit einer halben Million shintoitisch bescheidet – obwohl er wissen müßte, wieviel Luft in diesem Geschäft steckt?« bemü-

ßigte sich der Firmeninhaber einer nicht unlächerlichen Verteidigung und nestelte lockernd am Windsor-Knoten seiner Krawatte.
»Ich nenne es trotzdem Übervorteilung, Ausnützung, Ausbeutung, ja sogar Betrug an einem immateriell denkenden Geist – und du weißt es genau . . . du Schuft!« beharrte die Chefsekretärin tapfer auf ihrem zutiefst moralischen Widerstand.
»Ach, komm, Mädchen, jetzt hab dich doch nicht plötzlich so. Ich weiß schon, daß du Gewerkschaftsmitglied bist, aber nun denk mal an deine Erziehung bei den geistlichen Schwestern im Herrn und spar dir diese Klassenkampftönchen, ja!«
»Steinbock, typisch und exakt wie Amely sagt«, wollte die Mittdreißigerin eben zu einer scharfsinnigen Analyse der kosmischen Gesetze ansetzen, als der zum Abräumen der Gedecke herantretende Piccolo mit der Frage »Ein Dessert gewünscht?« jede weitere intime Unterhaltung unterbrach.
Der Piccolo kehrte die letzten Krümel der würzigen provençalischen Fischplatte auf das sorgsamste mit einem kleinen Besen auf die handgebrannten Kacheln des côte-d'azur-blauen Bodens im Entre Nous und erlaubte sich, mit seiner hellen, hohen Stimme ein zweites Mal zu fragen: »Dessert? Mousse vielleicht? Parfait von Passionsfrüchten? Mandelkuchen? Blätterteigröllchen mit Pistazieneis? Oder Blaubeeren aus dem Schwarzwald? Es gibt auch ebenso frische aus dem Österreichischen, wo man sie Heidelbeeren nennt.«
»O ja«, ermunterte ihn Dr. Spock zum Gehen, und weil er sich auf ein kommendes, süßes Weekend im österreichischen Salzkammergut, auf stille Tage im Chalet mit Hildegard Bamm vorfreute, »O ja: Ich hab' mein Herz an Heidelbeer verloren! Und du Hildeli?«
Die kohlrabenschwarze Mittdreißigerin schüttelte, noch immer verbittert über die Übervorteilung Ingenieur Benno Fausts, trotzig die Locken: »Mir ist die Lust auf Süßes vergangen. Dein Tricky way, mit unserem besten Mann in der Frage des Großmoduls umzugehen, fördert bloß meine Magensäure«, fügte sie hinzu, als der Jungkellner verschwunden war.
Dr. Spock schien von den Vorwürfen seiner Chefsekretärin reichlich ungerührt, denn er schenkte sich nur nochmals vom Chablis ein und betrachtete interessiert die geradezu gewagten Umarmungen zwischen Dr. Axel Munthe und Nicole Keil am Ecktisch. »Es

fehlt nicht viel, und der Lustgreis und seine Lolita fegen den kostbaren Pommerol vom Tisch«, kommentierte er die degoutante Fraternisierung nahe des Eingangs zu diesem an sich noblen französischen Restaurant. Dann sog er alle grünliche Helligkeit aus dem Chablisglas und setzte trocken fort: »Ich sage dir noch etwas, – das allerdings unter dem Siegel der Verschwiegenheit, du verstehst, fällt unter Schweigepflicht in deinem Dienstvertrag: Ich werde Benno Faust entlassen, sobald das PX 14-Modell fertig ist und ein passender Augenblick kommt.«

Hildegard Bamms ohnehin leeres, kurzstieliges Chablisglas spickte den Kachelboden mit Kristallsplittern, und selbst Dr. Spock hätte nicht sagen können, ob die schreckhafte Erweiterung ihrer unergründlichen Pupillen zu sonnenfleckhafter Feurigkeit vom Fall des Glases oder von innerer Erregung auf diese seine Ankündigung hin gefolgt war.

»Du willst dich auf derart schäbige Weise von deinem langjährigen, treuesten und besten Mitarbeiter trennen?« sprudelte es stockend vor Zorn über ihre plötzlich lollyroten Lippen.

»Warum sollte ich nicht? Der gute Benno Faust ist, seine Verdienste um die ›Simplex Unlimited‹ hin oder her, immerhin herzkrank. Sieh das mal vom Standpunkt des Inhabers! Wenn ich mich weiterhin auf ihn verlasse, wer garantiert mir, daß er nicht mitten in einem Langfristprojekt wegkippt – und dann niemand eingearbeitet ist? Nein, je mehr ich nachdenke, um so entschiedener bin ich der Ansicht, daß wir für die Entwicklung frisches Blut in der Firma brauchen. Soviel zum – wie gesagt – absolut Vertraulichen!«

Die Chefsekretärin holte mit einem Mal das Glas ihres heimlichen Geliebten an ihren Mund und leerte es mit einem einzigen, zornigen Zug bis zum Stielansatz in ihrer zarten Hand. »Wenn du das tust, Alf, gehe ich auch – gleich, wie wir sonst zueinander stehen. Und im übrigen werde ich Benno noch heute nachmittag besuchen, sofort nach diesem Essen.«

»Wie du meinst.« Dr. Spock spielte seine moralisch mittelmäßige Rolle als ›Simplex‹-Inhaber durch, »besuch ihn und kauf ihm von mir ein Bonsai-Bäumchen für seine Sammlung. Und was die Zukunft berifft, ich meine: seine, so sei mal vorsichtig und wart ab . . .«

Die Eröffnung der geheimen Pläne Dr. Spocks gestaltete den Verzehr der leckeren Blaubeeren, die mit einem kräftigen Schuß Cointreau herb parfümiert waren, zu einem lustlos stummen Ereignis bloßer Magenfüllung: Die Restaurantmusik im Entre Nous quälte sich zwar damit, durch das Abspielen eines karibischen Zwiefachen, eines Raggae, so etwas wie Sonnigkeit zu suggerieren. Doch Hildegard Bamms Augen versprühten so kaltes grünes Feuer, daß jeder Anflug von Fröhlichkeit oder ungetrübten Genusses sogleich darin erstarrte.

»Mal ganz was anderes, Hildeli«, versuchte sich der Simplex-Inhaber in einer plumpen Gesprächslist, während sich Lippen und Zunge gleichsam herrensteinisch blau färbten, »was wird nun aus unserem Weekend im Salzkammergut? Keine Lust auf Surfen und Zweisamkeit, hm?« lockte der Steinbock im Schafspelz.

Die Lippen der Mittdreißigerin antworteten mit einem Faltenwurf, der einem Zombie-Film zur Ehre gereicht hätte. »Ich mache das ganz vom Gesundheitszustand unsres Benno Faust abhängig«, trotzte sie verstimmt dem anzüglichen Glanz in Alfons Spocks mausgrauen Augen und fügte noch spitz hinzu: »Hast du dieses Wochenende keinen Familiendienst?«

»Charlotte, ich meine, meine Gattin besucht wieder ihr Urschreiseminar, irgendeine nonverbale Gruppenpsychotherapie. Und überhaupt: Seit wann hängt unser trautes Zusammensein von ihren Terminen ab?«

Minzgrün entflammte das Feuer des Zornes in den ohnehin gleichsam vorgeglühten Augen der Chefsekretärin: »Seit eh und je! Das heißt: Seit wir uns kennen . . !«

Dr. Spocks Rechte wand sich wie eine behaarte Natter an den Blaubeeren vorbei auf Hildegard Bamms nervös trommelnde Finger zu, und mit dem weichesten Ton, zu dem seine Mittfünzigerstimme fähig war, säuselte er: »Ich verstehe, daß du verstimmt bist, aber ich sollte es doch wissen, ob wir fahren oder nicht. Ansonsten müßte ich mich für das Squash-Turnier um den goldenen Schweißtropfen anmelden.«

»Ach, mach doch, was du willst! Ich fahre jetzt zu Benno.«

Dr Spock, diesem sonst so selbstsicheren und keinen Widerspruch, ja nicht einmal subtiles Aufbegehren gewohnten Lizenz- und Patenthändler, blieb ein voller Löffel Blaubeeren geradewegs

an den ein klein wenig reißzahnartig vorspringenden Unterkieferecken stecken. So kannte er seine Geliebte noch nicht, nämlich resolut auch jenseits des Geschäftlichen! Aus den verknittenen Winkeln seiner scharfen Augen musterte er die Mittdreißigerin überrascht: Sie winkte tatsächlich nach dem Ober.
»Bestellen Sie mir ein Taxi«, beschied sie den Südfranzosen knapp. Der ›Simpelx‹-Chef hatte diese plötzliche Wandlung seiner Geliebten von der wächsernen Puppe in seinen sehnigen Händen zur energischen Entscheidungsträgerin noch nicht richtig verdaut, als der Kellner auch schon eilfertig davonwieselte, um dem Wunsch der Schwarzgelockten zu entsprechen.
»Aber warum willst du nicht mit mir . . . ich kann dich doch genauso gut zu Ingenieur Faust bringen? Ich versteh dich nicht.«
»Dann denk darüber nach, Alfi, und geh dabei einmal nicht nur in dich«, zischte die nun offenbar auf jedes seiner Worte allergisierte Chefsekretärin echsenhaft, sagte es und war auch schon aufgestanden. Noch ehe Spock das duftende Häufchen Blaubeeren in seinen schmalen Schlund zwängen konnte, hatte ihn Hildegard Bamm auch schon als ebensolches von Elend zurückgelassen. Ungläubig zitterten die Nasenflügel des Firmenchefs hinter der Mittdreißigerin her, aber sie schnupperten in die Leere eines Hauchs von Parfüm aus dem Hause Madame Clochard.

Während Dr. Alfons Spock, inzwischen bis auf das über den Altersunterschied gnadenlos hinwegturtelnde Pärchen Dr. Munthe und Nicole Keil der letzte Gast im Entre Nous, mißmutig und doch auch versonnen durch Hildegard Bamms energischen Abgang, den Dessertteller mit den Blaubeeren in ein Schlachtfeld widerstreitender Gefühle verwandelte, saß die Chefsekretärin ebenfalls nicht ohne ein gewisses inneres Hin und Her im Fond eines Steilheimer Funktaxis.
»Vielleicht habe ich meinen Alfi doch etwas zu hart angefaßt«, dachte sie in den Nachmittagsverkehr der City. »Einem so eingefleischten Chauvi wie ihm müßte man die Macho-Allüren mit der Geduld eines Abrüstungsunterhändlers vermitteln. Ich werd's mal versuchen, wenn wir ohne Streß zusammen sind . . . eventuell doch am nächsten Weekend im Salzkammergut«, gab sie sich ganz ihren wellenförmigen Surfträumen hin. Als der Taxilenker in den

Marktplatz einbog, wurde sie wie von einer Windböe aus dem sanften Gleiten gerissen: »Da vorn links, in den Düsentriebweg 2, Ingenieur Benno Faust, das zweite Haus rechts.«
Die letzten Meter der Fahrt umspülte der harmonische Sound einer nostalgischen Melodie aus dem Autoradio, den die Mittdreißigerin sogleich als »Love me tender, love me please, die heimliche Hymne der Lokomotivführer . . .« mitsummend identifizierte. Als sie jedoch in den Düsentriebweg einbogen, wurde dieses so anrührend schlichte Gespinst aus Gesangs- und Instrumentalkunst jäh zerissen vom grellen, auf- und abschwellenden Heulen eines Folgetonhornes. Das Taxi verlangsamte seine Fahrt.
»Eine Ambulanz? Im Düsentriebweg?« zu denken und das ebenmäßige Gesicht schreckerfüllt an die Wagenscheibe zu pressen, war für die Kohlrabenschwarzgelockte im pastellfarbenen Midi eins. Ihre tanggrünen Augen flogen förmlich voraus, ihre Schrekkensblicke tasteten die Straße ab, kletterten die Fassaden der Villen hoch und krallten sich angsterfüllt an jedem Erker fest, um doch eilends wieder am grauen Asphalt zu zerschellen.
»Mein Gott, laß kein Rettungsauto vor der Nummer 2 parken!« bebte es in der Mittdreißigerin. Und doch: Ihr gehetzter Blick stempelte ihren innigen Wunsch zu einem Liebesbrief mit dem Rücksendevermerk: Annahme verweigert. Denn obschon das Folgetonhorn seinen bedrohlichen Ruf verstummen hatte lassen, spiegelte sich in Hildegard Bamms Jadeaugen unerbittlich der eisblaue Kegel eines rotierenden Alarmlichtes auf dem Dach einer Ambulanz der privaten Rettungsgesellschaft vom Aquafit-Malteserkreuz: »Direkt vor Bennos Häuschen, –schnell! Um Himmels willen: schnell! Da, nehmen Sie, der Rest ist für Sie!« Sie steckte dem einigermaßen verblüfften Taxilenker einen großen Schein in die obere Rocktasche und war auch schon, ohne auf den Faltenwurf ihres Kleides zu achten, aus dem sanft ausrollenden Wagen gesprungen, als ob es sich um ein Funboard handelte.
Eine kleine, aber dunkle Cumuluswolke verfinsterte den Azur über Steilheim, als die Chefsekretärin atemlos den Bürgersteig zum Hause Düsentriebweg 2 entlanghetzte. In und um den Ambulanzwagen herrschte Menschenleere, nur das kleine, schmiedeeiserne Gatter zu Ingenieur Benno Fausts japanischem Ziergarten knarrte leise eine Weise von Vergänglichkeit in den Altweibersom-

mernachmittag. Der feinziselierte Glücksdrachen darauf schwankte im schwülen Wind.
Hildegard Bamm hetzte durch den schmalen Eingang und hatte keinen Blick für die kostbaren Bonsai-Bäumchen, die links und rechts des Kiesweges aus hokkaidischem Rollsplit wie Sprößlinge japanophiler Kleinkunst aufragten und so viel von der auch gartengestalterischen Genialität Fausts erzählen hätten können.
»Benno, guter Benno! Sei tapfer wie der Tenno!« pulsierte ein altes Nipponsches Lied, das der Erfinder ihr einst beigebracht hatte, durch die lockenumwölbten Schläfen der Mittdreißigerin.
Als sie die schwere Zedernholztür erreicht hatte und am Messingknauf aus verschlungenen Reisstäbchen rüttelte, fand sie diese verschlossen. »Hallo?! Aufmachen?! Ist hier niemand?!« Verzweiflung und das Gefühl sojabitterer Ausgestoßenheit brach sich auf den azaleeroten Lippen der Chefsekretärin traurige Bahn. Doch nur in den Wipfeln der winzigen Lackäpfelbäume, die in Porzellanschalen die Türe säumten, war Hildegard Bamms aufgewühltem Ruf nach ihrem herzkranken Ex-Freund ein Echo beschieden. Sie wollte eben mit all der Kraft ihrer surfgestählten Fäustchen an die Türe trommeln und holte dazu aus, als sich die Tür dornröschenhaft öffnete und ihre Schläge ins Leere fuhren.
Hildegard Bamm war verblüfft: »Oh, bitte . . .« Dann erst bemerkte sie, und dieses späte Gewahrwerden war bei einem Widderkind von solch flinker Auffassungsgabe einzig und alleine auf mütterlich sorgende Aufgewühltheit zurückzuführen, wer die Zedernholztüre von innen geöffnet hatte.
»Dr. Borg . . . Ich bin Dr. med. Borg«, ertönte eine ihr völlig unbekannte Jungmännerstimme aus dem Dunkel des Flures. »Sie wünschen? Ich bin hier im Einsatz, Sie verstehen? Im Gasteinsatz sozusagen.«
»Mein Name ist Hildegard Bamm – Chefsekretärin bei der ›Simplex Unlimited‹, Kollegin und Freundin von Ingenieur Benno Faust. Faust ist unser Cheferfinder. Ich muß zu ihm. Wie geht's ihm?!«
Nun trat die anonyme Stimme aus dem Hintergrund hervor und ins Licht des Spätsommernachmittags über Steilheim – und sie gehörte einem blonden, jungen Mann von biederem Aussehen. Nichts an ihm unterschied sich von Tausenden anderen Jungärz-

ten, wenngleich die Mittdreißigerin eine gewisse Gehetztheit in seinem offenen Gesicht zu bemerken können glaubte.

»Hildegard Bamm, ja . . .«, schien der junge Mediziner zu sinnieren, »so sehen Sie also aus. Ich kenne Sie bereits.«

»Sie kennen mich?«

»Nun, nicht persönlich, aber indirekt. Unser Patient, Ingenieur Faust, hatte von Ihnen erzählt, vielmehr nach Ihnen verlangt«, sagte dieser Dr. Borg ernst – und seine Stimme war dabei nicht ohne Wärme, wie sie gefühlvolle Frauen gerne hören.

»Sie sagen: Er hatte?« Hildegard Bamm sah den Jungarzt im weißen Mantel einen Augenblick lang mit durchdringenden Havannakatzenaugen an, und sie fühlte, obwohl er wohl gleichaltrig schien, mütterliche Gefühle in sich aufsteigen, als er sich verlegen durch seinen Blondschopf fuhr. »Was ist mit Benno Faust, Dr. Borg?« fragte sie schließlich, und ihre amaryllisroten Lippen zitterten.

»Er lebt«, erlöste er sie aus tiefem Bangen, das die Pastellstreifen auf ihrem Midi die ganze Zeit über in der Brustgegend in Mäander verwandelt hatte.

»Heut ist der schönste Tag . . . in meinem Leben«, flüsterte die kohlrabenschwarze Mittdreißigerin dankbar, und als ob eine Singdrossel in der Bonsai-Krüppelfichte nur auf diesen Satz gewartet hatte, stimmte auch sie ein inbrünstiges Lied an.

»Aber Ingenieur Faust braucht absolute Ruhe, Frau Bamm«, setzte Dr. Borg nun fort. »Er hatte einen ziemlich schweren Anfall, den wir aber nun unter Kontrolle gebracht haben . . . Wir haben Faust auf Digitalis eingestellt, – Vene, Vidi, Vici – wenn Sie wissen, was ich damit meine.«

Die Chefsekretärin schenkte dem unbekannten Arzt, der tiefe Ringe unter den Augen zeigte, so, als wäre er Tag und Nacht auf den Beinen, gewissermaßen auf der Flucht vor irgendeiner unbekannten Gefahr, einen so zärtlichen Blick, daß er errötete. »Was heißt: wir . . .?« verlieh sie sodann ihrer Stimme einen schalmeienhaften Reiz, dem der ambulante Arzt der privaten Rettungsgesellschaft Aquafit-Malteserkreuz sogleich erlag.

»Ich bin nur ein kleiner Mitarbeiter von Professor Sauerstoff, Sie verstehen . . .«

»Dem berühmten Herzspezialisten . . .?«

»Jawohl, ich lerne gewissermaßen noch am Klinikum Pfaffenhofen. In meiner kargen Freizeit helfe ich bei der Rettung hier mit. Auch sonst bin ich fast ständig auf Reisen.«
Die Chefsekretärin empfand ein gewisses Mitleid mit dem nicht unsympathischen Arzt von Pfaffenhofen, doch sie war so ganz und gar mit ihren Gedanken bei Benno Faust, daß sie die weiteren Erzählungen, zu denen der Jungarzt ansetzen zu wollen schien, nicht sonderlich interessierten. Noch ehe er fortfahren konnte, vergewisserte sie sich daher nochmals: »Und Sie können mir garantieren, daß es meinem Benno gutgeht? Er hat den Anfall gut überstanden?«
Der Notarzt nickte, und in diesem Nicken lag eine gewisse Trauer darüber, daß sich die hübsche Mittdreißigerin so viel mehr für den ältlichen Patienten als für ihn interessierte: »Es geht ihm den Umständen entsprechend gut, und Sie dürfen beruhigt sein, Frau Bamm: Er wird bald wieder völlig gesund sein, mehr noch, schon bald wieder arbeiten können. Jemand wie er, ich meine: Mit der Konstitution eines japanischen Ringers, kann trotz eines solchen Herzproblems glatte Hundert erreichen.«
»Aber er darf keine Besuche empfangen?«
»Absolute Ruhe ist geboten. Keine Besuche, keine Anrufe, keine sonstigen Beunruhigungen. Menschen wie er wollen ja immer sofort wieder zu arbeiten beginnen. Ich kenne das – von mir.«
»Tja, dann muß ich mich wohl gedulden.«
Der Blonde mit dem weißen Mantel nickte ein zweites Mal: »Wir bringen ihn später in das Privatsanatorium von Dr. Sauerstoff, wo ihn der Professor persönlich in dem von ihm entwickelten und auch nach ihm benannten Zelt beobachten möchte: In rund einer Woche, vielleicht auch früher, verlegen wir Ingenieur Faust zur Kur in das Sanatorium Bühlerhof nach Baden-Baden, das Südwestklima wird ihm guttun.«
Hildegard Bamm strahlte, daß neben ihren Jadeaugen das noch immer blinkende Blaulicht der Ambulanz vor dem Gartentor Düsentriebweg 2 beinahe verblaßte. Sie drückte dem Jungarzt fast zärtlich die Hand, und in einem Anflug von Glück, das sich freilich auf den Zustand von Benno Faust und nicht auf Dr. Borg bezog, küßte sie diesen spontan auf die Wange.
»Verzeihen Sie diese meine etwas ungewöhnliche Art des Dan-

kes«, bemerkte sie ohne jedes Flattern in ihrer Glockenstimme, »aber ich bin so unendlich froh, daß Benno lebt und leben wird, daß der Vulkan in mir einfach sein Feuer loswerden mußte.«
Am knisternden Rascheln des plastifizierten Notarztmantels, noch mehr aber am cinzano-roten Anlaufen Dr. Borgs wurde offenkundig, daß dieser zutiefst verunsichert war. Der Widder in ihr nahm seine Schüchternheit und Weltunerfahrenheit sensibel wahr, und mit einem aufmunternden Lächeln klopfte sie dem angehenden Arzt auf die Schultern: »Hab' ich Sie erschreckt? Man macht so was nicht bei Ihnen – in Pfaffenhofen, nicht wahr? Stellen Sie sich mal vor, Sie wären Frauenarzt, Dr. Borg!«
Der Jungmediziner blickte Hildegard Bamm baß erstaunt an und antwortete dann langsam und eindringlich: »Frauenarzt wäre das Letzte, Frau Bamm, was ich werden wollte.«
Zum ersten Mal huschte dabei auch über sein im Grunde knabenhaftes Gesicht ein zaghaftes Lächeln. Dieses wiederum galt der Chefsekretärin als ein Zeichen, daß der Notarzt seine Verwirrung, die sie nicht als solche geplant hatte, langsam überwand, und sie entschloß sich zu gehen: »Passen Sie mir gut auf meinen genialen Erfinder auf, Dr. Borg, ich muß jetzt . . . Für mich gibt es hier ohnehin nichts zu tun . . .«
Mit diesen herzlichen Worten war sie auch schon surftrainiert die kleine Treppe aus Sukiyaki-Schiefer hinuntergesprungen und strebte in jungmädchenhaft fröhlichen Tanzschritten dem Gartentor zu. Die Singdrossel im Bonsai-Wipfel begleitete süß ihren Weg auf dem Kies, und wäre nicht ihre Stimmung so mild und hell wie dieser Altweibersommernachmittag gewesen, so hätte sie sicherlich auch nicht jenes melancholische »Auf Wiedersehen, Frau Bamm! Und ich hoffe, wir sehen uns vielleicht einmal wieder!«, das ihr Dr. Borg unschlüssig und doch irgendwie begehrlich nachrief, mit einem so burschikosen »Wer weiß, vielleicht irgendwann, irgendwo!« beantwortet. Sie drehte sich bei diesem ihrem Echo auf den Nachruf Dr. Borgs nicht einmal um. So konnte sie nicht sehen, daß dessen Bernsteinaugen zwei sehnsuchtsheiße Löcher in ihr pastellfarbenes Midi brannten . . .
»Ich bin glücklich, ich bin froh, und ich sag' dir auch, wieso . . .«, summte die Chefsekretärin vielmehr vor sich hin, und sie tat es auch noch, als sie bereits den Düsentriebweg betrat und einem

Taxi winkte. Als der Fahrer sie nicht sofort bemerkte, tat sie etwas, was ihr an gewöhnlichen, alltäglichen Tagen niemals in den Sinn oder gar über die makartroten Lippen gekommen wäre: Sie pfiff –laut und lang. So glücklich und zutiefst versöhnt war die Mittdreißigerin in diesem Augenblick mit sich und der Steilheimer Welt.
»Zur Illustrierten ›Planet‹«, gab sie dem Fahrer Anweisung, »und dalli, dalli, wenn Sie das schaffen«, erlaubte sie sich wie selbstverständlich eine kleine, scherzhafte Bemerkung dazu.
»Action für gut fünf Clint-Eastwood-Filme«, dachte sie, »aber erträglicher als diese, weil es keinen Toten gab.« Ihre Erinnerung berührte einen dunklen Schatten vergangener Gefahr für ihren Ex-Freund Faust. »Nach allem, was heute im Entre Nous zwischen mir und Alfi vorgefallen ist, werde ich erst morgen wieder in die Firma gehen . . . und mich mit meinem Steinbock versöhnen. Jetzt aber möchte ich mir mit Ameley einen schönen Abend machen.« Für einen Moment überlegte sie, ob es nicht besser wäre, ihre Freundin, die vielbeschäftigte Amely Gütlich, die gewiß wieder an einer der brandheißen Serien des ›Planet‹ arbeitete, anzurufen und dieser ihren Besuch anzukündigen. Doch dann verwarf sie das Vorhaben, da der Taxilenker bereits in die Dudenstraße einbog, das ›Planet‹-Hochhaus also schon sehr nahe war.
Als sie ausgestiegen war und mit dem Lift in den 14. Stock fuhr, wo Amelys Büro lag, fiel ihr wieder ein, daß sie – falls sie tatsächlich etwas mit der Freundin unternehmen würde – unbedingt noch zu Hause ihr Katzenkind aus Siam, Salome, füttern und sich selbst umziehen würde müssen.
»Das Midi ist ja schon so verdrückt, daß es bald vor lauter Falten hochgezogen und zum Mini wird«, seufzte sie, als der Lift lautlos bremste und die magnetischen Türen sich mit einem Summerton öffneten. Hildegard Bamm betrat zögernd den langen, filzbelegten Korridor, der von leisem Rattern von Fernschreibern, Telefongeklingel und Gesprächsfetzen, die aus all den dickgepolsterten Büroräumen drangen, bienenstockartig erfüllt war.
»Amely ist auf Nummer 7, wenn ich mich recht erinnere, da . . .« Dann klopfte sie chefsekretärinnenkorrekt an die Tür.
»Herein!« ertönte sofort die vertraute Stimme der Freundin. Als Hildegard der Aufforderung unverzüglich Folge leistete und ein-

trat, entfuhr der überraschungsgewohnten Gesellschaftsreporterin dennoch ein »Ja, ist denn das die Möglichkeit! Mein Widderkind ist mal lazy in the afternoon!«
»Da staunst du, was?!«
Die beiden Freundinnen fielen sich herzlich in die Arme und sahen einander prüfend ins Gesicht auf der Suche nach äußeren Zeichen irgendwelcher Veränderungen oder neuen Lach- oder Kummerfalten. »Du siehst so glücklich aus, meine Liebe, und blendend sowieso«, schloß Amely Gütlich ihren Kolumnistinnenblick, dem nichts entgehen konnte.
»Und du – wie geht's dir?«
Die Gesellschaftsreporterin ruderte windmühlenartig mit beiden Armen durch das winzige Zimmer: »Spitze! Ich zähle täglich meine Sorgen«, war sie sogleich zu einer ›planet‹-würdigen Kleinsatire bereit. »Nein, ich kann nicht klagen. Arbeit halt, aber besser gestreßt als arbeitslos. Setz dich und erzähl mir aus deinem Leben.«
Sie wies die Chefsekretärin in einen Stuhl, den sie erst von Büchern, Fotos und Skripten befreien mußte – wie überhaupt das enge Büro überquoll von Regalen, Zeitungsausschnitten und Archivmaterialien. »Kaffee? Whisky? Tonic?«
»Kaffee und Whisky, heut möchte ich mal auf die Pauke hau'n!« Hildegard Bamm ließ sich in den Tudorstuhl fallen.
»O la la! Madame Übermut schlagen zu«, scherzte die Gesellschaftsreporterin retour.
Dann machten es sich Hildegard Bamm und Amely Gütlich rasch bequem, tranken nicht zuviel Kaffee und nicht zuwenig Whisky und berichteten sich dabei alle wesentlichen letzten Vorkommnisse.
»Übrigens: Habe ich dir schon gesagt, wie entzückend dein Kleid wieder ist, meine Amely?!«
Diese strich gespielt gelangweilt über die enzianblaue, keßkuschelige Kombination, die aus einer knielangen Tunika aus Naturleinen mit extrabreit aufgesetzten Schultern sowie einer seitlich stark geschlitzen Hose im Military-Look bestand. »Ein Vorführfetzen, pardon: ein Musterstück aus dem Hause Carlo Valentin. Etagenlook nennt man das. Nächste Woche kannst du meinen Bericht über die Modenschau in Mailand lesen: Körpernaher Schnitt,

ladylike und doch mit einem Schuß Sportappeal – oder so ähnlich hab ich's formuliert. Aber jetzt sitze ich schon längst wieder über etwas Politischem.« Die Chefsekretärin, die zwar niemals mit der Reporterin hätte tauschen wollen, beneidete sie dennoch heimlich um den aufregenden Job, der um soviel abwechslungsreicher schien als der ihre in der Patent- und Lizenz-Branche.
»Ich habe das Bundeskabinett interviewt und analysiert.«
»Sicher mächtig interessant!«
Amely Gütlich winkte ab: »Mächtig durchaus. Meine Serie wird mit dem Kanzler beginnen und den Titel tragen: »Smily's Leute«. Die sportliche Mittdreißigerin, die sich lieber mit nützlicheren Dingen als den Fassadenvorgängen der hohen Politik beschäftigte, also beispielsweise mit dem tunesischen Häkelstich, konnte ein feines Lächeln dennoch nicht unterdrücken. In diesem Augenblick läutete das Telefon und Amely Gütlich ging, bedauernd achselzukkend, an den Apparat: »›Planet‹, Abteilung Society, Gütlich, Hallo?«, meldete sie sich geradezu viersterngeneralhaft. Nach einem Augenblick angestrengten Horchens in die Muschel hielt sie diese plötzlich am Sprechteil zu und flüsterte der Freundin zu: »Mein oberster Boß, der Chefredakteur himself!« Ein nicht unironischer Seufzer der Mittdreißigerin korrespondierte harmonisch mit dem Ungeduld und indevote Haltung signalisierenden Augenaufschlag Amelys in jene lichte Höhe, in die sie wohl ihren Chef nur zu gerne befördern wollte.
»Aber selbstverständlich, Herr Dr. Quark, ist mir klar . . . natürlich geht das . . . heute, sagen Sie? . . . Beginn 20 Uhr? Aber nichts lieber als dies . . . ich meine: das . . . wird gemacht, Herr Quark . . . nichts zu danken – ist mir eine Ehre . . . jawohl: 140 Zeilen, zweispaltig plus 1 Foto schwarzweiß . . . und das ganze positiv, jawohl . . . danke . . . Wiederhören! – Arsch mit Ohren!« Für einen Moment erstarrte Hildegard Bamm ob der herzlich rauhen und an Varianzbreite des Tonfalls nichts zu wünschen übrig lassenden Diktion der Gesellschaftskolumnistin. Dann blickte sie die 37jährige erwartungsvoll an. »Dieser Kretin hat uns eben den geplanten Abend zerstört. Ich soll zu einer Vernissage in die Galerie Blackout. Ein guter Freund von ihm stellt dort aus, und der Boß ist verhindert. Wird schon wissen, weshalb er sich das nicht ansehen will.«

Die Chefsekretärin legte der Brünetten begütigend den Arm um die extrabreit ausgestellten Pagodenschultern des Valentinmodells: »Aber das macht doch nichts. Wenn du mich vorher noch zum Umziehen nach Hause fährst und Salome füttern läßt, gehe ich mit dir.«
»Das würdest du? Ich warne dich: Kunst kennt keine Gnade. Die Sache kann tödlich langweilig werden.«
»Ich hab' Kabelfernsehen, liebste Amely, was kann mich da noch erschüttern!«
»Also dann: Adamo, wie der Italiener sagt, wenn er beschwingt aufbrechen will!«

Auf dem Weg zur Vernissage in der Galerie Blackout, zu der Amely Gütlich von ihrem Chef Dr. Quark im Namen des ›Planet‹ sozusagen verdonnert worden war, fuhren Hildegard Bamm und sie gleichsam einen Abstecher zum Fachwerkhaus der Chefsekretärin.
»Salome wird sich inzwischen schon in die ›Kralle von Steilheim‹ verwandelt haben, in eine Art siamesischen Zombie – so hungrig dürfte sie sein«, die schwarzgelockte Mittdreißigerin drückte ihr tierisches Mitgefühl aus, als Amely Gütlichs rosa Borgward hinter dem schwarzen GTI der Chefsekretärin mit einem unvermeidlichen Surf-Board darauf geparkt hatte und die Hobby-Surferin die himmelblaue Türe zu ihrem Häuschen aufschloß. In der Tat lauerte die edle Hauskatze hungrig wie ein MacDonalds-Abonnent im Vorzimmer auf der Wendeltreppe.
»Nur keine Panik, gutes Tier, besser schlank als Kunst«, spielte Amely auf den bevorstehenden Galeriebesuch mit dem ihr in derlei Situationen eigenen Charme einer Kobra an.
»Hier«, Hildegard Bamm war bereits in der Küche tätig gewesen und setzte Salome zärtlich den Futternapf aus chinesischem Porzellan vor, »hier fließt Milch und Honig für dich. Na komm schon, es sind deine heißbegehrten Katzenzungen.«
Dann, als das ebenso kluge wie schöne Rassetier seine zierlichen Fangzähne ins Futtter schlug, ging die nicht minder schöne schwarzlockige Mittdreißigerin nach oben, in ihre Biedermeiermansarde, um sich für das Kunstereignis entsprechend umzuklei-

den. Auf eben dieses Ereignis schien sich auch Amely Gütlich gedanklich einzustellen, denn während sie der kuschelig Schönen aus dem fernen Siam beim genüßlichen Fressen zusah, taxierte sie deren Futternapf mit feinen Fisch- und Vogeldarstellungen: »Hm, du ißt ja aus etwas ganz besonders Feinem! Wohl ein Stück aus der Zeit der 3. Miau-Dynastie.« Die zwar feinfühlige, jedoch im Moment zu hungrige Katze gab nur kurz Laut. Dafür rief um so kräftiger die Chefsekretärin aus dem Obergeschoß nach der Freundin: »Komm mal rauf, ich möchte wissen, was du dazu sagst!« Sie suchte Rat bei der in Modefragen ›planet‹-bewanderten Kolumnistin, die auch sogleich die enge Schneckhaus-Treppe im enzianblauen Naturleinen hochwallte.

»Findest du es zu gewagt, Amely?« empfing sie die Chefsekretärin in einem rohseidenen Etuikleid mit undefinierbaren Mustern rund um den teissier-ähnlichen V-Ausschnitt. »Mimose, die neue Modefarbe«, ergänzte Hildegard Bamm.

Amely Gütlich ging bewundernd um die Mittdreißigerin herum, als wäre sie eine Statue von Roger Moore, und sagte dann entzückt: »I wo, keineswegs deplaziert. In der Galerie Blackout tragen alle Damen Dernier cri: Ich finde, das abstrakte Mustermix läßt deine Büste wunderbar zur Geltung kommen – das paßt vermutlich perfekt in die Ausstellung, denn angeblich malt der Typ ebenfalls abstrakt.«

Die Standuhr in der Ecke neben dem teerosengelben Doppelbett mit den beiden wachenden Elefanten am Fußende schlug mahnend und in acht schweren Schlägen 20 Uhr.

»Gut, dann führ' ich heut dieses aus.« Die Chefsekretärin glättete die letzte, imaginäre Kastenfalte in ihrem Etuikleid. »Wie heißt der Künstler eigentlich, dessen Werke wir heute bewundern?«

»Lach bitte nicht: Sein angeblich allseits bekannter Name ist Joseph Filz.« Doch die Mittdreißigerin war ohnehin derart und eilends damit beschäftigt, ihrem naturschönen Gesicht durch einen Hauch pudriger Helligkeit auf weißem Grund abendlichen Glanz zu verleihen, daß sie über den Künstlernamen nicht einmal dann gelacht hätte, wenn er ihr geläufig gewesen wäre.

Als Hildegard Bamm und Amely Gütlich die kleine, aber feine Galerie Blackout in einer Seitenstraße der Steilheimer City betraten, verstummte für einen Augenblick die gedämpft geistreiche Konversation, die der Engländer ob ihrer zurückgenommenen Lautstärke nicht ohne Grund smalltalk nennt. In der Tat schritten zwei paradiesvogelartige Persönlichkeiten in die beiden ballsaalhaften Ausstellungsräume, enzianblaue Tunika und mimosenfarbenes Mustermix auf einem Etuikleid Seite an Seite.

»Man hat uns bemerkt«, flüsterte Amely Gütlich, wie immer gelassen in Augenblicken gesteigerter öffentlicher Aufmerksamkeit.

»Das will etwas heißen, sieh dir doch die anderen Garderoben und Roben an«, gab Hildegard Bamm aus dem Winkel ihres zur Feier des Tages kürbisroten Mundes zurück. Und wirklich wimmelte es in diesen beiden mit kunstinteressierter Gesellschaft und den anderen Ausstellungsobjekten überfüllten Zimmern von Einzelstücken aus den schicksten Boutiquen zwischen Siegen und Dornbirn.

»Aber es gibt neben dem Abenddirndl mit Madeirastickerei auch den allerletzten Lumpen-Look, wie ihn Christian Lenor jetzt propagiert«, beendete die Society-Reporterin leise das versierte Fachgespräch. Sie tat es nicht zuletzt deshalb, weil sie die ersten Bekannten erkannten und sie mal links, mal nach rechts zurückzugrüßen hatte, wollte sie nicht unhöflich erscheinen. »Sieh mal an: Man hat sogar Lili Kaktus aus der Schweiz eingeflogen, du hast sicher von ihr gehört: Vor Jahrzehnten ein Hollywoodstar, jetzt angeblich Malerin und Bestsellerautorin.«

Hildegard Bamm reckte dezent ihren schlanken Schwanenhals, soweit es ihr rohseidener Wickelkragen über dem V-Ausschnitt zuließ: »Wo?! Ach ja, sie unterhält sich eben mit Boy Black, dem Geschäftsführer des Blackout. Muß eine interessante Frau sein, ich hab' ihren Romanerstling verschlungen. Hieß ›Gute Lili – dicker Hund‹ oder so ähnlich . . .«

Ein dressmanähnlicher Galeriehelfer kam auf die beiden Freundinnen zu, und noch ehe sie hätten zugreifen oder ablehnen können, hatte ihnen der dienstbare Geist im Kolonialstil-Anzug von einem vollen Silbertablett je eine Flöte prickelnden Sektes in die Rechte geschoben. Amely Gütlich nippte sogleich daran. »Hm . . . Original echter Avanti Spumanti. Alle Achtung: Man läßt sich das Kunstereignis etwas kosten, mein Widderkind.«

Die Chefsekretärin, die eben damit beschäftigt war, die leicht verrutschte Naht ihrer Nylons nahe den Stiletto-Absätzen zurechtzurücken, kam wieder hoch und sah die Gesellschaftkolumnistin fragend an: »Und wo ist hier eigentlich die Ausstellung? Am Eingang, auf dem Plakat war die Rede von Bildern, Gouachen und Schauobjekten . . .«
Amely Gütlich, bereits ganz Kunstkritikerin, lächelte mit dem Background von zehn Jahren ›documenta‹: »Ausstellung ist das, was zwischen dem Vernissagepublikum noch Platz findet. Im übrigen hängt die Kunst hinter diesen Menschen, an den Wänden.«
Hildegard Bamms grüner Blick graste vergeblich die in neutralem Eierschalengelb und Braun gehaltenen Galeriewände ab, doch sobald hinter all den Rücken und Brüsten, Krägen und Hälsen, Bärten und Köpfen die Ecke irgendeines Bilderrahmens in Sicht kam, nahm ihr irgendein Besucher eben diese, indem er oder sie sich ausfüllend in die Lücke schob.
»Es wird uns wohl nichts anderes übrig bleiben, als tatsächlich höchstpersönlich die Wände entlangzutasten.« Amely , die bereits ihren Notizblock für den Planet-Artikel gezückt hatte, suchte nach einem Ausweg.
»Unmöglich. Wie wollen wir bei diesem Gedränge . . . Es ist wie Ferienbeginn auf der Autobahn. Wo ist eigentlich der Künstler?«
»Joseph Filz?«
Die Kolumnistin hatte den Namen noch nicht ganz ausgesprochen, als sich aus dem allseitigen Stimmengewirr eine männliche Stimme schälte, die ihre Fähigkeit zu expressivem Creszendo schon mit wenigen Worten nicht mehr zu unterschlagen vermochte: »Hi?! Wo die Not am größten – ist die Kunst am nächsten. Joseph Filz – angenehm.«
Im Gewirr der Vernissagebesucher konnten Hildegard Bamm und Amely Gütlich erst nach mehrmaligem Umdrehen den Mann herausfinden, dem die zur Nasalität neigende Stimme gehörte, die nun ein zweites Mal ein mächtiges »Hier, meine verehrten Damen. Joseph Filz zu Ihrer Verfügung« durch die Galerie Blackout hallen ließ. Schließlich jedoch spürte die Chefsekretärin ein kurzes, mehrmaliges Zupfen am linken Ärmel ihres mimosenen Etuikleides und sah an der Hand entlang, die es verursachte: Sie kam aus einem

boleroartig geschnittenen, armlosen Jäckchen, das mit allerlei aufgesetzten Außentaschen und kleinen Halftern über und über versehen war. In dieser graugrün gehaltenen Jacke steckte ein angenehm breitschultriger Mann mit boyhaften und zugleich bogartigen Zügen.
»Mein Name ist Joseph Filz. Von mir sind die Arbeiten des Abends, die Sie nicht sehen, weil sich das Publikum nach ihnen drängt. Es ist immer und überall dasselbe, wo ich auch ausstelle.« Er zeigte ein nicht uncharmantes Lachen, das zwei makellos kräftige Zahnreihen, in denen sichtlich noch nie gebohrt worden war, freilegte. Oberhalb dieses breiten Lächelns wurde ein grauer, breitkrempiger Filzhut gelüftet, und mit ihm eine modisch geschnittene Mähne dunkler Haare.
»Amely Gütlich, im Auftrag des ›Planet‹ . . .«
»Oh!« Die behaarte Rechte, die Hildegard Bamm eben noch am Ärmel gezupft hatte, fuhr der Kolumnistin entgegen. »Die überregionale Presse. Sehr erfreut. Ihr Chef, Dr. Quark, ist ein alter Freund von mir. Ich habe ihm eines meiner Objekte aus der Serie ›99 bunte Luftballons‹ geschenkt. Sie haben sicher Fragen – wenn ich Ihnen helfen kann . . .« Sein dunkler Blick ruhte in diesem Moment fest im abstrakten Mustermix des V-Ausschnittes der Chefsekretärin, so daß sich Amely genötigt sah, die beiden bekannt zu machen.
»Hildegard Bamm, meine kunstsinnige Freundin, Assistent Director der ›Simplex Unlimited‹.«
»Entzückt . . . wirklich sehr erfreut«, der Star des Abends küßte in einem Anflug österreichisch-ungarischer Nostalgie den Handrükken der Chefsekretärin, ohne dabei den Blick von den abstrakten Brust-Mustern zu nehmen. »Hat Ihre Frima auch mit Kunst zu tun?«, fragte er nach.
»Höchstens ab und an«, erwiderte die Mittdreißigerin und spürte, daß ein seltsames Kribbeln ihre teissierhaft entblößtes Brustbein langsam aber sicher hochkroch. »Ab und an, wie gesagt«, gab sie sich tapfer unberührt, »bis auf die Europalizenz für den Mehrfachpinsel oder das Patent des Drehbuchautomaten der Wallner-Brothers eher doch wenig.«
Amely Gütlich skizzierte bereits die ersten, wie vom unabhängigen ›Planet‹-Chef erwartet, positiven Eindrücke dieser Begegnung

mit der Künstlerpersönlichkeit. »Wo haben Sie zuletzt ausgestellt, Herr Filz? Ich bin als strenge Berichterstatterin hier«, meinte sie mit feixender Nonchalance, einer ihrer besten Tricks aus dem unerschöpflichen Repertoire interviewerischer Lockerungspsychologie, wie sie im ›Planet‹ gang und gäbe war.
»Tja, wo beginnen? Wo enden? Beginnen wir doch beim Werk an sich, beim Eigentlichen schlechthin. Wissen Sie was: Ich darf Sie doch mal rasch, aber informativ mit einigen exemplarischen Exemplaren meiner Arbeit persönlich vertraut machen. Kommen Sie!«
»O ja, wann hat man schon die Gelegenheit, vom Künstler persönlich eingeführt zu werden. Mir ist eine Führung immer angenehm«, bekannte nun auch Hildegard Bamm ohne jeden Hintergedanken. Und doch fühlte sie insgeheim, daß sie sich wünschte, daß sich Joseph Filz bei ihr unterhaken sollte. Und es war auch seinerseits kein Zufall, daß er es am Weg durch das Vernissagegewühl tat.

Es dauerte eine geraume Weile, bis Joseph Filz, an seiner starken Hand Hildegard Bamm und ihr zur Seite Amely Gütlich, eine Wand der Galerie Blackout erreicht hatten, an denen der Künstler seine Arbeitsweise anhand dort hängender Arbeiten erklären konnte. »Meine wichtigsten Stationen? Mein Gott, Frau Gütlich, Was soll ich da alles aufzählen? Ich bin ja mehr ein Künstler der Metropolen: Hamburg, Düsseldorf, Berlin, Paris, Rom . . . so etwas wie hier mache ich höchstens fünfmal im Jahr und auch nur, weil Boy Black mein Freund ist. Er bekniet mich ja schon seit Jahren, bei ihm auszustellen.«
»Und . . .?« kam Amely nun auch einmal dazu, während sie eifrig Notizen machte, eine subtile Zwischenfrage an Filz zu richten.
»Nun, ich sag' ihm immer scherzhaft: Kennst du den Unterschied zwischen einem Joghurt und Steilheim?«
»Nun?« gab sich Hildegard Bamm an seinem Arm interessiert.
»Das eine hat eine lebendige Kultur. Ein Scherz natürlich, klein, aber gut, nicht wahr?!«
Die Schreibhand der Gesellschaftsreporterin zitterte ein wenig beim Festhalten der feinhumorigen Bemerkung, während die Chefsekretärin herzhaft befreiend auflachte. Filz jedoch war sogleich wieder profihaft ernst und setzte fort: »Meine erste Exhi-

bition fand in der Tiefgarage meiner Eltern in Rüsselsheim statt, die letzte in der Kölner Galerie Tam-Tam. Dazwischen . . . Ach Gott – erwähnenswert vielleicht '66, meine ersten Schab- und Kratzarbeiten im Kolosseum, Rom, daraufhin Auszeichnung als ›Genie der Woche‹ durch die Zeitung Osservatore Romano und Durchbruch im Mittelmeerraum. '68 Zuwendung zu weicheren Materialien, Entwicklung des von mir so genannten Filz-Schreibers und damit Entdeckung des holzfreien weißen Papiers als der Ebene für Schwarzweiß-Techniken.«

Amely Gütlich nickte kennerhaft: »Ein absolutes Novum, eine Revolution, wie unser Schwesternblatt ›Art und Unart‹ schrieb – ich hab's gelesen damals.« Die schwarzgelockte Mittdreißigerin hinwiederum war im Moment zu sehr auf den festen Eindruck konzentriert, den Joseph Filz Rechte an ihrem Oberarm hinterließ, als daß sie sich in die angeregte Kunstdebatte der beiden hätte einmischen können.

»Aber ich rede und rede, und letztendlich spricht doch nur das Werk alleine, für sich und für mich. Es ist das Zentrum allen Werkens, wenn ich mich ausnahmsweise selbst zitieren darf. Ich habe übrigens einen Lehrauftrag an der Teilhochschule Gummersbach, ich leite dort die Radierkurse.«

»Nun ja, das Werk als Zentrum allen Werkens . . . Irgendein großer Dichter hat gesagt: Anmerkungen zu einem Gedicht sind wie Rezeptanleitungen beim Essen eines Bratens–oder jedenfalls so ähnlich«, stellte nun auch die ›Planet‹-Kolumnistin im enzianblauen Tunikakleid ihr Licht nicht völlig unter den Scheffel dieses gewiß eloquenten Künstlers. Dadurch konnte sie auch nicht wahrnehmen, daß die Mittdreißigerin unter dem Puderweiß ihres Abendmakeups in diesem Augenblick einigermaßen rot anlief: Joseph Filz hatte wie zufällig und beiläufig mit seinen Fingerkuppen die sonnenverwöhnte Haut am Oberarm erreicht und streichelte sie mit malerischer Souveränität und sicherem Strich. Und Hildegard Bamm bemerkte mit wohligem Erstaunen, aber auch nicht ohne untergründige Ängste, daß es ihr guttat.

Was sie bei jedem anderen Mann, der ihr gewissermaßen fremd war, selbstredend mit Verweigerung und Entzug geahndet hätte, gestand sie diesem Joseph Filz – wenn auch heimlich – zu: »Ein dynamischer Künstler. Künstler sind nun mal andere Menschen

als du und ich. Vielleicht müssen Künstler so sein?« Diese wie ungewohnt inszenierte Streicheleinheit eines doch Fremden auf dem Gang zu dessen Objekten und Phantasieprodukten ließ sie an ihren Geliebten, den Chef der ›Simplex‹, denken: »Ach Alf . . . Weshalb kannst du mich nie in aller Öffentlichkeit, nie auf einer Vernissage zum Beispiel, heimlich berühren?« Und bitter gab sie sich auch sogleich die Antwort: »Weil du noch immer gebunden bist und diese Verbindung mit Charlotte aus welchen Gründen auch immer nicht aufgeben willst, kannst, magst . . .«
In ganz anderer Richtung entwickelte sich währenddessen die Gedanken des Künstlers an ihrer Seite, die er nicht ohne Verve und eine gewisse dominierende, pressekonferenzartige Lautstärke Amely Gütlich gegenüber preisgab, auch wenn die Chefsekretärin gleichzeitig keinerlei Nachlassen der Intensität seiner pointilistischen Fingerfertigkeit auf ihrer gerade an der Oberarminnenseite erogenen Haut feststellen konnte.
Joseph Filz nestelte mit der Linken an der Krempe seines Hutes, als ihm die schwarzgelockte Mittdreißigerin wieder Satz für Satz an den formschönen Lippen hing: »Tja, wobei mir eben noch einfällt, daß Sie vielleicht in Ihrem Bericht auch noch das Jahr '77 erwähnen sollten: '77 kam endlich auch die Anerkennung im eigenen Land, der Prophet, Sie verstehen . . . Meine Monumentalplastik ›Kasseler Rippchen‹, übrigens ein Symbol für männliche Fruchtbarkeit bei gleichzeitiger Teilungsbereitschaft mit der Frau . . . Mein Gott: die paradiesischen Mythen, Sie verstehen . . . nun: Diese einzige Plastik machte Kassel schlagartig bundesweit bekannt.«
»Interessant, das wußte ich gar nicht – obwohl ich schon oft beruflich in Kassel war.« Schöne Erinnerungen an Dienstreisen mit Dr. Alfons Spock dämmerten in Hildegard Bamms mustermixverzierter Mittdreißigerinnenbrust.
»Tja, die Kunst hat eben leider einen so geringen Stellenwert ins Bewußtsein des gemeinen Bürgers. Wer – außer Fachleuten – erinnert sich denn heute noch an meinen Namen, wenn er den Namen Filz im Zusammenhang mit städtischen Großbauten hört? Mein Gott, dabei war ich es, der diesen Begriff prägte! Filz war mein Synonym, mein Signaturkürzel für Kunst am Bau. Von der zunächst allerdings tatsächlich nur als Silvesterscherz gedachten

Weiterentwicklung der Pantoffel zum Filz-Pantoffel spreche ich dabei gar nicht. Aber ich rede und rede. Wir sind da: Mein letztes Werk!«
Hildegard Bamm und Amely Gütlich sahen zuerst den großformatigen Bilderrahmen – und dann sich gegenseitig an: der Rahmen rahmte keine Leinwand. sondern war leer.
Auf Joseph Filz markantem Gesicht erschien eine gewisse lauernde, testbereite und prüfende Stimmung, wie die beiden Freundinnen das Werk beurteilen würden. Inzwischen hatten sich auch die Umstehenden aufmerksam der Situation zugewandt, und immer mehr Vernissagevisagen drängten heran und betrachteten den leeren Rahmen, Hildegard Bamm, Amely Gütlich abwechselnd oder zusammen. Die vordem lebhafte Konversation war verklumpt zu einem Brei, mit dem offene, erwartungsvoll schweigende Münder im Blackout gefüttert werden wollten.

Nach einer Schrecksekunde vor dem leeren Rahmen an der Wand, nach einer Ewigkeit, die nur durch gekünsteltes Hüsteln und nicht unhämisches Räuspern der wagnerchorhaft ringförmig Umstehenden strukturiert war, wandte sich Hildegard Bamm unter dem lauernden Blick von Joseph Filz an Amely Gütlich, die sich cool und reporterhaft lässig an ihrem silbernen Kuli und dem ›Planet‹-Notizbuch fest- und so den unausgesprochenen Erwartungen des Vernissagepublikums standhielt.
»Ich möchte ja nicht als Banausin erscheinen, ich bin Laiin«, sagte sie, »aber wie würdest du das Bild interpretieren . . .?«
Amely Gütlich zog mit dem Kuli den Schriftzug irgendeiner Notiz nach und blickte dann – wie überrascht von der Frage– auf: »Als Kritikerin kann ich hier nichts sagen, sondern nur daheim für meine Illustrierte schreiben, du verstehst, ich muß an diesem Ort neutral sein, objektiv . . .«
Nun straffte die kohlrabenschwarze Mittdreißigerin angesichts der Masse sicherlich kunstsinniger und fachverständiger Leute rundum mannhaft das Etuikleid an der Hüfte und wandte sich, ihre schlanken braunen Arme unverkrampft in die Hüften gestemmt, an den Künstler selbst: »Ganz ehrlich gesagt, verehrter Herr Filz: Ich weiß nicht, wie ich es richtig ausdrücken soll . . .«
»So sagen Sie es ruhig in den Worten, die Ihnen gerade einfallen,

auch mein Zugang zur Kreativität ist ja ein spontaner; durch und durch.«
»Also dann: Ich meine, ich sehe hier – nichts.«
In das schlagartige Aufraunen der Menge, das in diesem Augenblick weder als Zustimmung noch als Ablehnung eindeutig zu deuten war, mischte sich, als hätte er nur darauf gewartet, die kräftige Stimme von Joseph Filz. Er stellte sich in die Mitte des winzigen Halbkreises um die beiden Freundinnen und danach fest: »Bravo, Frau Bamm, bravissimo . . . Mein Gott: Sie haben mit diesem kurzen Satz so völlig ins Schwarze getroffen, daß ich Ihnen vor all diesen Freunden der Kunst und damit auch mir aufrichtig danken muß .«
Bei diesen Worten ging ein zweites Aufraunen durch die Menge der Galeriegäste, und es war in diesem zweiten Moment eindeutig als Zustimmung, ja, als Huldigung an die nunmehr bescheiden verwirrte Chefsekretärin zu verstehen, wie auch die da und dort – und auch bei Amely Gütlich – aufblitzenden Kugelschreiber der anwesenden Kritiker bewiesen.
»Ich meine, ich habe einfach nur hingesehen, bloß so, und gesagt, was ich gesehen habe . . .«, gab sie dieser ihrer Unsicherheit zaghaften Ausdruck.
»Aber wie! meine Teuerste, wie Sie das gesehen haben, was Sie sahen – beziehungsweise wie Sie formulierten, was Sie sahen, das ist es doch, was ich mit ›Punkt‹ bezeichne. Besser hätte es doch, Hand aufs Herz, meine anwesenden Damen und Herren Rezensenten, doch keiner von uns Fachleuten formelhaft formulieren können!«
Auch Hildegard Bamm folgte nun, durchaus von Joseph Filzs Lob und auch ein klein wenig von sich selbst fasziniert, der weit ausholenden Geste des Künstlers, mit der er zunächst auf den leeren Rahmen, in dem die Galeriewand eierschalgelb und -braun glänzte, und sodann auf sich selbst deutete, um nach einer Sekunde der Sammlung und Spannung mit dem Satz zu beginnen: »Ich glaube, ich darf, ja ich muß in diesem Augenblick einige grundsätzliche Sätze zu meinem Werk sagen.«
Sein prüfender Rundblick aus der Deckung des Hutes ins dichte Spalier war ein Blick in einen schmeichelnden Rasierspiegel. Dann schob Filz seinen breiten Hut in der Art früher amerikanischer

Filme lässig ein wenig aus der Stirn, während er unter dem vereinzelten Klatschen der vielen Umstehenden zu einer seiner berühmten Stegreifreden ansetzte.

»Er hat schon Rive-Gauche-Eleganz, dieser ganze Kerl«, spürte es die Mittdreißigerin verschwommen in sich aufwallen, als Filz auch schon auf sie zeigte:

»Was Frau Bamm in dieser ihrer dialektisch positiven Naivität als das Nichts, als das Non schlechthin bezeichnet hat, trifft den Kern meiner Arbeit, in diesem Fall mein Werk ›Nihil Nummer 36‹, Öl-Kreide-Mischtechnik. Wie Sie und alle Kunstwelt ja wissen, bin ich nicht erst seit gestern ein Anhänger der Reduktionskunst: Wir leben in einer Zeit der allseitigen Konzentration und damit Reduktion – ich verweise auf so disparate Gebiete wie unsre Kost und andererseits auf die Wirtschaft . . .«

Die Chefsekretärin dachte in diesem Moment feinfühliger Übereinstimmung mit dem Objektkünstler an ihre eigene Konzentration auf Dr. Alfons Spock, an die liebende Beschränkung auf seine Zuneigung zu ihr und die ihre auf ihn.

»Die Kunstgeschichte von Phidias bis Defregger war eine einzige rasende Suche nach dem Mehr, eine Sucht nach Anhäufung und Hinzufügung immer neuer Schnörkel, ein Symbol für Überproduktion. Ich hingegen, als Avantgardist, verstehe mich in der alten Tradition der Aussparung und des Bereicherns durch Weglassen. Wir alle wissen, daß oft schon zwei Elemente, sind sie nur gegensätzlich genug, Harmonie zu erzeugen . . .«

»O ja, oft sind zwei mehr als genug«, die Chefsekretärin griff entzückt diesen Gedanken Joseph Filzs auf.

»Diese Idee einer Ästhetik der Bescheidenheit habe ich, so darf ich wohl behaupten, am radikalsten weitergedacht und vor allem endlich realisiert. Gut – ich will die bescheidenen Versuche und Anstrengungen früherer Minimal-Art gar nicht unterschlagen, ja durchaus gelten lassen, wenngleich ich es beispielsweise unangemessen finde, etwa Modrian über den Klee zu loben . . . und er war, noch Farbe und Form verhaftet, vom heutigen Standpunkt aus einfach inkonsequent.«

Amely Gütlichs braune Reporterinnenaugen wanderten erschöpft durch die Menge der Vernissagebesucher, und sie schrieb die Initialen der bekanntesten Leute, die sie, Hildegard Bamm und

Filz umstanden, flüchtig auf, um sie in ihren ›Planet‹-Bericht einzuflechten.
»Er hat recht, auch in meiner Welt, sogar beim Surfen und Sticken, ist weniger oft mehr«, gestand sich die Mittdreißigerin auf der anderen Seite eine Empfindung von Wärme an jener Stelle zu, die Joseph Filz noch vor kurzem en passant zu Wachs in seinen großen, behaarten Händen geknetet hatte. »Und auch bei meinem geliebten Alf wäre die ersatzlose Streichung seiner Charlotte ein Mehr für mich«, zog sie unbewußte Parallelen zwischen Kunst und Liebesleben.
Plötzlich griff Joseph Filz, der berühmte Maler und Objektemacher, mitten in seinen Werkkommentaren nach dem schweren, goldenen Rahmen seiner Arbeit ›Nihil Nummer 36‹ —und Hildegard Bamm hatte den inneren Schweiß der absoluten Anstrengung dieses sympathischen Hutträgers förmlich in ihrer sanften Nase.
»Mein Gott«, entfuhr es ihr schaudernd leise, und sie bewegte unmerklich ihre ins Makartrot gehenden Lippen, »er wird sich das unseretwegen doch nicht antun und etwa . . .«
Doch Joseph Filz tat, was er aus künstlerischem Antrieb tun mußte, und hängte sich den gewiß schweren Rahmen auf die breiten Schultern, so daß sein Oberkörper sozusagen im Bild war und nur sein Unterleib aus dem Rahmen fiel.
»Das hier, meine Damen und Herren, liebe Freunde der Kunst«, und er badete trockenen Fußes in den gebannten, aufs äußerste interessierten Gesichtern der Kunstliebhaber, »das hier ist die Antwort von Joseph Filz auf die Reizüberflutung unserer Epoche, die endgültige Absage an die allgemeine Überproduktion von Phantasie . . . meine, ich darf es mal im saloppen Understatement so ausdrücken, radikalste und letzte Konsequenz nach Jahrhunderten von Form-Farb- und Sinn-Überbordung — die absolute Null-Lösung! Ich danke Ihnen.«
In den tosenden Applaus, der durch zahlreiche Bravos und Dacapo-Rufe sich zu einem kleinen Furioso im Blackout steigerte und in den auch Hildegard Bamm ergriffen einstimmen mußte, verbeugte sich Joseph Filz kurz und trotz des schweren Rahmens auf seinen Schultern leicht, ehe er ›Nihil Nummer 36‹ wieder an seinen alten Platz zurückhängte. Dann neigte er sich zur Mittdreißigerin und flüsterte ihr aus einer atemberaubenden Nähe, wenig-

stens empfand es die Chefsekretärin so, in das von ihrem mimosenen rohseidenen Wickelkragen halb verdeckte rechte Ohr: »Ich möchte mich ja nicht als Ovationshemmer betätigen«, sagte er nicht ohne einen gewissen hintergründigen Schmelz in seiner feinen Stimme, »aber ich muß Ihnen aufrichtig gestehen, daß ich Sie nur zu gerne malen würde . . .«
»Mich . . .?!« Die Mittdreißigerin schwankte zwischen geehrtem Aufruhr des Herzens und erstarrenden Ängsten vor diesem offenen Geständnis, und ihre Augen färbten im Niederschlagen den bis dahin eintönig sienabraunen Fliesenboden förmlich laubgrün.
»Ja, Sie«, wiederholte Joseph Filz nachdrücklich und leidenschaftlicher, »es ging mir vorhin auf, doch konnte ich es noch nicht formulieren, ich war zu sehr in meine Kunstbetrachtung versunken – und jede Kunst entsteht ja, wie wir seit Sigmund Freud wissen, zunächst auf der Basis von Triebverzicht. Aber nun kann ich es verbalisieren: Ja, ich will Sie malen!«
»Als Objekt oder eher gegenständlich, ich meine, als ›Nihil Nummer 37‹ etwa?« mischte sich plötzlich Amely Gütlichs sanfte Stimme in den nun endenwollenden Applaus. Die ›Planet‹-Kolumnistin hatte wohl, den beiden am nächsten stehend, Filz'-Flüstern mit ihrem reportergeschulten Ohr vollständig gehört.
Der Meister des Nichts zog seinen breitkrempigen Hut wie überrascht etwas tiefer in seine hohe Stirn, die feinen Falten um seine dunklen Augen, die den frühen Vierziger verrieten, unwillkürlich kraus und bohrte sodann seine beiden Zeigefinger in die patronentaschenähnlichen aufgesetzten Laschen seiner oliv-braunen Bolero-Jacke. Eine gewisse Gereiztheit, eine sensible Abwehrbereitschaft gegen Einmischung in eine inneren Angelegenheit, lag in dieser seiner Geste.
»Nun, ehrlich: Ich frage als Berichterstatterin, wie Sie meine Freundin Hildegard Bamm malen wollen, im Rahmen Ihrer Objektkunst oder doch noch avantgardistischer?«
»Mein Gott, ein Künstler wie ich kann sich doch in einer solchen lebenswichtigen Frage nicht festlegen! Ich spür's noch nicht eindeutig, und eben deshalb hätte ich die Technik gerne jetzt besprochen. Die Form ergibt sich dann von alleine, nicht wahr?«
In diese, aufmunternd an die Chefsekretärin gerichtete, rethorische Frage meldete sich plötzlich die kleine, brilliantbesetzte Gut-

tapercha-Uhr von Carter an Amely Gütlichs Handgelenk mit einem Fiepen des elektronischen Schlagwerks.
»Tja, schon zehn«, seufzte die ›Planet‹-Kolumnistin, wie es sonst eher Hildegard Bamms Art war, »ich fürchte fast, mein lieber Filz, dazu wird wohl heute keine Gelegenheit mehr sein.«
Der Angesprochene sah sie verblüfft an, und hinter seinem Rükken nicht minder überrascht die Chefsekretärin. Sie bedeutete – ohne daß es der Objektkünstler hätte sehen können – mit einem großen, zeigefingrig in die Galerieluft gezogenen Fragezeichen ihre totale Unkenntnis, ja beinahe Ablehnung von Amelys offensichtlichen Trennungsplänen.
»Meine Freundin und ich haben um zehn eine wichtige Verabredung, bedauerlicherweise unaufschiebbar! Und wie ich es sehe, können wir Sie dazu auch nicht mitnehmen, verehrter Meister.«
Joseph Filz dunkle Augen bekamen den stillen, fast flehentlichen Glanz eines Terriers angesichts eines Kaninchens hinter festen Stallgittern, und er sah damit Hildegard Bamm untröstlich an.
»Ja, ich weiß nicht, Joseph . . . Meine Freundin Amely hat unsre Termine manchmal besser im Kopf als ich. Ich meine, wenn sie meint, daß ich, ich meine wir . . . um zehn, dann wird sie es wissen«, sagte sie zögernd, aber es lag eigentlich noch immer Unverständnis und Wehmut in ihrer Antwort. Der Schatten betrüblicher Entsagung, gepaart mit einem Hauch von Zorn wich nicht von ihren Lidern, als Amely Gütlich – diesmal konnte sie sich hinter dem Rücken von Filz zeichensprachlich äußern – eindeutig gegen den Ausgang zeigte und dazu mit den Händen pantomimisch Gehbewegungen markierte.
»Mein Gott, ist das schade, gerade, wo es mir beinahe eingefallen wäre, wie ich Sie, meine verehrteste Hildegard«, Joseph Filz gab nun resignierend auf, sehr gegen den geheimen Willen der Chefsekretärin, »aber dann müssen wir die Angelegenheit wohl doch verschieben. Nun ja, ich werde ja ohnehin hier im Blackout mehr als gebraucht.« Er wandte sich plötzlich und sehr gewandt der Menge eleganter Kunstfreundinnen zu, und der Ausdruck des Bedauerns verschwand relativ rasch aus seinem, wie die Mittdreißigerin empfand, anheimelnden Gesicht. »Nun denn: Dann wünsche ich Ihnen noch einen schönen Abend, meine Damen, gute Verrichtung auch bei Ihrer Kritik, Frau . . . äh?«

»Gütlich, ›Planet‹ –«
»Tja, und uns ein Wiedersehen unter anderen Umständen, ich meine: ohne Termine.«
Und damit verschwand Joseph Filz auch schon in der Menge und begrüßte alsbald überschwenglich eine modellhaft Blonde in einem feminin geschlitzten Ballonkleid mit dem dezent pinkfarbenen Aufdruck eines Leopardenkopfes an der Vorderseite.
Hildegard Bamm stapfte so zornig auf, wie es ihre Stiletto-Absätze zuließen: »Wie kannst du nur behaupten, wir hätten noch einen Termin?!« fauchte sie Amely nicht unkatzenhaft an.
»Erzähl' ich dir später, komm!« Die ›Planet‹-Gesellschaftsreporterin verstaute ihren silbernen Kuli mit einem breiten Lächeln unter ihrer enzianblauen Tunika.
Sie mußte Hildegard Bamm an ihrer Rechten förmlich nach und mit sich ziehen, um die Schwarzgelockte nicht zu verlieren. Die beiden Freundinnen waren bereits am Ausgang, als die Chefsekretärin endlich fragen konnte: »Quo vadis? Wo willst du eigentlich um diese Zeit mit mir noch hin?«
Amely Gütlich sah sie rehbraun sanft an: »Ich dachte, wir beide sollten einmal ein ernsthaftes Wort miteinander reden, an irgendeinem stillen Platz. Ich schlage die Disco drüben in Fankhausen vor, das Fiasco.«
»Das Fiasco?« wiederholte die Mittdreißigerin ungläubig und beinahe ungehalten. »Und dazu schleppst du mich von hier ab?«
Die ›Planet‹-Reporterin legte ihre Hand begütigend auf das abstrakte Mustermix auf Hildegard Bamms rohseidenem Etuikleid. »Um diese Zeit ist es dort noch ruhig, da können wir uns ungestört unterhalten. Und ich denke, daß ich dir nicht zuviel verspreche, wenn ich dir sage, daß ich dir viel zu sagen habe.«

Als sie die In-Disco Fiasco, einen beliebten Treff von Teens und Twens, aber auch von junggebliebenen Oldies, um im herrschenden Jargon zu bleiben, betraten, war das enge, verdunkelte Lokal – obwohl der eigentliche Run erst nach Mitternacht begann– zum Bersten voll.
»Ich vergaß, heute ist Breakdance-Tag, deshalb diese brechende Atmo«, bemerkte Amely Gütlich, während sie ihren ›Planet‹-

Ausweis unauffällig vor sich herhaltend, von einem muskulösen, bodygebildeten Zweimetermann, den sie mit einem freundlichen »Hello Schwarzi! Wie geht's immer, Arnold, full house, was? und du heut wieder ganz im Conan-Look!« begrüßte, an den letzten doch noch freien Zweiertisch geleitet wurden.
Trotz dieser sehr persönlich gehaltenen Anrede, die auf bessere Bekanntschaft hinzuweisen schien, verzog der Muskelmann keinen einzigen Muskel seines knabenhaften Gesichts. Erst Hildegard Bamms Bestellung »Tja, dann nehmen wir zwei Whisky sauer mit Selter, on the rocks«, entlockte ihm ein lockeres Grinsen, und als er sah, daß die ranke Mittdreißigerin wegen ihres Etuikleides gewisse Probleme hatte, in die Sitzecke hinter dem doch kleinen und engen Tisch zu gelangen, hob er sie kurzentschlossen mit seiner mächtigen Rechten sozusagen an der Getränkeabstellfläche vorbei in den weichen Fauteuil. Nicht genug damit, warf er Hildegard Bamm einen Malboro-Blick in ihr teissierhaftes großes V, ehe er federnd Richtung Theke verschwand.
»Wow!« stieß Amely Gütlich einen ganz und gar nicht ›planet‹-würdigen spitzen kleinen Aufschrei in die süß aus riesigen Boxen dröhnende Discomusik, »für Arnolds sonstige Verhältnisse war das ein Heiratsantrag, mein Widderkind!«
Doch die Chefsekretärin winkte nur, in Gedanken noch immer bei der Kunst bzw. in Rudimenten durchaus auch bei Dr. Spock, im Takt eines schrägen Bassriffs ab.
Im Fiasco gingen, wie jedesmal, wenn die Platte gewechselt wurde, die Lichter für einen Moment aus. Der Discjockey in Steilheims In-Lokal, der eine Lederlatzhose, einen Irokesenschnitt und ansonsten wohl nichts trug, legte irgendein ›Ich lieb' dich nicht, du liebst mich nicht, aha‹ – also echten schwarzen Soul – auf, und erst nach den ersten Takten begann die grelle Lichtanlage wieder mit ihrem Staccato und färbte den jungen Leuten auf der gläsernen Tanzfläche orangene und lila Muster in die blassen Gesichter. Die Lichtzerhacker tat Hildegard Bamm und Amely Gütlich in den Augen weh, und die Chefsekretärin nestelte nervös am Wickelkragen ihres hier ziemlich fehl am Platz scheinenden, mimosenen Rohseidenen: »Du wolltest mir etwas sagen, Amely«, wandte sie sich an diese.

»Ja. Du wirst dich gefragt haben, weshalb ich dich so plötzlich gleichsam aus den Armen dieses Joseph Filz gerissen habe.«
»Allerdings, und so was nennt sich Freundin.«
Die Planet-Reporterin schluckte und sah verlegen den rhythmischen, aber ansonsten formlosen Bewegungen der Steilheimer Travoltas zu. »Ich habe heute dein Tageshoroskop gemacht, mein Widderkind.«
In den Jadepupillen der Mittdreißigerin blitzte eine Lichtorgel der Neugierde: »Und? War das etwa der Grund?«
»Ich wollte dir deine Prognose nicht sofort sagen, sondern abwarten, einfach als Kontrolle für mich, ob es stimmt. Du solltest gänzlich unbefangen sein.«
Die Lichtorgel in Hildegard Bamms Augen hatte sich in zwei ruhige grüne Ampellichter verwandelt. »Und?«
»Nun urteile selbst: Du hattest für diesen frühen Abend ... warte«, sie zog einen kleinen Zettel aus der unergründlichen Tiefe und Weite ihres enzianenen Tunikakleides und begann im Wechsellicht des Zerhackers mühsam zu entziffern: » ... eine sehr ungünstige Konstellation von Uranus und Venus. Kein Glück in Liebesdingen, und doch viel Lust und Laune auf die Begegnung mit einem Mann. Jedoch: und nun kommt's: eine Begegnung, die absolut einseitig ist und zum Scheitern verurteilt sein muß, insbesondere bei Schützen. Und ich weiß zufällig, daß Joseph Filz ein alter Schütze ist! Es hätte unausweichlich einen Krieg der Sterne gegeben!«
Die Montonie der New German Wave war passender Soundtrack für den Liebesfilmriß in Hildegard Bamm: »So lügen also die Sterne nicht, und du hast mich gerettet«, sagte sie leise in das musikalische Inferno im Fiasco.
»Du verstehst also, warum ich euch trennen mußte, obwohl ich – oder gerade weil ich – spürte, daß dein Herz anfing, dem Objektkünstler zuzufliegen wie eine Motte dem Blitzlicht eines Insektenforschers. Ich konnte dich doch nicht in dein sicheres Unglück laufen lassen – als deine beste Freundin!«
Hildegard Bamm war zutiefst gerührt, und ein rheinwasserheller Tropfen Seelentau balancierte den Kajalstrich auf ihrem Lid entlang: »Ohne dich wäre ich jetzt vielleicht schon irgendein Objekt.« Grausamer Nachschauder durchrieselte sie. »Ach Amely!«

Hildegard Bamm hätte sich nun gewiß nicht nur ihres Wickelkragens zu entledigen begonnen, sondern auch noch andere Sorgen als eben dieses kratzende Rohseiden-Halsstück auf den winzigen Tisch gelegt, wäre nicht just in diesem Augenblick ein mächtiger schwarzer Schatten auf die Platte desselben gefallen.
Dieser schwarze Schatten erwies sich als jener von Arnold. Die zwei Meter offensichtlich durch und durch trainierter Mann fuhren zwei bizepsdicke Arme aus, die die beiden bestellten Whisky sauer mit Selter on the rocks auf die Tischplatte knallten, daß die Eiswüfel im Glas splitterten. Dann entfernte sich das Kraftpaket, neben dem ein Zehnkämpfer wie ein Luftpostbrief aussehen mußte, ebenso schweigend, wie es aufgetaucht war.
»Ich hoffe«, sagte die ›Planet‹-Kolumnistin nach einem kurzen prüfenden Blick auf die beiden Longdrinks zur Freundin im Mimosenen, »du hast bemerkt, daß dein Glas nicht so wie meines bis zum Teilstrich 2, sondern bis zum Deziliter 3 gefüllt ist.«
Die Chefsekretärin stutzte, und ihre bambusgrünen Augen bekamen etwas Stieliges, das im Maisbraun des Highland-Malt herumrührte: »Tatsächlich! Man hat mich irrtümlich bevorzugt«, sie schüttelte den ruhrkohlenschwarzen Lockenkopf.
Amely Gütlich lachte leise, wie im Discofieber: »Irrtümlich? Daß ich nicht lache, mein Widderkind! Man merkt, daß du selten im Fiasco bist, sonst kenntest du die Hausbräuche hier.«
Hildegard Bamm nippte am hohen Glas und spürte auf ihrer feinen Zunge die Kraft reinen schottischen Quellwassers, die zweihundertjährige Brennereitradition sowie das farbgebende Aroma uralter Eichenfässer, kurzum den unverkennbaren Geschmack, wie ihn die Reklame so treffend beschrieb: »Tja, mein geliebter Alfi würde niemals mit mir in eine Disco gehen. Er gibt sich in dieser Hinsicht älter, als er ist und hat Angst davor, von einem dieser Teenie-girls, sollte er sie zum Tanzen auffordern, als Antwort zu bekommen: Husch Opa – zurück in die Gruft! Das verträgt sein Squashmeister-Herz nicht, und ich kann ihn irgendwie auch verstehen. Aber was meinst du mit: Hausbrauch?«
Nun kostete auch Amely von ihrem Whisky sauer, und auch sie schien befriedigt darüber, daß die Werbung dafür objektiv war. »Ich hoffe, du hältst dich, nach allem, was ich dir über die Sternenkonstellation dieses Abends erzählt habe, nicht daran:

Aber wenn Arnold statt eines einfachen freiwillig einen doppelten eingießt, so daß der Drink bis zur 3-D-Marke reicht, so will er dir mit diesem subtilen Symbol durch die Blume des Whiskys nur sagen, daß er dich ab drei sehen möchte, daß er dann frei hat und mit dir privat einen trinken will –du verstehst?«
Ein nicht unverschmitztes Lächeln vertiefte gerührt die Grübchen auf den Wangen der sportlichen Mittdreißigerin im Mimosenen: »Ach, du meine Güte! Offenbar steckt in jedem Manne ein kleiner Jäger! Als ob ich ein achtzehnjähriger Discohase wäre! Um drei Uhr habe ich mich längst in meinen Fachwerk-Bau verkrochen und schlummere den süßen Schlaf der Mittdreißigerin auf meinem Teerosenkissen.«
Wie auf ein geheimes Kommando, das irgendeine menschliche Schwingung inmitten der elektronischen aus den Boxen ausgelöst haben mußte, denn man verstand in dieser gemütlichen Tanzkneipe schon auf einen Abstand von einem Meter nicht mehr das eigene Wort, löste sich bei Hildegard Bamm übermütiger Formulierung »Ich bin doch kein 18jähriger Disco-Hase!« ein vielleicht noch jüngerer, bis auf einen Pickel im Gesicht gutaussehender Junge aus der Gruppe der thekenlehnenden Gin-Fizz-Trinker und ging mit Fred-Astaire-tänzelnden Schritten auf den Tisch der beiden Freundinnen zu. Er ließ zwei milchkaffeebraune Kulleraugen von einer zur anderen wandern und steckte seine Jungmannhände in die Taschen seiner weiten, weinroten Karottenjeans. Dazu trug er ein Marco-Polo-Hemd mit dem dezenten knallroten Aufdruck *Coffee, tea or me?*, wie die Planet-Kolumnistin im Flackerlicht der Fiasco-Beleuchtung entzifferte. Das – wie es schien – sanft pomadisierte Langhaar trug er stramm zurück- und hinter die Ohren gekämmt, so daß der Eindruck einer gewissen windkanalschlüpfrigen Eleganz entstand. Verstärkt wurde sie durch ein am linken Ohrläppchen baumelndes Etwas, das blitzte und funkelte, und das sich in der kurz darauf rotierenden Beleuchtung durch die Lichtorgel der Disco als eine silberne Sicherheitsnadel herausstellte. Die milchkaffeebraunen Kulleraugen des Jungen fixierten, während beinahe bezeichnend für die Stimmung Blood Sweat & Tears ihr ›What goes up – must come down‹ auf dem Plattenteller servierten, Hildegard Bamms abstraktes Mustermix um ihr tiefes Vogel-V in Achselhöhe. Seinen Kaugummi vorsichtig von links nach rechts

transferierend, meinte der Unbekannte sodann breit zur Chefsekretärin: »Hi, schöne Mutter! Ich hätte einen irren Bock, mit dir einen Oldie zu schieben, kommst du mit?«
Die nun gewiß nicht unsportliche Mittdreißigerin, die durch ihr Interesse für schöne Literatur auch auf der Höhe moderner Sprachentwicklung war, benötigte eine Weile sprachlosen Übersetzens, um voll zu begreifen, was der hübsche Mann eigentlich meinte. Als sie begriffen hatte, daß er eine Aufforderung zum Tanz hatte ausdrücken wollen, blendete sie ihn mit dem strahlenden Reinweiß ihrer aufgehenden Zahnreihen und gab ihm sanft zur Antwort: »Danke – ich habe schon Kinder.«
Nun war es an diesem schlanklendigen Tanzbegeisterten, die eben vernommene Antwort in die ihm vertraute Begriffswelt zu integrieren, und auch er brauchte dazu eine Schrecksekunde. Dann gab er zu verstehen, daß er an Hildegard Bamms geäußerter Begründung, die ja nun tatsächlich erlogen war, zweifelte, denn er sagte: »Nun zier dich nicht, Mutter. Ich laß extra für uns eine Ultrascheibe von '80 oder '81 auflegen, du wirst es schon schaffen, mir zu folgen.«
Die Chefsekretärin schien, und auch Amely Gütlichs fragender Blick schien sie bestätigen zu wollen, gerührt vom freundlichen Insistieren auf gemeinsame Bewegung auf der Tanzfläche des Fiasco, denn sie deutete es als Beweis einer durch und durch persönlichen und tief auf sie bezogenen Sehnsucht des *Coffee-tea-or-me*-Fragenden. Dennoch gab sie ihm, wohl auch, weil sie ihr mimosenfarbenes Rohseidenetuikleid als geringfügig unpassendes Trikot für die tänzerische Ausgestaltung einer Musik der frühen Achtziger empfinden mochte, einen neuerlichen, diesmal eindeutig abschlägigen Bescheid: »Ehrlich, ich finde es ja irre, daß du mich anturnst, aber im Moment ist bei mir Sitzen angesagt, claro? It's girlstimes, hast du mich?« Damit zeigte sie auf Amely Gütlich.
»Logo, hab' ich halt unglücklich gekämpft. Dann auf eine second chance«, resignierte nun der karottenhosige Steilheimer Johnny Travolta endgültig, aber nicht gebrochen, denn seine Einsicht barg auch leisen Trotz, der wie die Drohung klang: »Die Yedi-Ritter kommen zurück!«
Hildegard Bamm ließ ihn in einer Welle warmen Mitgefühls an

die Theke zurückschwimmen, wo ihm die Barfrau einen neuerlichen Gin-Fizz als Rettungsring zuwarf.
»Ich hätte diesem jungen Mann ein Stück Zucker auf der flachen Hand reichen mögen, so nett fand ich ihn.« Amely Gütlich faßte sich als erste.
»Ja, manche Männer sind wirklich sehr süß«, echote es traumverloren aus Hildegard Bamms rohseidener Tiefe. Doch ein düsterer Schatten um die Stirn widersprach dem zärtlichen Ton in ihrer Stimme.
Dann wandten sich die Freundinnen wieder ihren beiden Whisky sauer zu und wärmten ihre Zungen an deren 12jähriger Moorbräune für eine traute Zwiesprache.
»Findest du nicht auch«, Amely Gütlich deutete zur Theke der Disco, von der jener unbekannte Karottenhosenträger mit der Sicherheitsnadel im Ohr noch immer die Chefsekretärin herablassend-anhimmelnd fixierte, »daß dieser nette Junge etwas Olliges hat? Etwas Toll- und Patschiges zugleich, so daß man sich gut vorstellen kann, ihn in gewisser Weise herzlich zu mögen?«
»O ja«, die Mittdreißigerin im Etuikleid beschlug ihr kühles Glas mit der Hitze der Leidenschaft, zu der eine erfahrene Frau gedanklich fähig ist, »auch ich empfinde diese gewisse respektfremde Direktheit mancher jüngerer Männer in bestimmten Momenten als goutable, zumindest erfrischend. Und trotzdem . . .«
»Was, trotzdem?« Die ›Planet‹-Kolumnistin war erstaunt über die discoferne Wehmut in den Augen der Chefsekretärin.
»Nun ja, sieh mal, ich erlebe es immer wieder, daß ich mich eigentlich nur freuen müßte über dieses Meer an Zuwendung, das ich überall erfahre, wo es Männer gibt . . . Über dieses spontane Zugehen auf mich, diese ständigen platonischen und anderswie wärmenden Umarmungen, dieses Symbole und Zeichen echter Liebe . . .«
Die Gesellschaftsreporterin, durch lange ›Planet‹-Jahre geschult, sensibel, auch die Zwischentöne und feinsten Nuancen zu interpretieren, war sie doch zweiundzwanzig Ausgaben lang Chefinterviewerin bei der Europäischen Gemeinschaft in Brüssel gewesen, witterte Ungereimtheit in den Worten der Freundin: »Und weshalb kannst du dich nicht wirklich von diesem Meer einfach umspülen lassen, mein Widderkind?«

Die Mittdreißigerin warf ihr einen traurigen Blick zu: »Du wirst lachen . . .«
»Ach, du weißt doch: Ich lache niemals aus, sondern höchstens an. Auch meiner Illustrierten ist ja jede Häme so fremd wie der Prawda die Wahrheit, also sprich dich getrost aus!«
»Nun, ich weiß oft selbst nicht, weshalb ich all diese Bezeugungen tiefer Anteilnahme an meinem nichtigen Sein, an meinem weiß-Gott-nicht-irgendwie-göttlichen Äußeren oder an meinen auch nicht stets superintellektuellen Aussagen nicht so einfach und ungehemmt genießen kann.«
Amely Gütlich zog ihre buschigen Augenbrauen gleichsam gesprächstherapeutisch aufmunternd in die lichte Höhe eines »Weiter, sag's doch«, als Hildegard Bamm auch schon fortfuhr: »Nimm nur zum Beispiel den Twen von vorhin, oder denk an Johnny Corners, an Joseph Filz, an Dr. med. Borg oder an all die anderen interessanten – und interessierten – Männer. Wie leicht könnte ich sie alle – du verzeihst mir wohl das offene Wort – haben . . . haben mit Haut und Haar oder auch freundschaftlich und rein gedanklich. Und doch . . .«
Hildegard Bamm beugte sich nach vorn in den eben grün-alternativ rotierenden Kegel der Lichtorgel der Discothek und legte dabei ihre zarte Hand fibelartig über den V-Ausschnitt ihres Etuikleides: »Bei allem heißen, wie soll ich sagen, glühbirnenartigen Gefühl, das ich habe, wenn ich merke, daß sich jeder zweite Mann mir mottenhaft nähert, kommt es mir doch vor, als knipse mich in just diesen Momenten irgend etwas von innen aus.«
Amely Gütlich, der gewiß nichts Menschliches fremd, einiges jedoch verständlicherweise zuwider war, runzelte die ansonsten zumeist faltenlose Stirn: »Nun mal raus mit der Sprache, drück dich nicht ständig in feuilletonistischen Bildern aus, sondern verbalisiere ohne die Sprechhemmung, ich könnte dir nicht folgen!«
»Er steht gleichsam magisch zwischen mir und all meinen, oft auch nur möglichen, theoretischen Erfahrungen. Er läßt, übermächtig in meinem Bewußtsein, auch wenn er gar nicht anwesend ist, keine anderen Beziehungen in mir zu oder stört auch schon die Anbahnung eventueller . . .«
Die ›Planet‹-Reporterin rückte ihr enzianblaues Tunikakleid zurecht und zeigte ein nicht ungouvernantales Lächeln zwischen

ihren Sommersprossen. »Du sprichst von deinem Steinbock, mein Widderkind, nicht wahr? Aus dir spricht eine ganz simple, wenn auch, wie ich es sehe, geradezu klassisch komplizierte Fixierung.«

»Fixierung, ja. Das ist wohl das richtige Wort für die superkleberhafte Bindung an meinen geliebten Alfi.« Sie seufzte mit einer so gewaltigen inneren Energie, daß man mit ihr die Lichtorgel des Fiasco wohl bequem ein Jahr lang hätte betreiben können. »Und doch ist diese Bindung auf der anderen Seite so locker, haftet praktisch nur für jene seltenen, kostbaren Stunden, Tage und Nächte, die Alf und ich für uns sein dürfen, ungestört.«

»Ich kenne das nur zu gut«, stützte die Gesellschaftreporterin ihre Freundin, »ich war ja auf ganz ähnliche Weise verliebt, seinerzeit: Du erinnerst dich an meinen kleinen texanischen Ölbohrer – Carrington – bevor er dann doch bei seiner Krystle blieb.«

Hildegard Bamm nickte wissend. »Du hast damals eine Akupunktur-Kur bei Kohlenlechner dagegen gemacht, stimmt's?«

»Ja, aber nicht bei allen schlägt eine solche Therapie der feinen Nadelstiche an, oft baut gerade das die psychische Abwehr zu einer unüberwindlichen Pinnwand auf. Ich würde dir eher raten, dich einfach deinen Gefühlen zu stellen, mannhaft und direkt – dich einzulassen auf ihn – und mitten in der Situation, in den Augenblicken tiefsten Erlebens dich kritisch zu fragen: Wie erlebe ich mich? Ist er wirklich übermächtig? Oder ist er vielleicht nur meine eigene Sehnsucht nach einer tiefen Bindung, die er zufällig verkörpert und die genausogut ein anderer von seinem Format und seiner Statur erfüllen könnte, so mächtig und bindend?«

Hildegard Bamm schickte sichtlich ergriffen einen freundschaftlichen Kuß über ihre tomatenroten Lippen und ergriff Amelys Rechte: »Du bist und bleibst eine wundervolle Seelendoktorin. Einfühlsamer und gleichzeitig geradliniger kann man nicht sprechen«, sagte sie, und während sie, gestärkt, den Boden ihres Whiskyglases nach dem letzten Schluck ins Discolicht blinken ließ, fügte sie fest hinzu: »Du hast recht, Amely, und mich überzeugt: Ich werde mich selbstprüfend der Zweisamkeit mit meinem Steinbock hingeben und trotz allem –«, damit meinte sie noch immer ihre tiefe Trauer über Dr. Spocks finstere Entlassungspläne mit Ingenieur Benno Faust, »– trotz allem mit ihm ins Salzkammergut fahren, auf ein Weekend, Leben wie Godard in Frankreich.«

Amely Gütlichs Winken nach dem Muskelbarmann Arnold war beredtes Zeichen, daß alles gesagt war, und es antizipierte den nahen Aufbruch der Freundinnen.

In jener Nacht, nach dem Besuch in der Disco Fiasco in Fankhausen und der Offenbarung ihrer innersten Fixierung auf den Inhaber der ›Simplex Unlimited‹ gegenüber Amely Gütlich, träumte Hildegard Bamm einen der seltsamsten Träume ihres Lebens: Sie tanzte mit Dr. Spock auf der Terrasse des weißen Rössl am Wolfgangsee einen ewigen ›Tango viejo‹, und während sie den roten Florstrumpf elegant in Alfons Schritt beugte, summte sie im Takt der leisen Schrammelmusik »Zum Glück gibt's Ö-ster-reich, zum Glück gibt's Ö-ster-reich«. Am Rande der Holzterrasse, die mild erleuchtet dalag, klatschten die Wellen des Sees mit der wilden Frische des alpinen Ozeans gegen die Planken, und furchtsam krallte die edle Salome nach einer blutjungen Forelle. Hildegard Bamm hatte eine Kette japanischer Zuchtperlen vamphaft keß zwischen die Zähne geklemmt und lächelte ins Sternenzelt. Eine dünnliche Federboa flatterte wie der rote Schwanz eines spätsommerlichen Drachens hinter jedem ihrer zierlichen Wechselschritte . . .

Als sie der Biedermeierwecker gegen sieben unbarmherzig aus dem Teerosenkissen jagte, war diese ihre schöne Welt nicht mehr in Ordnung.

Im Büro tuckerte der Fernschreiber seine alltäglichen Geschäftsnachrichten aus aller Welt in die ›Simplex Unlimited‹ und zeigte der über den üblichen Postverkehr gebeugten Chefsekretärin eine immer längere Zunge aus blaugerastertem Papier.

»Aktien der borstenlosen Zahnbürsten an der Baden-Badener Börse drastisch gefallen –stop– Deutscher Leopard ab sofort auch mit Allradantrieb lieferbar« las die Chefsekretärin mißmutig, ehe sie die Endlosrolle abriß und in den Papierkorb knüllte. Beim Studieren dieser uninteressanten Meldungen kam ihr Ingenieur Benno Faust, der herzkrank darniederliegende Erfinderkopf der Patentfirma, wieder in den Sinn, dessen Prototypisierung des Großmoduls PX 14 zur Herstellung bandloser Videogeräte nun ebenfalls darniederlag.

Hildegard Bamm beschloß, da auch Dr. Spock nicht anwesend war, in den grauen Tag hinauszutelefonieren. Sie wählte Ingenieur Fausts Privatnummer.
»Konnichiwa! Hier ist Steilheim 55025, Anschluß Ingenieur Benno Faust. Sie hören meinen mehrfachverwendbaren Anrufbeantworter. Im Moment können Sie auf diesem Gerät keine Nachricht für mich hinterlassen. Ich bin zur Zeit Rekonvaleszent und befinde mich in der Klinik von Professor Sauerstoff die nächsten vierzehn Tage zur Rehabilitation im Sanatorium Bühlerhof. Diesen Umständen entsprechend geht es mir gut, ich ersuche aber auf ärztliches Anraten, mich auch dort nicht anzurufen. Das Band schaltet nun unabhängig von Ihnen ab. Sayonara!«
Die Chefsekretärin nickte befriedigt, wußte sie doch damit, daß ihr Ex-Geliebter und nunmehr väterlicher Freund und Vertrauter in den allerbesten Händen und auf dem Weg der Genesung sein mußte. »Alles Gute, Benno . . . und grüß mir Notarzt Dr. Borg«, flüsterte sie und legte langsam auf. Der Hörer landete sanft wie ein Spaceshuttle auf der weißen Gabel. Sie wollte sich eben wieder einem Eilbrief zuwenden »An die Securitas Company . . . Betr.: Ihre Anfrage bezügl. Entschlüsselungsgerät für dosische Schlösser . . . Unser Zeichen: Simplex, H. B.«, als die Gegensprechanlage in das Chefsekretärinnenidyll schnarrte.
Das neuerliche, diesmal dreimalige Schnarren hätte nicht des Knopfdrucks und eines darauffolgenden 9-Uhr-15-beschwingten »Achtung, der Boß kommt! Ich bin es Hildeli!« bedurft, um der Chefsekretärin letzte Gewißheit zu geben, daß der ›Simplex‹-Inhaber Dr. Spock eintreffen würde.
Hildegard Bamm riß perfekt, wie sie im Vollwaisenheim der Ehrwürdigen Schwestern im Herrn zu Findelsingen erzogen worden war, das Kalenderblatt vom vergangenen Monat ab, auf dessen Rückseite wie immer eine kurze, aber beherzigenswerte Sentenz zu finden war: ›Liebe deinen Nächsten wie er sich selbst‹, las sich die sportliche Mittdreißigerin den klugen Leitspruch des Verbandes Unverheirateter Höherer Töchter einprägend vor, und es schien ihr, als wäre er wie zufällig brauchbare Einstimmung auf ihren mehr als verehrten Steinbock.
»Diese Schleifentaille, ärgerlich unpraktisch fürs Büro.« Mit diesen Worten bedachte sie nach einem prüfenden Blick im Spiegel ihr

schiefergraues Mousselinkostüm, das hübsch körpernah geschnitten war, mit einer kritischen Bemerkung. Nachdem sie durch mehrmalige, jedoch ziellose Kußbewegungen das Maulbeerrot ihres Lippenstiftes, das durch das Kauen am Kuli an einer Stelle etwas verblaßt war, wieder gleichmäßig über ihre vollen Lippen verteilt hatte, entfaltete sie Filterpapier, um ihren Chef sogleich mit der nötigen Unterlage für einen gewiß arbeitsamen Tag versorgen zu können.

»Nun, wieder beruhigt und einigermaßen vernünftig?« trat er fragend auch schon zur Tür herein und spielte gleichzeitig auf Hildegard Bamms so zornig-rasches Verschwinden aus dem Entre Nous, auf das gestrige plötzliche Aufstehen vom gemeinsamen Mittagstisch an.

»Vernünftig, was heißt schon vernünftig . . . umarme mich lieber«, brummte die Mittdreißigerin nicht unversöhnlich und sah insgeheim wohlgefällig zum graumelierten Mittfünfziger im eleganten blauen Nadelstreifzweireiher im Mafia-Look auf.

Der drahtige Squashkönig von Steilheim stellte seinen Kroko-Aktenkoffer auf den Schreibtisch und breitete seine sehnigen Arme zum Willkomm, während seine mausgrauen Augen unverwandt Hildegard Bamms Mitte fixierten. Seine hohe, energische Stirn, die den Geschäftsmann und Steinbock in Dr. Spock verrieten, warf für eine Sekunde enge Rillen, und als ob sein saphirscharfes Gehirn darauf gleichsam eine vertraute Platte abspielen würde, meinte er schmeichelnd: »Ich finde, du wirst von Tag zu Tag jünger, schöner, begehrenswerter, Hildeli!«

Offenbar schienen ihm nun aber der ernsten Worte genug gewechselt, denn er drückte seine Geliebte und Chefsekretärin so herzhaft an seine nadelstreifensteife Brust, daß sie die Anzugknöpfe spürte.

»Es ist wie im Märchen«, dachte die Kohlrabenschwarze, vollständig in diesen ersehnten Clinch wohliger Weichheit versunken und doch auch darauf bedacht, die Schleifentaille nicht noch mehr zu verknittern, ». . . wie in jenem Märchen, in dem der Vogel Greif diesen Jungen irgendwie entführt in die Lüfte, oder verwechsle ich das mit Nils Holgerssons Flugreise auf dem Schwan oder wie oder was . . .«

Hildegard Bamm kam nicht mehr dazu, die Erinnerungen an ihre Kindheitslektüre zu ordnen, denn das Hier und Heute, »das hic et nunc«, wie die Humanistin in ihr noch schwach erinnerte, forderte alle Aufmerksamkeit. Der Kaffeewasserkessel schrie seine Wallungen dampflokomotivenartig grell durch das Vorzimmer der ›Simplex Unlimited‹.

Langsam und gleichsam ungehalten über das gellende Pfeifen des Kaffeewasserkesselchens löste sich Hildegard Bamm aus der Verschmelzung mit Dr. Alfons Spock. Dieser strich sich seinen blauen Nadelstreif glatt und musterte mit einem rasterfahndungsgenauen Blick aus seinen mausgrauen Augen die Briefe am Schreibtisch, während die kohlrabenschwarzgelockte Chefsekretärin zwei Türkische aufgoß.

»Nicht viel los, was?«, erkannte der Firmeninhaber der ›Simplex‹, »nun, nach der Erfindermesse in Ladenhut herrscht erfahrungsgemäß Flaute.«

Die sportliche Mittdreißigerin in Hildegard Bamm durchzuckte hobbymäßiger Genuß, als Alfons Spock das Wort Flaute sprach, und so setzte sie keß hinzu: »Tja, hier ist Flaute, aber im Salzkammergut, am Wolfgang- oder Fuschlsee, herrscht um diese Zeit bester Surfwind, die ewige Altweibersommerbrise«, ergänzte sie andeutungstief und mit einem seegrünen Blick aus ihren sehnsüchtigen Halbedelsteinaugen.

Dr. Spock fuhr herum und ließ ein Schreiben der Patex oval unter den Briefbeschwerer in Form eines Surfbrettes segeln: »Heißt das . . .?«

»Ja, wenn du willst, Alf«, Hildegard Bamm schlug die Augen innerlich reisefertig nieder, ohne zu bemerken, daß sie wieder und wieder in den beiden Türkischen rührte, anstatt Zucker und Satz einfach auf den Tassenboden sinken zu lassen.

»Du fährst also mit, Hildeli, schenkst mir ein Weekend aufregender Ruhe, Erholung in Gottes freier Natur und deinen engen Umarmungen, stille Tage im Chalet?!«

Die Chefsekretärin im schiefergrauen Mousselin stellte endlich die beiden türkischen Aufgewühlten am Schreibtischrand ab und tätschelte das Silber von Dr. Spocks Schläfen: »Ja, Alfi, ich werde in diesem Land der Steinböcke tagsüber wellenreiten und die Sonne genießen und abends mit dir in das Kaminfeuer aus Buchenscheitern vom Toten Gebirge starren. Du darfst drei Tage lang neben mir im duftenden Mattengras deine Seele baumeln lassen, und wir

werden, endlich, Alf, drei Morgen zusammen – gemeinsam frühstücken.«
Es war, als hätte Hildegard Bamm bei dieser vorfreudig-summarischen Aufzählung der Freizeitmöglichkeiten an dieser alpinen Seenplatte im Innerösterreichischen noch etwas vergessen, doch dieses Etwas auszusprechen, war ihr in diesem Moment nicht möglich, da eine kleine Flut von Freudentränen ihre Stimmbänder und ihren Satz verebben ließ.
»Drei Tage«, griff nun der ›Simpelx‹-Chef die Zeitspanne wieder auf, die sie nach Lust und Laune würden verbringen können, und auch er malte sich – ganz Kind im Manne und für eine Sekunde nicht Lizenzhändler – aus, daß er beispielsweise den Schachcomputer PX 12 *Halbmatt* einpacken würde, den ihm Ingenieur Benno Faust vor Jahren zum 50. aus übriggebliebenen Chips gebastelt hatte und mit dem er arbeits- und familienbedingt so selten zum Spielen kam. »Drei Tage intensiver Zugewandtheit und trauter Zweisamkeit mit dir, der einzigen wahren Liebe im Herbst meines Lebens«, bemerkte er folgerichtig.
»Nun kokettiere nicht mit dem besten Alter, mein squashtrainierter Jüngling!« warf Hildegard Bamm zeigefingrig ein und ergänzte halblaut außerdem, »und unterschlag nicht ganz deine Charlotte.«
Als wollte Dr. Spock diesen Gedanken in sich abtöten wie ein Ölfilm das Leben in den Tiefen eines Ozeans, sagte er unvermittelt: »Hast du übrigens eine Ahnung, wie es unserem Benno Faust geht?«
»Wie es dem armen Benno Faust geht, fragst du?« fragte sie zurück. »Ich habe heute bei ihm angerufen und mit seinem Anrufbeantworter kurz gesprochen. Benno sagt auf Band, daß es ihm unterm Zelt von Professor Sauerstoff gut geht und daß er zwei Wochen Kur machen wird.«
»Dann ist er praktisch drei Wochen krankgeschrieben«, meldete sich der Firmenchef im Mittfünfziger zu Wort.
»Vermutlich. Aber es ist schließlich auch für die ›Simplex‹ besser, er bleibt ihr nach einer – wenn auch auf den ersten Blick langen Zeitspanne – als Wiedergenesener erhalten, als daß er, bildlich gesprochen, zu schnell zurückkehrt und sein genialer Erfindergeist auf ewig nur bonsaihaft dahinkrüppelt.«
Dr. Spock faßte sich mit beiden Squasharmen am Revers seines

Nadelstreifs: »Tja, mindestens, bis die Sache mit dem Großmodul und mit ›Kinomo‹ gelaufen ist, ist Benno Faust für mich unersetzlich.«
Die Chefsekretärin reichte dem Mittfünziger den Türkischen mit der Engelshand einer Serailkönigin und ließ ihre wolfsmilchgrünen Augen wie Sahne auf der Tasse zerfließen: »Er ist auch danach unersetzlich, Alfi, nicht nur als Chefingenieur. Im übrigen wurde er digitalisiert, wenn du weißt, was das heißt.«
Der graumelierte Patenthändler nickte lässig, als ob er begriffen hätte, doch seine medizinischen Unkenntnisse schlugen voll durch, als er zur Antwort gab: »Digitalisiert, interessant. Er wird sich gefreut haben, Elektronikfreak, der er nun mal ist, und in der Digitaltechnik sind seine Freunde aus Nippon –«
»Spitze, ich weiß«, unterbrach die Chefsekretärin gnädig den medizinischen Nonsens, weil sie ihren heimlichen Geliebten lieber wissend erleben wollte. »Jedenfalls sagt er auf seinem Band, er befindet sich auf dem Weg der Besserung. Aber auch das weiß man: Der Japaner kennt keinen Schmerz . . .«
Der Graumelierte im blauen Zweireiher trank wie zur Zustimmung seinen Türkischen in einem Zug bis zum Bodensatz, lächelte plötzlich und stahlte mit einem Mal derart hell aus beiden mausgrauen Augen, daß der graue Alltag über Steilheim wenigstens im Büro der ›Simplex Unlimited‹ keine Chance mehr hatte: »Wenn Faust ohnehin noch wegbleibt«, überlegte er guttural, »und auch sonst, wie ich sehe, nichts Aufregendes hier angefallen ist, dann –«
»Was dann, Alfi?«
»– dann können wir doch den Laden für ein paar Tage ruhig dichtmachen und schon übermorgen losfahren.«
Hildegard Bamms Augen, die eben nur noch wie Halbedelsteine geleuchtet hatten, schliffen sich, als sie ihren Chef begriffen hatte, gleichsam von selbst zu Ganzedelsteinen. »Ja, das machen wir. Wir schließen hier für eine halbe Woche, drehen alles ab und schalten auf Band. Was wäre denn, wenn du so am Herzen leiden würdest, wie unser Faust? Sendepause!«
Die schöne Mittdreißigerin im körpernah geschnittenen Schiefergrauen strahlte noch immer und schien durchaus bereit, als Mitglied der Angestelltengewerkschaft diese vom Firmeninhaber offerierte Arbeitszeitverkürzung bei vollem Lohnausgleich anzuneh-

men. Und doch regte sich, als sie Dr. Spocks letzten Satz rekapitulierte, Herzschmerz im weiten Oberteil ihres Mousselins, hatte er dies doch nur deshalb vorgeschlagen, weil Ingenieur Benno Faust nach seinem Infarkt arbeitsunfähig war. »Mein geliebter Alfi will wohl nur ausprobieren, wie die Firma läuft, wenn Benno entlassen würde«, dachte sie hinter ihrer mühsam aufgehellten Fassade. Sie empfand sich, wie so oft, wenn sie mit dem geliebten Mittfünfziger zusammen war, wie eine Politikerin, die ihre Telegenität zu berücksichtigen und Zähne zu zeigen hatte – ob aus Vergnügen am Lächeln oder aus nicht länger verbissener Wut.

»So, und dich setzen wir ab sofort auch in den Ruhestand.« Der graumelierte Steinbock und Lizenzhändler kümmerte sich herzlich wenig um diese und andere aufwühlende Gedanken in der Brust der Mittdreißigerin und schaltete den Fernschreiber aus. Als das monotone Tuckern aufgehört hatte und ein kleiner Fiepton anzeigte, daß die Telexmaschine auf Speichern programmiert war, faßte der Firmeninhaber die Chefsekretärin sozusagen chefial um die Schleifentaille: »Du hast morgen frei, damit du in Ruhe packen kannst, und ich fahre meinen Heimito morgen in die Sportschule nach Mannhof am Necker. Trainingslehrgang, du weißt ja, mein Sohn ist ein schwerer Leichtathlet. Du sagst ja gar nichts? Freust du dich nicht?«

»Doch, doch . . . deine Charlotte ist wohl schon bei ihrem Seminar auf Schloß Herrenstein? Diese nonverbale Urschreitherapie . . .?«

Dr. Spock ließ die schwarzgelockte Mittdreißigerin widerwillig seufzend los, und sie fühlte, daß es ihr nicht nur der Schleifentaille wegen im Augenblick so lieber war. Dennoch sagte sie rasch: »Okay, okay, Alfi, ich wollte ja auch gar nicht diesen wunden Punkt zwischen uns ansprechen, ich lebe sowieso mit ihm. Du holst mich dann übermorgen bei mir ab, ja?«

Der Patentverkäufer im blauen Nadelstreif, froh, daß Hildegard Bamm für ihn diese Klippe so rasch umsurft hatte, lächelte erleichtert: »Und deinetwegen, ich meine: damit du dein Surfbrett auf meinem 393er verstauen kannst, werde ich mir auch einen Funboardträger montieren lassen, recht so?«

Die Chefsekretärin nickte noch, als sie an diesem Tag schon längst in ihrer Mansarde am Biedermeier-Stickrahmen saß und mit ihren unendlich geschickten Händen an dem Kissen jene Zierschrift fortsetzte, die in einem Meer von Kußröschen bis zum N der zur Ruhe einladenden Aussage *Liebe ist, den anderen in seiner Ein . . .* gediehen war. Salome, die schöne braune siamesische Prinzessin von blauem Blut, schnurrte zu Hildegard Bamms selbstgewalkten Filzpantoffeln ihr friedliches Lied von der Jagd auf Paradiesvögel, und die Stimme des großen Enrico Carusello, dessen tenorales ›Martha, Martha, du entschwandest‹ sich am Plattenteller drehte, tat ein übriges, um fachwerkhäusliche Harmonie zu erzeugen, die durch vorfreudig genossenen Obstschnaps aus dem Salzburgischen gesteigert und vom Sotto-voce-Schlag der Pendeluhr Punkt neun geruhsam beendet wurde.

Es war der Sirenenton irgendeiner am Fachwerkhaus vorbeirasenden Ambulanz, die Hildegard Bamm am anderen Tag aus dem Schlaf der Gerechten riß: »Eine kardinale Frage wie bei Benno Faust?« Sie gähnte sich auf dieses Rettungssignal hin aus ihrem teerosengelben Doppelbett in der Biedermeiermansarde, um sich sofort hellwach zu korrigieren: »Ich meine natürlich: cardiale Frage . . .«
Über dieser chefsekretariellen Exaktheit war die Widdergeborene so munter geworden, daß sie aufstand und Salome das Kissen zu einem freudig begrüßten Nach-Nickerchen überließ. Sie zog ihren himmelblauen Morgenrock aus Satin, der in seinem Wickellook die ranken Formen der Chefsekretärin frech betonte, über das nachtschwarze Negligé. Als sie das kleine Radio, das in einer geschmackvollen Nachbildung eines Hamsterkäfigs im Steilheimer Jugendstil eingebaut war, einschaltete, verkündete ein sonorer, flinkzungiger Moderator ›Gute Laune‹, die der Sender sodann durch einen sentimentalen Hit eines deutschen Nachwuchsstars namens Mona zu untermauern trachtete. Eben diese Mona, sie klang zu Hildegard Bamms Bedauern geringfügig görenhaft flachbrüstig, trällerte irgend etwas wie ›. . .ich geh mit dir bis ans Ende der Welt‹. Dennoch erinnerte sie dieser Schlager daran, daß sie Reisevorbereitungen für ihr Surf-Wochenende mit Dr. Spock zu treffen hatte, und sie eilte vor den Biedermeierspiegel. »Mein Gott«, seufzte sie ihr Abbild im Kristallschliff an, »heut sieht man mir die Mittdreißigerin nur zu deutlich an.«

Und obschon dies allzu defätistisch war, denn sie konnte es – in objektivem Licht betrachtet – gesichtsmäßig durchaus mit jeder Wochenendbeilagen-Schönheit im ›Steilheimer Morgen‹ aufnehmen, ging sie doch sogleich daran, ihre schlafschlaffe Haut durch eine gewiß sündteure Feuchtigkeitscreme zu plätten, die sie – offenbar nach ihrem Spender – lachfältig »Komm, zieh schon ein, Oil of Alfons« nannte. Aber dieser weißliche Balsam für Backen und Nacken war noch nicht vollständig von ihrer Pfirsichhaut aufgesogen worden, so daß ihr Gesicht etwas Traviatahaftes hatte, als das Schrillen des Stil-Telefons die Morgentoilette störte.
»Hm«, schreckte die Schwarzgelockte im Wickelrock hoch und wußte für einen Augenblick nicht, wohin mit ihren cremigen Händen, »wer mag das um diese Zeit sein?«
Ihr noch morgendlich hellgrüner Blick suchte die Standuhr, und als er sie gefunden hatte, hatte der Minutenanzeiger eben die elf vor neun Uhr erreicht.
»Das kann nur Alf sein!« Und da sie dessen so sicher war, begrüßte sie die Muschel, die sie nun doch – vor Erwartung rücksichtslos gegenüber dem Balsam auf ihren Händen – ergriffen hatte, folgerichtig mit einem siamkatzenweichen »Bamm?! Das Widderchen wünscht seinem Steinbock einen schönen Morgen!«
Eine gobihafte Wüste monotonen Rauschens war die Antwort des Hörers, und die Chefsekretärin war darüber so verwirrt, daß auf ihrer Stirne wanderdünenartige Falten aufkamen und alle Ölung umsonst erscheinen ließen. Nach einer langen Weile erst ertönte eine andere als Dr. Spocks Stimme: »Endschuldigen Sie diese meine allzu morgendliche Störung, aber ich habe bereits bei der ›Simplex‹ angerufen, und der Anrufbeantworter ließ mich vermuten, Sie seien noch daheim«, ließ sich ein männlich kraftvolles Organ vernehmen, und es hätte gar nicht der hinzugefügten Erklärung »Hier spricht René Solo, Ihr Bariton von Dagelfaust und Rattenburg«, bedurft, um Hildegard Bamm ein Wiedererkennen, und es war ein durchaus freundliches, wenn auch überraschtes, zu ermöglichen.
Die Chefsekretärin nestelte, noch immer ungläubig über den Anruf des Ex-Baritons und Amely-Gütlich-Vertrauten René Solo, mit ihrer freien Linken am Wickelverschluß ihres himmelblauen Morgenrockes, der, als sie sich zum vermeintlichen Ferngespräch

niedergesetzt hatte, die hübschen, surfbraunen Knie Morgenluft wittern ließ. »Sie, Solo? Sie müssen entschuldigen, daß ich Sie zuerst mit Steinbock angesprochen habe, ich dachte, es wäre ein gleichnamiger Geschäftsfreund der ›Simplex Unlimited‹«, kaschierte sie verbal geschickt die Schamröte auf ihren Wangen, die durch ihre irrtümliche Anrede entstanden war.
»Macht doch nichts, meine Beste, es tat mir gut, Sie fröhlich zu hören. Sie konnten nicht mit meinem Anruf rechnen, und er wird Sie wohl einigermaßen überraschen.«
Die Mittdreißigerin, deren Feuchtigkeitscrememaske nun langsam in den Poren versickerte, nickte, und da dies der väterliche Opernstar der Roaring Fifties am anderen Ende der Leitung nur als Generalpause auslegen konnte, setzte er entschuldigend fort: »Aber ich habe, glauben Sie mir, einen triftigen Grund. Ich bin – zufällig und auch nicht – hier in Steilheim.«
»Oh!«, entfuhr es entzückt der Chefsekretärin, und sie spitzte ihre karminroten Lippen nicht unerotisch, glaubte sie doch René Solo damit automatisch bei Amely Gütlich.
Doch als ob der Exbariton diese Vermutung widerlegen wollte, erklärte er: »Ich bin eben mit dem Mozartexpreß von Hameln angekommen. Daß ich den Nachtzug nahm, wird Ihnen vielleicht verdeutlichen, daß der Grund meines Anrufs für mich ein wichtiger ist – und ich denke doch, auch für Sie. Ich muß Sie unbedingt sehen und sprechen, Frau Bamm«, schloß er mit der baritonalen Leidenschaft eines sowohl Wagner- wie auch Verdistars.
Diese Expressivität ließ die Mittdreißigerin nicht allzu lange zögern, und mit einem neuerlichen Blick auf die Standuhr entschied sie: »Nun gut, das läßt sich einrichten. Sagen wir 10 Uhr 30?«
»Je eher, desto besser – und wo? Ich sitze im Moment im Regresso, das ist ein kleines Café in Bahnhofsnähe . . .«
»Gut, ich kenne es«, erinnerte sich Hildegard Bamm an ihre Zeit mit Ingenieur Benno Faust, als eben in diesem Café das Glück noch ein Kuchen gewesen war, »ich kenne das Regresso, das früher nur eine heruntergekommene Depressostube war. Ich bin um halb elf dort. Bis dann, Solo, ciao und tschüs!«
Ein baritonales »Gut, ich vertreibe mir die Zeit mit einer oder

zwei der süßen Schnecken, die man hier feilbietet«, war knappes Signal zu beiderseitigem Auflegen.
Es war klar, daß die schwarzgelockte Chefsekretärin über diesen seltsamen Anruf grübelte, spürte sie doch mit dem Instinkt des Widders, daß irgendeine Wende in ihrem Leben bevorstand, eine Sache von größter Wichtigkeit, da sie ansonsten ja nicht von diesem vornehm-zurückhaltenden Mittsechziger überstürzt um ein Treffen bekniet worden wäre.
»Aber was kann er auf dem Herzen haben?« sinnierte sie noch, als sie Salome, die im andauernden Halbschlaf siamesische Laute ausstieß, provisorisch mit einer Scheibe Straßburger Foie gras vegetarisch versorgte.

Hildegard Bamm fand, als meinte das Schicksal es gnädig mit ihr, auf Anhieb einen Parkplatz für ihren funboardbestückten schwarzen GTI, und sogar die Parkuhr war von irgendeiner kleingeldreichen Hand schon gefüttert worden. So ließ die Chefsekretärin im Volantkostüm des italienischen Couturiers Aldi nicht unfröhlich die Wagentüre zufallen und trippelte in ihren antilopenledernen Pumps leichtfüßig dem Café Regresso zu. Als sie die kunstvoll und mit allerlei hübschen Eistüten, Tortensegmenten und Nußkipferl-Mustern handbemalte Glastüre passiert hatte und das Gebimmel des damit verbundenen Glasglockenspiels verklungen war, entdeckten ihre irisch-moosgrünen Augen auch schon René Solo, der sich eben an seiner zweiten Zuckerschnecke gütlich tat und trotz des kräftigen Bissens, der seinen Adamsapfel noch beschäftigte, sogleich aufstand.
»Ich bin überglücklich, meine schöne Hildegard, Sie zu treffen«, begrüßte er sie und lud sie mit einer Geste, die den einstigen Star-Bariton verriet, in das doppelsitzige Plüschsofa ein. »Kaffee, Tee, Kakao, Kuchen?« Der Mittsechziger im tadellosen schwarzen Anzug umfing sie mit gesangsprofessoraler Fürsorglichkeit, und die tonsurale Lichtung im Silbergrau seines feinen Kopfes glänzte im Vormittagslicht.
»Ach, ich nehme Schokolade, auch wenn ich ihrer eigentlich nicht mehr bedarf, da Sie mir ja den Vormittag bereits versüßen.«
René Solo schien sich sichtlich über diese warmherzige Floskel der Mittdreißigerin im Elfenbeinernen zu freuen, und doch zog opern-

hafter Ernst in seine faltenreiche Mimik, als er die Schokolade geordert hatte. »Weshalb ich hier bin«, ging er guttural medias in res, »hat seinen Grund darin, daß ich vor zwei Tagen in Bayreuth war, um mir einige jüngere Stimmen des dramatischen Fachs anzuhören.«

Die Schokolade kam unter einer Haube von Sahne, die Hildegard Bamm an die gletscherbedeckten Gipfel Bayerns, aber auch des Salzkammergutes denken ließ. »Äh, ich verstehe nicht, Sie waren also in Bayreuth . . .«

»Jawohl, ich war ja früher Stammgast in der Villa Wahnfried und feierte unter Knabberbusch wahre Triumphe als Zwerg im Ring, ehe mich diese modernen Regisseure vom Schlage eines Cherie aus Walhall vertrieben. Aber das ist Schnee von vergangenen Jahren«, holte er sich mit einem Blick auf die Sahne in der Schokoladentasse in die Steilheimer Gegenwart zurück. »Auf der Rückreise von Bayreuth aber machte ich einen kleinen Umweg über ein Kloster, das auch Sie kennen, meine Liebe.«

Erinnerung dämmerte in der Brust der Mittdreißigerin, doch sie sagte zunächst kein Wort, sondern löffelte stumm im Sahneberg.

»Ich habe in diesem Kloster eine inzwischen alt gewordene teure Freundin, ich darf sagen: Vertraute, besucht, die ehemalige Äbtissin der Ehrwürdigen Schwestern im Herrn, Schwester Amalie, nunmehr im Ruhestand . . . oder fast im Ruhestand.«

Hildegard Bamm legte den zierlichen Silberlöffel zur Seite, schloß die Augen, horchte für eine halbe Minute in die gläser-, tassen- und kuchenbesteckklirrende Monotonie des Regresso und wandte sich dann gefaßt an den silberschläfigen Mittsechziger: »Sie waren in Findelsingen, René«, flüsterte sie rückblicksschwanger in das distinguierte Geschnatter einer Nebentischrunde einkaufsbummelrastender Steilheimer Bürgersfrauen.

»Ja, ich war in Findelsingen«, nickte René Solo erinnerungsschwer. Hildegard Bamm faltete ihre schlanken Hände, die braun aus den Puffärmeln ihres elfenbeinfarbenen Volantkleides ragten, und diese Geste gemahnte unbewußt an den kindlichen Zögling im Vollwaisenhaus der Ehrwürdigen Schwestern im Herrn, der sie einmal gewesen war.

»Ihre . . . oder darf ich Sie duzen, meine liebste Hildegard?« Der Ex-Bariton strich sich über die silbergrauen Büschel über seinen musikalisch-feinnervigen Ohren, und als die schwarzgelockte Mittdreißigerin spontan und warm nickte, fuhr er fort: »Also deine ehemalige Lyzeumsdirektorin, wie gesagt Schwester Amalie, ist, aus welchen Gründen immer, wie ich eine Anhängerin der gemäßigten Kleinschreibung. Wir sitzen im Vorstand der Vereinigung für Progressive Orthografie.«

»Ich kann mich noch dunkel daran erinnern, schon zu meiner Zeit, als sie noch nicht pensioniert war, wurde die Kleinschreibung bei ihr ganz groß geschrieben«, erinnerte sich die Chefsekretärin schwach.

»Nun aber betreut sie als Emerita – wie sie sich als Ex-Äbtissin nennt – das Waisenhausarchiv in Findelsingen. Und wie der Zufall es will, kam die Rede bei meinem Besuch auch auf Sie. Das heißt, auf dich natürlich«, korrigierte sich der Gesangsprofessor aus Hameln, als Hildegard Bamms Ahnenblick andeutete, daß er für jedes ›Sie‹ nach altem Steilheimer Brauch eine Flasche Badener Ruländers würde bezahlen müssen. »Ich erzählte ihr von unserer Bekanntschaft, Hildegard, und sie hatte sofort die lebhafteste Erinnerung an dich und deine Kindheit. Du sollst ein außergewöhnliches Kind gewesen sein, besonders begabt im Sticken.«

Das Widderkind lächelte ihn aus dahlienroten Lippen an.

»Und dann, als wir im Archiv Tee tranken, kam's: Wir sprachen von deiner ungewissen Herkunft, davon, daß niemand weiß, wer deine Eltern sind, und sie bestätigte zunächst nur dieses ungeheuere Dunkel in deiner Geschichte.«

Die Mittdreißigerin fühlte, wie ihr bei diesen Worten Tränen, grundwasserartig und dickflüssig wie die eben genossene Schokolade, in die Halbedelsteinbecken ihrer Augen zu treten drohten. Der Mittsechziger im schwarzen Anzug merkte die innere Regung und faßte Hildegard Bamm väterlich am Arm. »Und dann, stell dir vor, stöberten wir nochmals in allen Akten, Karteien und Schülerbeschreibungsbögen deines Jahrganges, und . . .«

Die Chefsekretärin erwiderte den weichen Händedruck des Ex-Baritons gespannt. »Und was?«

»Schwester Amalie fand tatsächlich einen winzigen Zettel, ein Mosaiksteinchen, das man die ganzen langen Jahre über nicht entdeckt hatte, und das doch vielleicht wenigstens einen kleinen,

erhellenden Schein in die Finsternis deiner Herkunft werfen könnte!«
»Nein!« Die ansonsten stets gefaßte und in ihren Bewegungen damenhaft ruhige Chefsekretärin stieß die Schokoladentasse um.
»Doch!« erwiderte René Solo ruhig. »Ich habe diesen Zettel in meiner Tasche. Er lag, völlig zerknittert, im Einband des Gebetbüchleins jener Küchenhilfe, die dich damals als schreiendes Bündel vor den Toren Findelsingens aufgelesen hatte.«
»Ich will wissen, was auf diesem Zettel steht, René, zeig ihn mir!«
René Solo suchte in den Taschen seines schwarzen Anzugs, nun ebenfalls aufgeregt, nach jenem zerknitterten Zettel aus dem Schularchiv von Findelsingen. »Wo ist er denn«, zischte der Ex-Bariton voluminös, während die schwarzgelockte Mittdreißigerin nervöse Blicke über die Cassettendecke des Cafés Regresso jagte. Am nahen Bahnhof donnerte der Fernzug Bergisch Gladbach–Lörrach einen ratternden Gruß in die eilige Zettelsuche.
»Ich, ich muß ihn«, stotterte der silberhaarige Mittsechziger nach langem Suchen und Tasten, Wenden und Drehen in den Taschen, »ich muß ihn in der Aufregung in Hameln gelassen haben, verzeih einem Greis, verzeih, meine liebste Hildegard«, sagte er, der doch andrerseits noch immer alle großen Baritonpartien auswendig kannte, flehentlich und beschämt über seine Vergeßlichkeit.
Die Chefsekretärin im Volantkostüm, die so sehnlichst auf irgendeinen Fingerzeig auf Woher und Von- wem ihrer schwarzgelockten Existenz gehofft hatte, konnte sich nicht dagegen wehren, daß mitten in diesem warmen Spätsommervormittag ein frustiger Zug in ihre Miene fuhr. Doch nach einer Weile hatte sie Mitleid mit dem älteren Mann, der gleichsam ihr Vater hätte sein können, und sie meinte, ihn aufrichtend: »Nun gut, c' est la vie von Vollwaisen. Wir brauchen ja nicht den originalen, zerknitterten Zettel, Hauptsache, du weißt, was auf ihm stand.«
»O ja, und ob! Niemals könnte ich vergessen, was in zittriger Schrift auf ihn gekritzelt ist. Und jetzt fällt mir auch wieder ein, daß ich ihn wohl im Klavierauszug der ›Lustigen Weiber von Windsor‹ vergessen haben muß.« Dann beugte er sein faltenreiches Gesicht an jenes von Hildegard Bamm heran, daß die borstigen Spitzen seiner tonsuralen Haarbüschel beinahe die Schläfen der Chefsekretärin tätschelten: »Also, auf diesem Zettel hatte die

Küchenhilfe, die dich winselnd fand, notiert: Neben dem Säugling weiblichen Geschlechts lag, als einziger Hinweis auf die mögliche Herkunft des Wurms, ein Perückenkamm, wie man ihn wohl an Theatern verwendet. Und tatsächlich trug dieser an sich gewöhnliche graue Hornkamm eine winzige Aufschrift: Teatro di Spoleto. – Das war alles«, schloß René Solo.

»Teatro di Spoleto? Nie gehört.« Hildegard Bamm prüfte fieberhaft ihr bühnenbewandertes Gedächtnis. »Ich kenne so ziemlich alle großen Bühnen von Castroup-Brauxl bis zum Bonner Unterhaus, aber keine Bühne namens di Spoleto.«

René Solo räusperte sich, noch immer gedemütigt vom ersten Anzeichen eines schwindenden Kurzzeitgedächtnisses: »Das Teatro di Spoleto liegt in Italien.«

Die Chefsekretärin ließ ihre kohlschwarzen Augenbrauen zugbrückenartig niederrasseln, und über ihren Augen galoppierte Erstaunen auf den Exstar zu: »Sie . . . du kennst Spoleto?«

Der Mittsechziger nickte silbergrau: »Ja, ich habe selbst dort gesungen. Es gibt in eben diesem Theater, an und für sich eine Zweig- oder Zwergbühne des Teatro Piccolo, Jahr für Jahr ein internationales Festival ›Due Mondi‹, also das Festival zweier Welten.« Und es schien, als träfen nicht nur in diesem Städtchen Spoleto, sondern auch in diesem Steilheimer Café Regresso zwei Welten aufeinander: die dunkle Vergangenheit Hildegard Bamms und die strahlende Gegenwart derselben.

»Du wirst verstehen, daß ich auf diese seltsame Entdeckung hin sogleich meine Seniorenkarte nahm und mich in den Nachtexpreß von Hameln hierher setzen mußte, nachdem ich gestern abend vergeblich bei dir angerufen hatte.«

Hildegard Bamm starrte, noch immer tief ergriffen von der Nachricht, vom ersten Anhaltspunkt, woher sie gekommen sein könnte, traumverloren in die Baisers, Torten und Nußstrudel, die das kleine Café neben dem Bahnhof offerierte. Sie dachte nach, ob sie gestern abend daheimgewesen oder mit ihrem geliebten Firmenchef ausgegangen war, aber es fiel ihr im Moment beim besten Willen nicht ein, so sehr hatte sie René Solos Nachricht verwirrt.

»Wenn du gestattest, meine liebe Hildegard, so werde ich mich demnächst in Spoleto und am Theater selbst umsehen. Vielleicht weiß man dort irgendwie weiter. Ich habe jedenfalls noch viele

Freunde in Spoleto – und die Sache hat begonnen, mich zu interessieren.« Die Kohlrabenschwarze im elfenbeinfarbenen Volantkostüm nickte abwesend. »Ich fahre nämlich zufällig schon in allernächster Zeit in den Süden, zu einer Trinkkur für meine Stimmbänder. Abano Terme, kennst du vermutlich.«
Hildegard Bamm nahm nun auch ihre zweite Hand und umfaßte René Solos Rechte beinahe zärtlich: »O ja, recherchiere du nur, wie immer es dir möglich ist und Spaß macht. Du hast von mir aus freie Hand dabei, denn ich muß ja hierbleiben, die ›Simplex Unlimited‹ braucht mich.«
Dabei fiel ihr wieder ein, wieviel sie noch zu packen hatte für das geplante Weekend mit Dr. Spock, und auch René Solo sah auf die kleine Digitaltaschenuhr im goldenen Gehäuse, die er aus seinem schwarzen Anzug holte. »Ich werde sehen, was sich im Süden machen läßt und melde mich, sobald ich zurück bin. Noch eine Frage, die du mir unbedingt beantworten mußt: Wann bist du eigentlich geboren?«
»Am 30. März 1949, Punkt zehn. Diese Angaben standen ja damals zusammen mit meinem Namen – der übrigens so gar nicht italienisch klingt, fällt mir nun auf – auf meiner Windel.«
Der Ex-Bariton notierte die Daten sorgsam auf einem kleinen, zerknitterten Zettel und meinte: »So, und nun muß ich aber rasch zum Bahnhof. Ich muß auf der Stelle zurück ans Konservatorium. Wir bekommen heute neue Stimmgabeln, die ich als Prorektor in Empfang nehmen muß. Es sind kostbare Stücke von Stradivari darunter.«
»Keine Amely heute?« fragte die Chefsekretärin erstaunt nach seinem Besuch bei ihrer ›Planet‹-Freundin Gütlich.
»Keine Amely«, wiederholte Solo. »Ich war mit dir zusammen, und das war Glück genug für einen alten, wunderlichen Mann.«
Hildegard Bamm lächelte über das Kind in ihm. Nach dieser berückenden Eröffnung über die grauen Vorzeiten ihrer knappen Fünfunddreißig brachte es die Vollwaise nicht über ihr gutes Herz, den Mittsechziger alleine der kalten Atmosphäre des Steilheimer Bahnhofs zu überlassen. So begleitete Hildegard Bamm René Solo die paar Schritte vom Café Regresso bis an den Bahnsteig.
»In Argentinien, wo ich viel gesungen habe, nennt man den Bahnsteig Perron«, erinnerte sich der silberschläfige Ex-Bariton

lebhaft, als sie, elfenbeinfarbiger Volantarm in schwarzem Anzugsarm, auf den Intercity nach Hameln warteten. »Und den Sängern wünschte man vor der Vorstellung nicht wie bei uns Hals und Beinbruch oder toi, toi, toi, sondern Buenos Aires, das heißt soviel wie: Gute Luft!«
Als der Zug eingefahren war und René Solo Abschied nehmen mußte, drückte ihm die Chefsekretärin unwillkürlich einen flüchtigen Kuß auf die faltigen Wangen, so daß diese für einen Augenblick wie mit einem Eilbrief-Aufkleber versehen aussahen.
»Paß gut auf dich auf!« rief er der schwarzlockigen Surferin zu, als sich die Türen auch schon zu schließen begannen, und als sie ihm traut erwiderte: »Du auf dich auch, und auch in Spoleto!« reichte es kaum mehr für sein baritonales »Was kann denn einen Sänger schon erschüttern?! Ich bin mein Leben lang gereist, von hierhin nach dorthin, von Bühne zu Bühne«, und der Intercity fuhr auch schon aus dem Steilheimer Hauptbahnhof. Hildegard Bamms Augen blinkten ihm noch eine Ewigkeit grün nach, bis die Signale längst wieder auf Rot umschwenkten.

Auf der eiligen Heimfahrt im schwarzen GTI vermochte sie sich noch immer nicht recht auf das nächste Ereignis einzustellen, das am nächsten Morgen ins Haus stand: Dr. Spock, der geliebte Inhaber der ›Simplex‹, mit dem sie die nächsten vier Tage ins Österreichische verreisen würde.
Mißmutig hupte sie einen unentschlossenen Wagen vor sich an. »Typisch Mann am Steuer, Sonntagsfahrer«, brummte sie ungehalten. »Es ist offenbar kein Vorurteil, sondern jederzeit überprüfbare Tatsache, daß Leute, die beim Autofahren einen Hut tragen, langsam schalten.«
Hätte sie gewußt, daß der Lenker, den sie sportlich überholend schnitt, eben jener gescholtene Hutträger, der Objektkünstler Joseph Filz war, den sie vor wenigen Tagen noch in der Galerie Blackout fast in ihr weites Herz geschlossen hätte, so hätte sie ihm seine künstlerisch-zerstreute Fahrweise sicherlich nachgesehen. So aber waren ihre Gedanken einerseits auf die Reisevorbereitungen konzentriert – »Ich muß die Surfbrettkanten unbedingt noch schleifen«, – andererseits weit in die Vergangenheit gerichtet. »Ein Hornkamm, ein simpler Hornkamm also muß nun als Mis-

sing link meiner Entwicklungsgeschichte herhalten. Teatro di Spoleto. Wie reimt sich das auf Findelsingen?«
Der schwarze GTI schoß durch die City und scheuchte einige mittagsschläfrige Radfahrer an die Häuserwände. Die Chefsekretärin schickte ihnen ein halblautes »Radfahrer aller Länder vereinigt euch, ihr habt nichts zu verlieren als eure Ketten« nach, doch es war mehr scherzhaft als arrogant gemeint.

Obschon Hildegard Bamm nach den Aufregungen dieses Tages eine unruhige Nacht verbracht hatte und verständlicherweise von einem Schilderwald mit den Aufschriften ›Spoleto-Bad Ischl-Spoleto-St. Wolfgang‹, in dem sie sich heillos verirrt hatte, träumte, brauchte sie dennoch am nächsten Morgen kein Make-up, um in ihrem lässigen Khaki-Leinenanzug sportlich und urlaubsreif auszusehen. Sie pfiff ein munteres Lied, während sie die Koffer und Taschen prüfte, die auf der Wendeltreppe zu ihrer Biedermeiermansarde standen. Salome tappte einigermaßen verwirrt zwischen den Gepäckstücken umher, und ihr murrendes Miauen schien auf siamesisch zu bedeuten: Und wer kümmert sich um mich, wenn Frauchen verreist?
Ganz anders sah Dr. Alfons Spock aus, als er in die himmelblaue Fachwerkhaustüre trat, die die schwarzgelockte Mittdreißigerin geöffnet hatte, als sie den schweren 393er Metallic-Turbo-Injection anrollen hörte.
»Ich wünsch' dir einen schönen guten Morgen«, die Chefsekretärin strahlte ihren geliebten Firmeninhaber ebenso hell an, wie die aufgehende Sonne die Steilheimer Altstadt. Doch als der Lizenz- und Patenthändler ihr bloß ein müde klingendes »Bist du sicher, daß es ein schöner guter ist?« in die fliegende Umarmung mitgab, trat sie einen Schritt zurück und forschte in seinem kantigen Gesicht, das einen Grauschleier trug.
»Is was, Doc?« fragte sie, und mußte hinzusetzen: »Was hat mein kleiner Steinbock? Er sieht nicht allzu gut aus heute, ehrlich gesagt.«
Der angegraute Mittfünfziger dehnte und reckte seinen squashtrainierten Brustkorb, in dem ein Sportlerherz schlug, und erklärte sich: »Ich mußte gestern abend mit meinem Sohn, mit Heimito, auf

dem Weg in sein Leichtathletikcamp noch den Film ›Flashdance‹ ansehen. Und dieser läßt sich, wie der Name wohl schon sagen will, nur mit Alkohol ertragen, mit zuviel Alkohol.«
»Soll ich fahren, mein armer kleiner Restalkoholiker?«
»Nein, nein. Ich kann mich ja in den nächsten Tagen endlich ausgiebig ausschlafen – in deinen Armen«, bemerkte er nicht unanzüglich und lockerte sich die weinrote Strickjacke über der blauen Segelhose. Dann zog er auch die wildledernen leichten Fahrerhandschuhe aus, stopfte die für einen Mittfünfziger beinahe gewagte weiße Ballonmütze in die Tasche und zeigte auf die Gepäckstücke: »Du willst umziehen?« beliebte er zu scherzen.
Auch das schwarzlockige Widderkind war trotz allem, was rund um Benno Faust und René Solo geschehen war, in der Stimmung, zurückzuscherzen: »Jawohl, ich will umziehen. Zuerst in deinen Wagen – und später ins Chalet.«
Salome hingegen, die wohl feinnervig, wie alle Siamkatzen, sogleich den Kater in Dr. Spock gewittert haben mochte, verhielt sich ausgesprochen reserviert und gab Laute von sich, die man bei einem Bluthund gewiß als wütendes Bellen hätte interpretieren müssen.
»Sie ist eifersüchtig auf dich«, die Mittdreißigerin lächelte ihren Patentinhaber grünäugig an.
Der ›Simplex‹-Chef hatte mißmutig damit begonnen, Hildegard Bamms »Kleines Handgepäck, bloß das Nötigste für alle Fälle«, wie sie es genannt hatte, in den 393er Turbo-Injection zu verladen, und obwohl der Wagen der größte der Bayerischen Motorenwerke war, mußte auch noch der Fond zum Kofferraum umfunktioniert werden.
»Ich bin nur froh, daß du nicht auch noch den Stickrahmen und die beiden Porzellanelefanten deines Bettendes mitnehmen willst, mit der Begründung, du könntest ohne sie in der Fremde nicht einschlafen«, grantelte er aus seiner weinroten Strickjacke.
»Och Steinböckchen, als Schlafmittel, ich korrigiere: Zum Einschlummern hab' ich dich und deine Achselhöhle«, gab es ihm die Chefsekretärin ungewöhnlich keß, ja für ihre Verhältnisse ausgesprochen offen zurück. Und im selben Atemzug stemmte sie auch noch ihre surfgebräunten Hände in die Hüften ihres

Khaki-Overalls und ermahnte den Mittfünfziger: »Und laß auf dem Rücksitz ja Platz für Salomes Körbchen.«
Dr. Spock zeigte nun Anzeichen echter Tierfeindlichkeit, denn er entrüstete sich von der Türe her: »Sag bloß, du nimmst dieses haarende Katzenvieh auch noch mit auf die Reise?!«
»Was glaubst du? Denkst du, ich lasse sie hier von ihren Trennungsängsten Gastritis bekommen? Wer würde sie füttern?«
Der Mittfünfziger, der eben froh war, den mittleren Schrankkoffer mit den drei Abendroben aus Straß untergebracht zu haben, dachte kurz nach: »Deine Freundin Amely könnte sie doch nehmen!«
Hildegard Bamm drückte ihm drei Bademäntel in den Arm. »Salome fährt mit – oder ich bleibe auch zu Hause. Ich weiß, was es heißt, als Vollwaise aufzuwachsen«, sagte sie bestimmt und faßte dabei die Siamkatze, die sich miauend sträubte, weil sie wohl spürte, daß sie im Wagen des Firmeninhabers nicht willkommen war, und schob sie in ein bienenwabenförmiges Tragekörbchen aus geflochtenen Weidenruten, wie sie der Steilheimer Lehrerverein herstellte und zu caritativen Zwecken vertrieb. Sie verschloß das Körbchen sorgsam und trug es hinaus in den Wagen, wo Salome sogleich fletschend wie ein Zwerglöwe gegen die Weidenstäbe anrannte und Zirkus machte.
»Ganz verschreckt hast du das arme Tier«, machte sie Dr. Spock Vorwürfe, der sich – nun schon schwitzend wie im dritten Satz eines Squash-Matches – eben am Funboard an Hildegard Bamms GTI zu schaffen machte.
»Gibt es nicht auch leichtere Surfbretter?« fragte er kurzatmig beim Abmontieren. »Aus Glasfiber etwa? Ich werde mal Benno Faust auf dieses Problem ansetzen«, kam es gepreßt hinter dem nun auf den neuen Träger am 393er-Injection wandernden Funboard hervor.
»Das *ist* ein Glasfiberbrett, mein Bester. Kann ich dir beim Tragen helfen?« kam es leicht gereizt über den mohnroten Mund der Mittdreißigerin, die sich über die Unterstellung ärgerte, sie verwende für ihren beliebtesten Sport veraltetes Gerät.
»Danke, nicht mehr nötig, ist festgezurrt, dieses Blei-Ding.«
»Können wir dann?«
»Natürlich«, kam das Echo pronto.

»Ich bin seit gestern abend fix und foxi.«
»Ich auch«, meinte der ›Simplex‹-Chef, während er den Zündschlüssel drehte. Die Vollwaise verschluckte die Bemerkung, die sie auf der Zunge hatte.

Dr. Spocks Sexzylinder, der 393er Turbo-Injection Metallic, brachte trotz der Überladenheit und des Surfbrettes auf dem Dachträger spielend eine Reisegeschwindigkeit von 180 und schnurrte Kilometer um Kilometer des grauen Autobahnbandes, das so markant die spätsommergrünen Matten und regensauren braunen Wälder zerschnitt, Richtung Österreich.
»Verdammt«, knurrte der ›Simplex‹-Chef, als er am Autoradio fingerte und feststellen mußte: »Wir sind schon außerhalb der Reichweite des Südwestfunks.«
Konnte Hildegard Bamm, die angeschnallt neben ihm saß, diese seine Verärgerung noch verstehen, so hatte sie sich während der Fahrt schon mehrmals gewundert, wie aggressiv ihr geliebter Steinbock hinter dem Volant saß. Und als er einem japanischen Kleinwagen derart nahe an die rückwärtige Stoßstange fuhr und dazu noch die Licht- sowie die Folgeton-Hupe betätigte, daß die Zwerglimousine gleichsam wie ein erschrockener Feldhase auf den Pannenstreifen flitzte, erlaubte sie sich die Bemerkung: »Du fährst, als wären wir auf der East-African-Safari und nicht auf dem Weg in die Gemütlichkeit.«
Dann beruhigte sie Salome, die im Geschwindigkeitsrausch viel von ihrer satten Farbe verloren zu haben schien, und stellte das Radio auf eine österreichische Frequenz, die fern aller Klischees in Walzerseligkeit schwelgte.
»Die übernächste Ausfahrt nach der Grenze ist Salzburg«, sagte sie, während sie auf der Karte nachsah.
»Wir essen im Goldenen Hirschen, dort gibt es auch Katzenfutter«, entschied der graumelierte Mittfünfziger mit der weißen Ballonhaube und deutete mit der behandschuhten Hand, daß er Hunger verspürte.
»Mir ist es recht, ich mag diese Stadt Mozarts und all der anderen Künstler.« Die Chefsekretärin lachte ein vorfreudiges Lachen, das von großem Wissen um Festspiele und sonstige Hochkulturereig-

nisse gespeist war. »Ein großer österreichischer Dichter, ich weiß nicht mehr, war es Weinheber oder Wildgans? Ich denke aber doch, er fing irgendwie mit W an, hat einmal den recht treffenden und ewig gültigen Satz geprägt: Salzburg ist eine der dynamischsten Städte Europas – sich bewegt sich auf einem Mozartkugellager. Schön gesagt, nicht wahr, Alfi?«
Doch der hungrige Inhaber der ›Simplex‹-Unlimited war selbst satt nur schwer für dererlei beinahe philosophische Weltsicht zu gewinnen. Sein Horizont war bestimmt von praktischer Äußerlichkeit, er reichte – bildlich gesprochen – etwa von den Halogenscheinwerfern bis zum Bremslicht, und dagegen hatte es künstlerische Innerlichkeit natürlich schwer, aufzukommen.
Sie passierten anstandslos die Grenze, und auch während der kurzen Kontrolle hielt sich Spock an simple Tatsachen: Er legte seine Rechte, während er mit der Linken die Pässe vorwies, auf Hildegard Bamms – im Khaki-Overall freilich sicher verpackte – Knie. Die Chefsekretärin mußte sich eingestehen, daß ihr Puls dabei mit dem Drehzahlmesser des Turbo-Injection durchaus Schritt halten konnte.

Die Glocken Salzburgs läuteten eben Mittag, und ein für diese Jahreszeit und Stadt nicht untypischer Landregen setzte ein, als der 393er Turbo-Injection mit quietschenden Reifen vor dem weltbekannten Hotel und Restaurant Goldener Hirsch hielt. Dr. Spock stieg aus, streifte seine blaue Leinenhose und die weinrote Strickjacke glatt und meinte, die mausgrauen Augen gegen die Regenwolken gerichtet: »Das kann ja heiter werden.« Er streckte seine Squasharme und stieß einen Schrei aus, der dem Wappentier des Goldenen Hirschen entsprach.
Hildegard Bamm kommentierte den Guß aus dem Inneren des Wagens, wo sie Salome aus dem Weidenkorb und an ein kleines Ledergeschirr mit Halsband, Leine und einem winzigen Silberglöckchen daran nahm: »Die Eingeborenen hier nennen diese Wolkenbrüche so treffend Schnürlregen. Nach der Art, wie diese Wasser auf die Erde gleiten. Aber du wirst sehen: Morgen ist ein strahlender Tag!«
Doch auch Salome konnte sich, seltsame Übereinstimmung mit dem ihr immer noch suspekten Firmeninhaber und Geliebten,

nicht mit dem alpinen Frühherbstwetter abfinden, denn sie setzte höchst widerwillig ihren geschmeidigen, glöckchentonbegleiteten Schritte in dic Pfützen auf dem Kopfsteinpflaster.
Im Nobelrestaurant zum Goldenen Hirschen herrschte die Atmoshäre der großen weiten Welt, die sich sommers zu den Festspielen in Salzburg traf. Hildegard Bamm fühlte sich in ihrem Khaki-Freizeitoverall ein wenig underdressed, zumal sie beim Eintreten in die eher rustikal gehaltene Dinnerstube sogleich einige Modelle von führenden Maßschneidern aus Mailand und New York entdeckte.
Während Dr. Spock bereits die Stirne ob der zahlreichen Reserviert-Schilder an den Tischen krausbirnenförmig runzeln wollte, eilte ein in bestes Salzburger Trachtentuch gewandeter Oberkellner, der in seiner Statur und Art entfernt an Hans Moser erinnerte, heran.
»English? Français? Italiano? Espagnol? Nippon?« dokumentierte er auf eindrucksvolle Weise die Internationalität der Restaurantgäste und seine eigenen Sprachkenntnisse, bis ihn der ›Simplex‹-Chef schroff rügte: »Steilheim.«
»Sehr erfreut! Ach, es tut gut, zwischendurch auch Deitsch reden zu können.« Der Chef de Rang genoß sichtlich das Paar. »Ein Tisch für zwei Personen? Aber mit drei Sesseln, nicht wahr?« durchschaute er mit einem Blick auf Salome fix die Lage. »Ich darf bitten . . .«
Er geleitete Hildegard Bamm, die die Siamkatze, die sich den Regen aus dem Fell schütteln wollte, kaum mit sich ziehen konnte, und den Firmeninhaber zu einem schönen Bauerntisch in der Ecke des Lokals, an dessen Nebentisch ein weißhaariger, älterer, schlanker Mann von kleinem Wuchs an einer Portion Salzburger Nockerln kaute und dabei eine Partitur der Jupitersymphonie von Wolfgang Amadeus Mozart studierte.
»Maestro haben doch nichts dagegen, wenn ich Herrschaften aus der BRD in ihre Nähe plaziere?« sprach der Trachtenober den hageren Grauschopf an.
Als dieser, offenbar völlig in das Rondo con Brioche vertieft, so daß er die Welt ringsum nicht mehr wahrnahm, nichts antwortete, rückte er die Sessel für Hildegard Bamm und Dr. Spock, schließlich auch für Salome zurecht. Es waren originale Antiquitäten, auf denen die drei zu sitzen kamen, irgendwelche antike Melkschemel, die bei jeder Bewegung leise knarrten.
Hildegard Bamm ließ für eine Weile keines ihrer kupferdachgrünen

Augen von dem am Nebentisch die Jupitersymphonie lesenden Weißhaarigen. Dann beugte sie sich plötzlich zu ihrem geliebten Alf und flüsterte in den Ländler, der leise aus dem Saallautsprecher kam: »Wußt ich's doch, daß ich diesen Maestro von irgendwoher kenne, genau: Er ist auf einer Beethovencassette abgebildet, die ich besitze. Es ist – Herbert von Eriwan, der Dirigent!«
Der Inhaber der ›Simplex Unlimited‹ verschwendete nur einen gelangweilten Blick auf den weißschopfigen Hageren nebenan: »Na und, glaubst du, ich bekomme deshalb die Hälfte seiner Salburger Nockerln?« Er gab sich musikuninteressiert muffig und als treuer Peter-Alexander-Fan zu erkennen. In diesem Augenblick war auch schon jener in Tracht gekleidete Ober wieder herangewieselt, der sie an den Tisch geleitet hatte. Er brachte Dr. Spock die Speisekarte, die den Umfang eines Romanes von Marcel Prost hatte. »Wenn ich vielleicht empfehlen darf: Frische Gemsenpastete, frische Gebirgsforelle à la Piano-Paul oder blau, Tafelspitz oder Tauernlamm-Medaillon?«
Hildegard Bamm überlegte nicht lange und bestellte. »Die Gemsenpastete für mich, dann das Tauernlamm«, während Dr. Spock »und mir ein ordentliches Steak« orderte.
Der Ober in Tracht bekam einen andeutungsweise mitleidigen Zug rund um seinen salzburgischen Moustache: »Wenn ich den Herrn vielleicht auch noch auf den Wallerseehecht in Wurzelsauce aufmerksam machen –«
»Hab' ich ein Steak bestellt oder nicht?« schnitt ihm der graumelierte Mittfünfziger die freundliche Empfehlung ungehalten ab.
»Sehr wohl, mein Herr, und wie wünschen es der Herr?«
Dr. Spock, in Lizenz- und Patentgeschäften zweifellos gewandter denn beim Essen, warf einen fragenden Blick zu seiner Chefsekretärin. »Nun, ordentlich. Einfach nicht zu groß und nicht zu klein, durch und doch noch im Kern ein wenig blutig.«
Der Ober blickte nun nicht mehr von seinem Bestellblock auf, sondern stenografierte offenbar jedes der Wörter des ›Simplex‹-Chefs mit der Geduld eines Tauernlamms. Erst als Alfons Spock, im tiefen Steinbockgefühl, seinen Wunsch durchgesetzt zu haben, nichts mehr sagte und sich behaglich zurücklehnen wollte, wandte sich der Jägertuchberockte erneut an ihn: »Besondere Wünsche bezüglich der Blutgruppe des Steaks haben der Herr nicht?«

Der Steilheimer Geschäftsmann, unvertraut mit der beinahe englischen Trockenheit inneralpiner Ironie, antwortete abwesend: »Nur Aids sollte es nicht gehabt haben.«
Salome miaute leise und ließ dabei ihr silbernes Glöckchen klingen, doch niemand im Goldenen Hirschen beachtete das sensible Rassetier.

Während Hildegard Bamm und Dr. Spock bei einem landestypischen Bier auf das Mittagessen im »Goldenen Hirschen« warteten, wechselte die dezente Hintergrundmusik vom Ländlichen zum klassischen Gassenhauer. Man spielte die Kleine Nachtmusik, die im Salzburgischen offenbar tageszeitunabhängig empfunden und verwendet wurde.
Während Maestro Herbert von Eriwan, den Hildegard Bamm erkannt hatte, diesen Wechsel des Backgroundsounds sichtlich erbost zur Kenntnis nahm, offenbar weil ihm das Tempo seines dirigierenden Kollegen Leonhard Bimsstein nicht behagte und er alsbald gleichsam con animo den vor ihm stehenden Salzburger Nockerln die Gabel entzog und damit demonstrativ ein Andante commoto nach der Partitur der Jupitersymphonie zu schlagen begann, kurzum, als in diesem Nobellokal echte kunstverbundene Festspielatmosphäre aufkam, winkte die Chefsekretärin den Ober im Trachtenlatz nochmals an den Tisch.
»Gnädige Frau wünschen noch einmal die Karte?«
»Haben Sie auch Ansichtskarten?«
Mit einem freundlichen »Gewiß doch« entfernte sich der dienstbare Genius loci.
Im selben Augenblick setzte Dr. Spock sein Bierglas ab und eine mißtrauische Miene auf: »Wem willst du schreiben?«
»Benno Faust, niemandem sonst. Aber Benno braucht nun die Gewißheit, daß wenigstens ich, wenn schon nicht die gesamte ›Simplex‹ hinter seinem Infarkt stehe«, schnitt sie das leidige Thema der drohenden Entlassung des Chefingenieurs durch den Firmeninhaber an.
Dieser jedoch winkte nur, beruhigt, daß die schwarzgelockte Mittdreißigerin keinem anderen Manne schreiben wollte, gelangweilt ab: »Tu's du ruhig. Nur ich kann, wie du verstehen wirst, nicht gut mit dir auf derselben Karte unterschreiben.«

Die Chefsekretärin verschluckte die Bitterkeit in den Falten ihres Khakianzuges und wählte sodann eine besonders geschmackvolle Rundkarte aus der reichen Palette, die ihr der Oberkellner anbot. »Hm, ich nehme die Trapp-Familie vor ihrer Sound-of-Music-Villa, umgeben von einer japanischen Bustouristengruppe mit dem Transparent ›See Europe in fourteen Days‹. Die Japaner werden Benno ganz sicher besonders freuen«, sagte sie und begann, in ihrer makellosen, bei den Schwestern im Herrn zu Findelsingen zu kalligraphischer Brillanz entwickelten gemäßigten Kleinschreibung in Blockbuchstaben zu formulieren: »*So wie diese Karte rund, wird dein Herz, mein Faust, gesund!*«
Dann dachte sie lange über eine mögliche Fortsetzung dieses Reimes nach, doch als ihr nach einigen Minuten keine brauchbare Entsprechung auf Japaner eingefallen war, schloß sie schlicht: *Von einer kurzen Surfreise ins Salzkammergut grüßt Dich herzlich Deine aufgehende Kirschblüte Hildegard Ba.*«
Weder sie noch der ›Simplex‹-Chef, der ihre Korrespondenzbegabung wie stets bewundernd verfolgte, brachte er selbst doch kaum einen einzigen geraden Satz hervor, hatten während dieser Beschäftigung mit der Ansichtskarte bemerkt, daß sich Salome auf leisen Pfoten von ihrem Stuhl entfernt hatte. Sie kauerte – und dabei war sie so siamesisch behende vorgegangen, daß man hätte meinen können, sie wolle ganz bewußt das Silberglöckchen an ihrem Halsband nicht zum warnenden Klingeln bringen – sie kauerte also in diesem Moment am Fuße des Nebentisches, an dem der weißschopfige Maestro Herbert von Eriwan noch immer mit der Gabel der von ihm verschmähten Salzburger Nockerln das Andante aus der Jupitersymphonie gegen die Kleine Nachtmusik aus dem Lautsprecher dirigierte. Salome ballte alle Kraft für einen Sprung zusammen. Der feine Klang von Salomes Silberglöckchen am Halsband schien ihn zwar als kleine Arhythmik in seinem Dirigieren mit der Gabel zu stören, aber er gab dennoch den imaginären Blechbläsern, wie in Takt 397 vorgesehen, einen kräftigen Einsatz. Er schien – ohnehin schon schwer genug gestört vom Backgroundsound des Goldenen Hirschen – die Katze vor sich auf der Tischplatte gar nicht zu bemerken, während Hildegard Bamm sehr wohl das Herz der korrekten Chefsekretärin stockte.
»Oh!« kam es über ihre sich rasch von Rosé ins Purpurschnecken-

rot färbenden Lippen, und auch Dr. Spock, der ihrem entsetzten Blick gefolgt war, murmelte »O Gott, peinlich wie ein verlorenes Squashmatch.«
Salome schien dies alles nicht zu rühren, denn sie schlich sich, unbeeindruckt von den Taktstockbewegungen von Maestro Eriwan, geradewegs unter dessen Gabel und leicht aufgestellter Jupiterpartitur hindurch an die halbverzehrte Portion Salzburger Nokkerln heran und – »Oh! Salome!« – holte sich mit einem blitzschnellen Tatzenhieb eine Pfote des souffléähnlichen und gewiß auch für sie köstlichen Gerichts von der Silberplatte Heribert von Eriwans . . .

Das Mittagessen für Hildegard Bamm und den ›Simplex‹-Chef entfiel. Denn obwohl der Oberkellner im Trachtenlook, dezent wie die gesamte Atmosphäre, nicht viel Aufhebens von diesem entsetzlichen Fauxpas gemacht hatte, sondern Salome bloß mit dem Rest der Salzburger Nockerln einfach abserviert hatte, wodurch Maestro Eriwan den Vorfall nicht einmal wahrnahm, bedeutete er dem Paar wortlos, es möge sich entfernen. Seiner bestimmenden Geste hatte die Mittdreißigerin im Khaki-Overall nur noch ein angesichts der Peinlichkeit lächerliches »Unsre Salome hat so wenig Ahnung von Mozart« entschuldigend entgegenzusetzen und Dr. Spock stumm einen großen blauen Trinkgeldschein hinzuzufügen gehabt – dann waren sie auch schon ins Auto gehetzt und losgefahren.
Zwei einfache Hamburger an einem wackeligen Imbißstand im Regen waren für das ›Simplex‹-Paar trotz einer annehmbaren Menge von Hot-Ketchup und schweröligen Fritten doch nicht ganz vollwertiger Ersatz für das Entgangene, während Salome sich im Fond des gegen das Salzkammergut rasenden 393er Turbo-Injection pfotenleckend wohl zu fühlen schien.
»Macht nichts«, versuchte Dr. Spock einen mageren Trost vom Volant aus, »Wir essen im Schloßhotel Fuschl. Ein Restaurant mit zwei Schlafmützen im Guide Millaud.«
»Wir fahren nach Fuschl? Am See?«
Der graumelierte Firmeninhaber lächelte in sein weinrotes Strickjackett: »Ich habe dort für uns das Chalet am See, die Dependance des Schloßhotels, gemietet. Es sollte für dich eine Überraschung werden.«

Die Chefsekretärin ließ ihre wunderbar weißen Zähne zwar hungrig, aber doch hingebungsvoll blitzen.

Der Regen klatschte erbarmungslos, und die beiden Scheibenwischer des 393er Turbo-Injection hatten beide Arme voll zu tun, Dr. Spock und Hildegard Bamm wenigstens die freie Sicht auf die schmale Zufahrt zum Chalet am Fuschlsee freizuhalten. Erst als sie langsam auf ein blockhausähnliches Gebäude am Waldesrand, direkt unterhalb des Schloßhotels, das von Ferne an Hildegard Bamms Jugenderinnerungen an Schloß Herrenstein bei Findelsingen erinnerte, zurollten, ließ der warme Spätsommerguß nach.
»Das hier ist unser Nest«, der ›Simplex‹-Chef deutete auf ein aus rohen Stämmen gefügtes und dennoch modern gestyltes Haus, unter dessen Vordach sich nun ein grünbeschürzter Mann erhob und neugierig zum Wagen mit dem Steilheimer Kennzeichen herübersah.
Die schwarzgelockte Mittdreißigerin legte ihren Kopf auf die squashbreite Schulter des Mittfünfzigers und betrachtete das Chalet lange aus immer schmaler werdenden Havannakatzenaugen. Als die Lider vollständig geschlossen waren, tastete sie mit ihrer Rechten nach Dr. Spocks weinroter Strickjacke, öffnete einen der Hornknöpfe und fuhr mit ihrer flachen Hand unendlich zart über seine behaarte Brust: »Lach jetzt nicht und nenn es nicht kitschig«, flüsterte sie in das schwächer werdende Trommelkonzert der Regentropfen auf dem Autodach, »aber so ein Haus, nur für uns beide, wünsche ich mir, wenn schon nicht für immer, so doch für ewig.«
Dr. Spock konnte sich der Wirkung dieses seelenvollen Satzes seiner Chefsekretärin nicht vollständig entziehen, und er war eben geneigt, aus Verlegenheit oder aus einem anderen Grund einen weiteren Knopf seiner Strickjacke zu öffnen, als es an das Wagenfenster klopfte und dieses Klopfen die Liebenden unbarmherzig auseinanderriß. Es war der grünbeschürzte Mann, der unter dem Chaletdach gewartet hatte: »Grüß Gott, Herr Doktor«, begrüßte er Dr. Spock mit einem Handschlag, nachdem dieser die Turbotüre geöffnet hatte, »es ist alles gerichtet für Sie. Kann ich Ihnen beim Ausladen behilflich sein?«

Der Mittfünfziger sah zunächst noch gleichsam um Entschuldigung bittend für diese abrupte Störung des Fuschler Idylls zu seiner Chefsekretärin auf dem Nebensitz, doch dann stieg er aus und klopfte dem Mann wie einem alten Bekannten auf die Schulter: »Natürlich kannst du helfen, Krischan. Wie geht's immer?«
»Ja, ja . . . Dank der Nachfrage, es muß gehen«, gab er in einem breiten Dialekt, der den Eingeborenen verriet, zur Antwort. Dann beugte er sich ins Wageninnere und zu Hildegard Bamm, um ihr ebenfalls die Hand zum Gruß zu reichen: »Grüß Gott schön, die Frau Gemahlin werden auch von Jahr zu Jahr jünger.«
Hildegard Bamm spürte, wie ihre Hand in der des unschuldigen Hausdieners des Schloßhotels förmlich verglühte, so heiß schlug ihr Blut, das Schmerz und Wut tief in ihrem Innersten über riesiger Stichflamme am Sieden hielten.
»Er war also schon einmal oder gar mehrmals hier, in genau diesem Haus, das nur unseres sein sollte. Alf: Mit seiner Charlotte«, loderte es in Hildegard Bamms regungslos und puppenhaft blassem Gesicht. Wie eine Asbestfolie, wie eine Feuermauer schirmte die lächelnde Fassade ihrer Schönheit das Inferno des Brandes im Herzen ab, als sie wortlos ausstieg und mit unsicheren Schritten, die genausogut auf die Nässe des hohen Grases hätten zurückgeführt werden können, auf das stille Haus zuging.
»Hier«, nahm sie sich vor, »wird sich Alfons endgültig entscheiden müssen . . . so oder so, sie oder ich. Und wenn es mein Tod sein sollte!«
Dr. Spock lächelte nichtsahnend in die Sonne, die – schon zum Untergang verurteilt – noch einmal durch die Wolkenfetzen brach.
Hildegard Bamm schwieg, während Dr. Spock und sie, nachdem er Krischan, den Hausdiener des Schloßhotels Fuschl weggeschickt hatte, das Gepäck aus dem Wagen luden und ins Chalet am Waldrand trugen. Doch während Salome erste, scheue siamesische Samtpfotenschritte in das nasse Gras des Salzkammergutes setzte, das nach dem peitschenden Schnürlregen sich aufzurichten begann, nagte noch immer tollwutartiger Schmerz in Hildegards Herzen und ließ ihre beiden schönen, oberen Schneidezähne ein Muster des Grams in die violetter werdende Unterlippe ritzen. »Er hat es nicht einmal bemerkt, daß dieser Krischan nichtsahnend

verraten hat, daß er schon – wie viele Wochenenden wohl? – seiner Charlotte in diesem Blockhaus den treuen Gatten vorgaukelte!« dachte sie magenbitter beim Anblick des Mittfünfzigers, der sich mit ihrem Funboard auf dem Dach seines 393er Turbo Injection abmühte. Im Autoradio betrieb irgendeine italienische Rock-Lady namens Gianna Panini ihr gewiß nicht brotloses Gewerbe, dem eine Elster, imitatorisch begabt wie alle ihre Artgenossinnen, sogleich aus dem Wipfel einer nahen Zirbe echote.
»Hier werde ich dich stellen, Steinbock.« Die schwarzlockige Mittdreißigerin sah der untergehenden Sonne nach und zum Chalet hinüber, »unter diesem Dach fällt die Entscheidung: so oder so.« Die Chefsekretärin zog den kakhifarbenen Overall glatt, strich sich stumm-trotzig die Ebenholzlocken aus der alle brodelnden Gedanken unter glatter Haut verdeckenden Stirn und schulterte ihren Beauty-Koffer.
»Ja, laß mir nur die schweren Gepäckstücke hier, ich bringe sie dann schon«, raspelte der Inhaber der ›Simplex Unlimited‹, der eben das Surfbrett vom Auto ins Gras gewuchtet hatte, Süßholz herüber, »geh du nur voraus in unser Nest.«
Hildegard Bamm nickte anscheinend unbeteiligt, und doch wallte es in ihrer sportlichen Brust bei dieser Bemerkung – »Nest . . . Nest: Tja, aber nur für Zugvögel« – wie in einer Grube ungelöschten Kalks, in die ein Wolkenbruch prasselt. Zögernd, beinahe so, als hätte sie Angst, im Inneren Charlotte Spock, die immer noch rechtmäßige Gattin ihres heimlichen Geliebten, anzutreffen, öffnete sie die schwere Bohlentüre zum Blockhaus, und auch Salome folgte neugierig und hungrig miauend den schlanken Fesseln Hildegard Bamms, die den Dielenboden aus roten Ziegeln durchmaßen.
»Oh! Wie hübsch!« konnte sie ein spitzlippiges, bewunderndes Aufstöhnen nicht unterdrücken, als sie in den eigentlichen Wohn-Schlafraum des Chalets vorgedrungen war: »Bestechend wie ein Vorschlag von ›Schöner Hausen‹« erinnerte sie sich an das gleichnamige Interieur-Journal, das sie gerne las und nach dem sie auch ihre Steilheimer Biedermeierbleibe gestaltet hatte.
Und in der Tat strahlte der weißgetünchte Raum, durch letztes Sonnenlicht auf den gelben Butzenscheiben in warmes Gold getaucht, Ruhe, Ordnung und rustikale Heimeligkeit aus. Der

offene Kamin, das geräumige Doppelbett, kuschelig überzogen mit einem Bärenfell, der bemalte Bauernschrank, der klobige Zirbenholztisch und die Sessel mit der herzförmigen Lehne – dies alles und noch mehr sprach den Kunst- und alle übrigen Sinne der Mittdreißigerin zutiefst an. Mit einem neuerlichen Seufzer, diesmal aus dem Wehmutswinkel des geprüften Chefsekretärinnenherzens, ließ sie sich zu Salome auf das Bärenfell sinken, starrte für eine Weile verloren in die rohen Deckenbalken und nestelte schließlich am Knopf des Sterioradios neben dem Kamin, als müßte sie eine Leere ausfüllen.
»Wie schade, daß dieser schöne Ort nun Walstatt für die Entscheidungsschlacht zwischen Alfi und mir werden muß«, murmelte sie in den Duft eines Fuschler Herbststraußes am Fensterbrett. Als befände sie sich in der Klischeewelt eines Trivialromanes und nicht mit beiden langen Beinen fest auf dem Boden des wirklichen Salzkammergutes, lieferte just in diesem Moment schwermütiger Stille der Sänger Peino, der große Blonde mit der schwarzen Brille, aus dem Lautsprecher eine ergreifende Hintergrundweise für den zukunftsbangen Schmerz der Chefsekretärin.

Urplötzlich war die Altweibersommernacht über das Salzkammergut und jene heimelige Dependance des Schloßhotels hereingebrochen, und eine porentief melancholische Stimmung wie aus einem Roman von Courths-Mahler lastete auf Berg und Fuschlsee, als Salome sich, wohl ein wenig erschöpft von der langen Reise, in ihr angestammtes Weidenkörbchen zurückzog und auch Dr. Spock, der bis dahin – unsensibel älplerische Melodien vor sich hinsummend – ausgepackt hatte, nach einem kräftigen Zug aus seinem Bloody-Mary-Glas zum Doppelbett zeigte. »Wollen wir nicht dieses wärmende Bärenfell genießen, Hildeli?« wandte er sich an Hildegard Bamm, die bis dahin teilnahmslos und die Lippen zu einem karmesinroten Gedankenstrich gepreßt in einem Trockentrainingslehrbuch für Surfer geblättert hatte. »Wir könnten ein wenig plaudern«, gab sich der squashvitale Mittfünfziger platonisch, doch seine Wahl eines Sender im Radio ließ die Mittdreißigerin, die längst ihren Khakianzug gegen ein sportives, schlickfarbenes Hängerkleid mit aufgesetzten Schubtaschen und abnehmbarem Oberteil getauscht hatte, die wahren Absichten des Lizenzhändlers ahnen: Aus den Boxen klang einschmeichelnd das Flötenkonzert von Manuel de Phalla . . .

»Gut, sprechen wir uns aus.« Die Chefsekretärin klappte, scheinbar ganz williges Wachs in den trainierten Händen des ›Simplex‹-Chef, ihre Vorbereitungen auf den Wellengang des nächsten Tages zu. »Ich möchte dir ohnehin schon seit einer Stunde sagen, daß . . .«, wollte sie eben dem sanften Druck dieser seiner behaarten Arme, die sie in den Flausch des Doppelbettes schmeichelten, widersprechen, als Dr. Spock sie halblaut unterbrach: »Ich sehe dir in die Augen, Kleines, und ich weiß, was du mir sagen willst«, hauchte der Patenthändler hollywoodeske, beinahe drehbuchreife Männlichkeit in ihren linken Gehörgang, und als er triumphierend spürte, wie eine wohlige Gänsehaut ihren Pfirsichnacken aufrauhte, bekam seine Stimme gar den öligen Glanz eines Julio Langnesias, als er hinzufügte: »Laß uns ein Lied ohne Worte anstimmen . . .«

Hildegard Bamm schloß die Augen, als wollte sie nicht, daß diese ihrem geliebten Chef grünes Licht geben sollten, schwamm doch auch sie bereits in einem Ozean von Zuneigung, fühlte sie doch ihre Vorsätze von Entscheidung hinweggespült von einer Flutwelle wärmender Zärtlichkeit, die die streichelnden Squasharme Dr. Spocks um ihre Mitte taifunesk auslösten. Und doch ragten aus diesem unzähmbaren Meer noch erratische Gedankenbrocken wie »Sein Doppelspiel geht auf keine Bärenhaut. Hier lag er vielleicht ebenso mit Charlotte, und diese Vorstellung ist tränentreibend wie die Schnittfläche einer jungen Zwiebel« ehe sie endgültig untertauchte in der Brandung ganz und gar nicht schmerzlicher Gefühle und sich schließlich vollends hinaustreiben ließ in die offene See . . .

»Das Leben ist hart genug«, gab sie sich gleichsam selbst eine stumme Entschuldigung für die wieder einmal verschobene Entscheidung, und während ihr in dieser strudelwilden Umarmung des ›Simplex‹-Chefs ein Wort des nun ferne kurenden, weil herzkranken Chefingenieurs Benno Faust, nämlich »Mikado sagt der Japaner, wenn er stillhält«, auf den tizianroten Lippen zuckte, schlugen auch schon die Haar- und anderen Wirbel des Mittfünfzigers über ihr zusammen.

»Immer wieder, immer wieder möcht' ich dich Holdegard nennen, meine Hildegard«, flüsterte sich der Mittfünfziger lange nach Mitternacht in irgendeinen salzkammerguten Traum, und als wollte die Natur diese seine verstaubte Sprache reinigen, trommelte prompt ein letzter Schauer chopinhafte Impromptus an die Butzenscheiben des Chalets in Fuschl.

Der nächste Morgen war ansichtskartenprächtig über dem Fuschler Becken aufgegangen, die milde Sonne des Salzkammergutes grinste gutgelaunt über die Gebirgsgipfel, und bei einer Stärke von fünf bis sechs Beaufort waren alle Wolken vom Winde verweht. Der strahlende Azur färbte beinahe die immergrünen Augen der schwarzlockigen Chefsekretärin um, als sie gegen 9 Uhr 15 auf die kleine Terrasse vor dem Chalet trat und, noch traumtrunken von der Nacht an der Seite ihres Mittfünfzigers, ihren feuchten Zeigefinger die Windrichtung bestimmen ließ. »Südsüdwest!« jubelte ein kurzer Aufschrei der Vorfreude auf die rechte Surfbrise die dumpfen, nicht schuldgefühlfreien Nachwehen des vergangenen Abends nieder. Auch Salome, die feinnervige Gefährtin des Widderkindes, die nun auf die Frühstücksterrasse nachgeschlichen kam, begrüßte den Tag mit hörbar herzlichen Lauten.
»Was hält mich noch hier an Land?« Die Mittdreißigerin, die zu einem sahnefarbenen T-Shirt mit der Aufschrift *Kann denn Friede Sünde sein?* nichts als eine freche, halblange Bermuda mit Tütentaschen trug, strich über die Kante ihres Fundboards, das an der Blockhausmauer vor sich hindöste. »Ja, was hält mich noch hier?«
»Ich, dein Alfi, der seinen Morgenkaffee braucht und deine Lippen als Weckamine«, zerriß mit einem Male der silberschläfige Mittfünfziger das Idyll aus Chefsekretärinnen- und Vogelstimmen, Morgensonne und Windesrauschen. Dr. Spock trat, lässig eingehüllt in einem Vereinsbademantel des Squashclubs Steilheim 1860, aus der Tür und wollte Hildegard Bamm eben umarmen, als diese ihn mit einem beinahe ungewollt wirkenden Sidestep ins Leere, beziehungsweise gegen das Fundboard stolpern ließ.
»Tut mir leid, mein verehrter Boß, aber ich habe heute frei – und auch schon längst vor Ihnen gefrühstückt«, erklärte sich die Mittdreißigerin nicht ungewandt und mit leiser Ironie dem Firmeninhaber, der erstaunt die Nackenmuskelpartien senkte und damit

einen dekolletétiefen Blick auf seine matratzenhafte Brust freigab. »Ob oder wie immer du damit fertig wirst, ›mein‹ lieber Alfi«, sie vermischte chefsekretarielle Fixigkeit mit einem neuerlichen Touch von mitleidigem Spott, »du wirst den heutigen Tag praktisch zur Gänze allein verbringen müssen: Mich rufen Wind und Wellen, ab jetzt bedeutet dieses Brett die Welt für mich.«

Eine gewisse Hilflosigkeit lag im mausgrauen Blick des Patentkaufmanns, als er Hildegard Bamms energischer Geste erst gegen ihr Fundboard und dann Richtung Fuschlsee folgte. »Aber ich dachte, wir essen zu Mittag im Schloßhotel oben . . .«

»Gestrichen, mein Steinbock. Ich komme erst gegen Abend zurück, wenn der Wind abflaut. Eine Packung wasserdichter Gummibären hab' ich als Mittagsration im Surfanzug mit, und abends möchte ich selber kochen und endlich mit dir in aller Ruhe über unsre Zukunft reden. Tschüs also, einen wunderschönen Tag!«

Und noch ehe der erstaunte ›Simplex‹-Inhaber im Squashbademantel irgendeinen verzögernden Einwand hätte machen können, hatte die GTI-schwarze Mittdreißigerin auch schon sportlich ihren pinkfarbenen Surfanzug auf die eine und das weiße Funkboard auf die andere Schulter gewuchtet sowie das gewiß nicht leichte Rigg unter den zarten Arm geklemmt, um dann dennoch gazelloid im Gebüsch, das die Seeufer säumte, zu verschwinden. Verletzte Eitelkeit stieg grau ins kantige Gesicht des erfolggewohnten Mittfünfzigers, als ihm kurze Zeit später ein heller Jodler aus eben jenem Buschwerk Hildegard Bamms Glück auch ohne ihn nur zu deutlich anzeigte, und ein Zug ins Säuerliche wich den unendlich langen, weil einsamen Tag nicht von seinen Augenfalten, aus denen heraus er die Dauerwellen des Sees nach dem Segel seiner Geliebten absuchte. Selbst Salome entzog sich ihm, indem sie, statt aus seiner Hand die dargebotenen Dosenwürstchen als Mittagessen anzunehmen, mit ihren siamesisch flinken Krallen ein Mal scharfer Abgrenzung in die Haut Dr. Spocks meißelte.

Seltsamerweise keine Minute an den in mürrischer Einsamkeit das Chalet hütenden und mißmutig das Getränkefach leerenden, gegen Nachmittag auch den letzten Versuch, sich aus der textlosen Zeitung ein Bild von der Welt zu machen, aufgebenden Geliebten der vergangenen Nacht zu denken, gab sich Hildegard Bamm dem Wind- und Wellenspiel auf dem sonnigen und bolsgrün klaren Fuschlsee hin. Nach all den Wunden und Narben auf ihrer empfindsamen Seele erschien sie in ihrem pinkfarbenen Surfanzug wie das Fallbeispiel einer Stehauffrau: Munter wechselte sie vom Raumschotkurs hart an den Wind, und durch ihre exzellente Beinarbeit gelangen ihr auch die gewagtesten Powerhalsemanöver unter der Felswand, die das Ostufer des Fuschlsees gardaseemäßig steil begrenzt.

»Das moderne Startail garantiert wirklich einen optimalen Wasserabriß, die Heckform ist ideal für mein Freestyle, und das verstellbare Schwert: einfach Spitze für das Höhelaufen«, murmelte sie ein ums andere Mal amateurferne Fachausdrücke in die endlose Wassermusik.

Als die Sonne im Zenit stand, vergönnte sie ihren Armen für eine Weile Ruhe, ließ das Segel ins Wasser klatschen, entspannte ihren im glattbeschichteten Anzug stromlinienformschönen Körper auf dem Brett und kaute jungmädchenhaft an den Gummibären aus der Brusttasche. Eine der Fuschler Kleinlibellen umsurrte sie helikopterhaft, als sie über dem Gedankendreisprung »Das Lied der Libelle klingt wie eine Komposition von Henry Glass – treib mich zu neuen Ufern, mein Glasfiberbrett – Glück und Glas, wie leicht bricht das«, der nur assoziationsunfähigen Geistern als an den haarölgeschützten Locken der Mittdreißigerin herbeigezogen erscheinen konnte, von den Schatten des Schicksals an der Seite ihres Dr. Spock eingeholt wurde.

»Erst am Ufer trete ich in diese Schatten.« Sie vertrieb Erinnerung und Vorschau, und wie zur Abwehr setzte sie sich die Kopfhörer eines surftüchtigen Walkmans ohrenschützend gegen die innere Stimme auf. »Ö 3, das sonnig-süße, wortkarg-schlichte Programm für diese inneralpine Bergregion!« begrüßte sie sogleich den Kanal, in dem ein Sänger namens Andy Borg hörbar auf der Welle einfachen deutschen Liedgutes schwamm. »Andy Borg? Etwa ein Verwandter jenes rührenden Ambulanzassistenten aus Pfaffenhofen, der meinen Benno so treusorgend vernotarztete?« fragte sie sich noch, als der für den Spätnachmittag typische Brisenstoß, den die Salzkammergut-Kenner wegen seiner Kentergefahren Fallwind nennen, voll in ihr Segel fuhr und es gegen die Schloßhotelufer blähte.

So pfeilschnell flitzte Hildegard Bamm über die gischtgrünen Wasser des Fuschler Sees, daß jenes simpel schmeichelnde Lied dieses Borg im Walkman noch nicht verklungen war, als sie auch schon gekonnt im Schilfgürtel anlandete und rechtschaffen glücklich über den ausgefüllten Tag Board und Rigg barg.
»Nun? Zufrieden damit, daß ich die ganze Zeit über einsam war?« empfing sie sogleich die sonore Stimme des ›Simplex‹-Chefs, als sie die Kopfhörer abgelegt hatte. Ein Hauch von Weizenbier mischte sich in den Duft des Rohrs, und als die Mittdreißigerin die Uferböschung hochblickte, setzte der Mittfünfziger, der noch immer den Bademantel des Steilheimer Squashclubs trug, tatsächlich zu einem letzten Schluck aus einer hellbraunen Flasche an. Er tat dies männlich herb, und bartstoppelig wie er war, erinnerte er sie an die Reklame irgendeiner Zigarettenfirma, auf deren Plakaten ein Cowboydarsteller Präriestaub löscht und die Würze längst bekannter Abenteuer in die Gegend bläst.
»You are not the only one, who is lonely«, gab sie sanft zurück. Doch da Dr. Spocks oxfordferne Englischkenntnisse ihn diesen Satz nicht verstehen ließen, bemerkte sie, während sie sich ohne Scheu des Surfanzuges entledigte und die seenasse Haut frottierte, nur trocken: »Komm, wir wollen was essen und trinken. Und ich will dir sagen, was einmal gesagt werden muß.«
Das Gesicht des Patent- und Lizenzhändlers bekam die lauernden Züge eines Steuerfahnders, eines Rubbel-Los-Käufers oder eines Moselweintesters.

Der Mond war aufgegangen, und die Sterne prangten gedichtgetreu am Himmelszelt des Salzkammergutes, als Hildegard Bamm im Chalet das praktische Wegwerfporzellan mit dem Wappen und den Initialen des Schloßhotel Fuschl dem Müllschlucker anvertraute. Sie trug einen femininen Leinenrock mit seegrüner Faltenblende, und auch die weinrote Bluse mit weiten Krempelärmeln verlieh ihren ranken Schritten zwischen Tisch und Kochnische Grazie.
»Die Wiener nennt man hier im Österreichischen Frankfurter«, kommentierte Dr. Spock mißmutig das eben beendete Dosen-Diner, das ihm bereits zu Mittag höchstens gourmandmäßige Freude bereitet hatte. Beinahe neidisch sah er Salome zu, wie sie

sich schnurrend an einer nicht zu knappen Portion Maussülze gütlich tat, während er dem Appartement-Kühlschrank eine Flasche Obstschnaps entnahm und entkorkte. »Wie ich dich kenne, trinkst du keinen mit, meine Hildeli. Ich für meinen Teil werfe für heute die Flinte sowieso ins Korn«, versuchte er einen seiner originell gedachten, letztendlich aber doch ein wenig abstoßend anzüglichen Dessertscherze.

Als ihm nur das Malmen des Müllschluckers antwortete, bediente er den Fernsehapparat, auf dessen flachem Schirm alsbald eine jener unseligen Rätselsendungen, die offenbar auch diese ansonsten doch kunstsinnige Alpenrepublik eurovisionär aus deutschen Landen frisch auf den Schneidetisch bekam, erschien. Mit einem zwischen Horror und Häme schwankenden »Spitze« blendete die schwarzgelockte Chefsekretärin den Quizmaster ins Aus und legte ihren surfgetrimmten Arm von hinten auf die breiten Schultern ihres geliebten Mittfünfzigers.

»Während ich heute über die grünen Weiten des Sees so vor mich hinglitt, mein Alfi«, sie sah, noch nach klaren Worten ringend, den Lizenzkaufmann aus nicht minder weiten und grünen Augen an, »in diesem ewigen Auf und Ab, Kreuz und Quer – ist mir klargeworden: Ich will endlich eine eindeutige Linie zwischen uns, will wissen, welchen Kurs unsre – Beziehung steuert.«

Hildegard Bamm ließ Dr. Spock wieder los, dieser wandte sich mürrisch zu ihr um und musterte sie aus steinbockig funkelnden Augen. »Was heißt hier: Kurs, Steuern . . . Seit wann hat die Liebe etwas mit Segeln zu tun?!« versuchte er, den Firmeninhaber gegenüber der Chefsekretärin herauszukehren und sein Heil in einer Flucht ins Korrigierende.

Doch die Mittdreißigerin besann sich gleichsam auf ihre Widdernatur, der bekanntlich eine gewisse Fähigkeit zu zäher Insistenz eigen ist, und erwiderte frühherbstkühl über den klobigen Tisch: »Du weißt, Surfsprache hin oder her, sehr wohl, mein guter Alf, wovon ich rede. Ich habe dir vor langer Zeit eine Frist gesetzt, dich gebeten, dich ein für allemal zu entscheiden: sie oder ich. Ich kann nicht für immer kreuzen, den Wind suchen, ihn mal spüren, dann aber wieder in totaler Flaute auf der Stelle stehen. Begreif auch mich einmal, mein – ja: von mir aus, surf- und

segelbesessenes Herz! Ich will, ich muß es wissen, Alfi, was nun geschieht mit dir und Charlotte, mit dir und mir.«
Hatte bis zu dieser Stelle die Stimme der buchstäblich um das Seelenheil Kämpfenden bestimmt, ja beinahe nicht unenergisch geklungen, so brach sie an jenem »Was geschieht mit dir und mir!« Unendliche Trauer, aber endlich auch Wut schien diese tapfere Widderfrau für einen Augenblick zu übermannen, doch nach einer Schrecksekunde wischte sie die beiden gefallenen Tränen mit ihrem rechten Krempelärmel vom Tisch und entfachte neue, leidenschaftliche Glut in ihrer eben noch fast erstickten Stimme: »Du sagst mir hier und jetzt, in dieser Sternennacht und in diesem Fuschler Chalet, in dem du ja oft genug mit deiner Gattin über *eure* Zukunft gesprochen haben mußt, wie *unsre* aussieht. Du wirst es mir definitiv sagen, oder –«
»Oder was?« entfuhr es dem halboffen staunenden Mund Dr. Alfons Spocks, und diese seine Lippen erschienen mit einem Male hyänenhaft, feige verzerrten Lefzen nicht unähnlich.
Für lange, bange Sekunden legte sich eine breiige Beklommenheit über den rustikalen Tisch des Chalets, die Luft in der Dependance des Fuschler Schloßhotels schien grau, und zwischen Hildegard Bamm und Dr. Alfons Spock drohte sich gleichsam eine Mauer aus schnelltrocknendem Fertigbeton aufzutürmen. Auch Salome, diese siamesische Infantin, verriet ihre innere Unruhe, indem sie zum dritten Mal auf eine Weise Laut gab, die der Engländer als ›And now?‹ aufgefaßt hätte.
Während der alpine Folk-Empfänger in seinem Regionalprogramm Walkmans Nachtlied verstrahlte, blitzten die Augen der Mittdreißigerin unter den rabenschwarzen Locken flaschengrün, und sie griff urplötzlich nach dem Schnapsglas des ›Simplex‹-Inhabers: »Nun, Alfi, darf ich dein Schweigen als no future interpretieren?« Der Herr über Lizenzen und Patente fuhr sich fahrig an die silbernen Schläfen und wirkte irgendwie eingemauert, rhetorisch betoniert. »Was heißt: no future. Die Zukunft heißt deshalb Zukunft, weil sie noch im dunklen liegt, noch nicht gelebte Gegenwart ist.« Er strich um den warmen Brei und ging doch im Kreis. »Aber du kannst, du mußt mir sagen, wie du sie dir vorstellst. Man kann die Zukunft sehr wohl planen, muß das eine Sekretärin dem Chef erklären?«

Die Mauer zwischen den beiden Liebenden wuchs, und damit die Enge, in die sich der Mittfünfziger getrieben sah. »Ja, ich gebe ja zu, Hildeli«, er bemühte den billigen Charme eines Eintänzers, der trotz seiner routinierten Aalglätte bei Verkaufsgesprächen sehr wohl verfing, »daß ich dir meine Scheidung in Aussicht gestellt habe. Und ich strebe sie nach wie vor auch an, weil du ja den Wunsch all meiner Gedanken – äh – darstellst.«
Der Widder in Hildegard Bamm senkte unbeeindruckt und wehrhaft den Kopf: »Und? Und was tust du konkret, damit dieser Wunsch Wirklichkeit wird? Bis heute doch reichlich wenig!«
Dr. Spock schien von dieser skalpellscharfen Logik mitten in die behaarte Brust getroffen, denn er zog seinen Bademantel perplex über dem Solarplexus zu und das Schnapsglas auf seine Seite des Tisches. Die Lippen der Chefsekretärin spitzten sich unerbittlich fragend, und sie leuchteten in ihrer Strenge wie die Mündung einer Leuchtspurpistole durch das Halbdunkel der Fuschler Nacht. »Ich habe auch tatsächlich Charlotte, meiner Frau gegenüber bereits die Möglichkeit angedeutet, das heißt, sondiert«, ergab er sich dieser ungeschminkten Revolvermündung. Hildegard Bamm ging, indem sie ihre grazile Rechte aus der aufgesetzten Tasche ihres Leinenrockes hervorschießen ließ und die Wuchtigkeit ihres Krempelärmels durch eine nicht unitalienisch wirkende Geste verstärkte, aufs Ganze. Sie schien die volle Wahrheit und nichts als die Wahrheit wissen zu wollen. Ihre viersprachige Zunge schnalzte leise wie der Abzughahn einer Beretta, wenn er gespannt wird.
»Ehrlich, schon vor Wochen, als ich dir versprach, mich darum zu kümmern.« Nun brach endgültig Hilflosigkeit in seiner Miene durch, und die sportliche Mittdreißigerin nahm an seinen flehentlichen, mausgrauen Augen nur zu deutlich wahr, wie aus dem Herrn der ›Simplex Unlimited‹ ein Herr der Ringe wurde.
»Und? Worauf habt ihr euch geeinigt?« Sie ließ sich dennoch in keiner Weise mystisch befangen machen, langte ein zweites Mal nach dem Obstler und beruhigte mit dem letzten Schluck daraus den inneren Brand.
Dr. Alfons Spock wuchtete seinen geäderten Kopf hoch, sog die dicke Luft, die im Chalet herrschte, mehrmals durch die ventilartig zitternden Nasenflügel ein und aus, als müßte er den Auftritt eines

schwachwitzigen Kalauersouffleurs in irgendeiner Kitschrevue fanfarig timen; dann ließ er, begleitet von einem Gene-Krupa-Tremolo der schlanken Finger Hildegard Bamms, weitere Sekunden verstreichen, als müßte er vor seinem endgültigen und prognostischen Geständnis eine coole Gewinn- und Verlustrechnung hinter sich bringen. Die Chefsekretärin wollte ihn beinahe schon auf das Personal-Computerhafte dieser seiner Denkergeste aufmerksam machen, als er ihr mit einer wahren Schmierenkomödie tragikomischer Dackelfaltigkeit, die die Mittdreißigerin unwillkürlich an gewisse Reden an die Nation oder an die TV-Ansprachen heimischer Politiker denken ließ, auch schon zuvorkam: »Charlotte, mußt du wissen, meine liebe Hildeli, ist irgendwie, wie soll ich sagen, sie ist nicht zuletzt durch ihre Psychoseminare, durch ihre Urschreiausbildung auf Schloß Herrenstein immens selbständig geworden, eine selbst- und bewußte Persönlichkeit, kann man sagen.«

Salome quittierte dieses Stottern, dem eine gewisse Simplexität eignete, mit einem Fauch von Ungerührtheit, ja beinahe Spott; vielleicht war es die noch reine und ursprüngliche Natur, die aus diesem hochgezüchteten Tier sprach. Doch auch die schwarze Mittdreißigerin zeigte sich unbeeindruckt von den repressive Toleranz heischenden Sätzen: »Und? Was hat ihre Ich-Stärke mit deinem, ich wäre fast versucht zu sagen: Unter-Du zu tun? Mit deiner Entscheidungsfähigkeit zur Scheidung?«

»Nichts, gar nichts«, mußte der Mittfünfziger im Bademantel zugeben, und seine beiden einzigen Weisheitszähne knirschten quasi gedemütigt, »nur, daß sich ihre neue Sicherheit auch auf die pekuniären Ansprüche, die finanziellen Vorstellungen erstreckt!«

»Ich brauche nichts von dir, Alfi, falls du das meinen solltest. Ich habe mich selbst als Vollwaise durchgebracht und sogar noch meine Chefsekretärin ohne Bafög finanziert – obwohl die staatliche Hilfe damals noch floß.«

Dr. Spock goß sich zittrig ein neues Glas des Obstschnapses randvoll über die wohl ohnehin schon betäubten Pupillen und weiter den faltigen Schlund hinab. »Ich weiß, du bräuchtest nichts, aber die Firma. Wenn sie, das heißt Charlotte, bekäme, was sie dezidiert von mir verlangt – und ich fürchte, jeder halbwegs geschickte Anwalt würde ihr dazu verhelfen –, müßte ich die

›Simplex‹, mein ein und alles, mein Lebenswerk, abstoßen. Oder mindestens die ›Steilheimer Vereinskasse‹ als Kommanditistin hereinnehmen. Verstehe mich, ich habe die Scheidungsgesetze nicht gemacht, Hildeli!« beschwor er neuerliches Heulen und Zähneknirschen.
Hildegard Bamm sah ihn prüfend an, und das Grün ihrer Augen glich mehr und mehr jenem der Binse, die nur auf dem Boden der Wahrheit gedeihen kann: »Und was willst du mir damit sagen? Soll das etwa heißen . . .?«
Zwar nickte der Patenthändler an eben dieser Stelle demütig, und sein gewissermaßen oberammergaumig-leises »Ja, Hildeli, das soll es heißen – jetzt nicht, noch nicht«, klang passionsspielartig flehentlich; aber in den hintersten Winkeln seines kantigen Steinbockgesichtes, im Schatten der solariumdunklen Grübchen nistete dennoch etwas wie großkonzernige Berechnung und ganz und gar unchristliche Gnadenlosigkeit. Vorurteilslos kluge Köpfe, wie sie etwa hinter bekannten Zeitungen stecken oder hintergründig versierte Außenpolitiker hätten – anders als Hildegard Bamm – die Lauer, auf der Dr. Spock lag, sogleich und eindeutig, wenn schon nicht als bolschewistisch, so doch ganz klar als schakalschlau klassifiziert. Dem musischhumanistischen Widderkind jedoch ging in diesem Moment der Ahnung nur ein einziger, schlichter Vergleich durch den schwarzgelockten Kopf: »O Spock! Deine Worte erschüttern mich wie das schrille Arpeggio Lucia di Lammermoors!« Während es Hildegard Bamm keineswegs wie irgendein belangloser Zufall erschien, daß in dieser Sekunde das Regionalprogramm des Österreichischen Rundfunks den Zweiten Satz der Eroica philharmonisch übertrug, witterte der Steinbock bereits wieder Morgenluft in dieser sternendunklen Fuschler Nacht. Wohl eingedenk der leichten Siege, die er über das von seinem Widdernaturell her offene, freundliche und nach- sowie freigiebige Wesen der Chefsekretärin schon oder noch immer errungen hatte, stand der Mittfünfziger im Bademantel auf und ging um den klobigen Tisch im Chalet herum. Dabei trat er Salome in seinem lässigen Ausschreiten, das jede Zerknirschtheit missen ließ, zwar ungewollt, aber doch mit dem Gewicht eines squashtrainierten Mittfünfzigers auf den Schwanz. Die entschuldigungslose Ignoranz, mit der er dem edlen Tier, seinen Fuß gelangweilt hebend, die

Flucht in die Ecke erlaubte, hatte auch tatsächlich etwas von der imperialen Schnoddrigkeit eines feudalen Fürstendenkmals, etwa jenes Alfons des Starken, mit dem sich der Steilheimer City-Parkplatz seit Jahrhunderten einen boulevardesken Anstrich zu geben versuchte.
Die schwarzlockige Mittdreißigerin verharrte noch immer wie in Trance, und um so behender glaubte sie der Lizenzimporteur umarmen zu können. In der Tat blitzte in der psychodramatisch aufgewühlte Chefsekretätinnenseele für zwei oder drei Hundertstel Sekunden Hingabebereitschaft auf, doch dann schob sie den breitschultrig Graumelierten mit einem Male sachlich von sich, wie einen Aktenordner, der in einer vorläufigen Ablage seiner vielleicht zukünftigen Erledigung harren sollte: »Jetzt nicht, Alfi, noch nicht«, wiederholte sie ohne ironische Revanchegelüste exakt seine letzten Worte, »nicht, solange du nicht wirklich frei bist und dich frei für mich entschieden hast.«
Dr. Spock konnte nicht umhin zu stutzen, und sein von den Patentgeschäften hart gewordenes Gesicht spielte so heftig mit den Kaumuskeln, als hätte er an einem 35-Stunden-Steak zu beißen.
»Ja, du hast recht gehört: Bis zu deiner Scheidung bin ich, so schwer's mir fällt, glaube mir, nicht mehr willige Liebelei, sondern einzig und allein loyale Sekretärin.« Sie ließ ihm mit einem mannhaften Blick aus ihren spinatgrün eisenharten Frauenaugen keine Chance zu irgendeinem Wenn oder Aber. »Du mußt es begreifen, mich begreifen: Einmal im Leben darf auch mir das Hemd näher liegen als der Spock . . . Rock natürlich«, entschied sie wehmütig.
»Das heißt . . .?«
»Daß ich dich bitte, mir nicht näher zu treten als dienstlich, nicht nach mir zu grapschen, wenn du mir diesen alternativen Ausdruck erlaubst.«
Der Mittfünfziger, dessen Vitalität nur notdürftig bebademäntelt war, grinste beinahe belustigt und wies auf das lenoresk einladende Waldbärenfell neben dem Kamin: »Du willst doch damit nicht im Ernst sagen . . .? Hildeli?!«
»O doch!« Hildegard Bamm schüttelte mit einer Energie, die allen Verzicht fast selbstverleugnend tief in ihr Inneres beutelte, den Trauerflor von ihrem wunderbar weichen Gesicht.

Und tatsächlich mußte Dr. Alfons Spock in jener altweibersommerlich kühlen Nacht des Schicksals gekrümmt und eingehüllt in jene Bärendecke mit der elfenbeinfarbenen Acrylwanne des Chaletbadezimmers vorlieb nehmen, während die Mittdreißigerin den ichgestärkten Traum einer Gerechten allein im gewissermaßen schmuseweichen Doppelbett träumte. Und sooft sich der Steinbock auf leisen Zehen an ihre Seite zu stehlen versuchte, sooft verwies ihn Hildegard Bamms hellwacher Zeigefinger der Bettkante: Salome, die sich dort in einer unnachahmlichen Stellung aus dem siamesischen Salzkamasutra niedergelassen hatte, war treue Wächterin der vorläufigen Entscheidung der Chefsekretärin.

Es verstand sich von selbst, daß sich das Gespräch zwischen dem Inhaber der ›Simplex Unlimited‹ und der schwarzlockigen Chefsekretärin trotz aller servilen Freundlichkeit der Mittdreißigerin am Morgen nach dieser gewaltigen Klärung mindestens seinerseits selten über mehr als zwei Silben hinaus erstreckte.
»Mann o Mann«, ging es kurz nach neun der Surfbegeisterten durch den taufrischen Kopf, als sie ihn über dem – von ihr – mit größter Sorgfalt gedeckten Frühstücksterrassentisch mürrisch an einem Orangenkonfitürebrot spachteln sah, »er versteht bloß ›bleib mir vom Leib‹ und begreift nicht, daß mir viel wichtiger ist: bleib mir von der verletzbareren Seele.« Und als sie ihn fragte: »Möchtest du Knäckebrot oder Sesam? Fuschler Landbrot oder Vollkorn von Rütting?« strahlte sie ihn meerkatzengrün zwischen Sahne und Schinken an. Ihn ein wenig aufzurichten, trug sie an diesem typischen Salzkammergutmorgen, an dem die Rauchschwalben ihr ›Smog gets in your eyes‹ um die Wette trällerten, einen besonders raffinierten Blouson aus apricotfarbenem Gabardine zu einer fast klassisch geraden Bundfaltenhose.
»Dan-ke«, er blieb bei seinen beiden Silben und begleitete, anscheinend gelangweilt, irgendeinen Hochzeitsmarsch, den die Fuschler Gendarmeriekapelle irgendwo am anderen Seeufer intoniert hatte, mit seinem linken Fuß. Salome, die Göttliche aus Siams Gefilden, an diesem sonnigen Morgen bestens ausgeschlafen, war beim ersten Schwung seines Beins verschreckt ins hohe Gras geflüchtet und tätschelte einen der seltenen Hirschhornkäfer, aus

dem die Eingeborenen Knöpfe und andere kleine Gegenstände schnitzen.
»Vielleicht Blaubeeren? Bauernspeck? Müsli? Obst?«
»Ein Ei«, beschied er sie knapp und entledigte sich mit den Worten »Darf ich?« seines Trachtenrocks, den er, demonstrativ auf Förmlichkeit bedacht, schon in aller Frühe angezogen hatte.
»Du kannst dir auch die Krawatte lockern. Ach, Alfi, muß ja schrecklich heiß sein«, versuchte die Chefsekretärin zärtliche Vermittlung. Doch sie spürte, daß der graumelierte Steinbock genau zwischen seine ein für allemal stur gebogenen Hörner getroffen war. »Amely nannte das in einem ihrer wunderbar volksbildnerischen Artikel im ›Planet‹ eine – narzistische Kränkung«, fiel ihr ein. »Vielleicht noch etwas Organgensaft? Oder kalte Milch?« versuchte sie sich aufs neue als Sonnenschein. »Mer-ci«, echote es wiederum dumpf aus dem Trachtengilet des Lizenzhändlers, der sich eine Sumatrazigarre von Davidoff ansteckte.
»Gut, dann eil' ich wieder aufs Wasser, mein lieber Alfi. Und was machst du heute? Ich werde dir doch nicht fehlen, oder?«
»I-wo«, kam es, ohne daß der ›Simplex‹-Inhaber auch nur einen Blick seiner mausgrauen Augen von den drei olympischen Ringen ließ, die er in die Bergluft gesetzt hatte. »Geh nur.«
»Du . . . du gehst doch nicht auch weg?« rief sie, nachdem sie aufgestanden war und sich hinter der Chaletecke die Garbadinekombination aus und den kanariengelben Surfanzug, ihren zweiten, angezogen hatte.
»Doch, doch«, entgegnete ihr der Mittfünfziger mit einem Unterton von Du-wirst-dich-noch-wundern in seiner morgenrauhen Kehle.
»Aber, wohin denn?«
»Ins Dorf.«
Hidegard Bamm sah Dr. Alfons Spock lange und nachdenklich an, beinahe ebenso lange wie die dunklen Gewitterwolken, die sich jenseits des Kleinglockners, einem knappen Zweitausender mit mehreren Seilbahnen und einer Höhenstraße bis auf den Gipfel, zusammenbrauten . . .

Während Hildegard Bamm am Ufer des Fuschlsees sich schon an den Kanten ihres Windgliders zu schaffen machte, sie mit Schmirgelpapier wellenschlüpfrig schliff und mit Biberfett schnell machte, dabei an einem Gänseblümchen zwischen ihren altrosa Lippen nippelte und Königskerze, Calla, Dahlie und Brombeeren wahrnahm, war es angesichts der vermeintlichen Verletzung seiner Männlichkeit »Nach dieser Kissendienstverweigerung«, wie Dr. Spock grimmig vor sich hinmurmelte, nicht weiter verwunderlich, daß sein morgendlicher Blick nur Nessel, Nieswurz, Schierling und wilden Fenchel antraf.

»Man macht nicht ungestraft den Spock zum Gärtner«, fügte der Mittfünfziger im Trachtenjanker, der ihn auf den ersten Blick als Touristen auswies, einen seiner sarkastischen Scherze hinzu, deren Gehalt an feinem Humor freilich so dünn war wie die Luft am Kleinglockner, der gewittergrau die Chaletterrasse grüßte.

»Nun ja, wie immer es sei: Er muß es einsehen lernen, daß ich es so nicht mehr aushalten kann. Unsre Beziehung war wie eine Gleichung: sechs Richtige zwar – aber sieben Unbekannte! Wie sollte man sie lösen können?!«

Mit einer gewissen Befriedigung über die – im Gegensatz zum Bonmot des Firmeninhabers – zweifellos gelungene philosophische Gleichnishaftigkeit knipste Hildegard ihren wasserdichten Walkman an und brachte ihr Brett zu Wasser. »Beaufort 3 bis 4, das bedeutet Kreuzkurs bis zur Teufelswand«, schätzte sie die Bedingungen ihres Ausfluges über den Fuschlsee perfekt ein, während ihr irgendein Sängerhannes durch die Kopfhörer etwas von Matrosen und Meer in ihre allerliebsten Rosenkohlohren alberte . . .

Die Mittdreißigerin im kanariengelben Moltoprenanzug hatte eben fast die Seemitte erreicht und kreuzte sportlich durch die salomehohen Schaumkronen, als ein erster Donner sie zusammenzucken ließ. »Mein Gott, ein alpines Gewitter ist schon manchem Surfer zum Verhängnis geworden!« Sie drehte das Brett Richtung Schloßhotel und Chalet. »Ich hab' nicht einmal einen Blitzableiter an meinem Mast! Nichts wie weg!« zu denken und gnadenlos hart am heulenden Wind zu gleiten, waren eins. Die Gischtkronen auf dem ansonsten glasklaren See, den immerhin die Eiszeit auf ihrem seinerzeitigen Rückzug im Österreichischen gleichsam vergessen hatte, erreichten die Stärke der Schaumkronen an der Rheinmündung, und eine eingebürgerte Möwe aus dem Skandinavischen, der nach einem Winter vor einigen Jahren der Rückflug auf die Schären zu mühsam war und die seitdem als untrüglicher Sturmvogel auf dem Fuschlsee galt, schnappte bereits ein ums andere Mal nach den Gummibären, die Hildegard Bamm, um Ballast abzuwerfen, dem gepeitschten Wasser wie Opfergaben überließ. Während aus dem Funboard ein Rettungsbrett zu werden drohte und sich die Chefsekretärin katzengewandt und mit allen Raffinessen der Hohen Schule des Regattasurfens, die sie im oberitalienischen Malcesine absolviert hatte, mit den Böen des unberechenbaren Salzkammergutwindes herumschlug, legte sich ringsum eine Beklommenheit über die Spätsommerlandschaft: Die Sonne hatte sich verborgen, die Luft war käsig und schnittfest, und die Hunde der Bauern winselten an den Ufern.

»Nun kannst du mir beistehen, Thomas von Kenter-Bury!« spielte sie ihm aschfahlen Licht auf den Schutzpatron der Surfer und Segler an. Aber noch klang nicht Furcht aus ihren flammenrot gewordenen Lippen . . .

Hildegard Bamm, nun doch schon so lange auf der Suche nach dem Glück, hatte es endlich einmal gefunden: So rasend schnell jenes Unwetter über die Berge her aufgezogen war, so schnell verzog es sich auch wieder aus dem Fuschler Becken hinunter ins Kärntnerische, wo Menschen wohnen, die keine Lieder kennen. Eine jener nicht seltenen Brisen aus Südwest, die auch im Salzkammergut stets für gute Laune bei den Eingeborenen sorgen, hatte den Mittagssturm vertrieben und der Sonne die finsteren Wolken von der Stirne gewischt und zu neuer Sicht verholfen.

»Jetzt lassen die Bauern hier wieder ab von ihren Bittgebeten gegen Blitzschlag«, dachte die sportliche Mittdreißigerin, als ihr Funboard vom Schilfgürtel des Ufers stabilisiert wurde. »›Hilf uns, Sankt Florian – zünd andre Häuser an‹, beten sie gewöhnlich in der ihnen eigenen Frömmigkeit.«

Die Chefsekretärin polierte ihren kanariengelben Gummianzug blank von den kleinen Büscheln von Rot- und Grünalgen, die der Wind vom Seegrund hochgeschleudert hatte. Dann zog sie das Funboard aus dem Wasser und den engen Anzug aus. Eine Melodie der Erleichterung, das Ufer erreicht zu haben, auf den

nun doch vor Kälte eher türkenbundfarbenen Lippen – »Brennend heißer Wüstensand . . .« – griff sie, erleichtert, daß noch einmal alles gut ausgegangen war, nach dem Blouson und der Hose, die sie am Morgen in einen Haselnußbusch gehängt hatte. Wie eine Nymphe, jedenfalls wie Gott sie geschaffen hatte, stand sie im kniehohen Gras und war im Begriff, eben ihre etwas verspannte Nackenmuskulatur durch eine gezielte Freiübung zu entlasten, als sich der Strauch wie von Geisterhand teilte und ein breitschultriger Schatten auf ihre makellose Haut fiel.
»Nun? Fertig?« klang es sonor zum Schatten, und Hildegard Bamm wußte ohne aufzuschauen, daß diese Stimme ihrem Chef gehörte. Die schwarzlockige Mittdreißigerin war mit einem Male auf eine seltsame Weise erschrocken – und ohne im Grunde zu wissen, was sie tat, riß sie den Blouson hoch und hielt ihn schützend vor ihren schlanken Körper, der tiefporig braun mit dem Gräserdschungel kontrastierte. Dann erst blickte sie auf. Das Gesicht des ›Simplex‹-Inhabers überzog ein Lächeln, wie es Pokerspieler gerne aufsetzen, ehe sie nicht ungenüßlich das vierte As auf den Tisch blättern: »Na, na, bin ich dir so rasch so fremd?« Er zeigte herablassend auf die Mittdreißigerin und imitierte sodann ihre paraventhafte Schutzhaltung.
»Nein, ich meine nur, ich wußte ja nicht, daß du – Alf«, kam es wie ertappt über die walderdbeerroten Lippen der Surferin. Und doch spürte sie tief drinnen, irgendwo zwischen Schulterblatt und Nabel, daß er ihr Zusammenzucken und ihr hastiges Raffen der Kleider richtig interpretierte, denn sie dachte: »Ja, eigenartig: Ich bin, obschon wir noch vorgestern wie Bruder und Schwester unter einer Decke steckten und mir nichts fremd an dir und dir nichts fremd an mir war, seit gestern abend tatsächlich eine andre – Freundin vielleicht noch, aber nicht mehr Geliebte. So schnell geht es, wenn es nicht mehr geht.«
»Hier«, unterbrach der Mittfünfziger seltsam schroff ihren inneren Monolog und reichte ihr ein baumwollenes Trikot, das auf dem regengeschädigten Ableger eines Ahorns im Fuschler Spätsommerwind baumelte. »Ich bitte dich, dich zu beeilen. Ich habe einen Tisch in der Zirbenstube des Schloßhotels für uns bestellt. Ich dreh' mich ja auch schon um, wenn das die Sache beschleunigt.«
Hildegard Bamms erbsengrüne Augen weiteten sich, überrascht

und hoffend, daß mit diesem Essen ein erstes Anzeichen gesetzt war, daß sie der Patenthändler doch verstanden hätte, zu leuchtenden Kiwihälften. »Eine Sekunde noch, und ich bin – mindestens halbwegs – fertig. Ich freue mich von Herzen, daß du mit mir essen gehst, lieber Alf.«
»Nun, zum Abschied sollte man nicht unhöflich sein«, traf sie da die Antwort des Steinbocks wie ein Hornstoß.

Die Turmuhr der fernen Fuschler Dorfkirche schickte bereits zwei glockenhelle Schläge zum Zeichen, daß es 14 Uhr geworden war, über Berg und Tal, als Hildegard Bamm und Dr. Alfons Spock den farnüberwucherten Plattenweg vom Chalet zum Schloßhotel hinaufstiegen. Die beiden, die noch vor zwei Tagen glücklich weit mehr als die ›Simplex Unlimited‹ verbunden hatte, schlenderten wie zwei Führer oppositioneller Parlamentsfraktionen nebeneinander her, und keiner sagte ein Wort. So war es Grillen, Hähern, Meisen und einer glücklich am Hügel äsenden Herde schwarzweiß gefleckter Milchkühe vorbehalten, für einen unpassend fröhlichen Soundtrack zu sorgen. »Abschied, zum Abschied, hat er gesagt«, pochte es gegen die glatten Schläfen der versonnenen Mittdreißigerin. »Die Rache ist mein, spricht also der Herr. Es ist so unendlich traurig, daß sein von Natur aus wohl friedfertiges Steinbockwesen zu einem Machowerk verkommt, nur weil ich mich – aus Selbstschutz! Gerade, weil ich dich eben so heiß liebe, daß ich schier verbrenne, Alfi! – verweigere . . .«
Derart tief, ja beinahe abgründig dachte sie noch, als sie das Portal des prächtigen Schloßhotels erreicht hatten und in das exklusive Restaurant traten. Für eine Weile fesselte sie die noble Atmosphäre, die sie beinahe an das Festzelt in Rattenburg erinnerte, dann hatte sie ein Maître d'Etage auch schon in die Zirbenstube geleitet, ein kleines, exquisites und saloonähnliches Hinterzimmer, das mit hellem, astreichen Holz getäfelt war und in dem ein Trio, angeführt von einem Stehgeiger, Altwiener Weisen intonierte.
»Ich habe mir erlaubt, gleich auch das Gourmetmenü für uns beide vorzubestellen – es ist vorzüglich und meistens auch rasch ausgebucht.« Dr. Spock winkte lässig dem Oberkellner ab, als ihm der die Karte zum Goutieren vorlegen wollte. »Zunächst einen 79er

Meursault les Meux Chavaux aus der Domaine Roulot«, orderte er hingegen, wie aus der Pistole geschossen auf den fragenden Blick des Sommeliers – als wäre der richtige Wein in diesem Moment das Hauptproblem zwischen dem Mittfünfziger und der schwarzgelockten Steilheimerin.

Als der Livrierte mit einem anerkennenden Nicken verschwunden war, wandte sich der ›Simplex‹-Inhaber, als gäbe es nichts anderes zu bereden, an die Mittdreißigerin: »Du willst gar nicht wissen, was uns erwartet? Nun: Entenleber mit Herbstsalaten, zweierlei Zunge, nämlich sowohl See- als auch Landzunge auf Paprikasauce, dann Flußkrebse mit Trüffelnudeln. Warte, ach ja: Dialog der Früchte, dann Rehrücken im Blätterteig, Käse vom Wagen und – Bienenstich mit Mohnparfait, Feigen und Datteln. Na? Kriegst du doch bei McDonalds nie, oder?«

Ein Valse triste zog die ohnehin bescheidene Niveauhöhe seines aperitivischen Späßchens vollends in die Tiefe einer Depression. »Gut, Alf, bei diesem Essen kommt viel Freude auf. Aber ich möchte lieber wissen, was uns jenseits der Menükarte erwartet, uns beide.« Die Chefsekretärin starrte in die weiße Leere des Hutschenreuter-Vorlegetellers.»Ahh, comme ci, comme ça,« dirigierte der Patenthändler anscheinend bestens gelaunt sein silbernes Messer in das Töpfchen mit Kräuterbutter, deren dezenter Knoblauchgeschmack alsbald einen knackigen Toast adelte. Erst da begriff die sprachenkundige Mittdreißigerin, daß ihr Steinbock im Fuschler Lodenanzug mit seiner noch einmal wiederholten Bemerkung »Comme ci, comme ça«, französischschwach, wie er nun einmal war, eigentlich nur »Kommt Zeit, kommt Rat« sagen wollte.

Die Servierbrigade der Zirbenstube des Schloßhotels hatte bereits den Rehrücken im Blätterteig, eine zarte Creation, deren Raffinesse darin bestand, daß der Duft des Wildes sich aus einem tiefen Rückendekolleté des Blätterteigs verbreitete, an den Tisch von Dr. Spock und Hildegard Bamm gerollt, und der ›Simplex‹-Chef hatte dazu – wie fast immer eine Spur zu laut – »Eine Bottle Chateau Cheval Blanc '67! Einen St. Emilion, hören Sie!« geordert, als er endlich auch auf Hildegard Bamms leise Frage »Was meintest du mit Abschied, Alf? Was willst du damit sagen?« zu antworten bereit war.

»Ich habe dieses Gourmetmenü deshalb zum Abschiedsessen deklariert«, gab er zwischen zwei leise rauschenden Bissen des Blätterteigs zu verstehen, »weil ich nach allem, was zwischen uns in der letzten Nacht geschehen ist –«
»Es ist nichts geschehen, sondern nur endlich zur Sprache gekommen, eindeutig aufgebrochen, Alf!«
» – nun ja, ich bin da eben eher der Ansicht, es handelt sich um eine Zumutung deinerseits. Aber lassen wir das in diesem kulinarischen Moment. Jedenfalls habe ich beschlossen, daß wir angesichts der Entwicklung besser von hier abreisen.«
Die sportliche Mittdreißigerin ließ die zierliche Gabel aus Altfuschler Tafelsilber fallen, worauf sich das halbe Zirbenzimmer verstohlen umsah – wenn dieser Ausdruck ›verstohlen‹ angesichts der Nobilität der Society, die versammelt und derart distinguiert war, daß ihre Nationalität oder vielmehr Internationalität kaum an der Sprache feststellbar war, weil sie sich praktisch nur flüsternd unterhielt, überhaupt angemessen erschien.
»Abreisen? Du willst . . . daß wir wollen . . .?!« hauchte sie Erstaunen gegen den nun seinerseits – ob gespielt oder echt – erstaunten Lodenmann jenseits des Tischchens.
»Ja. Abreisen. Oder willst du etwa noch zwei Nächte mit einem Mann unter einem Chaletdach verbringen, den du weit von dir weist? Nein, ich habe alles gepackt, auch deine Sachen. Bezahlt und abbestellt. Wir fahren noch heute!«
Die Chefsekretärin nahm diese seine waldmeisterartig süß über den Damast des Tischtuches geträufelten Worte als gallenbittertriefenden Hohn, als frühe Rache des Patentexporteurs. Ein seltsam versunkenes »So, so . . . wir reisen ab . . . Und ich habe noch keine einzige Ansichtskarte geschrieben«, war im Grunde nichts als resignierendes Sichfügen, war Aufgabe jeden Widerstandes der schwarzlockigen Mittdreißigerin gegen die sich aggressiv aufbäumende Eitelkeit des – trotz allem noch immer geliebten – Squashmeisters von Steilheim 1860. Es konnte nicht wundernehmen, daß Hildegard Bamm, trotz ihres schicken Gabardine-Blousons, dem livrierten Schankburschen desinteressiert, ja geradezu eingefallen erschien, als er die vom ›Simplex‹-Inhaber bestellte Flasche »Chateau Dyquem Magnum, am besten vom 1860iger!« zum Dessert reichte. Die sportliche Chefsekretärin hatte in der Tat

keinen ihrer fünf Sinne mehr frei für das bernsteinfarbene Honigbukett und den langanhaltenden Abgang des edlen Tropfens, so sehr bedrückten Gram und Schmerz ihr zartes Widdergemüt.
Einzig Salome, diese ortsfeste Steilheimer Schönheit, schien begeistert, als sie nach dem Menü des Fuschler Schloßhotels in ihr Weidenkörbchen und in den Fond von Dr. Spocks Metallic-Turbo-Injection verfrachtet wurde. Hildegard Bamm jedoch seufzte, als sie den Blick noch einmal von der Terrasse des Chalets über die alpine Seenplatte schweifen ließ, so tief, daß der oberste Knopf ihres Reisekostüms, übrigens ein hanffarbenes Allround-Tageskleid mit Zopfapplikationen und weißen Paspelierungen aus der Werkstatt eines Meisters der Donauschule, unauffindbar in das satte Mattengras fiel: »Wunderbares Österreich! Ade, adieu, ihr Berge, ciao See! Mein Herz läßt dich grüßen!«
Doch die Natur, mit der sie in den beiden letzten, so schicksalshaften Tagen surfenderweise verschmolzen war, antwortete ihr nicht, es war das Folgetonhorn des 939ers, das unerbittlich die Nachmittagsbetrachtung abschnitt und zum Aufbruch blies.
»Du kannst nach all diesen Weinen noch fahren?« Die trauerschwarze Mittdreißigerin erlaubte sich einen Seitenblick auf den Simplex-Inhaber.
»Aber logo! Ich könnte noch viel mehr, glaub mir, Teuerste – natürlich nur, wenn man mich ließe.« Er konnte, wie so oft, triviale Anzüglichkeit nicht unterdrücken. Die Chefsekretärin schloß für eine Sekunde ihre trauerweidengrünen Augen und suchte, hingekuschelt in das zärtliche Weich ihres Reisekleides, Vergessen hinter ihren Lidschatten, wärend der Mittfünfziger die schwere Limousine laudahaft aufheulen ließ . . .
Es war klar, daß nach allem, was zwischen Widder und Steinbock gesagt worden war, sich die Heimfahrt beinahe so schweigsam wie die Beantwortung einer Anfrage der Grünen durch den Bund Deutscher Nachrichtendienste gestaltete. »Wie ein endloses Gemälde von Munch«, ging es der Mittdreißigerin im Hanffarbenen durch den Kopf, als sie die bayerische Landeshauptstadt rechts liegen ließen. Der Patent- und Lizenzhändler, der noch immer jenen Salzkammergut-Trachtenanzug oder vielmehr dessen unvorteilhaft geblümte Weste trug, die ihre Herkunft aus einer kleinbürgerlichen Schweinfurter Metzgerdynastie nur zu deutlich

verriet, schien vollends vertieft in jenen gleichnamigen Gefühlszustand, den ein Tenor aus dem Autoradio unweigerlich mit verbreitete. »Ob blond, ob braun, ich liebe alle Frau'n.«
Mochte es an den gewiß auch bei sensiblem Getier wassertreibenden Melodien gelegen haben oder eine simple Regung zufälliger Nöte gewesen sein, in jedem Falle begann Salome auf halber Fahrt mehrmals Laut zu geben, was Hildegard Bamm zu einem sanften »Ist ja gut, mein Wuschel, ich weiß ja, daß du eine Rast brauchst – und einen Busch. – Halt doch mal an, Alf, bitte«, veranlaßte.
Der Mittfünfziger bremste mit einem katzenfeindlichen Seitenblick den schweren Wagen derart scharf ab, während er auf einen Parkplatz einbog, daß das silberne Armband mit den eingravierten Initialen seiner Frau Charlotte aufblitzte.
Während sich Salome seitwärts in die Büsche sozusagen auf eine kleine Geschäftsreise schlug, begann ihre Herrin nachdenklich: »Ich habe mir die ganze lange Reise über überlegt, Alf«, sagte sie schwermütig, »daß nun auch ich, wenngleich anders als du, gewissermaßen meinen G-Punkt erreicht habe.«
»G-Punkt? Was soll denn das wieder sein?« Der Lizenzimporteur paffte ärgerlich seine Sumatra zur Weißglut.
»Geduldspunkt. Meine Geduld hat ihren Zenit überschritten. Und deshalb, sag' ich es dir lieber gleich.« Sie holte tief Luft, und die Perlenreihe ihrer Zähne glänzte wie bitterer Reis in der untergehenden Sonne, während sie unverlegen an ihrem Hanffarbenen nestelte und sich sehr bewußt über die hübschen Zopfapplikationen dieses Tageskleides strich. Dann wandte sie sich, nachdem Salome in den hohen Halmen am Rande des Autobahnparkplatzes wieder aufgetaucht war, mit fester Stimme erneut an den noch immer mißmutig das Deckblatt seiner Davidoff zerkauenden Steinbock: »Ja, mein Entschluß steht fest: Ich habe, wie du weißt, aus dem vergangenen Jahr noch gute vierzehn Tage Urlaub gut. Und ich ersuche dich, ihn mir nun zu geben.«
Dr. Spocks staunend-schmalen Lippen entfiel die Sumatra, und sie entfachte irgendeinen Ölfleck auf dem Rastplatzbeton zu einem kleinen flammenden Inferno. »Du willst . . .? Jetzt? Auf der Stelle?« Er zertrat den Flammenteich zu seinen Füßen.
»Ja, ab Montag. Ich denke, es ist besser für uns beide, nun für eine Zeit jede schmerzende Nähe zu vermeiden. Du faßt ja doch alles,

was ich für mich machen muß, automatisch als gegen dich gerichtet auf und bestrafst mich sozusagen, entziehst der ganzen Hildegard deine Zuneigung, wo ich dich doch gebeten habe, nur die Geliebte in mir – und auch diese nur für eine Weile, also bis – nicht zu sehen, nicht anzurühren.«
Die Züge des ›Simplex‹-Inhabers verhärteten sich zu einem Relief, das ebensogut aus dem Tal der Könige hätte stammen können. »Und das nennst du Loyalität? Jetzt einfach in Urlaub zu gehen, wo du nur zu gut weißt, daß auch Benno Faust wegen dieser lächerlichen Angora Pectoris abwesend ist? Aber bitte: Dann *muß* ich eben eine Urlaubsvertretung einstellen. Es wird sich schon eine Tippse finden, die dich ersetzen kann.«
Hildegard Bamm antwortete nichts mehr – so tief hatte sie sein wutentbrannter Vergleich mit irgendeiner anderen Bürokraft getroffen. »Als wäre ich, die ich mich stets für die ›Simplex‹ aufgeopfert habe, eine Tippse! Und gar zu ersetzen!« Sie zog sich auf einen unantastbaren Rest von Selbstwertgefühl zurück, während sie Salome aufnahm und streichelte.
»Ach was, weshalb soll ich mich ärgern mit dir?! Geh ruhig! Wohin übrigens?« Dr. Spock knurrte noch immer, als sie bereits im Wagen saßen und der Turbo wieder Richtung Steilheim anrollte.
»Ich weiß es nicht, irgendwohin, weg . . . wo man singt und surft und Sonne hat«, murmelte sie vor sich hin und spielte mit der Sterlingsilberbrosche an ihrer Brust. »Vielleicht können wir nach einer gewissen Pause, nach etwas Ruhe und Distanz wieder unbefangener aufeinander zugehen. Ob als Liebende oder einfach Freunde – oder wie vor unsrer Zeit als tüchtiger Inhaber und bemühte Sekretärin«, versuchte sie ein letztes Einlenken. Doch der ›Simplex‹-Chef hörte es nicht, und er hatte auch kein Auge für das ihre, aus dem sich eine einsame, fuschlseehelle Träne stahl und wie das übergeschwappte Zuviel eines brodelnden Teekessels im heißen Winkel verdunstete.
Fast schien es, als ob – wohl schon auf der Höhe von Rothenberg ob der Tauber – ein bittersüßes Lied von Howard Chippendale die entzweiten Liebenden wieder vereinen könnte wie vordem: Seine innigen Reime und die ergreifende Melodie verbanden Steinbock und Widder für drei Minuten, und sie fühlten wie ein Ohr das tiefe, balsamähnliche Glück, wieder in der streichelnden Reich-

weite des Südwestfunks angekommen zu sein. Doch als der schwere Metallic Turbo-Injection gegen Mitternacht vor Hildegard Bamms Fachwerkhaus hielt und Salome die Heimat und den Nachbarkater fröhlich begrüßte, lud Dr. Spock all das Gepäck der Mittdreißigerin wortlos einfach vor die himmelblaue Bohlentüre, lehnte das Funboard an die Hausmauer und verabschiedete sich kußlos: »Du wirst das schon alleine schaffen . . . Ich muß ja in *mein* Bett. Ach ja: und schönen Urlaub auch noch!«
Ein Hauch von Herbst, von Verfall und roten Astern ließ die unendlich einsame Nachtlockige erzittern bis ins traurige Mark ihrer bildschönen Gestalt.

Der erste Tag des Urlaubs, den Hildegard Bamm in ihrem Bemühen, den Geliebten in Dr. Spock bis zu dessen endgültiger Ehe-Entscheidung vergessen zu können, genommen hatte, war zunächst ein rechter Arbeitstag: Es gab, obzwar begleitet von Tenorarien aus relativ unbekannten italienischen Operetten, wie etwa Verdicchios ›Nacht des Schicksals‹, mannigfaltige Hausarbeiten. Sie dachte, während sie Staub wischte, dem Badezimmer das strahlendste Weiß seines Lebens schenkte und die Wäsche, die sie in eben jene kostbarsten Tage des Jahres, deren Ziel sie noch nicht kannte, mitzunehmen gedachte, zwischendurch wusch, in jenen Vormittagsstunden eines grauen Steilheimer Alltags also dachte sie an die ›Simplex‹ und deren Inhaber: »Ob er sich zurechtfinden wird ohne seine rechte Hand?« Tiefes Mitleid kam in ihr auf, und sie mußte unwillkürlich den engen Schlangenhautgürtel um ihr putzwollenes Wickelkleid, der ihren Seufzer einschnürte, lockern. Sie hatte eben die kleine Buddha-Figur in Arbeit, die ihr Ingenieur Benno Faust einst als Morgengabe nach ihrer ersten Begegnung im heimeligen Autobahnhotel am Bottroper Kreuz verehrt hatte, als der As-Dur-Dreiklang an der himmelblauen Tür zu ihrem Biedermeier-Fachwerkreich ertönte. »O Gott, o Gott, das wird sie schon sein«, sie warf einen oliven Blick auf die Standuhr, die, als könnte sie diesen Blick nicht regungslos hinnehmen, sogleich zu schlagen begann.
»Eilig wie immer, aber doch pünktlich wie die Bundespost!« Niemand anderer als »Amely! Ich freu' mich ja so, daß du da bist!«

füllte das Heim der Chefsekretärin mit Herzenswärme und Zuneigung in der Stimme. »Jetzt laß aber das Putzen, mein Widderkind, ich brauch' Kaffee.« Amely Gütlich stellte ihr Reporterinnenköfferchen, aus dem Material und Fotos über »Die großen Dusen unserer Zeit: In diesem Heft die Berlinerin Shirley Alleen, im kommenden die Schweizerin Jane Fondue« hervorlugten. Salome, die Amely Gütlichs freundliches Wesen instinktiv mochte, umschnurrte das Suitecase aus Nappaleder mit dem Emblem des ›Planet‹ – eine rote Sternschnuppe auf weißem Grund.

»Was du mir am Telefon über dein abgebrochenes Weekend erzählt hast«, die astrologisch versierte Sommersprossige rückte ihren nicht ungewagt weiten, aber dafür taillenkurzen Flanell-Spenzer von Calvin Klein zurecht, »ist ja furchtbar für dich gewesen, liebste Freundin, wenn auch nicht unerklärlich!«

Damit zog sie auch schon die Fachzeitschrift ›Der Himmelschlüssel. Journal für Astrologie und Handlesen‹ aus dem Klein-Blazer. »Da, lies mal, ich hab' diesmal nicht selbst nachgeforscht, was die Sterne dieses Wochenende mit dir vorhatten. Ich beschäftige mich ja zur Zeit hauptsächlich mit Mundanastrologie. Das sind streng wissenschaftliche Untersuchungen über das kosmische Schicksal der Erde. Hier: ein Aufsatz der berühmten Cosa Nostradamus . . .«

Mit der Lektüre dieser grundlegenden Bertrachtung der niemals lügenden Sternenkonstellationen für Hildegard Bamm während des vergangenen Wochenendes, die ergab, daß aufgrund einer feindlichen Opposition von Mars gegenüber Venus jede Harmonie zwischen Steinbock und Widder ausgeschlossen war – was alles erklärte –, mit dieser und anderen tiefen Erkenntnissen wurde es Abend, und jene Venus ging über den Steilheimer Herbsthimmel und warf ihr glänzendes Licht auf die beiden trauten Freundinnen.

Eine frauenfreundliche Ballade von Dean Martini »Send me the pillow« drehte sich am Plattenteller, als Amely Gütlich jene Frage aufwarf, die so viel in Hildegard Bamms Leben ändern würde: »Und wohin wirst du nun fahren? Haben deine Urlaubsträume schon ein Ziel?

Die Chefsekretärin schüttelte die rappenschwarzen Locken, weil sie diese Frage aufs neue an ihren nun von Ferne geliebten Alf erinnerte, den vorläufig zu fliehen sie sich doch entschieden hatte.

»Ich weiß ehrlich nicht, wohin. Weiß nicht, wo's mir guttäte, Amely. Kannst du mir denn nichts raten, ich meine als ›planet‹-erfahrene Reisende, oder auch als eine, die weiß, wo die Sterne für mich günstig stünden?«
Amely Gütlich zog ein Doppelkinn der Nachdenklichkeit und überlegte: »Hm . . . Natürlich gibt es einen unfehlbaren astrologischen Reiseratgeber, aber im Vertrauen gesagt: Wir brauchen uns weniger um die Ortsastrologie denn um die Situationsastrologie zu kümmern.«
Die Mittdreißigerin schien beruhigt, denn sie nippte erleichtert an ihrem mindestens 12 Jahre alten Jonny Wallner und genoß, wie der Tag ging und der Whisky vollmundig seine Wirkung tat. »Sonne sollte sein, wo ich hinfahre, und natürlich ein Surfparadies«, sinnierte sie laut vor sich hin.
In diesem Augenblick sprang Amely wie von einer Tarantel gestochen auf, so daß auch die von ihrer Heimat träumende Salome einen Satz in die schützende Sekretärinnenarme tat: »Natürlich! Daß ich nicht früher darauf gekommen bin!« japste die ›Planet‹-Kolumnistin jungmädchenhaft aufgeregt: »Für dich kommt nur eins in Frage: der Club! Ja! Der Club Terra Elysee in Sardinien!«
»Du meinst Sardinien?«
»Na klar! Du warst doch schon einmal auf dieser schönen Insel!«
»O ja, es war einer meiner ersten Surfkurse. Ich war damals mit meinem ersten Brett unterwegs . . . und mit Paul Neumann, du weißt schon, er war damals noch Kleindarsteller an unserem Stadttheater!« Erinnerung an eine Jugendliebe stieg in der Chefsekretärin auf. »Ach, jetzt laß die alten Geschichten! Du brichst zu neuen Ufern auf, mein Widderkind! Du glaubst ja nicht, wie viele irre, interessante Einzelgänger du im Club triffst! Lauter Robinson Crusoes und auch das übrige sportliche Angebot! Es gibt gar keine Frage: Du mußt morgen gleich den Flug buchen. Die Charterflüge nach Sardinien sind zwar alle ziemlich überfüllt, so daß man sich manchmal wie in einer Fischbüchse vorkommt, aber sie fliegen dafür direkt nach Olbia.«
Die sternenkundige Kolumnistin hob begeistert ihr Glas und ließ die Eiswürfel in einen klingenden Toast ausbrechen: »Also, keine Widerrede! Auf die Costa Trallala!«
»Ach Trallala! Dieser schöne sardinische Name verspricht so viel

an Dolce far niente«, die Sprachenkundige in der Mittdreißigern kam zu Wort, »und doch werde ich es wohl gar nicht genießen können bei dem schweren Herzen, das ich dorthin mitnehmen muß . . .«
Amely Gütlich legte ihren sommersprossigen und daneben auch mit einem Dutzend dünner Armreifen brezelständerartig behängten Arm um die Schultern der wehmütig auf das abstrakte Portrait des ›Simplex‹-Chefes blickenden Surffreundin: »Du solltest dieses ohnehin nicht sonderlich gelungene Bild von ihm – ein Paul Kleks, nicht wahr? – für eine Weile gegen die Wand drehen. Jetzt fahr mal schön in den Süden und denk dir, du seist Ariadne, stehst zwar in einem Labyrinth, doch mit einem Faden in der Hand, der dich in die Freiheit, ans Licht führen wird, wenn du ihn endlich aufrollst!«
Es war pure Dankbarkeit, purer noch als der malzbraune Jonny Wallner in den beiden Gläsern, die Hildegard Bamm an die Spenzerschulter Amely Gütlichs sinken ließ. »Du hast wie so oft recht: Mein Steinbock ist im Moment die absolute Null-Lösung. Ich werde an die Costa Trallala fliegen und den Club Terra Elysee buchen, was immer mich dort erwarten mag!« sprach sie tapfer und erstickte einen drohenden Geysir auf dem Grunde ihrer Tränensäckchen . . .

Nach einem kurzen, aber intensiven Schlaf, der von Träumen von Meereswellen, Möwengeschrei und seltsamerweise auch Tangomusik derart intensiv wimmelte, daß Salome, die alles spürte, was ihre Herrin bewegte, sich mitten in der Nacht in ihr Biedermeierkörbchen trollte, um nicht von der Brandung naßgespritzt zu werden – nach vielen dunklen, aber auch sonnigen Vorahnungen also, griff Hildegard Bamm am nächsten Morgen zum Telefonhörer und wählte die Nummer von Fly & Drive, einem alteingesessenen Steilheimer Reisebüro, das zwei Brüder führten, wie der Name schon besagte.
»Morgen – hier Bamm. Ich möchte anfragen, ob es noch einen Platz gibt in einem Charter nach Olbia, Sardinien. Ja, Costa Trallala . . . Wie? Nein, ich kann nicht warten. Ja gut, ich warte. – Wann? Ist mir egal, am besten sofort. – Ja. Und würden sie dann auch gleich checken, ob es noch ein Appartement im Club Terra Elysee gibt? – Bitte . . .«

Während sie den Hörer ihres Stiltelefons chefsekretärinnengeübt zwischen ihrem schwarzen Lockenkopf und dem sienafarbenen Schwanennacken in eine anmutige Wartestellung brachte, knipste sie den Plattenspieler an und wiederholte die LP, die sie gestern abend in den Schlaf gespielt hatte. »Ahhdriano« quittierte sie die Klänge, die zitronenblütenschöne Italianita in der Fachwerkmansarde verströmten, »Ahhdriano . . ., o pardon, wie? Natürlich weiß ich, daß sie nicht Adriano heißen, Herr Fly. – Moment, ich mach' das Ding hier leiser. Nun? Aha, was? Nur noch morgen? Hm . . . Und nur noch VIP? Nun gut, das wär egal. Kein Appartement mehr direkt im Club? Ich verstehe, nur noch in der Dependance. Hotel Carbonara, und Sie garantieren mir, daß es gleiche Qualität wie der Club hat?«
Salome, die wohl die seltsame Erregung in Hildegard Bamm wahrgenommen hatte, schnurrte wie besorgt, verlassen zu werden, siampfötig in den Schoß des fliederfarbenen Sommernegligés, in dem die Mittdreißigerin auf ihrem teerosengelben Doppelbett telefonierte.
»Also gut, ich verlasse mich auf sie, Herr Fly. Buchen Sie für mich den Trallala-Charter morgen. Okay, Check in 14 Uhr. Ein Einzel mit Bad und Balkon, Halbpension, im Carbonara, jawohl, auf Hildegard Bamm. Ich buchstabiere: Bastei-Alma-zwomal Menzel, Hildegard . . . Ist gut, ja. Ich hol' mir das Ticket morgen am VIP-Schalter bei Ihrem Bruder. Ich danke Ihnen.«
Sie legte ein wenig nachdenklich, aber doch versonnen auf, drehte den Plattenspieler wieder auf und kraulte Salome. Es fiel ihr, gegen alle Widdersensibilität und wohl auch nur aus Reisefiebrigkeit, nicht auf, daß in den grünen Augen der Rassekatze in diesem Augenblick silbrige Tränen der längst gewitterten, bevorstehenden Trennung schwammen. Im an diesem Morgen gedankenlosen Glauben, das edle Tier besäße keinen Instinkt für ihr menschliches Tun, wandte sich die Chefsekretärin vielmehr dem Biedermeiersekretär in der Ecke zu. Auf einen der rosenfarbenen Bögen aus Recyclingbütten formte ihre makellose Handschrift einen kurzen Gruß:
»Liebster Benno! Dein persönlicher Anrufbeantworter hat mich informiert, daß Du im Moment nicht gestört werden darfst, sonst hätte ich längst angerufen. Ich hoffe und wünsche Dir also, bevor ich für zwei

Wochen meinen Resturlaub in Sardinien verbringe, brieflich, daß Dein Herz durch die Pflege im Bühlerhof wieder die Stärke eines japanischen Großtankeraggregates zurückgewinnt! Sayonara bis in vierzehn Tagen, mein Samurai – Deine Kirschblüte. – PS: Denk bitte während Deiner Angora Pectoris immer daran, das Großmodul zu vergessen!«
Dann benetzte sie, wenngleich etwas widerstrebend wegen des Geschmacks der Gummierung, den Expreß-Aufkleber für Ingenieur Faust mit einem sanften Kuß ihrer morgenroten Lippen und sah auf die Uhr. »Jesus! Jetzt aber pronto! Ich brauche noch ein leichtes Kleid mit Spaghettiträgern für Olbia«, sagte sie mit einem sanften Seitenblick auf die wie schlafend eingerollte Salome, »und ich muß auch noch Amely den Zweitschlüssel in die ›Planet‹-Redaktion bringen, damit sie dich versorgt, wenn ich weg bin.«
Doch das edle Tier war unbemerkt in eine so tiefe Depression verfallen, daß seine Kraft nicht einmal mehr zum Heben des linken Augenlids reichte.

Obgleich erst früher Nachmittag war, wirkte Hildegard Bamm im irisfarbenen Ledernen mit gekordeltem Ausschnitt, in dem sie durch die Steilheimer City stöckelte, seltsam hektisch.
»Zu dumm, daß das Modehaus Quasimodo, das immer die schönsten italienischen Kollektionen führt, ausgerechnet neben der Firma liegt. Was mach' ich bloß, was mach' ich bloß?« Sie zog eine winzige Falte des Kummers ins zarte Rouge ihrer glatten Mittdreißigerinnen-Stirne. »Ich will nicht in die Alpengasse, womöglich begegne ich Alf, und mein mühsam gekittetes Herz bricht aufs neue. Nein!«
Sie stand unschlüssig da und fächelte sich mit der neuesten Ausgabe des ›Planet‹, die sie eben bleifrei druckfeucht von Amely Gütlich nach der Ablieferung des Zweitschlüssels geschenkt bekommen hatte, Frischluft inmitten der Abgase zu. »Genau! La Gondola! Ich besuche wieder einmal meine liebe Frau Hanser, die mich stets gut beraten hat. Die Gondola ist zwar nicht gerade billig, aber dafür exquisit.«
Die Chefsekretärin überquerte eilends die Tübinger Straße, indem sie politessenhaft mit der Chauvialität der Steilheimer Hutträger hinter den Volants kokettierte und sie winkend um ihr Abbremsen bat, und betrat auf der anderen Seite der Allee eine kleine, aber

feine Boutique, in deren südlicher Beleuchtung nicht allzu viele, jedoch mezzogiorno-chice Modelle hingen. Die dreistimmige Ladenglocke, deren Klang an den Campanile von Venedig erinnerte, hatte kaum ausgeläutet, als eine wohl gleichaltrige, auf jeden Fall aber ebenso hübsche Dame auf die schwarzgelockte Mittdreißigerin zuging und ihr beinahe freundschaftlich die Hand drückte. »Hildegard! Du meine Güte, es ist ja schon ewig her, daß Sie bei mir waren. Ich dachte schon, sie wären FKK-Anhängerin geworden – so lange haben Sie sich schon nicht mehr bei mir umgesehen«, deutete die Boutiquenbesitzerin, denn wie eine solche trat sie auf, ursprünglichen, beinahe schwäbischen Humor an.
»Tja, wie das Leben so spielt zwischen Scylla und Charibdis, meine liebe Sabine, ich war in der letzten Zeit einfach beruflich hin und her gerissen.« Das Widderkind verdrängte alle dunklen Schatten der jüngsten Vergangenheit mit einer flotten Geste. Der Blick ihrer durch den chiantiroten Teppichboden der Gondola weinblattgrünen Augen wandte sich eilends den italienischen Musterkollektionen von Bene, Verrucci, Versacci und Muti zu. »Haben Sie bereits was Bestimmtes im Auge oder wollen Sie bloß lentamente meine neuen Modelle visitieren?« begleitete die Inhaberin der Gondola die Chefsekretärin an die Regale und Hängestangen.
»Hm . . . Ich hab' nicht viel Zeit, meine liebe Gondolierin. Ich bräuchte etwas Leichtes, Luftiges für den Abend am Meer. Ich fahr' schon morgen – Costa Trallala, wenn Sie wissen, wovon ich spreche.«
»Und wie! Olbia, Smeralda, Porto Calvo, Tavolara – ich hab' dort mein Schnorcheldiplom gemacht. Größe 36, warten Sie, dann wäre Lorenzini wohl das passendste . . . Er hat heuer die süßesten Spaghettiwesten, find' ich. – Das da vielleicht?«
Die Boutiquenbesitzerin hielt Hildegard Bamm mehrere farblich nicht ungrelle Modelle an den sportlichen Körper, doch die Chefsekretärin hatte wohl weniger Sportliches denn eher Festlich-Bezauberndes im Sinne, denn sie zeigte plötzlich auf ein etwas abseits hängendes, atemberaubend trägerloses Chinzkleid in zartem Forellenblau: »Und das da? Das ist genau das, was ich mir vorstelle. Ein bißchen papagallomordend darf's doch sein, oder?« scherzte sie keusch. Doch über das eben noch so fröhliche Gesicht der Boutiquenfrau legte sich ein piniendunkler Schatten, und sie

nahm, als wollte sie es vor Hildegard Bamm gleichsam verbergen, das raffinierte Einzelstück eilends vom Bügel. »Das ist schon verkauft, liebe Hildegard.« Und sie fügte beinahe düster hinzu: »Damit soll schon ein anderer Papa Gallo gemordet werden.« Die Chefsekretärin zog ihre Stirne kraus wie ein Steinbock sein Horn. »Weshalb soll ich das nicht wenigstens probieren, meine liebe Frau Hanser? Hab' ich was falsch gemacht? Ich muß schon sagen, das bin ich nicht gewöhnt in der Gondola! Welche Steilheimer Lokalgröße hat denn um Gottes willen dieses Kleidchen bestellt, daß man es nicht einmal mehr anrühren darf?« Die Mittdreißigerin gab, ihre schwarzen Locken etwas ungehalten nach hinten werfend, ihrer leisen Verärgerung ehrlichen Herzens, wie sie nun einmal war, freien Auslauf.

Diese offene Gemütsregung wiederum ließ der Gondola-Chefin nun ihrerseits keine andere Wahl, als ebenfalls frank und frei die näheren Umstände auf den Ladentisch zu legen: »Verstehen Sie mich nicht falsch, meine Liebe, es geht nicht um eine eingebildete Nudel aus der Schickeria, sondern . . .«

»Sondern?«

»Ich wollte es Ihnen eigentlich lieber ersparen, meine liebe Hildeli, aber da wir uns schon so lange kennen – und Sie ja meine Meinung zur ganzen Malaise . . . also, das Trägerlose wurde heute für Frau Dr. Spock reserviert.«

Das Rouge in Hildegard Bamms anmutigem Gesicht verkroch sich blitzartig subcutan, und ihre feingliedrigen Hände suchten ein ums andere Mal vergeblich Halt am irisfarbenen Nappaleder des Kostüms, als sie dieses durch ihre eigene Beharrlichkeit erzwungene Geständnis erfaßte und leise wiederholte: »Dr. Spock? Charlotte?«

Die Inhaberin der Boutique nickte stumm, und in diesem Nicken lag Mitgefühl von Frau für Frau.

»Und wer hat es reserviert für Frau Spock?« Sie brachte die Nachfrage gerade noch über ihre plötzlich schmerzenden, scampiroten Lippen.

»Ich wußte, daß Sie das fragen würden, meine liebe Hildegard. Es war Ihr . . . Alfons, Ihr Chef.«

Hildegard Bamm, die bis zu dieser endgültig niederschmetternden Antwort der sichtlich aus Gewissensbißwunden blutenden Boutiquenbesitzerin vielleicht noch geglaubt hatte, das Kleid könnte, da ihr Steinbock ja ihren Geschmack nur zu gut kannte, für sie ausgewählt worden sein, fühlte sich nun mit einem Male immer mehr erstarren, eine basaltartige, tonnenschwere graue Masse in sich stalagmitenhaft wachsen. Und in panischer Angst, dieser gewaltige Kegel aus Trauer und Kümmernis könnte sie für immer in der Gondola, im Anblick des verführerischen Forellenblauen von Lorenzini, das doch Charlotte Spock tragen würde, festmauern, riß sie sich grußlos los vom zarten und doch so belastenden Trägerlosen und rannte hinaus auf die Tübinger Straße und ziellos wie im Kreuzkurs weiter durch die Steilheimer City, die ein gelber, fahler Gewitterschein überzogen hatte. In den Nachhall des Türglockenspiels der Gondola und in das atemlose Erstaunen der Boutiquenbesitzerin hämmerten ihre Schläfen ein bitteres Stakkato: »Alf, ach Alf! Soll Charlotte dich nun endgültig an meiner Stelle mit italienischen Kleidern, deren Gewagtheit du so liebtest an mir, verführen?« Erst als sie, ohne daß sie es angestrebt hätte, die blaue Tür ihres Fachwerkhauses leuchten sah, kehrte etwas Ruhe in ihren gehetzten Schritt und auch in ihr nicht minder schnellgehendes Herz ein, und sie sprach sich Mut zu: »Wer – außer meinem Steinbock – weiß schon, wie dies alles wirklich sein mag. Ein Kleid ist ein Kleid, sonst nichts. Was red' ich mir ein von wegen Symbolen, von Endgültigkeit?! Du sollst dein Rückendekolleté haben, Charlotte! Ich sitze morgen schon im Flugzeug, das mich diesem Steilheimer Jammer entziehen wird . . .«

Wie aus leisem Trotz, aber auch ein wenig wehmütig, umhüllte ein ausgerechnet royalblaues Mousselinekleid Hildegard Bamms noch immer ob der Boutiquenepisode zart bebende Brust: Dieses Royalblau harmonierte und kontrastierte zugleich mit jenem Ton des Kleides, das Dr. Alfons Spock für seine Frau bestellt hatte, und jener Ton schwang auch bitter in der Chefsekretärin nach, als sie sich in den bequemen Sessel des VIP-Raumes an Bord der Maschine nach Olbia zwängte.

»Sie sollten sich schon mal anschnallen«, riß sie eine angenehm weiche Stimme aus ihren schweren Erinnerungen, »wir sind ready for take off, wie die Triebwerke verraten.«

»Fasten seatbelt and stop smoking, ich weiß«, gab die sportliche Mittdreißigerin, die ihr Funboard und ein geborgtes Racingbrett der Tornadoklasse im Laderaum des sardischen Klein-Jumbos wußte, lächelnd und flugerfahren zurück. Mit einem Seitenblick während des beruhigenden Klicks des Gurts sah sie in das Gesicht, das zu jener sanften Stimme gehörte. Es war das freundliche, herbfaltige Gesicht eines rund vierzig Jahre Junggebliebenen in einer flotten, dezent rosa-grün gestreiften Bermuda-Kombination.
»Angst vorm Fliegen?« wandte sich ein werbekräftiges, männlichsinnliches Lippenpaar, das zwei energische Kinngrübchen auf heller Haut spielen ließ, an die schwarzlockige Surferin.
»Aber nein, im Gegenteil! Ich heb' gerne ab und spür' diese ungeheure Schubkraft des Triebwerks ja nicht zum ersten Mal«, ertappte sich Hildegard Bamm bei der plötzlichen Überlegung, an wen sie durch den neben ihr Sitzenden erinnert wurde.
»Tja, über den Wolken ist die Freiheit wohl grenzenlos.« Der stramme Vierziger nickte ihr aufs neue zu, und ein massiger, doch keineswegs stiernackiger Kopf, der in früheren Jahren wohl schon mehr von seinen irischroten Locken gesehen haben mochte, beugte sich ihr höflich zu. »Fliegen ist irgendwie eine Befreiung, ein Aufbruch – wenn man im Leben, das man hinter sich zurückläßt, in der Ecke steht.« Der Unbekannte neben der Mittdreißigerin, dessen große Augen einen umbrawarmen Glanz ausstrahlten, gab sich Tiefe verratendem philosophischem Gedankengut hin. Und bei der Rekapitulation des Gesagten » . . . in der Ecke, ja, was meint er mit: In der Ecke?« war der urlaubenden Chefsekretärin mit einem Male klar, an wen sie die weiche Stimme erinnerte: »Corners, genau! Er hat eine ähnliche Stimme wie mein Tenniscrack aus Rattenburg, mein Jonny Corners!« fuhr es ihr wie ein Spätsommerblitz durch die sinnierende Stirne, und etwas wie spontane Zuneigung ließ sie den Sitzgurt wieder lockerer schnallen.
In diesem Augenblick hatten auch schon die Stewardessen ihren prüfenden Rundgang durch den hinteren, mit einer motorsportbegeisterten Reisegruppe von Schlachtenbummlern der Sardinien-Rallye hoffnungslos überfüllten Teil der Maschine beendet, und das dreidüsige Flugzeug rollte aufheulend auf die Startbahn West des Steilheimer Airports, wurde schneller und schneller und hob

schließlich steil in den wolkenlosen Azur ab, der makellos klar und voller sardiniensüßer Vorahnungen die unter den Tragflächen verschwindende schnieke Kleinstadt direkt mit der fernen Insel zu verbinden schien.
»Bella Italia, ich komme!« vibrierten drei Rolls-Royce-Turbodüsen in das nun doch erwartungsfrohe und seltsam aufgeregte Lachen der sportlichen Mittdreißigerin, das den mittelalterlichen Rotschopf im Nachbarsitz zu einem ebensolchen animierte.

Die üblichen Begrüßungen und Hinweise des Kapitäns waren längst durch den Bordlautsprecher und wohl auch spurlos durch die Ohren der meisten Passagiere gegangen, als die Triebwerke in der Flughöhe von rund zehntausend Fuß gedrosselt wurden. Die Stewardessen servierten, während von unten die Alpen schneebedeckt blitzten, Sardinen auf Toast und die ersten Drinks, die VIP-Lounge duftete nach Cappucino und dem hintergründigen Soft-Sound eines Roger Witzacker. Kurzum, es herrschte eine weltoffen-gelöste Atmosphäre nahe der Stratosphäre, als sich der rotblonde Vierziger neben Hildegard Bamm räusperte.
»Wenn Sie gestatten . . . Klier. Clemens Klier. Noch exakter: Diplom-Volkswirt Clemens Klier. Ich sag' aber diesen Titel nur deshalb, weil er meine berufliche Tätigkeit ein wenig vorstellt. Meine kleine Firma, ich komme übrigens aus Bingen, vertreibt nämlich Elektroartikel. Software, Zubehör für Plattenspieler und Cassetten-Decks hauptsächlich. Vielleicht kennen Sie sogar mein bestes Produkt – den Klierfaktor. Ist ja klein, aber doch in jedem Gerät mit dabei. Ach, Fräulein, bringen Sie mir noch einen Gin-Fizz, ja?« unterbrach er seine Vorstellung mit einer beschwingten Bitte an die Stewardeß.
»Oh . . . angenehm«, setzte nun Hildegard Bamm das anheimelnde Gespräch fort, »dann sind ja unsre beiden Branchen fast ein wenig verwandt. Ich arbeite als Chefsekretärin bei einem Patent- und Lizenzbüro, ›Simplex Unlimited‹, Ex- und Import, en gros, en detail, Steilheim. Ich heiße Hildegard Bamm.« Damit reichte sie dem blassen Diplom-Volkswirt die Hand, und als hätte er es in der weltberühmten Menzelschen Butlerschule gelernt, küßte er diese ihre Grußhand formvollendet.
»Simplex? Unlimited?« überlegte er, während sich seine herb-

männlichen Lippen von ihrem Handrücken so zögernd lösten, daß die Mittdreißigerin beinahe sehnsuchthafte Hingabe aus diesem Zögern herauszulesen vermeinte. »Natürlich. Sie werden lachen, meine Gnädigste: Ich kenne sogar die Firma, die das – ich darf das doch ganz unschmeichelnd anmerken – Glück hat, Sie am Telefon zu haben.«

Hildegard Bamm blieb durch das Servieren des Gin-Fizz eine Sekunde Zeit, den Anflug rosigen Geehrtseins von den Wangen in die Brustbeingegend zu verbannen, und so konnte sie dem rothaarigen Bermudaträger an ihrer Seite eine ihr inneres Wallen glatt verdeckende Fassade bieten.

»O ja, ich hatte einmal mit einem Ingenieur Ihrer ›Simplex‹ zu tun. Ich glaube, er war so etwas wie der Daniel Düsentrieb Ihrer Patentabteilung. Warten Sie, hieß er nicht . . .«

»Benno Faust«, half ihm die lächelnde Chefsekretärin auf die Sprünge.

»Genau! Er bot uns den Vertrieb eines bahnbrechenden Artikels für Büchereien an, aber auch für Sonderschulen und Analphabeten, er nannte sein Ding Leserstrahl . . .« Hildegard Bamm schmunzelte in ihr Glas trockenen sardinischen Weißweins. »Der Leserstrahl, ich erinnere mich daran. Sie haben ihn damals nicht übernommen – und er wurde später ein Renner, vor allem bei den Tageszeitungen. Sogar ›Blind‹ hat ihn übernommen . . . Tja, und nun hat uns also der Zufall zusammengeführt. Die Welt ist klein, nicht wahr?« Fröhliche Genugtuung erfüllte sie, und das Royalblau ihres Mousseline strahlte förmlich noch königlicher.

»Tja, ich wäre fast geneigt zu sagen: Das Glück ist manchmal ein Buchen!« prostete ihr dieser zunehmend sympathischere Rotlokkige mit der weichen Stimme zu.

»À la Bonmot, wie der Korse sagt, mein lieber Clemens Klier«, erlaubte sich Hildegard Bamm einen Hauch urlaubsreifer Ausgelassenheit.

Der sich durch kluge und launige Bemerkungen kurzweilig in Hildegard Bamms leidgeprüftes Herz zu schmeicheln beginnende Diplom-Volkswirt aus Bingen orderte, es mochte auf der Höhe von Genua sein, den vierten »Gin-Fizz doppio, con massa Gelati!«, ehe er in das bereits zum sanften Landeanflug ansetzende Triebwerksgeräusch sagte: »Sie sind für Ihre ›Simplex‹

unterwegs, nicht wahr, Frau Bamm, ich meine, weil Sie im VIP-Abteil reisen?«
Die Chefsekretärin ließ ihre GTI-schwarze Lockenmähne verneinend flattern: »I wo! Ich bin einfach reif für die Insel. Vacanza, wie der Italiener die Leere nennt, die einen zu einer Urlaubsreise drängt, es war einfach nur noch dieser Sitz frei – und auch der nur durch den überraschenden Rücktritt des . . . ich glaube Fußball-Bundestrainers, der ihn eigentlich gebucht hatte.«
»Nun, da muß ich doch unserem Bundestrainer aufrichtig danken, daß er zurückgetreten ist.« Clemens Klier ließ die Eiswürfel seines Gin-Fizz so fröhlich klingen, daß das hübsche, grün-lila Streifendessin seiner Bermudakombination einen Schuß ins Gesprenkelte bekam. »Und wo haben Sie, Verehrte, wenn ich unaufdringlich fragen darf, Ihre Zelte auf Sardegna aufgeschlagen?«
Seine Stimme hatte, ob nun aus Absicht oder reinem Zufall, die dunkle Anziehungskraft eines Magneten auf die Nadel eines Kompasses, und als spürte sie das Windrosige dieses poetischen Vergleiches, antwortete ihm die Mittdreißigerin frank und frei: »Ursprünglich wollte ich ja in den Club, ins Terra Elysee. Aber weil dort nichts mehr frei war, hab' ich die Dependance, das Hotel Carbonara, gebucht.«
Ein kurzer, habichtscharfer Pfiff des rotblonden Vierzigers gellte durch die mit immergrünen Zopfmustern geschmackvoll dekorierte VIP-Kabine des Charter-Jumbos: »Dann darf ich Sie auf eine gemeinsame Taxifahrt einladen, meine liebste Simplicitas!« entfuhr es dem Volkwirt, der sich vor Entzücken beinahe am Gin-Fizz verschluckte und dennoch mit dieser süßen Façon de plaisir seines firmennamenanspielenden ›Simplicitas‹ Sprachgewandtheit verriet. »Ich habe ebenfalls im Carbonara gebucht.«
Hildegard Bamm huschte fachwerkdachhaftes Rot in die Wangen, und während sie eine imaginäre Locke in der Nähe ihres Ohrläppchens zwirbelte, mußte sie einer inneren Stimme Ausdruck verleihen: »Ich habe fast geahnt, daß wir nicht so rasch . . . ich meine: Wie das Schicksal doch so spielt und seine feinen Fäden spinnt . . . Aber ich bin nicht unfroh über diese – wie soll ich sagen: Fügung. Eine Frau alleine mit zwei Surfbrettern . . . wenn Sie wissen, was ich meine – ich meine, gut,

fahren wir zusammen . . .«, beendete sie abrupt den Vulkanausbruch von Überraschung, der im Stottern zu erkalten drohte. Ein eigentümliches Lächeln, das Hildegard Bamm im Moment nicht zu deuten vermochte, lag plötzlich auf den Umbra-Augen Clemens Kliers, und in dem Kuß, den er, die Rechte der Mittdreißigerin höflich-zärtlich in die seine nehmend, stempelkissenweich auf Zeige- und Ringfinger drückte, lag alle Wärme Sardiniens.

Nach einer guten Stunde strengster Paß- und Zollkontrolle, war doch die grüne Insel allen Polizeimaßnahmen zum Trotz noch immer beliebtes Ziel internationaler Mafiabosse und Bandenchefs, die unbemerkt einreisten, saßen Hildegard Bamm im royalblauen Mousseline-Kleid und der gewissermaßen gin-fitte Clemens Klier endlich, aber wirklich mit Sack und Pack, in einem der rostfarbenen Alfa Romeos, die der sardinischen Taxler-Cooperative Avanti presto gehörten.
»Sehen Sie nur, wie typisch sardisch unser Fahrer aussieht, ein brauner Adonis, glutäugig und schwarz. Hoffentlich fährt er nicht ganz so feurig, wie er aussieht«, konnte die Chefsekretärin gerade noch dem Volkswirt zuflüstern, als sich der Alfa auch schon atemberaubend in Bewegung setzte und bald derart rallyeschnell die staubige Lehmrollbahn dahindüste, daß auch dem rotblonden Vierziger ein atemloses »Madonna mia, wenn der weiter so dahinrast wie de Angelis, überholen uns in der nächsten Kurve Ihre beiden Surfbretter.«
Ein leiser Anflug von Selbstgefälligkeit nach diesem doch objektiv nicht sonderlich humorigen Scherz hätte die Chefsekretärin warnen müssen, daß hinter der lächelnden Blässe des Bermudaträgers aus Bingen mehr als nur ein launiger Charmeur steckte; mehr noch aber, daß sich dieser im Fond enger an sie drückte und ihr den Arm um die sportlichen Schultern legte.
Doch die piniengrünen Augen der Mittdreißigerin nahmen, obgleich ein wenig geschwindigkeitsberauscht, bald nur noch die Hügelketten zum Meer hin wahr, hinter denen ihr Urlaubsziel liegen mußte. Als sie Clemens Kliers Hand sanft auf ihrem Schulterblatt spürte, war ihr diese überraschende Vertraulichkeit nicht einmal unangenehm, sondern sie dachte arglos: »Ein Kavalier der alten Schule, er glaubt, mich schützen zu müssen, in seinem

starken, männlichen Arm alle Verkehrsängste vergessen machen zu lassen.«
Das Kreischen der Bremsen in der Haarnadelkurve um ein Laubwäldchen ließ diesen Gedankengang wieder verschwinden, doch der Volkswirt sagte plötzlich, als hätte er ihre Einschätzung seiner wie flüchtigen Umarmung als reine Kavaliersgeste vernommen: »Ich bin übrigens Tangomeister des Bingener Tangoclubs Wechselschritt e.V., Gnädigste.«
Hildegard Bamm zog überrascht ihre Augenbrauen hoch, wie eine Abendbrise von Beaufort 6 die Surfsegel: »Wirklich? Dann müssen Sie mir unbedingt etwas über diesen traurig-schönen, sanften und doch auch wilden Tanz erzählen, den ich fast so liebe wie den Wiener Walzer.« »Oh! Es gibt nur weniges, was ich lieber täte als das, Verehrteste«, flötete Clemens Klier gigoloid prompt zurück. »Da wir nun schon einmal von einem gutmeinenden Fatum unter dasselbe Dach geführt wurden, schlag' ich vor, gleich heute abend. Im Club neben dem Carbonara spielt jede Nacht eine kleine Combo, und die Bar im Terra Elysee ist ein Paradies mit Open end.«
Er lachte spitzbübisch aus zugegeben muschelweißen Zähnen, doch während er die schwarzlockige Surferin durch eben diese Äußerlichkeit ablenkte, umfing sein starker Arm behende das Rund ihrer sportlichen Hüfte, so daß sie nicht mehr unterscheiden konnte, ob dieser sein legerer Griff gewagten Eingriff in ein Stück ihres Privatlebens oder bloß harmloser Vorgriff auf Tangounterricht bedeuten sollte.
»Nun ja denn, keine schlechte Idee, mein lieber Klier, und dann erzählen Sie mir auch mehr aus Ihrem sicherlich bewegten Leben«, beschied sie das füchsisch lauernde Umbra der Augen des Volkswirtes aus Bingen.
Als das Taxi quietschend vor dem Hotel anhielt, war die Brust des Vierzigers unter seiner Bermuda-Kombination torerohaft geschwellt.

Das Hotel Carbonara erwies sich als glückliche Wahl: Der in Form einer Pilgermuschel architektonisch reizvolle, ebenerdig weiße Bau lag etwas abseits der lärmigen Bungalows des Clubs Terra Elysée an einer sandigen Landzunge. Kleine Stereoboxen in jedem Olivenbäumchen tauchten den Vorgarten gleichsam in die ölige Zartheit Fausto Papettis, dessen typisch italienische Saxophonmelodien Hildegard Bamms und Clemens Kliers Schritte begleiteten. Mit einem nicht minder zarten »Also dann, bis zum Abend! Ich werde mich extra schön machen für Ihren Tangovortrag. Klopfen Sie um acht, ich habe das Appartement vier«, verabschiedete sich die Chefsekretärin vom freundlich winkenden Volkswirt, der – seltsamer Zufall – Zimmer fünf bekommen hatte und noch rasch einen Gin-Fizz bestellte.

Dann betrat sie, geführt von einem schlanken Boy, dessen Vorfahren wohl noch arme, innersardische Hirten gewesen sein mochten, während er bereits die Scuola dell'Otello in Olbia hatte besuchen können, ihr Appartement. Mit einem perfekten »Tanto Grazie . . . Mille Grazie« sowie einem Schein in eben dieser Höhe entließ sie den braunen Jungen und öffnete die Flügeltüre zum Balkon. Als sie hinaustrat und sich an die schmiedeeiserne Brüstung lehnte, liebkoste sie das sanfte Rauschen des unendlichen Meeres, das den Untergang der blutorangeroten Sonne bis direkt unter ihren amaryllisumrankten Stand- und Frühstücksort spiegelte.

»O welche Wonne!« Sie konnte sich dem flutartig in ihr aufsteigenden Pathos von Überwältigung durch die grandiose Natur nicht entziehen, und auch in einem zweiten, gegen die milde Abendbrandung gehauchten »O welche Sonne« zog sie eben dieses Einswerden mit Sonne und Wellen wortschöpferisch nicht untalentiert zusammen. Dann duschte sie spontan kalt, und es war ihr, als spülte sie mit dem frischen Strahl auch noch die letzte bittere Erinnerung an ihre unglückliche Liebe zu Dr. Spock von ihrem gertenschlanken Surferinnenkörper.

Eigentümlich rasch hatte sie sich für das berückendste Abendkleid aus ihrem kleinen Handgepäck, dem zierlichen Schrankköfferchen mit den silbernen Initialen HB, entschieden: Ein cremefarbenes Chintzkostüm, dessen knappes Korsagenoberteil das edle Material hüftabwärts um so sahniger fließen und jugendlichen Schwung erzeugen ließ, während sie die jederzeit problemlos ausreißbaren Puffärmel für alle klimatischen Eventualitäten rüsteten, machten aus der schwarzgelockten Mittdreißigerin einen bezaubernden Spättwen. »Die sardische Nacht wird ein übriges tun, meine

Erscheinung zu einer zu machen.« Sie warf ihrem Spiegelbild kokette Selbstkritik zu, von der sie selbst am besten wußte, daß sie unangebracht war, ehe sie resedenfarbenen Lidschatten das Smeraldagrün ihrer Augen dezent behüten ließ. »Hotel Carbonara«, sie blätterte sodann im Prospekt am Schminktisch, »eine Oase der Entspannung, ›eine Muschel, in der die Seele kuschelt‹, wie der bekannte Lyriker Giancarlo Olivetti schon 1912 ins Gästebuch des Hauses schrieb . . . Angeschlossen ein exzellentes Restaurant, aus dessen Küche die Spaghetti à la Carbonara stammen, eine raffinierte Speise, die, ursprünglich von einem südwestdeutschen Koch namens Köhler kreiert, längst ihren Siegeszug rund um die Welt angetreten hat und in mancherlei Variation – etwa als Pizza – Herz und Gaumen erfreut. Hm. Interessant, das wußte ich nicht«, schnalzte Hildegard Bamm vorfreudig genüßlich mit ihrer sinnenfreudigen Gourmetzunge.

Die letzte Strahlen der Sonne leuchteten der Chefsekretärin, als sie am neubarocken Sekretär in ihrem Appartement mit Meerblick ihr zierliches *Dein Widderkind* unter eine hübsche Ansichtskarte des Carbonara setzte und die eben verfaßten Zeilen noch einmal im Meeresrauschen, das mild durch die Balkontüre hereinquoll, überflog: *»Liebe Amely, liebste Freundin! Ich bin gut gelandet, und dein Tip war, wie immer, der einer wahren Freundin: Die Costa Trallala ist ein Paradies. Die Sterne meinen es diesmal wirklich gut mit mir – ich habe tatsächlich sogar schon Anschluß gefunden. Ein Diplom-Volkswirt aus Bingen leistet mir angenehme Gesellschaft, und wenn ich auch keineswegs inflammabile bin, wie der Italiener hier sagt, so freut es mich doch, einen platonisch denkenden Kurschatten zu haben, der mich vielleicht die Steilheimer Sorgen ein wenig vergessen lassen wird. Mehr darüber aber auf meinem nächsten Lebenszeichen, inzwischen mille baci e salumi!«* Die Mittdreißigerin im cremefarbenen Chintzenen wollte eben, beinahe ärgerlich über den winzigen, jedoch sinnentstellenden Fehler das allerletzte *»Salumi . . .!* Tzzz, tzzz . . .« in das korrekte »Saluti« ändern, als es mit Schwung, der Tangotakt verriet, an der Tür ihres Appartements Nummer 4 klopfte.
»Ich komme, bester Clemens!« begrüßte die Chefsekretärin den Klopfenden arienhaft melodiös, hatte sie doch sogleich Diplom-Volkswirt Klier aus Bingen am Pochen erkannt. »Hm . . . ein

Mann mit Sinn für Pünktlichkeit«, dachte sie nach einem Blick auf ihre Uhr, die eben die Acht erreicht hatte. Dann öffnete sie die Tür aus hellem Pinienholz und setzte ein so freundliches Strahlen auf, daß der Bingener Vierziger, denn er war es tatsächlich, der auf dem Gang wartete, gewissermaßen ödipal geblendet zusammenzuckte. »Ich weiß, es ist ein schwacher Vergleich«, er sah sie fasziniert an und drehte verlegen den eleganten Strohhut in seinen Händen, »aber gegen Ihren Glanz, Frau Bamm, ist der Abendstern über Sardinien wie die Notbeleuchtung einer Kleinkunstbühne.«
Die lockenköpfige Mittdreißigerin tat zwar dieses sein ergriffen vorgebrachtes Spontankompliment mit der Handbewegung eines Schnickschnack, das die Sarden als Pappalapapp übersetzen, ab und fügte sogar noch ein halblaut verlorenes »Bin weder jung noch gar so schön, kann nur allein nicht essen gehn« hinzu, doch in ihrem Innersten, tief unter der Corsage ihres atemberaubend sitzenden Kleides breitete sich Wohligkeit aus, und ihr Zwerchfell sog die verbale Streicheleinheit dieses Bingener Rotschopfs auf wie Löschpapier beim Bügeln heißes Wachs.
»Auch Sie, mein Bester, haben sich fein herausgemacht«, lenkte sie nach einer Sekunde des stummen Blickkontakts das Gespräch in buchstäblich anzügliche Bahnen, denn sie deutete auf Clemens Kliers elegantes teerosengelbes Dinnerjackett, in dessen Knopfloch neben der Vereinsnadel des Tangoclubs Wechselschritt Bingen eine Zwergorchidee süße Düfte verbreitete.
»Nun, Gott, ich habe halt versucht, etwas promillehaft Adäquates für Ihre Gesellschaft im Koffer zu finden, Sie Perle der gesamten Küste Sie«, spielte er den Verlegenen, und ein knabenhaftes Grinsen umspülte seine Tanzmeisterlippen.
»Nun dann, vogliamo . . . alle notte, die Nacht gehört uns«, ließ die Chefsekretärin Schwung in ihr beider starres Stehen fahren, und burschikos untergehakt schritten sie auch schon im Wechselschritt durch die grillendurchzirpte Nacht hinüber zu den hellerleuchteten Pavillons des Clubs Terra Elysée, vor denen ein schier endloses Buffet mit Meeres- und Gartenfrüchte auf sie wartete.

Als Hildegard Bamm und Clemens Klier über einen schmalen Steinweg durch einen duftenden Zitronenhain das Gelände des Club Terra Elysée erreicht hatten, summten beide schon lange

fröhlich die alte italienische Volksweise »Wenn bei Capri die rote Sonne im Meer versinkt . . .« mit, die die Combo in die Nacht hinausposaunte. Nachdem sie sich, die reisegruppentypisch ausgelassenen Landsleute ignorierend, gesetzt hatten und der rotblonde Vierziger im Teerosensmoking nur ein mitleidiges »Man sollte diese Pauschalreisenden ja nicht pauschal verurteilen, aber diese hier scheinen nichts mit unsrer Kultur eines Schiller, eines Goethe zu tun haben, sondern nur Eckermann zu repräsentieren«, als Kommentar für das Gehabe der leichtgeschürzten Club-Mitglieder übrig hatte, kurz, als beide diesen ersten Schock teutonischen Frohsinns überwunden hatten, ließen sie sich vom Besten des Buffets, und auch dies nicht zu knapp, servieren.
»Ooch, sehen Sie mal, diese Riesenscampis! Die garnierten Garnelen! Und da: ein toller Hecht . . . hmmm: Das ist wohl eine geeiste Scholle! Und hier: Lieben Sie auch diese kleinen Klöße aus der Krabbenstube?« Hildegard Bamm konnte gaumenkitzeliges Entzücken nicht länger unterdrücken.
Der Volkswirt, in dieser Hinsicht Bingener durch und durch, begnügte sich mit einem bescheiden begeisterten »Tja, Meeresfruchtsalat«, um sich wesentlich intensiver, ja beinahe ungehemmt von der aufgetischten Fleischeslust ab – und möglichen Trinkgenüssen zuzuwenden: »Einen Weißen, pronto . . . si, una Bottiglia di Bianco, aber vom Wüstenplateau um Alghero, dort wird er schön trocken!« scheuchte er den flinken sardischen Sommelier an den Clubkühlschrank.
Das Essen gedieh zu einer zungenfreundlichen Kleinorgie, und erst, als beider Teller durch die Schalen und Krusten eine gewisse Müllhaldenhaftigkeit in die Strandnacht hinausstrahlten, stellte Clemens Klier, nachdem er eine zweite Flasche des wasserhellen Weißweines entkorkt hatte, die Grätenfrage: »Buono? Va bene?«
Die schwarze Mittdreißigerin entfernte die Schuppen eines letzten Silberfisches von den Schultern ihres cremefarbenen Chintzenen und ampelte mit beiden algengrünen Augen über den Tisch. »Benissimo!« Ihre seesternroten Lippen gestalteten das Feinschmeckerurteil kurz und bündig zu einer pantomimischen Performance des leiblichen Wohlbefindens, »ich habe höchstens im Entre Nous so guten Fisch gegessen.«
Der Gedanke an jenes südfranzösische Restaurant am Rande Steil-

heims war ein Gedanke an Dr. Spock – und ein tschaikowskischer Valse triste ließ ihr Sekretärinnenherz wirbeln.
In diesem Zusammenhang etwas taktlos, intonierte die kleine Combo jenseits der achteckigen, wunderbar giftgrün illuminierten Tanzfläche einen Tango, was den rotschöpfigen Begleiter Hildegard Bamms zur Bemerkung ermunterte: »Gehen wir rüber an die Bar? Die Flasche kommt mit.«
Stumm leidendes Nicken des sportlichen Widderkindes war Signal für den Aufbruch.
»Ich liebe den Vier-Achtel-Takt des Tango Nuevo mehr als die schäbigen zwei Achtel des Altargentinischen«, versuchte sich der Vereinsmeister des Wechselschritt e.V. in einem ebensolchen, aber da der weiße Alghero bereits sanft in seinen Kniekehlen gurgelte, brach er den Versuch wieder ab: »Sie wollten doch Schwänke aus meinem bewegten Leben hören, Sie Königin der Nacht? Ich erzähle Ihnen gerne einiges Unsagbare locker vom Hocker.« Im aufmunternden Unterhaken Clemens Kliers ging die keineswegs geringfügig lähmende Wirkung dieses letzten Reimes unter.

Als Clemens Klier, sein Teerosenjackett längst lässig über die endlose Theke des Clubs Terra Elysée geknüllt, der vierten Flasche sardischen Weißweins den Hals brach, war auch das sensible Herz der Chefsekretärin nahe daran, zu brechen. »Sag du zu mir . . . vielmehr: Hildegard, Clemens du . . .«, hauchte sie warmes, mütterliches Verstehen in seine Richtung, und der edle Zweiklang der dünnen Römer war Ouvertüre, ja Fanfare für einen innigen, wenngleich knickerigen, anständigen Verschwisterungskuß, in dem sich die salzige Frische dieser ersten Nacht an der Costa Trallala auf das zärtlichste sammelte.
»Nun weißt du also reichlich, wie das Schicksal mit mir spielte.« Der Bingener Vokswirt wischte sich nach einer Fermate des stillen Staunens und einer Generalpause süßen Träumens die Bitterkeit des eben Erinnerten und Erzählten mit einem energischen Schluck von den Lippen.
»Ja, dein Leben klingt einzigartig, und dein Leid ward noch von keinem gehört, geschweige denn geteilt«, Hildegard Bamm fuhr mit zarter Hand über seine eingefallenen Schultern, und ihr cremefarbener Puffärmel kehrte nicht zufällig wie ein Mob allen

Seelenkehricht des Tangomeisters von dessen rotblonden Schläfen: »Ich habe noch nie ein solches Männerschicksal wie das deine vernommen.« Sie bediente sich neuerlich einer bewußt ungekünstelten Sprache, »der Vater ein Trinker, die Mutter ständig herzlos und on the road, die harte Jugend in St. Pauli, dann diese Ehequal, bis Madeleine, die dich ja nie verstand, endlich mit diesem Leichtmatrosen durchbrannte und dir nichts als Schulden hinterließ . . . Würde man dies alles so ungeschminkt wahr beispielsweise in einem Kurzhörspiel schildern oder irgendeinem Helden eines neuen deutschen Films ins Drehbuch schreiben, die Zuhörer und Zuschauer würden es als Erfindung eines Kneipencasanovas, als Kitsch und Trivialroman abtun.«

»Wem sagst du dies«, seufzte der Vierziger inbrünstig und sah dabei tief in sein Glas, »wie oft wurde dieses mein Leben von allen Barfrauen zwischen Kiel und Köln abgetan als plumpes Schinden von Aufmerksamkeit oder Mitleid! Erst du, Hildegard, erst in dir habe ich eine wirkliche Urlaubsfreundin gefunden, die meinen Hintergrund aus Elend glaubt und mein tragisches Geheimnis hinter der Fassade des fröhlichen Zechers weiß und teilt. Diese unendliche Einsamkeit des vor sich hin und in sich Hineintrinkenden, der an der Herzlosigkeit ertrinkt . . . Nun seien Sie nicht so kalt und schieben uns noch eine Reiseflasche herüber«, schloß er mit einem verzweifelten Blick auf den Barkeeper seine traute Zwiesprache mit der alles verstehenden und errötend mitfühlenden Mittdreißigerin.

»Sollten wir nicht langsam, Clemens? Und keine neue mehr?« Hildegard Bamm zupfte zärtlich einen Stachelrest des Seeigelsalates vom Souper aus dem Revers des Bingener Vierzigers.

»Du hast recht, nach dieser Bouteille kehren wir in unser Carbonara zurück. Ich fühle mich fast übermannt von diesen wenigen Marginalien meiner Genesis.« Die Surfbegeisterte fügte sich selbstvergessen in das Entkorken des Abschiedstrunkes, als sich die Tanzfläche des Clubs plötzlich schlagartig leerte und die eben noch rastahaft wild nach dem Rhythmus irgendeines Oldies namens Ronald-Reggae tanzenden gemeinen Pauschalbucher heftig zu klatschen begannen. Auf der Welle dieses Applauses, auf der sogar einige Bravos schäumten, ritt ein, wie die nachtschwarzgelockte Chefsekretärin sogleich anerkennend zugeben mußte, blendend aussehender junge Mann. Dennoch konnte sie, als die Combo den Auftakt spielte und sie nach wenigen Noten eine uralte, sattsam bekannte neapolitanische Volksweise heraushörte, nicht umhin, die strahlende Erscheinung des Aufgetretenen mit der Bemerkung zu deminuieren: »Wer mag denn das nun wieder sein?«

Während Hildegard Bamm, fest überzeugt von einer gewissen Billigkeit der zu erwartenden Gesangsdarbietung des braunhäutigen, schlanklendigen und schwarzgelockten jungen Mannes auf dem leeren Tanzoktoeder des Clubs, nur zögernd und, wie von einer alten Zirkusnummer gelangweilt, vom Barhocker geglitten war und ihr Chinzenes mit der raffinierten Corsage glattstrich, erhob der Einheimische neben der Combo seine Stimme: ohne Zweifel ein reiner Tenor.
Sie lauschte den ersten Takten noch mit jener routinierten Mundwinkeligkeit, mit der sie etwa in der ›Simplex Unlimited‹ überholte Telextexte von der Endlosrolle gerissen hätte. Doch als der schöne Unbekannte irgendein hohes Gis in jenem an sich belanglosen Liedchen derart strahlend in den schwarzen Himmel über der Costa Trallala setzte, daß beinahe der Vollmond daneben blaß erschien, murmelte sie anerkennend zu Clemens Klier, der – offenbar atonal – über seinem Römer grübelte: »Ein Talent, dieser Ritter vom hohen Gis, ohne Frage ein Talent, ob Natur oder angelernt: An der Art, wie er stützt und doch nicht preßt, wie er geschickt die höchsten Töne anschneidet, könnte sich so mancher aus der Steilheimer Liedertafel etwas abschneiden.« Sie warf aalgrüne Blicke zum Tanzboden hinüber. »Ich möchte wissen, wie dieser stimmgewaltige Bursche heißen mag, dieser Urenkel Carusos. Ich wünschte, er sänge weiter«, gab sie einer nun nicht mehr geheimen Sehnsucht, die irgendwo in den aufgewühlten Weiten ihres tiefgeschnittenen Abendkleides nistete, beherzt Ausdruck und ließ ehrliche Begeisterung in Form eines »Bravo! Bravissimo! Da capo!« operettenerprobt und tonkunstsinnig in den allgemeinen Beifall branden.
»Wenn die Bar nicht schon geschlossen hätte, könnte er von mir aus ewig singen«, bekundete der rotblonde Vierziger volkswirthafte Vorliebe für schlichte Trinklieder, und, letztendlich doch

resignierend, da der sardische Keeper die Endgültigkeit der Sperrstunde mit einem pantomimisch in die laue Nachtluft gezeichneten »Finito« unterstrich, fügte er hinzu: »Ich kenn' diesen Trallala-Barden von meinem Urlaub hier vor zwei Jahren. Was er sonst macht, weiß ich nicht. Aber er heißt Lucido Flamingo oder so ähnlich.«

Damit warf er sein teerosengelbes Dinnerjackett seufzend über die Schultern und sagte, sich tangotänzerisch leicht unterhakend, trocken: »Es gibt wirklich nichts mehr, gehen wir?« In diesem Augenblick hatte der schwarzgelockte Braune auf der grünen Tanzfläche, förmlich dort gefesselt von den klatschend betenden Händen der ihn Umringenden, eine Zugabe angestimmt.

»Diese hübsche Arie noch, mein Clemens. Er hat einen so berükkenden Schmelz, eine derart leichte Höhe ohne jeden Klirrfaktor. Hör doch mal: Ein so nuanciertes Timbre würde auch meinem alten Freund René Solo, du hast vielleicht schon einmal von diesem begnadeten Ex-Bariton gehört, gefallen.« Und während sie eine Sekunde des Liedvortrags melancholisch der tiefen Erinnerung des ehrwürdigen Prorektors von Hameln, der nun vielleicht schon in Spoleto der dunklen Geschichte jenes hellen Hornkammes nachging, widmete, wiederholte sie ein ums andere Mal leishals: »Lucido . . . Lucido . . . Vielleicht ein Nachwuchstenor aus dem schier unerschöpflichen Reservoir der sardischen Fischerchöre? Ich glaube, den Namen Lucido Flamingo wird man sich merken müssen.«

Dann schluckte, der Mond hatte sich eben hinter ein Olivenbäumchen vor dem Carbonara geduckt oder in die blütenschweren Hibiskusbüsche geschlagen, der schwarze Samt der Nacht die knirschenden Schritte der träumerisch langsam gleitenden vier Beine im Meerkiesweg.

In jener ersten Nacht an der Costa Trallala wälzte sich Hildegard Bamm grazil und doch verwirrt in den blütenweißen Kissen ihres Appartements im Strandhotel Carbonara: Dies lag keineswegs an den von ferne aus dem Zitronenhain herüberhallenden Rufen einer wohl verirrten sardischen Zwergschneeeule oder an einem Moskitopärchen, das sein Liebesspiel ausgerechnet auf den schlanken Fesseln der Mittdreißigerin, auf denen es seine Vampirouetten drehte, vollenden mußte, nein – es war vielmehr das Innerste Hildegard Bamms, das Tangoklänge, Schreibmaschinengeknatter und letztlich auch Klangfetzen einer Tenorarie zuoberst kehrte und die jugendliche Haut der Surferin im seichten Schlafe vibrieren ließ. »Clemens Spock – Jonny Klier – Alfons Gütlich – Amely Borg«, seufzte sie, draußen graute bereits ein italienischer Morgen blaßrosa, wirres Zeug in ihre Armbeuge, in der ihr schwarzlockiger Kopf wie ein aufgescheuchtes Vöglein Ruhe suchte.

So war es kein Wunder, daß die ansonsten doch so chefsekretärinnenfrüh aus Steilheimer Federn Kletternde an diesem Morgen bis gegen zehn so ruhig liegenblieb wie der bunte Knüpfer von Bettvorleger und erst beim Klang der fernen Glocken der Höhlenkirche von Monte Grotto die seegrasgrünen Augen aufschlug.

Sie blinzelte auch noch beim Frühstück, das sie auf dem Balkon einnahm und das trotz der Insellage Sardiniens kontinentale Frugalität besaß. Bei einem Teller köstlicher Zuppa Pavese hörte sie in ihrem über und über mit dreifarbigen Surfbrettern bedruckten Schlafrock aus siambrauner Seide der kleinen Combo zu, die strandwärts eine Samba von Baden-Powell übte, und bei diesen windigen Klängen fiel ihr auch wieder ein, was gestern nacht geschehen war. »Clemens, mein Rotschopf aus Bingen. Ich hoffe, du hast den Trennungsschmerz vor meiner Türe bereits überwunden.« Sie schielte nach dem Nachbarbalkon, dessen pinienhölzerne Lamellentüre jedoch nach wie vor fest verschlossen war. »Wie hast du mich gedauert, als ich dich, allen eindringlichen Hinweisen auf deine Einsamkeit, die dich durch das schwere Kindheitslos bis heute verfolgt, zum Trotz – nach viel zu kurzer und wohl auch zu schwesterlicher Umarmung – auf meiner Fußmatte zurücklassen mußte. Du bist mir zwar ans Herz gewachsen, o ja, in dieser kurzen Zeit, aber mein Herz ist doch noch so prallvoll mit Steilheimer Allerlei, das mir nicht – noch nicht, mein Volkswirt – einerlei ist.«

Ein Tropfen olbianischen Wald- und Wiesenhonigs zerfloß bernsteinfarben wie eine Träne auf dem Blütenweiß eines gebutterten Knäckebrotes, wie es nicht nur den Teilnehmern des Wasa-Laufes, sondern auch Surferinnen Kraft für einen ganzen langen Tag schenkt, denn die sportliche Mittdreißigerin hatte, da eine typi-

sche Mittagsbrise sich ankündigte, zu nichts anderem als Windgleiten Lust und ließ daher ihre schuldgefühlartigen Überlegungen, Clemens Kliers nächtliche Aussperrung bereffend, im bernsteinfarbenen Seim gleichsam eingeschlossen zurück. Selbst den geringfügig zwanghaften Gedanken »Hm . . . vielleicht sollte ich meinem Steinbock eine Karte schreiben, damit er mich vielleicht einmal anruft und wenigstens berichtet, was in der ›Simplex‹ vorgeht?« verwarf sie in den leise aufheulenden Wind, der ansprechende Dauerwellen versprach.
»Ich werde die offene See suchen und draußen zu Ende denken, was gedacht werden muß.« Sie ließ das Silbertablett auf dem Balkon vereinsamen und eilte ans Ufer des smaragdenen Meeres, wo Fun- und Speedboard faul in der Sonne dösten.

Als die sportliche Mittdreißigerin den schützenden Meerbusen vor dem Hotel Carbonara verlassen hatte und der Wind aus Ost voll ins Segel griff, jauchzte sie ausgelassen mit einer Möwe um die Wette, wie sie es in einem Tier- beziehungsweise Tarzanfilm gehört hatte. Und gleichsam, wie auf Bestellung, grüßte vom nächsten Kamm einer wohl vogelhaushohen Welle irgendeiner der neuangekommenen und deshalb noch blassen Jonny Weißmüllers mit einem fröhlichen »Hallo! Du Jane? Wohin so schnell des Wegs!«
Doch die Ranglistendritte des Steilheimers Stick- und Surfclubs war in diesem sonnigen Augenblick ihr Waisenkinddasein keineswegs leid und zudem in ihrem kanariengelben Surfanzug, der ihren flinken Wendemanövern inmitten des azurenen Wellenmeeres etwas Goldfischhaftes verlieh, viel zu schnell unterwegs, um auf diese gewiß nicht papagallohafte Anrede zu reagieren. Ihr Mähnen- und Mienenspiel zeugte von gebündelter Kraft und Lebensfreude, und die Schreie der ihr mühsam hinterherkeuchenden Lachmöwen erschienen ihr wie die Kommandorufe bei irgendeiner Regatta. »*Eine* mit Steuermann«, lachte sie in den Wind, der ihrer sorgsam mit Wildentenpürzelcreme schlüpfrig und wasserabstoßend gefetteten Haut nichts anhaben konnte. Nach einer eleganten Spitzkehre an der landfernst verankerten und nach dem englischen Prinzen Charles-Boje benannten zentnerschweren Tonne geriet sie für einige Minuten in eine Flaute, die

ihren Monolog beflügelte. »Ob mein Bingener Vierziger nun wohl schon wach ist? Wie mag er sich fühlen – nach der doch harten Weinprobe gestern?« Sie steuerte das Brett, das die Welt für sie bedeutete, wieder in eine mehr golfstromlinienförmige Flutwelle, deren monotones Rauschen wie von einem Endlosband zu kommen schien, das ein italienischer Privatsender auf dem Meeresboden versenkt hatte und dort betrieb.

»Steuerfrau ho!« kam sie über diesen Gedanken auch auf jenen, sich aus dem Kopfhörer ihres Walkman von der Ouvertüre des Fliegenden Hollaenders berieseln zu lassen. »Ich muß Clemens Klier noch heute fragen, welches Tierkreiszeichen er eigentlich trägt. Nach allem, was ich von der guten Amely an sterndeuterischer Orientierung gelernt habe, müßte er, kann er nur Schütze sein!«

Nachdenklich, aber geschickt wich sie einem in unauffälligem Anthrazit gehaltenen Delphin aus, der fröhlich und – offenbar bereits an die Surfer des Clubs Terra Elysée gewöhnt – vor sich hin dümpelte.

»Er muß Schütze sein, dieser sympathische Volkswirt, ja!« Die schwarzlockige Windgleiterin lugte nun durch das schmale Fenster aus butzenscheibiger Klarsichtfolie im Segeltuch bereits Richtung Küste. »Nur ein Schütze kann mich so genau ins Herz treffen.« Und mit diesem stillen Zugeständnis innerer Berührung durch den längst auf der Hotelterrasse ein zweites Birra Frost gegen die Mittagshitze zischenden Rotschopf, überließ sie sich dem sanften Schaukelspiel von Kurz- und Langwellen, die allesamt ans Ufer drängten.

Als sie die Korallenmole der Einfahrt zum Clubgelände links liegenließ und gemächlich nach dem Takt der Wagnerschen Klänge in ihrem Ohr auf Kreuzkurs ging, war es ihr, als würde sie drüben, am mit Leihbrettern übersäten Clubstrand, eine braungebrannte, schwarzlockige Gestalt erkennen, die ihr bekannt vorkam.

»Ist das nicht dieser Lucido? Dieser tenorale Flamingo von gestern nacht?« fragten ihre herzasroten Lippen bewegt, doch dann wußte sie, im feinen Muschelgeröll landend, nicht, was ein mit einem derart goldenen Kehlkopf Begnadeter dort als scheuernder Surfbrettwart verloren hätte.

Clemens Klier stand breitbeinig und bermudahosig am Ufer und winkte der anlandenden Chefsekretärin herzlich mit einer noch verschlossenen Leichtbierdose zu.
»Du hast etwas versäumt, mein Clemens«, bespritzte ihn die Mittdreißigerin mit Freundlichkeit, aber auch mit Meerwasser.
Der Bingener Tangomeister antwortete ihr mit dem Zischen seines geöffneten Birra Frost: »Ich surfe nie, ich werde zu leicht seekrank. Mir war immer schon schleierhaft, wie man dieses ewige Schwanken aushalten kann«, fügte er nach einem tiefen Zug vom kühlen Blonden hinzu. »Ich halte mich lieber an diesen Hopfenblütentee, zum Beispiel.«
»Hast du gut geschlafen?« Nicht untherapeutische, jedoch keineswegs medizynisch gemeinte Vorsorglichkeit kam in der steinkohlenschwarzen Steilheimerin auf, die sich mit dem Funboard abmühte.
»Doch, ja, soweit man einsam und verlassen eben gut schlafen kann. Aber halt, ich will nicht mit dem Schicksal hadern – ich hatte Besuch: Ein handzahmer Gecko und eine Rotkreuzspinne zerwühlten mit mir die Kissen«, womit er darauf anspielte, daß ihm Hildegard Bamm, als wäre dies das Selbstverständlichste unter dem Urlaubshimmel, lange nach Mitternacht die Junggesellinnenschulter gezeigt hatte.
»Je nun, mein kleiner, stürmischer Tangomeister«, die Mittdreißigerin zog ihn mit ihrem widderkindlichen Gemüt Richtung Hotelterrasse, »wir haben noch dreizehn Abende vor uns, in denen wir vielleicht nicht so früh das Handtuch werfen und nicht mehr reisemüde sind.«
Clemens Klier mischte ein wohl nicht ebensolches Lachen in ihr absolut unschuldiges, und seine umbrafarbigen Augen bekamen einen kleinen Stich ins Sienahafte. Auf der Terrasse des Carbonara bedeutete das leise Klirren von Löffeln und Gabeln, daß das Spaghettibesteck eben abserviert wurde und damit auch die warme Küche geschlossen hatte.
»Tja, dann – dann bringen Sie mir bitte einen gemischten Salat mit kaltgepreßtem Olivenöl«, wandte sie sich an den Entschuldigung buckelnden Ober.
»Und: una Bier, da Capo, wie der Sarde sagt, wenn er meint: Für den Chef!«

Ein kleines Lächeln der azaleenroten Lippen der Chefsekretärin begleiteten die etwas zu lineare Übersetzung eines Klier wohl geläufigen Germanismus ins Hochitalienische.
»Und ich esse meinen Salat gerne al dente, wie der gemeine Genuese unseren Begriff von knackig übersetzt«, trug sie einem Unterkellner auf, der mit einer Fischplatte am Tisch vorbeihechtete. »Ach, Salome!« Ihr fiel beim Anblick des Raubfischkopfes auf dem Tablett ihr siamesischer Schützling daheim ein, »ich hoffe, meine gute Amely verwöhnt dich wenigstens mit Essen, wenn du mich schon entbehren mußt und es ja auch wenig Sinn hat, wenn ich dir schreibe, daß ich an dich denke.«
Der Bingener Vierziger lehnte sich zurück, entfernte mit einem einzigen Schluck den Schaum des eben gekommenen Bieres und strubbelte seinen rötlichen Schopf.
»Sag mal, mein lieber Clemens – beinahe hätte ich gesagt: Kurschatten! – Eine vielleicht indiskrete Frage . . .«
»Nur zu, nur zu, du Nur-Sonne«, replizierte er mit einem schlagfertigen Endreim.
»Verrätst du mir dein Sternzeichen?«
Für eine Sekunde wallte Mißtrauen wie das Kochwasser der Spaghetti Carbonara auf, und der Bermudabehoste setzte erstaunt sein Bier ab: »Wozu willst du mein Tierkreiszeichen wissen? Was könntest du damit schon anfangen?«

Clemens Klier rupfte, einer launischen Diva nicht unähnlich, an seinen halblangen Shorts und ließ Hildegard Bamm, die sich noch immer nicht umgezogen und nur den oberen Reißverschluß ihres kanariengelben Surfanzugs etwas gelockert hatte, an einem Fenchelstengel ihres gemischten Salates zappeln.
»Nun gut, du sollst es von mir aus wissen«, kam es schließlich gönnerhaft über seine bierschaumigen Lippen, »ich bin von Geburt an – Schütze. Das war ich im übrigen später auch bei der Bundeswehr.«
Der Mittdreißigerin entfiel mit einem leisen Klirren die Gabel, und hätte nicht der Insalata misto ihren Fall gebremst, wäre wohl das echte Köhler-Porzellan des Carbonara entzweigegangen. »So hat mich mein Sternensinn nicht getrogen.« Die schwarzlockige Surferin nahm sich zusammen und ihre Gabel auf, als wäre nichts geschehen.

»Und? Was heißt das jetzt, meine Teuerste? Was sagt das jetzt über mich und meinen Charakter aus?« Der Vierziger aus Bingen lächelte mit der gewissen Herablassung aller Vorurteilsvollen und zwirbelte zugleich doch seine rotblonde Stirnlocke keck und erwartungsvoll.
Hildegard Bamm sagte endgültig dem letzten Chicoreeblatt leise ciao, und das Tiefgrün ihrer Augen bedeutete dem Volkswirt, daß es ihr ernst war: »Nach allem, was die exakte astrologische Wissenschaft, und nur auf diese beziehe ich mich, heute vom Schützen als gesichert annehmen darf, ist er wortgewandt und überzeugt leicht seine Mitwelt. In der Liebe – ich kürze das ein wenig ab – stürzt er sich Hals über Kopf ins Abenteuer, ins Risiko, abwarten kann er nicht.«
»Genau!« unterbrach sie in diesem Augenblick der Tangomeister und bestellte mit lauter Stimme »Noch eins von diesem hochgradig Untergärigen!« – Ja und?«
»Er liebt und lebt nach der einfachen, aber gefährlichen Devise: Jetzt oder nie. Du siehst es selbst an dir. Man entkommt nie dem Tierkreis, in dem man sein Leben lang geht.«
Diese etwas dunkle, aber von lichter Höhe der Forschung aus formulierte und von der harten ›Planet‹-Schule Amely Gütlichs zeugende Interpretation machte Clemens Klier, der bis dahin in gewisser Weise süffisant dagesessen hatte, unsicher: »Und das soll ich glauben? Dann hätte ich mir ja schon längst eine Kugel in den Kopf jagen müssen, meine Liebste!« Er kleidete seine innere Abwehr der kosmischen Wahrheiten in einen wie immer treffenden Vergleich. »Dann wäre ich doch niemals liebesfähig! Das hieße doch auch, daß ich beispielsweise dich, mit der ich ein gutes Stück meiner erzählten schlechten Kindheit und Jugend teile, gar nicht echt und wahr . . . äh . . . wahrnehme?!«
»Wer weiß«, Hildegard Bamm tätschelte seine Rechte beruhigend, doch sie erspürte nicht allzuviel, da der Surfanzug beider Ausstrahlung dämmte. »Wer weiß, ich erzähle dir ja nur, wie die seriöse Sterndeutung den normalen Schützen beschreibt. Die Untersuchungen des CIA, des Centers of Investigation about Astrology bei Cosmos New York haben übrigens eindeutig bewiesen, daß das Gesellige im Durchschnitts-Schützen durchaus ausgeprägt ist. Denk doch nur daran, daß diese Kommunikationsfreu-

digkeit den gemeinen Schützen etwa im Bajuwarischen bis zum Zusamenschluß in Kompaniestärke führen kann, wenngleich meistens erst in fortgeschrittenem Stadium!«

Immer noch ganz ungläubiger Thomas, schüttelte Clemens Klier den Kopf: »Das mag ja stimmen, ich kenn' das aus dem Tirolischen, aber ich glaub' als Diplom-Volkswirt einfach nicht an die lächerlichen Sterne.«

»Wenn du die Sterne nicht akzeptierst, akzeptierst du mich nicht«, sagte die Mittdreißigerin dunkelgrün und warnend.

Die Mittagsterrasse des Hotels Carbonara wurde im Auf und Ab, Für und Wider, aber auch Hin und Her des erregten Gesprächs zwischen der sternenkundigen Mittdreißigerin und dem astrounlogisch denkenden Bingener Vierziger menschenleer und schließlich zur schattigen Spätnachmittagsterrasse. Vom Clubgelände trug der Spätsommerwind bereits comboselige Melodien zum Five-o'clock-Tea herüber, als Hildegard Bamm, aller Leidenschaftlichkeit zum Trotz, an ihre Abendtoilette und den Zeitaufwand hierfür denken mußte und quasi resümierend bemerkte: »Und wenn du schon all meinen vernünftigen Argumenten nicht zugänglich bist, die sich immerhin auf Kapazitäten vom Schlag eines Professor Pluto, einer Madame Tessin, aber auch auf die bekannte Fernsehreihe Aspekte berufen können –«

»Geschenkt: Über Kümmel und Korn gepeilt ... Oder: un Altro ... ist das nichts als heiße Luft –«

»Dann geb' ich dir ein Letztes zum Bedenken, ehe ich meine Locken wasche: Man hat herausgefunden, daß 67,3 Prozent aller männlichen Schützen durch ihr neuntes und zwölftes Haus Probleme mit der Spiritualität, mit ihrer ausgeprägten Oralität haben – wenn du begreifst, was ich damit sagen möchte.«

»Küßchen, meine Beste, und Prost darauf«, erwiderte ihr der Rotblonde aus Bingen nicht unroh und hob, wie zur Bestätigung des ebenso klug wie klar Gesagten, einen sardischen Doppelkorn an seine schmalen Kußlippen. »Ach was, wenn du mir nicht recht geben kannst, so behalten doch die ewigen Gestirne recht! Ich bin in einer Stunde hier, ciao.« Damit überließ die zwar engelhafte, aber nicht mit deren überirdischer Geduld ausgestattete Widderfrau den sturen Schützen seinem einsamen Korn – und ihr Gang hinauf in das schmucke Appartement Nummer vier war ahnungsschwerer als gemeinhin.

Daß der Abend trotz dieser angesichts der uralten und eindeutigen Prognosen der Sterne befreundenden Zwistigkeit dennoch ein harmonischer, erfüllter und beglückender wurde, lag nicht zuletzt daran, daß nach der Rückkehr der Chefsekretärin nicht mehr über Astrologisches gedeutelt wurde. Vielmehr berückte das weit über das bloße Gesicht hinausgehende Make-up Hildegard Bamms Clemens Klier so sehr, daß er für eine Weile sogar seinen aperitivisch vorgesehenen Gin-Fizz vergaß und nur noch in die Abendglocken stammelte: »O Gott, wie ist dies Bildnis schön. Dieses raffinierte Fripping-Leder! Diese süßen Täschchen, diese sportive New-Jersey-Bluse, diese allerliebsten Druckverschlüsse!«
Nicht ungerührt nahm die Mittdreißigerin, die in der Tat auch bei objektiverer Betrachtung als durch den verliebten Bingener dem Rest gewiß nicht geringer femininer Eleganz auf der Terrasse Carbonara glattweg, wenn auch ungewollt die Show stahl, die ehrlich und natürlich angebrachten Komplimente des Vierzigers zur Kenntnis: »Ich habe dieses kleine Braune Cloe zu verdanken, diesem meinem Lieblingsdesigner.« Sie nippte nun doch auch am scharfen Getränk des Schützen.
»Und auch wenn ich dir, meine Aphrodite der Costa Trallala, bingen-bieder wie ich nun mal bin, kaum folgen darf«, kokettierte der Vierziger in den Bermudas mit Widerspruch, »möchte ich dich doch, schaumgeboren wie du aussiehst, in dieser Nacht führen dürfen, ausführen in eine wunderbare kleine Bar mit dem ursardinischen Namen Vendetta. Eine Überraschung!«
»Ich bin ganz in deiner starken Hand, und ich wüßte nicht, wie du dich verschönern oder gar liebenswerter machen könntest, mein bangender Bingener«, formten die gimpelroten Lippen der Chefsekretärin leichthin sogleich die still erhoffte, komplimentäre Kosung, während sie einen seufzenden Blick ins unendliche Reich der Sterne am Firmament tat.

Auf dem schmalen Eselspfad, den Clemens Klier Hildegard Bamm mit tangomeisterhaftem Griff zur Vendetta-Bar küstenaufwärts führte, schienen alle Grillen Sardiniens, aber auch die die Herbstsaison einquakenden einsommerigen Unken versammelt. Und eben dieses Empfinden eines amphibischen Galakonzertes ließ die Steilheimerin in die schwarzblaue Wildnis hauchen: »Wer weiß, vielleicht sänge heute auch wieder jener dunkle Tenor mit seiner hellen Stimme?«

Der Volkswirt drückte sich in der Stockdunkelheit, denn der an und für sich volle Mond war eben von einer Richtung Mitteleuropa hastenden Haufenwolke verdeckt, enger an die surfbeschwingt Stolpernde: »Du meinst diesen Flamingo, mein Schwan? Nein, er singt nur einmal pro Monat, soviel ich weiß. Vielleicht neigt er zu Kurzatmigkeit, daß er so selten auftritt.«

»Niemals! Wer diese Brust gesehen hat, weiß, sie gehört keinem dilettierenden Hausmann, sondern einem Tenor des Heldenfachs!«

Die Mittdreißigerin spürte, daß ein kurzer Moment von Eifersucht und Konkurrenzangst im Aufzucken der Hand des Rotblonden in den Bermudas steckte, und da sie unbefangene Sympathie für diese Rechte an ihrer Hüfte hegte, meinte sie beschwichtigend: »Ich dachte ja auch bloß mal zufällig an sein hohes Gis von gestern, an nichts weiter. Warum soll eine Frau nicht ein kleines Geheimnis haben?« Doch während der Vierziger schon glaubte, dieses sei damit frank und frei in den Abendhimmel gesprochen, dachte das unschuldige Widderkind den Satz noch zu Ende: »Ja, ich wünschte, er sänge noch einmal, und nur für mich, von Surfbrett zu Surfbrett vielleicht.«

Hinter der nächsten Windung des Weges jedoch, schon im Lichte der nahen Vendetta-Leuchtschrift auf einem spitzkegelig knusperhäusig wirkenden Steinbau, war auch der letzte Gedanke an jenen Lucido verflogen, und die Chefsekretärin drückte vielmehr die Hand des Diplom-Volkswirt fest in die bei allen Surfern stets leicht unterkühlte Nierengegend und jauchzte leise: »Es ist schön, mit dir, Clemens, gleichsam ziellos unterm Sternenzelt zu wandern! Du strahlst manchmal eine große Wärme aus.«

Als könnte er die Bilder nicht enträtseln, in denen die Lockenschwarze zu ihm sprach, erwiderte ihr Klier: »Aber wir haben doch ein Ziel, es ist auch schon in Sichtweite. Und ich verspreche dir nicht zuviel, wenn ich sage, daß du nirgendwo auf Sar-

dinien besseren Schafskäse und höchstens noch in Burgund rubinroteren Wein bekommst.«
Hildegard Bamm war einerseits in einer zu tiefen Hochstimmung, als daß sie sich nicht feigenäugig über diese zungenfreundliche Vorschau gefreut hätte, andererseits aber vermeinte sie zum ersten Mal in der gesamten Zeit ihres Beisammenseins eine gewisse Priorität von geistig Hochprozentigem im Denken des Freundes zu entdecken, eine spirituose Überbetonung des Liquiden, ja eine Übersensibilität gegenüber lange Gereiftem durch das leichte Leder ihres Abendkleides zu verspüren.
»Vielleicht sollten wir neben diesem gewiß ausgezeichneten Wein an einem Abend auch das als apollinisch beschriebene Aqua generale aus der Hochquelle von Cagliari verkosten?!« verhalf sie dieser nur spurenelementaren Ahnung zu einer bescheidenen Andeutung.
Aus dem Bingener Bermudaträger lachte der Schütze roh: »Genau, meine süße Träumerin, auf diesen Kneipp-Tag, an dem alle Kneipen für uns chiuso bleiben, trinken wir jetzt einen schönen . . . oder auch mehr. Schließlich drängt uns ja kein Firmenmorgen!«
Hildegard Bamm erschrak über den ignoranten Ton in Kliers Trinkerstimme, ohne genau zu wissen, weshalb.

Der lange Abend in jener heimelig mit uraltem sardischen Hausrat – wie hübsch bemalten Plastikflaschen oder blumengeschmückten Wagenrädern von der Sardinien-Rallye – ausgestatteten Vendetta-Bar in den Hügeln über der Costa Trallala, verlief im schönsten Wortsinn harmonisch und berauschend, wie Hildegard Bamm auf dem zikadenumschwärmten Nachhauseweg zutiefst selbst empfand. Während man in einer kleinen Runde ein Fäßchen des, wie die Mittdreißigerin an ihrem Kleid feststellen konnte, absolut naturroten Weines verkostete, sich in der original schnitzereiverzierten Macchina di Musica elettronica gleichsam etruskische Schellacks drehten, stellte sich die für Hildegard Bamms Gefühl zu einer gewissen Grellheit neigende Dame hinter der Theke, die Clemens Klier beim Eintreten mit einem überraschend hochdeutsch klingenden »O buona sera, amico! Come stai, Clemente mio?!« begrüßt hatte, als hätten sie miteinander Schafe gezählt, schon bald als waschechte Ex-Varietébesitzerin, Ex-Barmädchen

und ehemalige Zugehfrau aus dem Hohlsteinischen heraus, die den rotblonden Freund offenbar aus einem vergangenen Urlaub näher kannte.
Doch da die Mittdreißigerin niemals einen selbst geringfügig bizarr wirkenden Menschen nur nach dem zufällig wahrzunehmenden Ausschnitt beurteilt hätte und sich die üppig geschminkte Domenica, wie sich die Inhaberinnen so mancher Bar nannten, freundlich als »Melanie, einfach Mutter oder Mamma Melanie« vorstellte, war bald ein flüssiges Gespräch im Gange und flogen nicht nur Scherzreden über den klobigen Pinientisch. »Ach, wie gerne würde ich wieder einmal zu Hause vorbeisehen«, sagte etwa die flotte Vierzigerin, die Melanie sein mochte, »mein Germania ist jetzt wieder schön und herzeigbar wie ein gewendeter Rock . . .«
»Tja, eine gewisse Übergröße ist diesem unserem Kanzler nicht abzusprechen, wie man bis Amerika bemerkt hat«, pflichtete ihr die Chefsekretärin fröhlichen und offenen Gesichtes bei, während sie die Unbefangenheit der Dame des Hauses, mit der diese dem in die Blume des Weines vertieften Volkswirt den Arm freundschaftlich um die Schulter legte, insgeheim still bewunderte.
»Hier, müssen Sie wissen, meine Liebe, haben wir seit kurzem wieder eine neue Regierung. Wo wir doch die alte schon nicht gebraucht haben.«
Hildegard Bamm, die mit hoher Politik ansonsten wenig gemein hatte und den überschaubaren Rahmen direkter Demokratie in ihrem geliebten Steilheim bevorzugte, antwortete diplomatisch und doch auf eine widdersanfte Weise witzig: »Ich als vielleicht völlig untypische, karteimäßig bloß angestellten-gewerkschaftlich organisierte und mäßig informierte Frau nehme mein Maß für das Politische an meiner Heimatstadt: Sie ist die kleine Welt, in der die große ihre Probe hält, wenn Sie mir diese kleine Dichterpointe aus der österreichischen Literatur gestatten, Melanie. Und bei uns hat sich wahlmäßig sozusagen das Prinzip des Recyclings eingebürgert: Die alten Flaschen werden immer wieder verwendet.«
Das feine Lachen, zu dem die in sonstiger Hinsicht leicht schrille Hohlsteinerin auf diese kluge Bemerkung hin fähig war, spann sich spinnwebrig noch über den Inselhimmel, als die Mittdreißigerin und der Vierziger lange nach Mitternacht den Heimweg antraten, den der Große Bär überstrahlte. Unter einer seltsam sinnliche

Schatten werfenden Eberesche umfaßte Clemens Klier, der bis dahin hauptsächlich zwar berechtigte, aber doch andere Schönheiten ignorierende Lobesworte für den Wein, etwa »Diese rassige Säure, dieser Tannin-Abgang . . . Ich bin sicher, er erreicht seinen Höhepunkt erst in einigen Jahren« gefunden hatte, unter jener Eberesche umfaßte der Bingener Rotschopf also plötzlich die Chefsekretärin heiß und volkswirtlich und sagte: »Ich will, ich muß dir etwas gestehen, du Zierde dieser Wildnis, du schönste aller Hildegards, die ich kenne!«

Der Große Bär lächelte gleichsam auf den Eselspfad sardinischer Hirteneinsamkeit, als Clemens Klier einen neuerlichen Anlauf nahm, Hildegard Bamm in jener wohl saisonschönsten Nacht in den Hügeln über der Costa Trallala bei aller Männlichkeit nachtigallenhaft weich zu gestehen: »Ich schwanke wie ein Rohr im Wind ohne deinen Halt, ohne den festen Griff deiner Liebe, Hildegard. Im Glanz deiner Augen finde ich Ruhe, deine Lippen sind rettende Felslvorsprünge für den Abstürzenden, aber auch Treppen einer Himmelsleiter . . .«

Duette von Zikaden und spätsommerliche Schalmaientöne lagen in der Luft, die der Bingener Vierziger holte: »Deine Umarmung ist Goldenes Vlies für den Schiffbrüchigen Argonauten, jedes deiner Worte kostbarer Börsenbericht für den devisenlosen Vagbunden, für den kurslos die Grenzen zwischen Traum und Wirklichkeit Wechselnden . . . Ach, Hildegard! Es mag für dich vielleicht aufgeblasen klingen, wie der Kamm eines sardischen Hahnes oder die Schlauchboote drunten im Club, aber ich steh' hier und dazu und kann nicht anders: Ich hab' mein Herz an Hildegard verloren.«

Mit diesen, für einen mitten im Urlaubsleben stehenden Diplom-Volkswirt überraschend schlicht klingenden Sätzen sank Clemens Klier, offensichtlich erschüttert und von Sehnsucht übermannt, auf die nackt unter den Bermudas hervorragenden Knie und stempelte die karge sardische Erde mit zwei zitternden Absendern inniger Liebe.

Die Mittdreißigerin wiederum ließ ob dieser zwar im stillen geahnten, jedoch in dieser zärtlichen Form völlig überraschenden Sympathieerklärung nach einer unendlich langen Sekunde schweigender Erstarrung ihr Widderblut in Lippen- und Armpaar zurückschießen. Und mit aller watteweichen Behutsamkeit, zu der

eine vollgeprüfte Chefsekretärin nach so vielen Jahren in der ›Simplex Unlimited‹ fähig war, umfing sie Clemens Klier wie ein Opferlamm und zog ihn zu sich hoch. »Kein einziges Wort, das du eben gesagt hast, ist für mich windbäckrig oder souffléhaft, mein roter Schütze, mein Robin Hood aus Bingen. Auch ich empfinde, ja, nennen wir es: kleisterhafte Affinität, Nähe zu dir, seit wir uns im VIP-Raum zum ersten Mal getroffen haben.«
Ein einziger, aber dafür zeitloser Kuß, wie ihn kein Chaplin, kein Huston, kein Spielberg oder François Truffel je hätte regielich intensiver einrichten können, verschloß besiegelnd die wie zum Tag der Einheit festlich mit Fahnen geschmückten Lippen der beiden Liebenden unter dem guten Mond von Sardinien.
Als Hildegard Bamm wieder und wieder im Schatten der Eberesche in den starken Armen Clemens Kliers stand, ging es ihr ephemer durch die glücksgerunzelte Kleinhirnrinde: »Seltsam, der Schütze im Arm erspart den Steinbock.« Und eine weitere schwache Stunde später variierte die sprachgewandte Chefsekretärin in der längst auch vom Nachtwind zerzausten Schwarzlockigen uralte Sprichwörtlichkeit, indem sie dem Großen Bären, der dem Paar noch immer fixsternig leuchtend die Treue hielt, zuflüsterte: »Lieber einen Schütz in der Hand, als einen Steinbock außer Haus.«
Die Zitronen des Haines waren um vieles reifer geworden, als die Steilheimer Mittdreißigerin und der eigentümlich vor sich und in sich hinein lächelnde Bingener Vierziger sie auf dem Heimweg lautlos streiften . . .

Die jener Nacht unter der Eberesche folgenden Tage waren eine einzige Symphonie des Lichts, ein Meer von Zärtlichkeit, eine Brandung wärmender Wogen wattigen Glücks, kurzum, die Costa Trallala verdiente durch diese Umarmung zwischen Hildegard Bamm und Clemens Klier ihren Beinamen zu Recht.
In tangohaftem Wechselschritt flogen die Stunden der Liebe dahin, kreisten die trauten Gespräche und die kühlen Becher, spielte das Wetter mit und das Leben Fortuna: Schütze und Widder neigten einander zu, als wäre dies die Natur ihrer Bestimmung und nicht zufällige Fügung eines gnädigen Fatums. Und auch die

äußerlichen, zwar angesichts der beiden spätsommerlilienhaft knospenden Herzen nichtigen Dinge des Alltags gaben ihren Segen, sei es, daß das längst zum Liebesnest gewordene Hotel eines Abends plötzlich der Mittdreißigerin die besten Austern der Welt à la Carbonara offerierte, sei es auch einfach, daß die achtlos am Strand vergessenen ›Salzburger Nachrichten‹ irgendeines austriakischen Touristen dem Bingener Vierziger mit der Headline ›HSV wird nicht Meister‹ eine kleine Freude bereiteten. Über all dem Großen wie Winzigen an Lieb und Lust strahlte die unvergleichliche Sonne Sardiniens und tat das ihre, nichts als uneitle Wonne in und auf das schwarz-rote Paar zu legen.

Am siebten Tag jedoch, und er begann zunächst wie die Fortsetzung der weltvergessenden Idylle, brach irgendein schwarzer Taifun los, eine Sonnenfinsternis aus und das Schicksal, das bis dahin die Liebenden geschützt hatte, den Stab über die lässig gewährte Spanne der Harmonie.

Hildegard Bamm, sie trug unschuldigstes weißes Leinen, und Clemens Klier, der wie üblich freche Bermudas anhatte, saßen eben auf der Terrasse, als der rötliche Volkswirt mit einem Unterton, der zunächst nicht sonderlich strafend klang, bemerkte: »Du trinkst wohl schon wieder eins dieser abscheulichen Milchshakes, Süße?«

Nichtsahnend und mit dem wonnigsten Lächeln auf ihren wie frischgepreßten Orangenlippen, säuselte die Kohlschwarze über den himmelblauen Tisch: »Ja, mein Prinz aus Burgund, ich nenne das Force de Frappé.«

Mehr als dieses gewiß doch harmlose Wortspiel eines reinen, widderkindlich naiven Herzens hatte es denn offenbar nicht bedurft: Wie ein Blitz aus heiterstem Himmel spaltete ein gefrierpunkteisiger Blick die in diesem Augenblick der Ungeschütztheit nur zu leicht verwundbare Seele der sportlichen Steilheimerin.

»Natürlich, Eutermix! Und diese Flasche trockensten Rosés, veredelt durch der besten sardischen Weinbauern Fleiß und Kunst, dieser Malvasier, den ich für uns beide gedacht hatte, bleibt wieder einmal nur für mich, ist Quelle in der totalen Einsamkeit meiner Schlucke, Übermaß, das die erhoffte Freude ins Qualvolle wendet.«

»Aber Clemens! Wie kannst du, mein Freund und Schütze, äh

Stütze, einen solchen Hinterhalt auch nur vermuten?!« brach es, jäh und tief getroffen, aus dem seelchenhaft ungläubigen Rosenmund der Chefsekretärin. Doch der tangoharte Vierziger wischte nur gnadenlos diese kußrosenblättrigen Fetzen einer durch und durch durchlöcherten guten Haut vom Tisch. »Ach was! Es ist doch schon all die Tage so, daß du mindestens halbtags am offenen Meer draußen nur dein Vergnügen suchst, surfwütig und egoistisch auf jeder Welle reitest – während ich an dieser lächerlichen Bar, deren mickriges Angebot ich längst aus- und inwendig kenne, dumpf vor mich hinbrüten und herbechern mußt.«
Wie ein Genickschlag, wie ein Dolchstoß, wie der Huftritt eines wilden Hengstes entstellten diese Worte das eben noch sonnigste Gemüt der grünen Insel, und die schiere Verzweiflung einer ums nackte Überleben kämpfenden Mittdreißigerinnenpsyche raffte sich ein letztes Mal auf und zusammen: »Aber Clemens, mein Clemens! Ein Wort von dir genügt doch, und mein Windglider wird auf der Stelle zum reinen Studiobrett!«
Doch das unergründliche Schicksal schien an jenem schwarzen Nachmittag bereits endgültig sein Todesurteil über Verstehen und Fühlen in den Kamillenwind gesprochen zu haben, denn der Rotblonde knallte das leere Glas auf den Tisch und stand, in seinen Bermudas Hohn und Häme verkörpernd, wie die Kopie des Racheengels im Bingener Dom auf und verwies das Widderkind des Paradieses. »Spar dir deine Worte, für die ›Simplex‹ am besten! Alles nur trallala, dein Freund ist passé – ich geh'.«

Was immer Hildegard Bamm an diesem siebten Tag, der für sie nicht Schöpfungszenit, sondern Beginn grauenhaftester Zerstörung bedeutete, anfing, ansah oder hörte: Es war das blanke Gegenteil. »Du hast gut getroffen, feiger Schütze, aber warum nur, warum?!« Immer wieder rotierte Elend im schwarzlockigen Kopf der Chefsekretärin, die in der Sonnenfinsternis der doch gleißenden Terrasse des Carbonara schauderte.
Ob sie nun nach dem Weggang ihres eben erst ins Herz geschlossenen Volkswirts Clemens Klier, dessen galliges Abtrittslachen die Kojakett-Kronen im doch geliebten Mund wie tödliche Stilette hatte blitzen lassen, das Radio in ihrem noch gestern heimeligen Appartement aufdrehte oder nicht: Es war eine Schicksalssympho-

nie, die bleiern auf dem muffigen Zimmer lastete – und nicht flamingoleichter, lucider Wohlklang.
»Aufbindung des Großen Bären« las sie den Titel eines Buches von Ingeborg Bachmann, das doch ganz anders hieß, und selbst die Decke ihres plötzlich schmal gewordenen Bettes erschien ihrer wunden Haut mit einem Male nicht mehr rheumalind, sondern unflauschig reibeisern.
»Ich sitze an der Costa Trallala, aber ich bin in Wahrheit eine Königin von Thule«, brachte sie das unaussprechliche Leid für sich auf eine horoskopkurze Formel, und eine Stubenzikade gab ihr schrill recht. »Sticken, sticken . . . Ich will Ruhe suchen im Kreuzstich. Wie sinnig!« Sie holte aus dem Schrankköfferchen jenen begonnenen Kissenüberzug, auf dem die zierliche Inschrift gediehen war bis *Liebe ist, den anderen in seiner Einsamkeit zu . . .*
Während stiller Stunden ersatzhandlungsweisen Strickens konnte sie auch Dr. Alfons Spock nicht aus dem Gedächtnis verbannen. Als wäre ihre Niedergeschlagenheit nicht ohnehin vollkommen, wurde ihr wieder bewußt: »Dieses Kissen hatte ich einmal als innigste Gabe für meinen, für *den* Steinbock gedacht.«
Dann wiederum verfiel sie einem herzzerreißenden Tagtraum, durch den Clemens Klier als Todesschütze mit der mürrischen Unberechenbarkeit eines zornfaltigen Cary Grant geisterte.
So wurde es langsam Abend, ohne daß Hildegard Bamm, die längst Schwarz anstelle ihres hellweißen Leinen trug, auch nur einen Gedanken auf das Abendmenü im Carbonara verschwendet hätte, obwohl sie und der Bingener Vierziger noch an diesem Morgen Schwertfisch bestellt hatten. Wer weiß, was sich die Chefsekretärin mit den seit jenem brutalen Keulenschlag auf der Terrasse vor sich hin tränenden, sauerampfergrünen Augen an diesem Abend noch angetan hätte, hätte nicht der schwefelige Wind von weit, weit her den schmelzenden Gesang eines Tenors in jenes düstere Appartement Nummer 4 getragen und die eingefallene Brust der sportlichen Steilheimerin unbemerkt wenigstens nesthäkchenhaft gerade gebogen.
Als es schließlich schon gegen Mitternacht ging, sprang Hildegard Bamm fast trotzköpfig auf, knitterte das Kissen in eine Ecke und sagte, die Wadis ihrer Tränen auf den Wangen mit neuem Rouge auffüllend: »Und ich werde es noch einmal versuchen, mein

Clemens! Werde dich suchen und sehen, ob sich das zerrissene Band unsrer Liebe noch einmal knüpfen läßt!«
Mit diesen Worten, die wohl von schönster Hintanstellung aller Ichgefühle zeugten und bar jeden femininen Stolzes gesprochen waren, trat sie in die schwarze Nacht.

Der rotblonde Vierziger war weder in der Discothek des Club Terra Elysée noch an dessen Bar, noch in der nahen, ursardischen Bierkneipe Zur Sonne gewesen.
»Ist er nach Olbia? An die Costa Smeralda? Dieses Eiland ist so groß und voller Schlupfwinkel«, raunte die Chefsekretärin einer Tamariske ihr Leid zu, als sie der Funke einer Hoffnung durchblitzte: »Die Vendetta-Bar!«
In einer seltsamen Automatik, angetrieben von innerer Motorik, setzten sich ihre schlanken Fesseln in Bewegung, langsam zuerst, dann immer schneller in das undurchdringliche Dickicht, Disteln, Dornen und Kakteenstrünke nicht scheuend.
Wieder schrie im Zitronenhain jenseits der halb mannshohen Steinmauern eine sardische Zwergschneeeule, und die Mittdreißigerin antwortete ihr: »Jetzt weiß ich, daß du dich nicht verirrt hast, du hast bereits geahnt, daß hier die Eiszeit kommt und die Gletscher kreißen werden.«
Schon war sie der Vendetta-Bar in den Hügeln auf Sichtweite nahe gekommen, und deren lila Leuchtschrift mischte sich kalt ins gelbe Flackern des Vollmondes. Billige – wie ihr es schien – Musik aus der Jukebox drüben brach sich im Geäst der Oliven, als auch der Wind stärker wurde und ein fernes Grollen das erste Frühherbstgewitter über der Insel Asinara anzeigte.
»Es ist schon eigenartig«, sprach sich Hildegard Bamm Mut zu, die letzte Schleife des Weges abzukürzen und in satte Polster von Binsenkraut und Eisenhut zu treten, um an die Rückseite der Vendetta-Bar zu gelangen, »immer wieder erlebe ich es, daß auch die Natur dasselbe wie ich zu empfinden scheint. Bin ich den Tränen nahe, wollen auch die Wolken weinen, und mein Glück – ach, wann ist mir Glück beschieden! –, das wenige Glück war stets beschienen.«
Mit derlei Drehen und Wenden brunnenschachttiefer Philosopheme, die wohl jeder empfindsamen Seele in ähnlicher Lage

gekommen wäre, bog sie die Zweige eines Dornbusches mit ihren zarten Händen zur Seite. »Ich muß aufpassen, daß mich der Lichtkegel aus dem Fenster nicht verrät.« Sie duckte sich an die Steinmauer unterhalb des groben Holzrahmens einer schmalen Luke. Vom einzigen Raum der Bar drang lautes Lachen in die Nacht, und die Mittdreißigerin erkannte sogleich: »Clemens! Ja, ich kenne sein kleines, unschuldiges Lachen genau. Es ist ein rheinisches Lachen, das nichts mit Jecken gemein hat.«
Das leinerne Schwarze vorsichtig raffend, sah sie sich um: Alte Tomatenkisten und Olivenöldosen moderten an der Hausmauer vor sich hin. Ihre immergrünen Augen erspähten auch einen Karton, der ihr als Podest geeignet erschien, ins Innere der Vendetta-Bar zu lugen. Als sie diese feste Schachtel aufbaute und die Aufschrift ›Baci – Chioccolata originale made in Italy‹ las, erschien sie ihr als gutes Omen. Doch als sie ihre anmutigen Nasenflügel an jene des Fensters preßte und den Atem anhielt, damit kein heißer Beschlag ihres aufgeregten Odems sie verraten sollte, erschien ihr die Beschriftung ›Küßchen‹ nur noch als zynisches Menetekel, als grausames Buchstabenspiel irgendeines sadistischen sardischen Autors . . .
Was die sportliche Mittdreißigerin zitternd mit ansehen mußte – und sie schien förmlich eingreifen, durch den Rahmen greifen zu wollen und prallte doch wie an einer unerbittlichen Panzerglaswand ab –, bauschte ihre Tränensäcke und brannte Ringe des Schmerzes um ihre zuckenden Augen: »Clemens! Warum nur!?« Wie ein Aufschrei ging es in ihr durch, verbalisierte sich Trauer, ohne daß sie dazu beigetragen hätte. »Ich hätte nie, nie gedacht, daß du, kaum aus meiner wärmenden Umarmung entflogen, dich direkt wegwirfst in die Umklammerung dieser . . . dieser Melanie!« Doch ohne jede Chance, eingreifen zu können, mußte sie zusehen, wie der unscheinbare, sympathische Vierziger mit der schwarzschweifigen Barfrau aus dem Hohlsteinischen, die ein zwielichtiges Schicksal an die Costa Trallala verschlagen hatte, poussierte und wie sie, einer molligen Wolfsspinne nicht unähnlich, ihrerseits mit dem nur allzu willfährigen Opfer verführerischer Gier spielte.
»Und das zu alledem noch in der Öffentlichkeit der Vendetta-Bar!« gellte es wundätzend über ihre schmalen, ketchuproten Lippen,

als sie den Raum vollends überblickte. Während der Bingener Volkswirt und Melanie Nase an Nase plumpe Vertraulichkeit über die Theke hinweg demonstrierten, wurde ihr Turteln, wie die Mittdreißigerin beobachten mußte, von drei sardischen Hirten von einem Ecktisch her beobachtet. Ein offenbar deutscher Bio-Jungbauer – jedenfalls trug er an seiner alternativen Latzhose mehrere Meinungsknöpfe mit Aufschriften wie *»Lieber Rotwein als tot sein! – Lieber krank feiern als gesund arbeiten* –saß dynamisch über einem Korn. In diesem Augenblick lachte die Barfrau aus dem Hohlsteinischen abermals schrill auf und mit ihr der Rotschopf aus Bingen:
»Und sie trinkt tatsächlich pausenlos nur dieses Milchzeugs?«
»Unsensibel, diese Frau, ja! Ich hab' mich ja ehrlich bemüht, aber sie döst nach maximal drei Vierteln einfach weg. Dafür wollte sie mich am liebsten täglich auf ihr Fundboard schleifen. Kannst du dir mich auf einem Surfbrett . . .?«
»Nur, wenn es aus einer Thekenlehne gemacht ist.«
Wieder lachten beide und wuschelten gegenseitig fast intim in ihren Haaren, und dieses Lachen und Wuscheln waren neue Pfeile aus einem unerschöpflichen Köcher von Demütigung für Hildegard Bamm
»Und dann, hör zu: Sie hat's mit den Sternen! Kosmos und so, du verstehst? Gerade, daß sie mir nicht aus der Hand las!«
Ein haltloses Prusten war giftige Begleitmusik zu diesem seinem Satz, der die lauschende Mittdreißigerin nun völlig aus jedem Gleichgewicht brachte. Einer Ohnmacht nahe spürte sie noch, wie der Karton unter ihr nachgab, zuerst langsam, dann wie der Boden einer Falltüre im Londoner Tower, und mit einem lauten Krachen stürzte die Schachtel in sich zusammen und riß auch die Chefsekretärin mit.
Durch den Knall aufgeschreckt wie Diebe, sahen Melanie und Clemens Klier das Gesicht Hildegard Bamms weiß hinter den grauen Scheiben der Vendetta-Bar verschwinden, und doch lag in seinem Aufschrei »Hildegard! Was machst du hier?« mit dem er hinaus ins Freie, zu ihr stürzte, mehr Überraschung als etwa Wiedersehensfreude.
Als sich die beiden, die noch vor wenigen Tagen alles Glück dieser Erde geteilt hatten, im taunassen Binsenkraut gegenüberstanden, funkelte Mars kalt auf sie hernieder. Eine chinesich-lange Mauer

des Schweigens war zwischen dem Volkswirt und der Chefsekretärin aufgebaut, und erst das mächtige Donnern jenseits der Hügel riß eine Bresche in sie.
»Du spionierst mir nach?!« stürmte Clemens Klier wie ein feindseliger Angreifer durch diese Lücke.
»Nein, ich habe dich gesucht, mit dem Herzen gesucht, wenn du noch weißt, wovon ich rede.« Hildegard Bamm scheuchte einen Nachtfalter von ihrer kaltschweißglänzenden Stirne.
»Und weshalb dann nicht offen durch die Tür?« Der Vierziger ließ seine zu Fäusten geballten Hände in den Taschen der Bermudas verschwinden, »oder nicht gleich durch irgendeinen Provinzdetektiv?«
Die Mittdreißigerin merkte das Klirren in jedem seiner Worte, die eisen- und waffenstarrende Unerbittlichkeit des Schützen in seiner ganzen Haltung, und sie begriff und schüttelte nur noch ihr einstmals glänzendes Haar: »Lassen wir's, mein lieber Clemens. Es gibt nichts mehr zwischen uns zu sagen. Geh deiner verschlungenen Wege und werde glücklich, mit Melanie oder mit einer anderen. Unser Band der Liebe ist endgültig zerrissen.« Sie schien ihn noch einmal berühren wollen, doch dann machte sie, als wäre es ein waghalsiges Wendemanöver bei Windstärke 10, auf dem Absatz ihrer Sandalen kehrt und trat auf den Pfad Richtung Carbonara.
»Nun lauf doch nicht sofort weg!« Plötzlich kam nun doch Leben auch in den Rotschopf, doch die Chefsekretärin stieß ihn mit einer bestimmenden Geste weit von ihrem zitternden Leib und entschied: »Wer hier weggelaufen ist, ist wohl keine Frage mehr für ein Herz, das eine einzige Wunde ist. Ich sage ciao – und nicht arrivederci, wenn du den kleinen Unterschied überhaupt merkst.« Schwindelnd und sogar eine Kleinfamilie von Weinbergschnecken zertretend, was sie niemals sonst gemacht hätte, trottete die ansonsten so sportliche Surferin hotelwärts, und es war ihr, als begleite sie diesen ganzen golgathalangen Weg das spitze Lachen von Melanie und Clemens Klier.
»Lacht nur, es schmerzt nicht mehr«, flüsterte das Widderkind den Fledermäusen zu, die ihren Gang kreuzten. »Ich werde morgen von hier abreisen.« Sie gab sich im süßen Duft einer wilden Magnolie ein letztes Mal der Erinnerung an die endlosen Umar-

mungen und Liebkosungen hin, die sie und der Bingener Diplom-Volkswirt an eben diesem dunklen Weg so intim getauscht hatten. Ihr Traum war in dieser Nacht so tief wie das Kinderplanschbekken des Clubs Terra Elysée, in das sie von einem 10-Meter-Turm Kopfsprünge machen wollte. Es war keine Überraschung, daß sie mit einem betäubten Kopf, mit gleichsam blutenden Schläfen und einem verletzten Gesicht am nächsten Morgen in eine trübe sardische Sonne blinzelte, die ihr beinahe die tanggrünen Augen zerstach . . . »Und ich habe auf ein gütiges Glück gewartet, als ich den Sorgen daheim entfloh! Und bin doch nur von Dr. Spock in die Traufe gekommen.« Wie zur Bestätigung dieser trauerflorierenden Qualen wurden unten, vor dem Eingang des Hotels Cabonara, plötzlich Schritte laut: »Mein Clemens, und er scheut sich, als wollte er mich geradewegs töten, nicht, dieses Weibsstück aus dem Hohlsteinischen . . .«

Angewidert schloß sie wieder die Balkontür und versuchte, wohl auch, um das spitze Gekicher das schamlosen Paares im Nebenzimmer, das sich gewiß absichtlich erfrechte, ein besonders lautes Spumante-Frühstück zu feiern, für eine Weile nicht durch die dünne Wand zu hören, eine Verbindung zum Flughafen Olbia zu bekommen und einen Notsitz in der nächsten Kursmaschine nach Steilheim zu bestellen.

Doch all ihre Italienischkenntnisse, die ihr – wie so vieles an der Erziehung im Findelsingener Lyzeum der Ehrwürdigen Schwestern – gewöhnlich zupaß kamen, nützten ihr dieses Mal nichts. »So hat sich denn alles gegen mich verschworen?« war ihre gerade noch tränenerstickende Antwort auf die Mitteilung, daß irgendeine very important person namens Prinz Agfa Kanu, dem die halbe Costa Smeralda gehören sollte, für die nächsten beiden Tage alle Plätze reserviert hätte.

Ein Gekicher aus dem Appartement Nr. 5 trieb sie auf den Balkon: »Und wenn ein Orkan aufkommen würde . . .« Ihre tanggrünen Augen irrten das Meer auf und ab und bemerkten die schwarzen Wolken am fahlen Horizont, die der Trallala-Fischer so bildhaft massa caduti nennt. »Ich muß hinaus – hier halte ich es nicht mehr aus, keine Sekunde mehr!«

So früh wie nie zuvor betrat sie den menschenleeren Strand in einem trauerschwarzen Surfanzug. ›Get out of my cloud‹, jenes wilde, ekstatische Drummolett des auf alte Musik spezialisierten Ensembles Rolling Stones, dröhnte in den Kopfhörern ihres Walkmans, die ihr heute gute Dienste als Ohrenschützer gegen den wilden Wind taten. »Das Speedboard! Heute brauche ich das Speedboard«, entschied sie sich für das messerscharfe und mit einem extra schnellen Wachs präparierte Hochgeschwindigkeitsbrett der Grand-Prix-Klasse, und den Takt des Schlagzeugs im Ohr, schob sie auch schon das schwere Gerät ins Wasser und verankerte das Großsegel.

»Ich bin's, eine Windsbraut, geübt zwar und erfahren, aber letztendlich doch nur ein Spielball der Elemente«, spielte sie auf die klaffende Wunde in ihrem Herzen an, die der Schütze hinterlassen hatte, dessen grinsend-neugierigen Blick aus dem Balkonfenster des Carbonara sie die ganze Zeit über sehr wohl bemerkt hatte. Anscheinend fröhlich stieß sie sich mit einem herzhaften »Here we come, Poseidon!« vom festen Land ab. Die nächste Böe peitschte das Segel und trieb die schwarzlockige Steilheimerin rasend ins Ungewisse, Bodenlose . . .

Zum großen Erstaunen Hildegard Bamms – und diese Wendung zu erraten, hätte wohl auch die Wettervorhersage jeder Fernsehstation gunschlos glücklich gemacht –, zur Überraschung und sogar Freude der surfenden Mittdreißigerin bezähmte sich der Beaufort 8 wenige Kilometer vor der Costa Trallala, und obzwar die Gewitterwolken wie in Wartestellung nach wie vor über den Klippen der Isola Monopoli lauerten, kam auch die Sonne hervor und ließ den Tag hell angehen. »Zwei Tage noch, ehe ich von hier fort kann! Womit habe ich das verdient?« seufzte sie tief. Doch dann steuerte sie, noch weiter vom Ufer entfernt, einen absolut windstillen Flecken des Meeres an und ließ in dieser Flautenenklave das Segel auf die spiegelnde Wasseroberfläche klatschen, um es sich schließlich auf dem ruhig, wie eine kleine Bräunungspritsche schaukelnden Speedboard bequem zu machen. Sie schlüpfte behende aus dem Surfanzug und vergönnte, wenn schon nicht der Seele, so wenigstens dem Körper porenkitzelnde Strahlen und Streicheleinheiten. Beinahe kehrte etwas wie die Ruhe der ersten Urlaubstage in ihr ein, und als sie einen harmlosen Katzenhai, der Brett und Segel und die Mittdreißigerin im knappen Tanga neugierig umkreiste, mit einem munteren »Ach du entfernter Verwandter meiner Salome, ich hab' nur meine Gummibären mit« begrüßt hatte, holte sie den in der letzten Nacht verlorenen Schlaf nach.

Hildegard Bamms fester, zu tiefer Schlaf der Gerechten wurde, als die Sonne bereits unterging und der Wind, der morgens an die Küste gebraust war, aufs offene Meer zurücktobte, jäh unterbrochen. »Um Himmels willen! Mein Rigg . . . mein Segel!« Sie übersah mit einem einzigen Blick ihrer flundergroßen Angstaugen, daß ihr weißes Leinendreieck, das sie am Morgen bei Windstille neben dem Brett hatte frei schwimmen lassen, nun unerreichbar fern auf den hohen Wellen segelte.
»Wenigstens liegt mein Speedboard in der Gegenströmung, der Küste zu. Ich muß versuchen, mit den Armen mitzurudern«, überlegte sie mit einer Kühle, die wohl auch daher rührte, daß mit dem Segel auch der wärmende Surfanzug von der Strömung mitgenommen worden war und nun schon eine Beute der Haie oder Spielzeug von Delphinen sein mochte.
»Vom Winde verweht«, bot sie eine kleine, trotzige Pointe dem immer stärker rasenden Wind an, der sie jedoch mit einem gewaltigen Aufheulen ablehnte. »Nun wird es ernst«, dachte die Chefsekretärin, und während sie mit ihren zwar sportlichen, aber letztendlich doch zierlichen Armen immer verzweifeltere Paddelbewegungen unternahm und schließlich eine Schlagzahl erreichte, die gleichsam olympisch dem Sturm ein Schnippchen zu schlagen versuchte, fuhr der erste gewaltige Blitz wie die über dem Wasser venös verwurzelte Riesenfaust irgendeiner nervösen Meeresgottheit in die aufgewühlte See vor der Costa Trallala.
»Wenn ich in diesem Sturm unterginge für immer, bekomme ich dann auch ein See*manns*grab, obwohl ich eine *Frau* bin?«
Der gewaltige Donner nahm Hildegard Bamm jede Lust, sich eine Antwort auf diese mit dem Entsetzen Scherz treibende Frage auszudenken.
Die Nacht brach bereits herein, der Sturm schwoll an, die Blitze rückten näher – das Speedboard aber schien auf der Stelle zu kreisen und zu schlingern, und die Ruderbewegungen Hildegard Bamms darauf wurden schwächer und schwächer. Von allen Seiten her brüllten die Elemente auf die tapfere und doch in ihrem

Tanga erbärmlich zitternde Mittdreißigerin ein, und den Kugel- und anderen Blitzen schien es teuflischen Spaß zu machen, die hilflose Steilheimerin quasi zu umzingeln.
»Hilfe! Hilfe!« schrie sie, sich die nutzlosen Kopfhörer ihres längst salzwasserzerfressenen Walkmans vom halbnassen Lockenkopf reißend, in die Finsternis, ehe ihr einfiel, daß sie für den Fall, daß zufällig eines der winzigen Fischerboote der Sardinenflotte von Olbia auf dem Wasser sei, besser »Aiuto! Aiuto! Io no parlo Italiano! Parlo tedesco!« schreien sollte.
Doch sie wartete vergeblich auf eine andere Antwort als die der lebensbedrohend verschworenen Dreieinheit von Wind, Wellen und wütenden Blitzen. Die Nußschalen der Cooperativa Pescara lagen wohl sicherlich längst im Schutze der Hafenmauer und wurden dort von höchstens fuschleehohen Wellen in den Schlaf geschaukelt.
Hildegard Bamm versuchte mühsam und mit einem Beben auf den karotinrot verfärbten Lippen, sich auf dem segellosen Speedboard wenigstens halb aufzurichten. »Ich habe die Orientierung verloren!« schrie sie auf, aber es war gegen den tyrrhenischen Taifun nur ein Säuseln, als sie in weiter Ferne einige schwache Lichter, vielleicht Fackeln, wahrnahm: »Ist das der Club Terra Elysée? Die Terrassenbeleuchtung des Carbonara? Oder hat es mich schon derart weit nach Norden verschlagen, daß es die Costa Cordalis ist?«
In nichts mehr glich die flüchtige Aussicht jenem Ferienparadies, in dem selbst Alpenbewohner sorglos und ohne den Surfschein A irgendein Zierbrettchen auf das spiegelglatte Sanftwasser setzen konnten, nun war die ferne Küste eine schwarze Masse, die von den zornigen Fluten angenagt und schließlich zu Brei zerstampft zu werden drohte.
Hildegard Bamm stieß eben ein letztes »Aiuto!« aus, als ein heimtückischer Brecher von der Leeseite her sie über Bord gehen ließ. Blitzschnell und doch beinahe zu seeschneckenhaft, wach, aber doch unendlich schwach krallte sich die Chefsekretärin noch im gurgelnden Fall an die Kante ihres Speedgliders, der auf einem Wellenkamm dahinhetzte.
»Ich kann nicht mehr . . . Ich kann nicht mehr«, raste ihr Sportlerinnenherz wie jenes von Ingenieur Benno Faust vielleicht vor dem

Infarkt, und sie spürte im tosenden Auf und Ab nicht einmal mehr, daß sie sich mit der Kante des ehemals weißen, nun aber sturmschwarzen Brettes die zarte Rechte zwischen Daumen und Zeigefinger aufgeschlitzt hatte. »Amely – Clemens – Alf – Jonny – Salome – Borg«, stammelte die kraftloser und kraftloser werdende Steilheimerin ein ungeordnetes Lebewohl ins bittere Meersalz, das ihre Lippen längst spröde gemacht hatte. Sie schloß, zunächst für eine Zehntelsekunde, dann bereits für eine halbe Minute, die Augen und fühlte langsam, aber sicher, wie sich die Ohnmacht gegenüber den unerbittlichen Elementen in eine zu verwandeln drohte, die unweigerlich in den ewigen Todesschlaf münden würde.
Sie wußte nicht, wie lange sie in dieser Schwebe zwischen Leben und Tod die salomeske Verkrallung in das Speedboard durchgehalten hatte.
Doch als sie nach einer langen Finsternis die Augen öffnete, blickte sie in zwei Iris, die diesen Namen verdienten: Zwei große, gütige, meerblaue Augen waren aus dem Nachthimmel über sie gebeugt, und mit einer gewiß verständlichen Erleichterung wurde ihr bewußt, daß sie Sand unter ihrem Rücken spürte . . .

Hildegard Bamm atmete schwer und war die ersten Sekunden ihrer Wiedergeburt, denn als solche empfand sie ihre Rettung aus dem langsam abflauenden tyrrhenischen Taifun, diese Augenblicke also eines zagend Sich-selber-Findens vollauf damit beschäftigt, letzte Salzwasserlaken aus den fernsten Buchten ihrer Bronchien zu pumpen und zu prusten. Dann erst konnte sie, einige in ihren schwarzen Locken überlebende Einsiedlerkrebse und Entenmuscheln ausschüttelnd, jenen blauen Augen, die noch immer über ihr wachten, die erste Frage stellen: »Wer sind Sie?«
Die Augen, deren perlenhaft runde Pupillen wie kostbare Schmuckstücke von honibraunen Kreisen eingefaßt waren, bewegten sich keinen Millimeter, doch eine warmtimbrige Stimme, die zu diesen Augen zu gehören schien, sagte in leisem Akzent: »Sie haben sehr großes Glück gehabt! Mamma mia! Aber nun sollten Sie sich besser um eine warme Decke kümmern. Man kann auch an einer – wie sagt man: Pneumonia – sterben. Und Ihr schöner Leib ist noch längst nicht für Papa Morte bestimmt.«

Erst auf diese wenigen, schlichten und doch wahren Sätze hin, die die Chefsekretärin mit einer unerklärlichen Wärme umfingen, wurde ihr bewußt, daß sie, bloß bis auf den Tanga, an diesem fremden Strand, in dieser dunklen Nacht vor diesem fremden Mann lag. Ruckartig kreuzten sich ihre zierlichen Hände vor dem pulsierenden Hals, ehe ihr ein lächelndes »O no, Sie brauchen keine Angst nicht vor mir haben, ich will Sie nichts Böses«, das im klassisch geschwungenen Mund des Fremden beinahe verlegen klang, die Angst des Ausgeliefertseins wieder nahm.
»Ich weiß, Sie sind mein Retter. Und ich weiß nicht, wie ich Ihnen je danken kann.«
Der Fremde, und Hildegard Bamm konnte in der Dunkelheit noch immer nicht viel mehr erkennen, als daß er ein sardisch geschnittenes und dunkel geteintes Gesicht hatte, schüttelte den Kopf: »Es geht nicht um Dank – es geht darum, daß eine so schöne Frau wie Sie dem Orcano entrissen werden konnte. Ein Blick aus Ihren Augen – mi dispiace – ist Dank genug!«
Und mit diesen bescheidenen, aber unvergleichlich zart gesagten Worten glitt der unbekannte Lebensretter geschmeidig aus der Hocke und wuchs sich zu einem gut einsneunzig großen Mann aus, der der Mittdreißigerin hilfsbereit unter die Arme griff und aufhalf. »Wo sind wir? Und wieso sprechen Sie meine Sprache?«
Und da sie noch so geschwächt war von ihrem Überlebenskampf und im tiefen Sand beinahe klierähnlich taumelte, unterließ sie die brennendere Wiederholung ihrer ersten Frage »Wer sind Sie?«
Der große Braune aber trat aus der Dunkelheit hervor und legte wortlos Hildegard Bamms Rechte um seine kraftvolle Schulter sowie seine Linke stützend um ihre zitternde Hüfte und meinte erst, als sie bereits einige Schritte vom Meer entfernt waren: »Sie sind an der Costa Cordalis – due kilometri vom Club Terra Elysée und andererseits von der Costa Cola entfernt. Mein Name ist Lucido Flamingo – und warum ich Ihre Muttersprache ein wenig spreche, ist eine lange Geschichte.«
Hildegard Bamm erstarrte so plötzlich, daß ihr brauner Rettungsschwimmer und Nothelfer beinahe glaubte, sie wäre von einem der letzten Blitze des Sturms gestreift worden.

Noch immer fiel der Chefsekretärin nach der Anstrengung des

Kampfes mit den Elementen das Gehen schwer – doch die Gewißheit, die sie sich immer wieder durch schnelle Seitenblicke auf das Profil ihres wie ein perfekter Tangotänzer führenden Retters bestätigte, die Gewißheit und sogar Freude, daß dieser braungebrannte Schwarzgelockte niemand anderer als Lucido Flamingo war, beschleunigte ihren Schritt durch den nassen Sand.
»Es ist ganz und gar nicht meine Art, einem fremden Mann nachts in einem solchen Aufzug gegenüberzutreten«, erlaubte sie sich einen wohl am meisten sie selbst beruhigenden Scherz. Doch da er ihn nicht ganz zu verstehen schien und das Wort Aufzug allzu wörtlich auffaßte, beließ es die Mittdreißigerin bei einem angefügten »Zumal ich nicht einmal weiß, wo er mich hinführt.«
»Capisco. Zu meinem Sommerhaus. Ich meine zum Surfbrettwart-Haus. Dort gibt es eine Decke für Sie, Signora –? Questa nome?«
»Hildegard Bamm.«
»Ah, Ildegard – ein schöner Name, belissima.«
Die Mittdreißigerin fühlte, je länger sie an der Seite dieses großgewachsenen Sängers ging, wie ihr Widderblut langsam in geordnete Bahnen zurückfloß: »Und Sie wohnen dort?«
Lucido Flamingo schien unhörbar aufzuseufzen, denn es blieb für einen Sechszehntelauftakt still, und nur die Grillen lachten den Sturm aus, der sich nun endgültig unverrichteter Dinge irgendwohin verkrochen hatte. »Ja. Ich bin die Saison über Surfbrettwart im Club Terra Elysée. Zum Schlafen habe ich in dieser kleinen Hütte, due kilometri entfernt zwar, aber ruhig und – pardon – ohne touristi . . .«
Die sportliche Steilheimerin ließ ihre Rechte von seiner bis dahin nichts als hilfreichen Schulter gleiten und nestelte an ihrem Tanga. »Ich kann das gut verstehen. Sogar mir sind manche Gäste zuwider. Aber wie, Lucido, komme ich nun ins Hotel zurück? Ich wohne im Carbonara. Und ich fürchte fast, daß ich das in meinem Zustand –«
»Naturalmente, nicht schaffen, Ildegard.«
Eine Petroleumlampe warf heimelige Schatten auf den Eingang eines offenbar aus lauter alten, gebrauchten Surfbrettern gezimmerten, blockhausartigen Kleinbungalows, mehr Hütte oder Schutzhaus denn bequemes Domizil. »Hier ist meine Casa. Klein,

aber ruhig. Ich singe gern, Sie verstehen. Das würde die Leute in Hotel stören abends, wenn ich dort wohnen würde.«
Sie traten über die Schwelle aus Segelmasten, wie sie in der frühen Holzzeit des Surfens verwendet wurden. »Mich stört es nicht, wenn Sie singen, im Gegenteil. Ich finde Ihre Stimme großartig, stark, rein. Es ist schade, daß Sie nicht öfter und anderes singen als im Club. Ja, ich habe Sie dort gehört.«
Wie ein kleiner, das Lob über einen besonderen Fang noch nicht voll aufnahmefähiger sardischer Fischerjunge blickte Lucido Flamingo zu Boden, und Hildegard Bamms schlingpflanzengrüner Blick folgte bewundernd den blauschwarz im Petroleumlicht glänzenden Haarlocken im kräftigen und doch sanften Nacken des Surfbrettwartes, Lebensretters und Tenors.
»Die Decke! Eine Decke – uno momento. Ich gebe Ihnen meine Bettdecke!« Der große Braune eilte an das schmale Lager, während süßes Rieseln Dankbarkeit und Gerührtheit auf die Gänsehaut des Rückens der Mittdreißigerin träufelte.

Bald saß Hildegard Bamm im wärmenden Schutz der über und über mit hübschen Achtelnoten bedruckten Schafwolldecke, die Lucido Flamingo über den Schultern der Geretteten ausgebreitet hatte. »Ein wunderbarer Tee.«
»Oreganoblüten aus meinem Dorf, Orgosolo. Es liegt hoch in den Bergen. Der Tee ist gut für die voce, Sie verstehen?«
Die Mittdreißigerin, deren Locken getrocknet waren, legte den schönen Kopf fragend schief: »Und wie kommt man zu einer solchen Stimme wie der Ihren, Lucido?«
Dieser setzte die Gitarre, auf der er einige schwierige Doppelgriffe geübt hatte, ab und schien verlegen zu erröten: »Ich bin das siebte Kind einer sehr armen Hirtenfamilie. Meine Urgroßeltern haben sich noch von der Entführung von Großgrundbesitzern ernähren müssen oder waren, noch armseliger, einfache Mundräuber.«
»Und?« Die Chefsekretärin ließ ihren Blick über einige vergilbte Fotos an der Wand wandern, auf denen bärtige Männer Flinten trugen.
»Ich habe im Kirchenchor und später in der Stagione Lyrica der Kommunistischen Jugend von Orgosolo angefangen. Dann war

ich Lied-Gitarrist bei der Combo, die jetzt im Club Terra Elysée spielt.«
Hildegard Bamm, die schließlich nicht umsonst seit Jahren ein Abonnement für die Steilheimer Kammeroper besaß, zog die Decke enger um ihren Körper und schüttelte den Kopf: »Das kann nicht alles sein, Lucido. Wer das hohe Gis so wie Sie bringt, kann nicht nur in einer U-Kapelle seine Stimmbänder gespannt haben.«
Lucido Flamingo bekam einen schmerzlichen Glanz in die irisfarbenen Pupillen, und wie um diese Wehmut fortzuspielen, griff er seiner Gitarre tief in die Saiten: »Sie haben recht, Ildegard. Ich war auch Chortenor in Verona. Arena di – Sie kennen sie.«
Das langsame Nicken der Chefsekretärin hatte viel an Dankbarkeit darüber, daß sich dieser Fremde ihr nun doch, wenn auch zögernd, eröffnete. »Und das ist wirklich alles . . .?«
Ein verminderter Septakkord ließ Melancholie, aber auch eine gewisse krustentierhafte Weigerung, dieses Thema in diesem Augenblick weiter zu erörtern, durch die Surfbretterhütte des Tenors wehen. »So ähnlich muß wohl das Schweigen sein, das Carabinieri viele Stunden an Verhören verschwenden läßt. Omerta, eine Hand wäscht die andere. Auch wenn es sich hier nicht um einen Schaf-, sondern vielmehr um einen Schlafraub handelt«, sinnierte Hildegard Bamm, während Lucido Flamingo, als hätte er dieses ihr Grübeln Wort für Wort verstanden, ernst meinte: »Sind Sie nicht müde? Erschöpft? Wir müssen klären, wo Sie diese notte schlafen.«
Die Chefsekretärin, die in ihren langen ›Simplex‹-Jahren einiges, wenn auch offensichtlich nicht alles an Menschenkenntnis gelernt hatte, ließ einen korrekturstiftgrünen Blick in das Gesicht des Tenors viele kleine Fragezeichen ziehen. Doch da diese Fragezeichen vom Surfbrettwart nicht in Rufzeichen umgebogen wurden, seufzte sie vertrauensvoll: »Es ist ein Notfall! Caso d'emergenza. Ich habe keine andere Wahl, als hier zu bleiben und Sie um Ihren Beistand zu bitten.«
Lucido Flamingos geringfügiges Stirnrunzeln, das wie die Notierung irgendeiner Moll-Melodie aussah, verwandelte sich prestissimo in glattes Dur: »Bleiben Sie und schlafen Sie in meinem letto. Ich schlafe vor der Tür auf dem Brett, mit dem ich morgens zur Arbeit surfe.«

Hildegard Bamm hatte, da es weit nach Mitternacht war und nur noch die Zikaden rund um das Surfbrettwart-Haus Lucido Flamingos grillten, längst im zwar engen, aber sauberen Bett des Tenors ihren schlanken Gliedern Entspannung gestattet, als der hochgewachsene Schwarzlockige, der sich draußen im Sand vor der Schwelle tatsächlich auf einem Widdervlies auf dem clubeigenen Surfbrett ein karges Hirtenlager bereitet hatte, wieder eintrat, um »Buona notte‹ zu wünschen. »Setzen Sie sich doch noch una seconda an mein, an Ihr Bett, Lucido«, lud sie ihn mit einer Geste ihrer notdürftig verbundenen, da doch von der Kante des Speedboards angeschlitzten Rechten ein. Als er ihrem Wink folgte, setzte sie hinzu: »Und nun erzählen Sie mir, per favore, das ganze Geheimnis Ihres hohen Gis?!«
Der Surfbrettwart holte tief Luft, als müßte er eben dieses Gis ad hoc bringen und aushalten, doch dann begann er leise: »Va bene – na gut. Ich habe zwei Jahre in Monaco, Bavaria, studiert.«
»In München?«
»Si. Un' anno hatte ich ein Stipendium. In Verona bin ich einem berühmten deutschen Tenor aufgefallen. Ich durfte ihm vorsingen, und so . . . Ich will seinen Namen jetzt nicht nennen, er war jedenfalls – sagt man so bei Ihnen? – ganz wunderlich, als er meine Voce hörte.«
Hildegard Bamm fühlte Erregung über diese schlichte Schilderung einer doch abenteuerlichen Geschichte, und ihre halb geöffneten, zahnbrassenroten Lippen spornten den braunen Barden an, fortzufahren.
»Das erste Jahr war wunderbar. Ich studierte das leichte Fach, Operetta. Und ich machte Fortschritte! Bald kannte ich die deutschen Noten, und am Ende des zweiten Semesters hatte ich sogar ein Engagement an der Hebebühne der Bayerischen Staatsoper! Madonna mia: Ich durfte das dritte Rotkehlchen singen im Vogelfänger!«
Ein strahlendes Lächeln, das »Da capo!« bedeuten sollte, überzog das Gesicht der Mittdreißigerin, das bis zu den spieltischgrünen Augen von der Schafdecke warm verhüllt war. »Und dann? Wie ging's weiter?«
Lucido Flamingos dunkle Züge nahmen capuccinohelle Traurigkeit an, und er gestaltete seine Antwort wie eine subtile Charak-

terskizze aus einer Opera Seria: »Im zweiten Jahr war das Stipendium vorbei, und ich mußte Arbeit suchen. Weil ich von Schafen etwas verstehe, ging ich nachts als Klauenzieher – sagt man so? – als Klauenzieher arbeiten in eine Konservenfabrik für australische Schafe. Dosenheim, Südbayern, kennen Sie vielleicht. Aber –«
»Was aber?«
»Eine Ironia des Schicksals! Die Konservenfabrik ging pleite. Chiuso. Und wissen Sie, wesrum? Sie konnte nicht konkurrieren mit den viel billigeren Schafen aus Italien. Also auch aus meiner Heimat Sardegna! So haben mich vielleicht die Schafe meines Vaters um das Engagement in Dosenheim gebracht. Nix gut Arbeit in Germania. Und so bin ich hier. Basta.« Damit stand er auf, schulterte seine sardische Gitarre und schien sich eine heimliche Träne aus den irisblauen Honigaugen zu wischen.
Hildegard Bamm war so tief betroffen von diesem tragischen Schicksal des so Begabten, daß sie nur tief schluckte und erst nach einer Trauersekunde mühsam, aber unwiderstehlich zärtlich fragte: »Spielen Sie mir trotzdem noch ein Lied? Auch wenn ich aus dem hartherzigen Deutschland komme, das Ihnen keine Arbeit gab?«
Da setzte sich der schwarzlockige Tenor aufs neue auf die Bettkante und ließ seine Laute eine Canzonetta begleiten, in der so viel Schmelz und Süße zusammenflossen, daß die Mittdreißigerin zutiefst schlief, noch ehe die Coda erreicht war . . .

Die Nacht ist kurz, der Tag ist lang – mit diesen schönen Worten aus dem stets treffenden Volksmund hätte sich der folgende, vorletzte Urlaubstag von Hildegard Bamm auf eine formelhafte Kürze bringen lassen: Als sie nach Lucido Flamingos kleinem Ständchen aus ihrem wohligen Genesungsschlaf erwachte, war er längst schon im Club an der Arbeit und barg, oft weit draußen, die Bretter der Anfänger. Und so sehr die Chefsekretärin auch vom Ufer aus ihr nicht sehnsuchtsloses »Lucido! Lucido Flamingo!« der leisen Dünung anvertraute: Er konnte nicht zu ihr, gewissenhaft, wie er war, und zahlreich, wie die Anfänger im Club erschienen. Die Mittdreißigerin wiederum war mit dem Packen beschäftigt, in dem sie nur ein plötzlich gar nicht mehr so abweisender Zwischenruf von Clemens Klier, diesem grausamen Schützen aus Bingen,

störte, dessen wie immer trunken-einschmeichelndes »Ich höre vom Portier, daß du morgen abreisen willst, mon Hildegard? Das ist schade. Du wolltest doch bei mir den Wechselschritt perfektionieren – nun: Eben morgen ist Tangotime im Club . . .« sie jedoch mit einem eiskalten Gabelknallen des Hörers beendete.
Um wie vieles beglückender hingegen gestaltete sich der späte Abend, an dem die Chefsekretärin, diesmal bezaubernd bekleidet mit einem lachsfarbenen Hosenanzug, unter dem Sternenzelt über dem Zitronenhain Lucido Flamingo zu Füßen saß.
»Er ist ein kleiner, stimmgewaltiger und süßer Hirtengott«, flüsterte sie in seine Cantilenen und Nocturnes, »und es ginge der Welt, der Musik unendlich viel verloren, würde diese seine Stimme einzig im Club an der Costa Trallala und unvollendet erklingen.«
Wehmütiges Adagio dirigierte die Gefühle Hildegard Bamms an diesem Abend des Abschieds – und als sie dem braunen Schwarzgelockten den Abflugtermin am nächsten Morgen gestand, schien auch er echt betroffen vom Verlust seiner einzigen wahren Zuhörerin . . .

Morgengrau erhob sich der Abschiedstag aus dem Faulbett und mit ihm die Chefsekretärin, die nicht mehr daran glaubte, den singenden Sarden je wiederzusehen. Doch das Schicksal, das es zum Ausgleich einmal gut zu meinen schien, schenkte ihr noch am Aeroporto d'Olbia ein letztes Abschiedswunder.
»Lucido! Mein Lucido!« war ihr einziger heißer Aufschrei, als ihr der Hochgewachsene, den sie doch bei seinen Surfbrettern glaubte, am unerbittlichen Urlaubsende an der Gangway einen kleinen Laib sardischen Schafskäses in die Hand drückte. »Ich habe über alle deine schönen Strettas gestern nacht vergessen, dir zu danken, Lucido, und dieses mein ›Du‹ soll Dank sein für alles. Und vielleicht auch Versprechen: daß ich eines Tages wiederkomme, hierher – und auch zu dir.«
Der schnauzbärtige Flugkapitän winkte bereits zum zweiten Mal ärgerlich der Stewardeß, die Gangway zurückzuschieben, weshalb Hildegard Bamm das viele, das sie noch zu sagen gehabt hätte, in einen einzigen Satz kleiden mußte: »Als Zeichen, daß ich es mit meinem Wunsch, an die Costa Cordalis in deine Surfbretterbude

zurückzukehren, ernst meine, laß ich dir mein Funboard hier. Da: Nimm es und hüte es. Mein Speedboard ist ja im Taifun verschollen, das hier ist also mein ein und alles, surfmäßig.«
Lucido Flamingo nahm es, aber er betrachtete es wieder und wieder beinahe ungläubig und wie eine Reliquie vom Antiquitätenmarkt im Nachbardorf Antinori. Dann sagte er mit der Phrasierungskraft eines begnadeten Tenors über die Kußhand an seinen edlen Sängerlippen hinweg und die Gangwaytreppen hinauf, die ihn von der Mittdreißigerin zu trennen begannen: »Mille baci, Ildegard, caro mio ben . . .«
Als Sardinien unter Hildegard Bamms schlanken Fesseln schon längst zu einer kleinen, grünen Insel im Mittelmeer geworden war, vermeinte sie noch immer ein Liebeslied aus dem Munde Lucido Flamingos das Dröhnen der Flugzeugmotoren übertönen zu hören, und sie dachte ernsthaft: »Es war nichts zwischen uns, schwarzer Tenor, und doch viel mehr als je sonst.«

Wie . . .?! Bahnt sich in diesen letzten Worten Hildegard Bamms, die doch niemals ihre allerletzten sein können, eine Fortsetzung des noch nicht Angebahnten an? Was wollen die Mittdreißigerin, der Dichter des ewigen Wortes – und das Leben, das letztendlich dieses erregende Drama einer modernen Chefsekretärin schrieb, damit andeuten?
Wir alle fühlen, daß diese gewaltige Odyssee eines tapferen, einsamen Herzens wohl noch manchen Taifun und nicht nur die Wangen nässende Woge bereithält, ehe das Schifflein der Schwarzlockigen einen sicheren Hafen findet . . .
So steht denn unser Hohelied auf die Liebe und die Leidenschaft einer Mittdreißigerin wie Du und ich an einem Scheideweg, und banges Fragen beschleicht jede Seele, die mit jener der Steilheimer Vollwaise bis hierher mitfieberte: Wartet nach dem – nehmt alles nur in allem – Happy-End des Urlaubs ein neuer Anfang auf das Widderkind?
Völlig offen für Freud oder Leid ist also diese unsre doch so dichte Geschichte, die die Höhen und Tiefen eines Menschenlebens auslotet wie kaum je Dichtung zuvor. Doch bevor wir nach diesem ersten Teil des Epos einer zagen Seele, mitgerissen und aufgewühlt vielleicht auf alles mögliche schließen, sollten wir den zweiten Band öffnen: Das Schicksal Hildegard Bamms, aber auch all ihrer liebe Lieben, ja sogar jenes ihrer Feinde, steht nicht nur in den Sternen, sondern endgültig auch in der Fortsetzung von
›DAS GLÜCK IST EIN SUCHEN‹

Roman

Als Band mit der Bestellnummer 10 577 erschien:

Christian Wallner

DAS GLÜCK IST EIN SUCHEN

Band 2

Als Hildegard Bamm, die schöne Vollwaise, aus dem sonnigen Süden Sardiniens an ihren Schreibtisch zurückkehrt, um für immer ihrem geliebten Chef anzugehören, muß sie eine bittere Enttäuschung erleben. Aber tapfer meistert die schwarzgelockte Chefsekretärin ihr schweres Los, bis sie endlich das große Glück in den Armen des Mannes findet, der sie von ganzem Herzen liebt.

Roman

Als Band mit der Bestellnummer 10 392 erschien:

Christian Wallner

SCHATTEN ÜBER HERRENSTEIN

Weshalb versucht der gütige und weise Altgraf Ottokar, die Liebe seines Sohnes Eberhard zu der schönen Försterstochter Alma mit allen Mitteln zu verhindern? Wird es der intriganten Stiefmutter Eberhards gelingen, zusammen mit ihrem Sohn, dem mißgünstigen Lebemann Gunther, ihre finsteren Pläne auszuführen? Wer ist der gnadenlos frevelnde Wilderer auf dem Taubenberg? Gelingt es Adora und Felix von Berlichingen, Eberhards Freunden vom Nachbarschloß, drohendes Unheil abzuwenden?

Schatten über Herrenstein ist die erregende und erschütternde Geschichte des Geschlechts derer von Herrenstein – ein Epos der Liebe und Leidenschaft aus dem Adel.

BASTEI LÜBBE